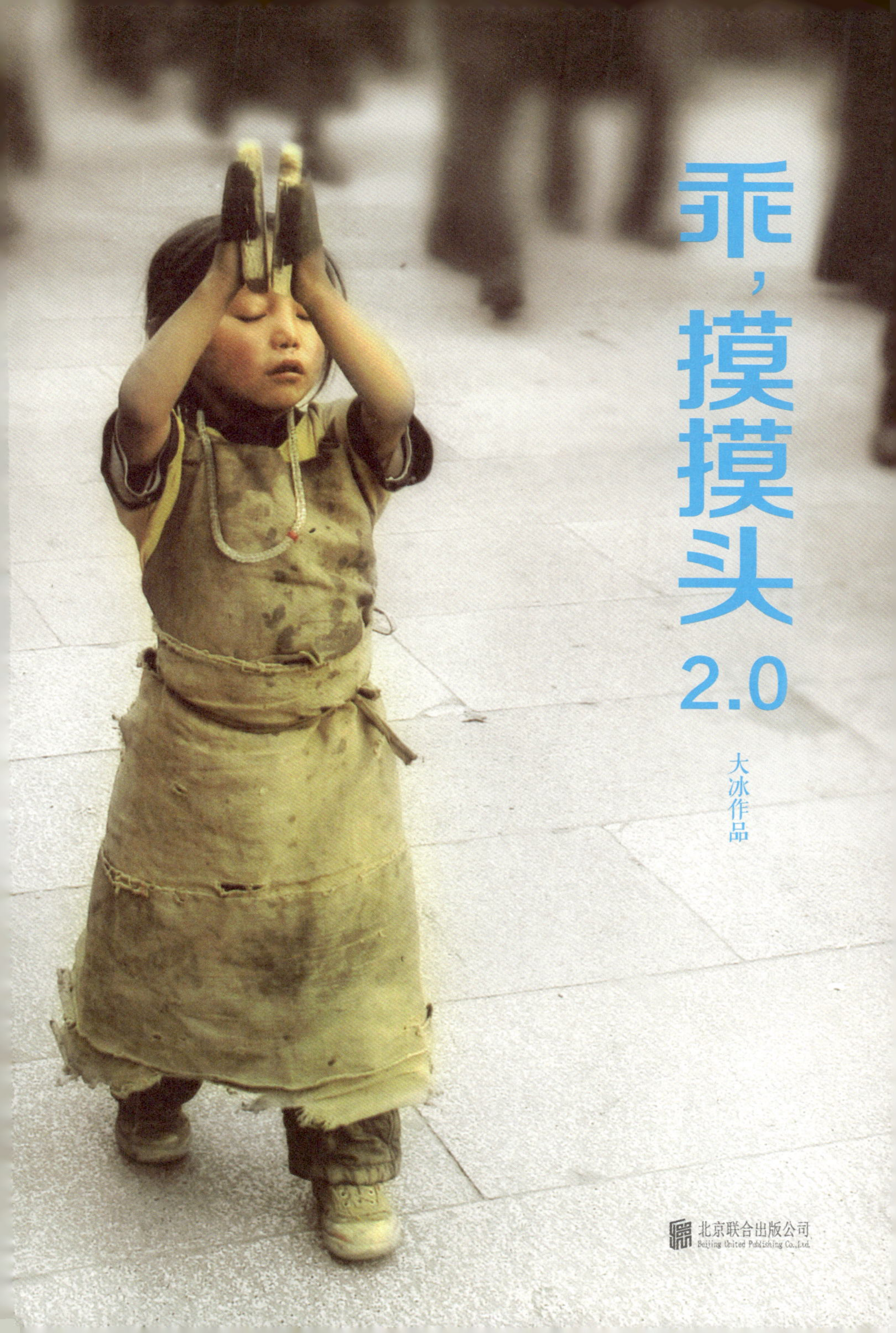

乖，摸摸头 2.0

大冰作品

北京联合出版公司
Beijing United Publishing Co.,Ltd.

于无常处知有情，
于有情处知众生。

对不起 – 018

她哭着喊：对不起，对不起，对不起……
它贴在地面上的脑袋猛地抬了一下，好像意识到了些什么，
脖子开始拼命地使劲，努力地想回头看她一眼，腿使劲尾巴
使劲全身都在使劲……
终究没能回过头来。
白瓷盆里空空的，今天她还没来得及喂它吃东西。

新 对不起 之外 – 040

……是啊，是用狗来喻人。
那用人喻的又是什么呢？！
过去的、当下的、湮灭的、忘却的、反常识的……谁去说这
声对不起？
由谁说？和谁说？怎么说？是否还有机会说？
是否已经来不及？

哪有什么答案，有的只是问句。
可是，哈哈哈，该问谁去？

新 无用之人 – 046

……他应该正在搬货。
每天整整搬九个小时，在超市的仓储中心。
听说被铲车铲伤了脚踝，一瘸一拐的，他怕耽误挣钱，不肯休息。

这是他的一个惯例了，六年来不曾将息。
每年藏地风雪最大的三个月，他会回香港挣钱，不肯靠相机，只肯卖体力，
加班加点地拼命，一分一毫地积攒，好把藏地移动照相馆继续维系。

我写林光让的故事，写到这一分这一秒，忽然词穷，不知该如何继续。
为了养活理想，这个自诩无用的人文摄影师，正在当苦力。

我有一碗酒，可以慰风尘 –

我写这篇文章并未征得老兵的同意，我也做好了被他扔下河的准备。

无他，在这个不懂得反思的时代，有些故事应该被后人知晓。

不奢望铭记，知晓即可。

有庙堂正史，亦应有民间修史。何为史？末学浅见，五个字：真实的故事。

是对是错，是正是反，百年后世人自有分晓，但无论如何，请别让它湮没，那些鲜活和真实的细节，有权利被人知晓。

写就写了。

我等着老兵来把我扔下河。

PS: 他后来把我扔下了河。

乖，摸摸头 – 100

有些话，年轻的时候羞于启齿，等到张得开嘴时，已是人近中年，
且远隔万重山水。
…………
每一年的大年初一，我都会收到一条同样的短信。
在成堆的新年快乐恭喜发财的短信中，有杂草敏短短的四字短信：
哥，好好的。
很多个大年初一，我收到那条四字短信后，都想回复一条长长的短
信……可最终都只回复四个字了事：乖，摸摸头。

新 乖，摸摸头（下）– 118

那天他们吃的黑胡椒拌白米饭，就着白水和老干妈，小姐姐把大坨
的米饭分给他，自己吃小坨的，边吃边说她以前有个哥哥，是她老大，
老凶她，骂她工作不努力，但每次骂完了以后都会带她去吃各种肉，
还有皮皮虾，还有梭子蟹，还有烤大腰子……都是她爱吃的。
他说：姐，你流口水了呢。

普通朋友 – 136

有一天，大鹏差一点儿死在我面前。
……再往后十厘米，他必死无疑。

所有人都傻了，巨大的回声久久不散。
我扔了话筒跳下舞台要去打人，他僵在台上，颤着嗓子冲我喊：
别别别……没出事。
他脸煞白，一副快哭出来的表情。
我眼睛一下子就酸了……唉，谁说艺人好当的。

不许哭 – 150

她坐在门槛上,火光映红面颊,映出被岁月修改过的轮廓……妮可妮可,
蒙奇奇一样的妮可,你的娃娃脸呢? 你的眼角怎么也有皱纹了?

她说:哥,我不哭。
我说:乖,不许哭,哭个屁啊。
她抬起一张湿漉漉的脸,闭着眼睛问我:
哥,我们什么时候回拉萨?

后来 – 180

她送机时掉眼泪,说太远了,不知道下次见到哥哥是什么时间。
……三十多岁的人了,可怜巴巴的像个小孩。
我说我会常来的,她说别,机票太贵,哥你别浪费钱。

风马少年 – 190

……于是我们站在垭口最高处唱《海阔天空》。

手鼓冻得像石头一样硬，吉他只剩下两根琴弦，一辆一辆车开过我们面前，每一扇车窗都摇了下来，一张张陌生的面孔路过我们。

有人冲我们敬个不标准的军礼，有人冲我们严肃地点点头，有人冲我们抱拳或合十，有人喊：再见了兄弟。

嗯，再见了，陌生人。

新 每一个瞬间 – 202

我成年后求学、工作、漂泊游走，拜人生选择所赐，二十多岁时，终于有了许多的朋友。

关于友情，所有的欠缺仿佛一夜之间全都补齐了，于是我爱他们，我年轻时的那些朋友。

那些荒唐幼稚疯癫折腾，不论真假对错，不论后来看明白了还是看透了，都不会去否定。

他们给予了我很多，那些填满我心的每一个瞬间，都是那时的我从未拥有过的。

会惦念终生。

听歌的人不许掉眼泪 – 212

时光荏苒，眨眼带走许多年。

有人说：小屋是丽江的一面旗，不能倒。

当然不能倒。于我而言，它哪里仅是间小火塘，它是一个修行的道场，是我族人的国度，哪怕有一天我穷困潦倒捉襟见肘了，捐精卖血我也要保住这间小木头房子。

给你讲一个最遥远的理由。

唱歌的人不许掉眼泪 – 236

次日午后，他们辞行，没走多远，背后追来满脸通红的老妪。
她孩子一样嗫嚅半晌，一句话问出口：你们这些唱歌的人，都是靠什么活着的？
这个一生无缘踏出茫茫荒野的老人，鼓起全部的勇气发问。
她替已然年迈的自己问，替曾经年轻的自己问。
紧张地，疑惑地，胆怯地，仿佛问了一句多么大逆不道的话。

三五个汉子立在毒辣的日头底下，沉默不语，涕泪横流。
老人慌了，摆着手说：不哭不哭，好孩子……我不问了，不问了。

新 唱歌的人不许掉眼泪 （导读）– 270

想说的话说完了，希望你懂。
其实自始至终只是在说一句：
唱歌的人不要掉眼泪，有人在听，哪怕再少，也有人听。

小因果 – 274

大人们不舍得叫醒他们，他们脸贴着脸，睡得太香了，美好得像一幅画。

那个九岁的男孩不会知道，二十四年后，身旁的这只小姑娘会成为他的妻子，陪他浪迹天涯。

新 舍不得 – 320

明知不可逆，明知是执念，明知会肝肠断，就是舍不得，偏偏舍不得。
只求牵着的手晚一点儿松开。
只求时间走慢些，再慢一些。

木头和毛毛 – 340

毛毛捏着木头的手，对我说：……五年前的一天，我陪她逛街，我鞋带松了，她发现了，自自然然地蹲下来帮我系上……我吓了一跳，扭头看看四周，此时此刻这个世界没有人在关注我们，我们不过是两个最普通的男人和女人……我对自己说，就是她了，娶她娶她！

新 自动挡的爱情 – 366

毛毛指着车钥匙忘情地说：
这辆是我的未来……等到四十五岁左右，我和木头按计划退休了，我会开着这辆大皮卡带着她去走天涯，后斗里面装上她的缝纫机和我的吉他，国内走遍了就去欧洲去非洲，我摆个摊儿卖唱，她在旁边做衣服……这车斗大，我给我们家木头再带上个沙发！

椰子姑娘漂流记 – 380

忽然间，十三年前的那个小姑娘重现在他眼前，比萨饼的香味，叮叮当当的硬币声，铺天盖地的阳光铺天盖地而来。

他慢慢地走过来，短短的几步路好似有十三年那么漫长，他坐下，趴到她旁边。
松软的床单遮住了她的脸，他伸手拨下来一点儿，她没躲，两个人脸对着脸。她手攥着床单，眼睛睁得又大又圆，彼此的呼吸声也清晰可辨。

他说：喂，这张床分我一半。

新 稻子先生私塾记 – 426

菁华内藏、隐于市井的稻子先生。
寡语讷言、言之有物的稻子先生。
椰子姑娘的稻子先生。

椰子和稻子的后来，出乎所有人的意料。
在他们婚后没多久，这俩人就一起疯了。

疯得很有逻辑、很有理性。

我的师弟不是人 – 472

我第一次见它的时候，它正在做皈依仪式。师父披着袈裟立着念皈依文，它夹着尾巴趴卧在跪垫上。檀香的烟气飘过它的大鼻头，它龇龇地打喷嚏，听起来好像在一问一答一样。

我拿个棍儿戳戳它，问它：喂，傻狗，你有什么特别之处吗？
师父在花架下喝茶，隔着半个院子喊：别"傻狗傻狗"地喊，如果别人喊你"傻冰"你愿意吗？这是你师弟，以后喊师弟，昌宝师弟！

后记 2014

 后记 2019

对不起

◎　　她哭着喊：对不起，对不起，对不起……
　　它贴在地面上的脑袋猛地抬了一下，好像意识到了些什么，脖子开始拼命地使劲，努力地想回头看她一眼，腿使劲尾巴使劲全身都在使劲……
　　终究没能回过头来。
　　白瓷盆里空空的，今天她还没来得及喂它吃东西。

不管是欠别人，还是欠自己，你曾欠下过多少个"对不起"？

时间无情第一，它才不在乎你是否还是一个孩子，你只要稍一耽搁、稍一犹豫，它立马帮你决定故事的结局。

它会把你欠下的对不起，变成还不起。

又会把很多对不起，变成来不及。

（一）

先从一条狗说起。

狗是条小松狮，蓝舌头大脑袋，没名字，命运悲苦。

它两三岁时，被一个玩自驾的游客带来滇西北。狗狗长得憨，路人爱它，抢着抱它，拿出各种乱七八糟的零食来胡喂乱喂。女主人分不清是憨是傻，或者严重缺乏存在感，竟以自己家的狗不挑食为荣，继而各种嘚瑟，动不动就让它表演一个。

狗比狗主人含蓄多了，知道人比狗更缺乏存在感，它听话，再不乐意吃也假装咬起来嚼嚼。

女主人伸手摸摸它下颌，说：乖孩子，咽下去给他们看看。

它含着东西，盯着她眼睛看，愣愣地看上一会儿，然后埋下头努力地吞咽。

它用它的方式表达爱，吃来吃去到底吃出病来。

一开始是走路摇晃，接着是吐着舌头不停淌口水，胸前全部打湿了，沾着土灰泥巴，邋里邋遢一块毡。

后来实在走不动了，侧卧在路中间，被路人踩了腿也没力气叫唤。

那时古城没什么宠物诊所，最近的在大理，大丽高速（大理—丽江的高速公路）没开通，开车需要四个小时。

狗主人迅速地做出了应对措施——走了。

狗主人自己走了。

车比狗金贵，主人爱干净，它没机会重新坐回她的怀抱。

对很多赶时髦养狗的人来说，狗不是伙伴也不是宠物，不过是个玩具而已，
玩坏了就他妈直接丢掉。

她喊它"孩子"，然后干净利索地把它给扔了。

没法儿骂她什么，那时不是现在，虐婴不重判打胎不算罪买孩子不严惩，遑
论狗命一条。

接着说狗。

小松狮到底是没死成。

狗是土命，沾土能活，它蜷在泥巴地里打哆嗦，几天后居然又爬了起来。命
是保住了，但走路直跛跄，且落下了一个爱淌口水的毛病。

也不知道那是口水还是胃液，黏糊糊铺满胸口，顺着毛尖往下滴，隔着两三
米远就能闻到一股子酸溜溜的味道。

以前不论它走到哪儿，人们都满脸疼爱地逗它，夸它乖、可爱、懂事，都抢
着抱它，现在人们对它视若无睹。墨分浓淡五色，人分上下九流，猫猫狗狗
却只有高低两类分法：不是家猫就是野猫，不是宠物狗就是流浪狗。

它青天白日地立在路中间，却没人看得见它。

不为别的，只因它是条比抹布还脏的流浪狗。

都是哺乳动物，人有的它都有。

人委屈了能哭，狗委屈了会呜呜，它不呜呜，只是闷着头贴着墙根发呆。

古城的狗大多爱晒太阳，三步一岗地横在大马路上吐着舌头伸懒腰，唯独它

例外，阴冷阴冷的墙根，它一蹲就是一下午，不叫，也不理人，只是瞪着墙根，木木呆呆的。

它也有心，伤了心了。

再伤心也要吃饭，没人喂它了，小松狮学会了翻垃圾。

古城的垃圾车每天下午三点出动，绕着圈收垃圾，所到之处皆是震耳欲聋的纳西流行音乐。垃圾车莅临之前，各个商户把大大小小的垃圾袋堆满街角，它饿极了跑去叼上两口，却经常被猛踹一脚。

踹它的不止一个人，有时候像打哈欠会传染一样，只要一家把它从垃圾袋旁踹开，另一家就会没等它靠近也飞起一脚。

人有时候真的很奇怪，明明自己不要的东西，狗来讨点儿，不但不给，反而还要踹人家。

踹它的也未必是什么恶人，普普通通的小老百姓而已，之所以爱踹它，一来反正它没靠山没主人，二来反正它又不叫唤又不咬人，三来它凭什么跑来吃我们家的垃圾？

反正踹了也白踹，踹了也没什么威胁，人们坦然收获着一种高级动物别样的存在感。

当然，此类高尚行径不仅仅发生在古城的人和狗之间。

网络上不是整天都有人在"踹狗"吗？踹得那叫一个义正词严。

以道德之名爆的粗就是踹出的脚，"狗"则是你我的同类，管你是什么学者、名人、巨星，管你是多大的 V、多平凡的普通人，只要瑕疵被揪住，那就阶段性地由人变狗，任人踹。

众人是不关心自己的，他们只关心自己熟悉的事物，越是缺少德行的社会，人们越是愿意占领道德制高点，以享受头羊引领羊群般的虚假快感。

敲着键盘的人想：

反正你现在是狗，反正大家都踹，反正我是正义的大多数，踹就踹了，你他妈能拿我怎么着？是啊，虽然那些义正词严我自己也未必能做到，但被群嘲了、热搜了、摁到放大镜下的人是你不是我，那就我还是人，而你是狗，我不踹你我踹谁？

反正我在口头上占据道德高峰俯视你时，你又没办法还手。

反正我可以很安全地踹你，然后不费吹灰之力就能获得一份高贵的存在感。你管我在现实生活中匮乏什么，反正我就中意这种便捷的快感：以道德之名，带着优越感踹你，然后安全地获得存在感。

于是，由人变狗的公众人物老老实实地戴上尖帽子弯下头，任凭众人在虚拟世界里踢来踹去，静待被时间洗白，被下一个热点覆盖替代……

抱歉，话题扯远了，咱们还是接着说小松狮吧。

于是，原本就是狗的小松狮一边帮高级灵长类生物制造着快感，一边翻垃圾果腹。

如是数年。

几年中不知道挨了多少脚，吃了多少立方垃圾。它本是乱吃东西才差点儿丢掉半条命，如今无论吃什么垃圾都不眨眼，吃完了之后一路滴着黏液往回走。那个墙根就是它的窝，有隙可藏，无瓦遮头。

（二）

没人会倒霉一辈子，就像没人会走运一辈子一样。

狗也一样。

忽然有一天，它不用再吃垃圾了。

有个送饭党从天而降，还是个姑娘。

姑娘长得蛮清秀，长发，细白的额头，一副无边眼镜永远卡在脸上。

她在巷子口开服装店，话不多，笑起来和和气气的。夜里的小火塘烛光摇曳，她坐在忽明忽暗的人群中是最普通不过的一个。

服装店的生意不错，但她节俭，不肯去新城租公寓房，长租了一家客栈二楼的小房间，按季度付钱。住到第二个季度时，她才发现楼下窗边的墙根里住着条狗。

她跑下楼去端详它，说：哎呀，你怎么这么脏啊……饿不饿，请你吃块油饼吧！

很久没有人专门蹲下来和它说话了。

它使劲把自己挤进墙角里，呼哧呼哧地喘气，不敢抬眼看她。

姑娘把手中的油饼掰开一块递过去……一掰就掰成了习惯，此后一天两顿饭，她吃什么就分它点儿什么，有时候她啃着苹果路过它，把咬了一口的苹果递给它，它也吃。

橘子它也吃，梨子它也吃。

土豆它也吃，玉米它也吃。

自从姑娘开始喂它，小松狮就告别了垃圾桶，也几乎告别了踹过来的脚。

姑娘于它有恩，它却从没冲她摇过尾巴，也没舔过她的手，总是和她保持着适当的距离，只是每当她靠近时，它总忍不住呼哧呼哧地喘气。

它喘得很凶，却不像是在害怕，也不像是在防御。

滇西北寒气最盛的时节不是隆冬，而是雨季，随便淋一淋冰雨，几个喷嚏一打就是一场重感冒。雨季的一天，她半夜想起它在淋雨，掀开窗子喊它：小狗，小狗……

无有回音。

雨点滴滴答答，窗子外面黑洞洞的，看不清也听不见。

姑娘打起手电筒，下楼，出门，紫色的雨伞慢慢撑开，放在地上，斜倚着墙角遮出一小片晴。

湿漉漉的狗在伞下蜷成一坨，睡着了的样子，并没有睁眼看她。

她用手遮住头往回跑，星星点点的雨水钻进头发，透心的冰凉。跑到门口一回头，不知什么时候它也跟了过来，悄悄跟在她身后，见她转身，立马蹲坐在雨水里，不远不近地保持着两米的距离。

她问：你想和我一起回家吗？

它不看她，一动不动，木木呆呆的一坨，湿漉漉的。

她躲进屋檐下，冲它招手：来呀，过来吧。

它却转身跑回那个墙角。

好吧，她心说，至少有把伞。

姑娘动过念头要养这只流浪狗，院子里有一株茂密的三角梅，她琢磨着把它的家安置在树荫下。客栈老板人不坏，却也没好到随意收养一条流浪狗的地步，婉言拒绝了她的请求，但默许她每天从厨房里端些饭去喂它。

她常年吃素，它却自此有荤有素。

日子久了，感情慢慢深了一点儿。

喂食的方式也慢慢变化。一开始是隔着一米远丢在它面前，后来是夹在手指间递到它面前，再后来是放在手掌上，托到它面前。

一次喂食的间隙，她摸了摸它脑袋。

它震了一下，没抬头，继续吃东西，但边吃边呼哧呼哧地喘气，喘得浑身都颤抖了起来。

不论她怎么喂它，它都没冲她摇过尾巴，也没舔过她的手，它一直是木木呆呆的，不吵不闹，不咬不叫。

她只听它叫过两次。

第一次，是冲一对过路的夫妻。

它一边叫一边冲了过去，没等它冲到跟前，男人已挡在自己的爱人前面，一脚飞了出去。

它被踹了一个跟头，翻身爬起来，委屈地叫了一声，继续冲上去。

姑娘惊着了，它居然在摇尾巴？！

没等她出声，那个女人先喊了出来。

那个女人使劲晃着男人的胳膊，兴奋地喊：这不是我以前那条狗吗？哎哟，它没死。

男人皱着眉头，说：怎么变得这么脏……

话音没落，它好像能听懂人话似的，开始大叫起来，一声接一声，一声比一声拖得长，一声比一声委屈。

它绕着他们跳圈子，叫得和哭一样难听。

那对男女忽然尴尬了起来，转身快步走开。姑娘走上前拦住他们，客气地问：为什么不领走它，是因为嫌它脏吗？

她说：我帮你们把它清洗干净好不好？把它领走吧，不要把它再丢在这里了好不好？

狗主人摆出一脸的抱歉，说：想领也领不了哦。我怀孕了，它现在是条流浪狗了，谁晓得有啥子病，总不能让它传染我吧。

姑娘想骂人，手臂抬了起来，又放下了……她忽然忆起了些什么，脸迅速变白了，一时语塞，眼睁睁地看着那对夫妻快步离开。

狗没有去追，它木木呆呆地立在路中央，不再叫了。

它好像完全能听懂人们的对话一样。

那个女人或许还是有那么一点点愧疚的吧，晚饭后，他们从饭店里拿来一个小瓷盆放在它旁边，里面有半份松菇炖鸡，是他们刚刚吃剩下的……

女人叹息着说：好歹有个吃饭的碗了，好可怜的小乖乖。

做完这一切后，女人无债一身轻地走了。他们觉得自己送了它一只碗，很是对得起它了。

一直到走，女人都和它保持着距离。一直到走，她也没伸出手摸摸她的小乖乖。

她喊它"乖孩子"，然后玩坏了它，然后扔了它。

然后又扔了一次。

事后的第二天，姑娘小心翼翼地把食物放进瓷盆，它走过去埋下头，慢慢地吃慢慢地嚼。

姑娘蹲在它面前看它，看了半天没看出它有什么异常，却把自己给看难过了。

（三）

姑娘第二次听它叫，也是最后一次听它叫。

她喂了它整整一年，小松狮依旧是不摇尾巴不舔她手，也不肯直视她，但一人一狗多了些奇怪的默契。

不知从什么时候开始，每天当她中午醒来后推开窗时，都能看到它面朝着她的方向仰着头。

一天两天三天，晴天雨天，天天如此。

她微微奇怪，于是，那天醒来后躲在窗帘后偷看……

它居然焦急地在原地兜圈子，一副焦躁不安的模样。

她心头一酸，猛地推开窗子，冲它招手：小狗，小狗，不要担心，我还在呢！

它吓得几乎跳了起来，想迅速切换回木木呆呆的姿态，但明显来不及掩藏。

隔着冬日午后明黄色的耀眼光芒，他们望着对方，一狗一人，一个在楼下，一个在楼上。

…………

然后，她听到了它痛苦的一声尖叫。

一群人围住了它……第一棍子打在腰上，第二棍子打在鼻子上。

阳光灿烂，棍子砸在皮毛上，激起一小片浮尘，它使劲把头往下埋，痛得抽搐成一团球。掌棍的人熟稔地戳歪它的脖子，又是一棍，打在耳后，再一棍，还是耳后。

她一边尖叫一边往楼下冲，客栈的小木楼梯太窄，挂画被撞落，裸露的钉子头划伤了手臂，红了半个手掌。

她一掌推过去，殷红的掌印清清楚楚印在那个穿制服的人脸上。一下子冒出来一堆穿制服的人，她被反拧着胳膊摁在墙上。

他们怒斥她：为什么打人！

她声嘶力竭地喊：为什么打我的狗！

七八个手指头点到她的鼻子前：你的狗？你的狗你怎么不领回家去？！

她一下子被噎住了，一口气憋在胸口，半辈子的难过止不住地涌了出来。

第一声恸哭就哑了嗓子。

扭住她的人有些发蒙，松开胳膊任她坐倒在地上，他们说：你哭什么哭，我们又没打你。

路人过来劝解：好了好了，大家抬头不见低头见的，别为了条破狗伤了和气。

她薅住那人的袖口喊：……救救它救救它。

路人叹了一口气，小心地打商量：唉，各位兄弟，这狗它又没咬过人，留它一口气又何妨。

手指头立马也点到他鼻子前：回头咬了人，你负责吗？

路人挂不住面子，一把攥住那根手指头，局面一下子僵了。

她哀求道：不要杀它，我负责！我养它！

有人说：你早干吗去了，现在才说，存心找事是吧？警告你哦，别妨碍公务！

她哑着嗓子骂：流浪狗就一定该死吗？！你还是不是人！

挨骂的人起了真火，棍子夹着风声抢下去，砸在小松狮脊梁上，骍一声断成两截。

她"啊"的一声大喊，整颗心都被捏碎了。

没人看她，所有人都在看着它。

它好像对这一击完全没反应，好像一点儿都不痛。

它开始爬，一蹿一蹿的，使劲使劲地爬，腰以下已不能动，只是靠两只前爪使劲抠着青石板往前爬。

爬过一双双皮鞋、一条条腿，爬得满不在乎。

她哭、它爬，四下里一下子静了。

她跪在地上，伸出的双臂揽了一个空。它背对着她爬回了那个阴冷的墙根，它背朝着这个世界，使劲把自己贴挤在墙根夹角。

……忽然一个喷嚏打了出来，血沫子喷在墙上又溅回身上，溅在白色的小瓷盆上，星星点点。

它长长地吐出一口气，然后一动不动了。

好像睡着了一样。

她哭着喊：对不起，对不起，对不起……

它贴在地面上的脑袋猛地抬了一下，好像意识到了些什么，脖子开始拼命地使劲，努力地想回头看她一眼，腿使劲尾巴使劲全身都在使劲……

终究没能回过头来。

震耳欲聋的垃圾车开过来了，嬉闹的游人，亮晃晃的日头。

白瓷盆里空空的，今天她还没来得及喂它吃东西。

（四）

2012 年年末的某天夜里，有个披头散发的姑娘坐在我的酒吧。

她说：大冰哥，我明天走了，一早的车，不再回来了。

我问她为何走得那么着急。

她说：去见一个人，晚了怕来不及了。

小屋的招牌青梅酒叫"相望于江湖"，我斟一碗为她饯行。她低眉含下一口，一抬头，呛出了眼泪。

我问：那个人很需要你，是吧？

她点点头，嘿嘿地笑，边笑边饮酒，边笑边擦眼泪。

她说：是我需要他。

她说：我需要去向他说声对不起。

她喝干了那碗相望于江湖，给我讲了一个还未结局的故事。

她讲故事的那天，是那只流浪狗被打死的当天。

（五）

她是普通人家的孩子，大学上的是二本，在自己家乡的小城市里走读。

她没什么特殊的爱好，也没什么同学之外的朋友，按部就班地吃饭、逛街、念书，按部就班地在小城市长大。唯一和别人不同的是，她家里只有父亲和哥哥。

她是旁人眼里的路人甲，却是自己家中的公主，父亲和哥哥疼她，疼的方式各不相同。

父亲每天骑电动车接她放学，按时按点，雷打不动。

有时路过菜市场，停下车给她买一块炸鸡排，她坐在电动车后座上啃得津津有味。

她说：爸爸你吃不吃？

父亲回头瞥一眼，说：你啃得那么干净，我吃什么吃呀？

哥哥和其他人的哥哥不一样，很高、很帅气、很迁就她。

她说：哥哥哥哥，你这个新发型好难看，我不喜欢看。

哥哥说：换！

她说：哥哥哥哥，你的这个新女朋友我不喜欢，将来变成嫂子的话一定会凶我的。

哥哥说：换！马上换！

哥哥不是嘴上说说，是真的换。她的话就是圣旨，从小就是这样，他并不觉得自己受委屈，只怕委屈了妹妹。母亲离去时，妹妹还不记事，他心疼她，决心罩她一辈子。

他是个成绩不错的大学生，有奖学金，经常抢过电脑来翻她的淘宝购物车，一样一样地复制下地址，然后登录自己的账户，替她付款。

他临近毕业，家里没什么关系替他谋一份前途无量的工作，他也不甘心在小城市窝一辈子，于是顺应潮流成了考研大军中的一员。

有一天，他从台灯下抬起头，冲着客厅里的她说：等我考上研究生了……将来找份挣大钱的好工作，然后带你和爸爸去旅行，咱们去希腊的圣托里尼岛，碧海蓝天白房子，漂亮死了。

她从沙发上跳下来，跑过去找哥哥拉钩，嘴里含着巧克力豆，心里也是。

浸在这样的爱里，她并不着急谈恋爱。

这个时代流行明艳，不青睐清秀，旁人眼里的她太普通了，主动追她的人不多，三拖两拖，拖到大学毕业还留着初吻，她却并不怎么在乎。

她还不想那么快就长大。

若日子一直这样平平静静地流淌下去该多好。

命运善嫉，总吝啬赋予世人恒久的平静，总猝不及防地把人一下子塞进过山车，任你怎么恐惧挣扎也不肯轻易停下来，非要把圆满的颠簸成支离破碎的，再命你耗尽半生去拼补。

乌云盖顶时，她刚刚大学毕业。父亲用尽一切关系，帮她找到一份还算体面的文职工作。

哥哥却忽然崩溃了，重度抑郁症。

事情是从哥哥的一次高中同学聚会后开始变糟的。

他那时连续考了三年研究生，没考上，正在拼死备考第四次。挨不住同学的再三邀约，勉强答应去坐坐。

一切都来得毫无征兆。

哥哥赴宴前，她嚷着让他打包点儿好吃的东西带回来，哥哥一边穿鞋一边抬头看了她一眼，神情古怪地笑了一笑。

他系鞋带，埋着头轻声说：小妹，今天是别人请客，不是我埋单……

她开玩笑说：不管不管！偏要吃！反正你那些同学不是白领就是富二代，不吃白不吃！

父亲走了过来，递给哥哥 50 元钱让他打车去赴宴。

哥哥没有接，他说：爸爸，我骑你的电动车去就好。

谁也不知道那天的同学会上发生了些什么。

或许和这个世界上许多同学聚会一样，叙旧之外，少不了炫耀和吹嘘、数落和攀比，客客气气的俯视，心照不宣的鄙夷。

半夜时，哥哥空手回到家，没给她打包饭盒。他如往常一样，安安静静走进自己的小房间。

第二天她推开哥哥的房门，满地的雪白。

满坑满谷的碎纸片，教材、书以及她和哥哥一张一张贴在墙上的圣托里尼的照片。

他盘腿坐在纸片堆里，一嘴燎泡，满眼血丝。

她吓坏了，傻在门口，不敢去抱住他，手指抠在门框上，新做的指甲脆响一声，断成两片。

哥哥不说话，眼睛也不看人。从那一天起，他再也没正视过她的眼睛。

从小，他就被教育要努力、要上进，被告知只有出人头地有名有利才叫有前途，被告知机会均等、天道酬勤……却没人告诉他，压根儿就不存在平等的起跑线。

也没人告诉他，不论行伍还是读书，这个世界对于他这种普通人家的子弟而言，上行通道有多狭窄，机遇有多稀缺。

学校教育教了他很多，却从没教会他面对那些不公平的资源配置时，该如何去调整心态。

学校只教他一种办法：好好读书。

他接触社会浅，接受的社会教育本就少得可怜，没人教他如何去消解那些巨大的烦恼执着。

他们不在乎你是否会心理崩塌，只教育你两点：

1. 你还不够努力；2. 你干吗不认命。

成千上万普通人家的孩子没资本、没机遇、拼不了爹、出不了国，他们早已认了命，千军万马地去挤考研的独木桥。

努力了，考不上，怎么办？

随便找个工作再认命一次吗？一辈子就这么一次接一次地认命吗？

你教我们努力奋斗去成功，为何对成功的定义却是如此之窄？

为什么不教教我们如果达不到你们所谓的成功标准的话，接下来该怎么活？

只能认命吗？

哥哥不服，不解，不想认命。

他努力了，却被逼疯了，然后又被说成是因为自身心理素质不好，一切都是内因。

所有人都是公众价值观的帮凶，没有人会承认主谋是那套有着标准答案的价值观，以及那些冠冕堂皇的公平，就像没人了解那场同学聚会上到底发生了些什么。

（六）

祸不单行，父亲也病了。

哥哥出事后，父亲变得和哥哥一样沉默，天天闷着头进进出出，在家和医院之间来回奔波。中年男人的伤心难有出口，只能窝在心里，任它郁结成恙。

人过中年，要病就是大病。医生不说，爸爸不讲，她猜也猜得出是绝症。

好好的一个家就这么完了。

她自此出门不敢关灯，害怕晚上回来推开门时那一刹那的清冷漆黑。她开始早出晚归，只因受不了邻居们悲悯的劝慰，很多时候，那份悲悯里更多的是一种带着俯视的庆幸。

没人给她买鸡排，也没人给她在淘宝上付款了，她必须每天拎着保温盒，掐着工余的那点儿时间在两个医院间来回奔跑，骑的是父亲的那辆电动车。

头发慢慢枯黄，人也迅速憔悴了下来。眉头锁久了，细白的额头上渐渐有了一个淡淡的"川"字，没人再说她清秀。

哥哥的情况越来越糟糕，认知功能不断地下降，自残的倾向越来越明显。一个阶段的电抽搐治疗后，医生并未给出乐观的答复，反而说哥哥已经有了精神分裂的征兆。

一天，在照顾哥哥时，他忽然精神失控，把热粥泼了半床，她推了他一把，他反推回来，手掌掴在她脸上，致使她后脑勺磕在门角上，鼓起杏子大小的包。从小到大，这是他第一次推她。

她捂着脑袋跑到街上。街边花园里有小情侣在打啵儿，她路过他们，不敢羡慕，不敢回头，眼前是大太阳底下自己孤零零的影子。

她未曾谈过恋爱，不知道上哪儿才能找到个肩膀靠一靠。

她给父亲打电话，怯怯地问：爸爸，你到底什么时候才能好起来……

父亲在电话那头久久地沉默。

她哭，大声问：爸爸，你到底什么时候才能好起来？

事情好像永远不会再好起来了。化疗失败，父亲一天比一天羸弱，再也下不了病床。

饭盒里的饭菜一天比一天剩得多，末了不需要她再送饭了，用的鼻饲管。

她一天比一天心慌，枕巾经常从半夜湿到天亮，每天清晨都用被子蒙住脑袋，不敢看窗外的天光，心里默念着：再晚一分钟起床吧……再晚一分钟起床吧……

成住坏空，生死之事该来的该走的挡也挡不住留也留不住。

回光返照之际，父亲喊她到床头，嗫嚅半晌，对她说：……你哥哥，就随他去吧，不要让他拖累了你。

她低下头，不知道该如何接话。

父亲盯着她，半晌无语。终于，他轻轻叹了口气，轻声说：是哦，你是个女孩子……

又是久久的沉默，普普通通的一个父亲在沉默中离去。

她去看哥哥，坐在他旁边的床上。

哥哥头发长了，手腕上有道新疤，他依旧是不看她的眼睛，不看任何人的眼睛，他是醒着的，又好像进入了一场深沉的梦魇。

衣服和床单都是带条纹的，窗棂也是一条一条的，满屋子的来苏水味仿佛也是。

她说：爸爸没了……

沉沉的眼泪噼里啪啦往下掉，她浑身轻得找不到重心，却不敢靠向他的肩头。

她说：你什么时候才能好起来……

从医院出来，她发现自己没有喊他"哥哥"。

不知为什么，她害怕再见到他，之后几次走到医院的栅栏门前，几次拐出一个直角。

父亲辞世后的三年里，她只去看过他四次。

命运的过山车慢慢减速，日子慢慢回归平静。

只剩她一个人了。

她一个人吃饭、上班、逛街、跳槽，交了几个闺密，都是新单位的同事，没人知道她还有个哥哥。热心人给她介绍对象，相亲时，她几次把话咽回肚里，不想告诉人家自己有个精神病哥哥。

…………

时光洗白了一点儿心头的往昔，带来了几道眼角的细纹。

她积攒了一点儿钱，爱上了远行，去过一些城市和乡村，兜兜转转来到这座滇西北的古城。

这里是另一方江湖，这方江湖那时尚且干净，那时这里没人关心你的出身背景、阶级属性、财富多寡和名望高低，也没人在乎你过去的故事。反正孤身一人，在哪里过不是过，于是她决定不走了，留在了这个不问过去的地方，开了一家小店，认认真真地做生意，平平淡淡地过日子。

偶尔，她想起在电动车后座上吃鸡排的日子，想起拉过钩的圣托里尼，想起医院里的来苏水味。

她想起父亲临终时说的话：是哦，你是个女孩子……

她自己对自己说：是哦，我是个女孩子……

慢慢地，哥哥变成了一个符号，不深不浅地印在往昔的日子里。

越来越远，越来越淡。

然后她遇到了一条流浪狗。

直到她遇到了这条流浪狗。

（七）

2012 年年末的一个午后，我路过古城五一街王家庄巷，他们打狗时，我在场。

我认识那条狗，也熟识旁边恸哭的姑娘。

那个姑娘攥住我的袖子哀求：大冰哥，救救它，救救它。

我以为说情有用，结果没有，我为了自己的面子攥住了一根手指，而未能来得及攥停那根棍子。

我看到棍子在它身上砸断，它不停地爬，爬回那个墙角。

我听到那个姑娘边哭边喊：对不起，对不起，对不起……

我帮她把那只流浪狗掩埋在文明村的菜地，带她回到我的酒吧，陪她坐到天亮。

那天晚上，她在大冰的小屋里喝了一整壶相望于江湖，讲了一个未结局的故事。故事里有父亲，有哥哥，有一个终于长大了的女孩子和一条流浪狗。

她告诉我说：我要去见一个人，晚了怕来不及。

她说：我需要去对他说声对不起。

天亮了，我帮她拖着行李，去客运站买票，目送她上车离去。

我没再遇见过她。

她留下的这个故事，我一直在等待结局。

时隔一年半。

2014 年春末，我看到了一条微博。

微博图片上，一个清秀的姑娘站在一片白色的世界里，她左手搂着一幅黑框照片，右手挽着一个男子的胳膊。

这是一家人的合影：妹妹、哥哥、天上的父亲。

结束了，结束了，难过的日子都远去吧。

大家依偎在一起，每个人都是微笑着的，好起来了，都好起来了。

…………

抱歉，故事的结局不是这样的。

2014 年 4 月 19 日，江南小雨，我点开了一条没有文字只有图片的微博。

图片上她平静地注视着镜头，左手搂着一幅黑框相片，右手是另一幅黑框相片。

碧海蓝天白房子，微博发自圣托里尼。

（八）

……不管是欠别人，还是欠自己，你曾欠下过多少个"对不起"？

时间无情第一，它才不在乎你是否还是一个孩子，你只要稍一耽搁、稍一犹豫，它立马帮你决定故事的结局。

它会把你欠下的对不起，变成还不起。

又会把很多对不起，变成来不及。

一直到今天，我也不确定她最后是否跑赢了时间，那句"对不起"，是否来得及。

对不起 之外

过去的、当下的、湮灭的、忘却的、反常识的……
谁去说这声对不起?
由谁说? 和谁说? 怎么说? 是否还有机会说?
是否已经来不及?

哪有什么答案,有的只是问句。
可是,哈哈哈,该问谁去?

现在是 2019 年 3 月,又是五年过去,杳无音信,若是看到,愿故人安好,盼重聚。

赘述一些故事之外的事情。
2015 年后文明村大兴土木,新的街巷,新的客栈和店铺林立,当年埋小松狮的具体地方当时未有标记,已不可寻。或许已化土化泥,或许在修挖地基时被一并当作了建筑垃圾。

我后来路过希腊,去过她拍照的那个位置,圣托里尼。
想起她捧着父亲和哥哥的遗照立在这里的模样,日光耀眼,爱琴海上波光粼粼。

2014 年春末写下的《对不起》,地点是苏州,当时有一个朋友冒雨驱车从上海来看我,是这篇文章的第一个读者,当时还是半成品,我却至今依旧记着那两行眼泪,晶晶莹莹。
那个朋友后来也没了联系,没有什么矛盾分歧,种种缘故,淡了而已,然后远去。
曾问过我的,未来会不会将其也写进书里,当时我说可能会,等等再说,如今看,却是不该等的,如今也已是来不及。
其实《对不起》最初的名字,就是:来不及。

有人说这一篇,是我写过的最催泪虐心的文章之一。数万条的读者回馈里,都提到了因小松狮的结局而落泪。感恩认同,我知是那些读者有悲悯心,但于我而言,其实后半部分关于父女兄妹的故事才是这篇文字的重心,以及个中暗喻。

这篇文章的核心，几个关键词句或可概述：

生命价值是否平等、在不平等的生命价值面前个体的选择和转折。

无常和有情、托付和遗弃，忏悔、反思和救赎，对不起和来不及。

当然，读者只是读故事，并没有全然 get 到作者意图的义务，若我之意图未能传递于你，缘由必是我并不丰盈的胆气和粗拙的文字组织能力，不在你。

其实换个角度想想，就算完全 get 到了又能怎样呢？

自始至终我无力批判也无意呐喊，只是有心说书而已，或许于读者而言，与其和这个二货说书人心意相通，莫若只是掩卷的片刻，生出那一点点短暂的悲悯。

话说，于这个嘻嘻哈哈却又悲观透顶的说书人而言，应有狸德，应知足。

话说，那一点点悲悯，已是最好的酬金。

……浮生却似冰底水，日夜东流人不知。二十年来我游走在江湖和市井，浪迹在天涯和乡野，切换着不同的身份，平行在不同的世界。世间林林总总的苦和难，惯见。

人们只道我爱写无常中的有情，可真正读懂那些无常和有情的人，会明白我是多么筋疲力尽的一个悲观主义者，那些失望和费解，盘桓在每一次午夜默坐后动笔前，周而复始如潮汐。

……是啊，是用狗来喻人。

那用人喻的又是什么呢？！

过去的、当下的、湮灭的、忘却的、反常识的……谁去说这声对不起？

由谁说？和谁说？怎么说？是否还有机会说？

是否已经来不及？

哪有什么答案，那么那么多故事写罢，有的只是问句。

可是，哈哈哈，该问谁去？

无论如何，谢谢肯读完这个故事。

无论用的是哪一个维度，谢谢你曾给这个故事腾出内存。

你看，故事里的人留在了故事里，读故事的你即将把这一页翻过去。

还需要说些什么呢……

娑婆境里，所有的故事全都不是第一次发生。

那些大时代、那些小人生，不过是有人把它写进了书里，有人正在经历，或即将经历。

► 《自是好梦最易醒》李锐

无用之人

我问他：等到全西藏 400 多个村子全拍完了以后，阿让打算去哪儿接着拍啊？

他老老实实地告诉我，他还没想过这个问题。

接着他摊开手，假装出一副烦恼的表情：哪有时间想那么远的事情啊，现在才拍了不到一半呢……

破皮包勒在肩头，那台老 5D 和那个唯一的 851.2 镜头藏在里面。

他喜滋滋地和我说：真是烦死了，还要拍好多年呢。

无用就无用吧，这个世界上还能容得下你这样的无用之人，也算尚未烂透。

去他喵的是非对错成败与否。

既然选择了独行，那就请继续独行。

（一）

阿让全名林光让，忧郁的眼神，浓密的短髯，年轻时的林子祥，胡子版的刘昊然。

乍一看他像个落难书生，秋夜落拓兰若寺，风霜难掩书卷气。

再一看他像个18世纪的英国探险家，略带拘谨的绅士气、风尘仆仆的小沧桑。

他寡言讷语，很少主动和人说话，面对寒暄总是彬彬有礼地笑，往好了说是礼貌，仔细一瞧是羞涩，喉结动啊动，十指微微抖，脚尖不自觉地往后缩，有一丝令人摸不清头脑的小紧张。

会害羞的男生是杀器，尤其是帅到他那个级别的，很多女生看上他一会儿心就软成了棉花糖，进而想狩猎他喂养他保护他拯救他……

那些女生大多失望而退。这家伙是块木头吗？软玉温香他不纳，明眸暗波他不接招，绣球当捡他不捡，白瞎了这副乱人心旌的好皮囊。

老鼻子女生被伤了自尊，觉得他禽兽不如，怨他眼光高，不然就是另有性取向。

说来也是令人费解，年轻力壮血气方刚各项功能健全，不谈恋爱不交女朋友整整五年没有过性生活，男女之事上他尘心不动，古怪得像个苦行僧一样。

衣食住行，很多方面阿让都像个苦行僧，严重缺乏物质欲望。

他春夏秋冬只穿一双鞋，黄色的，伴他走过万水千山，陪了他十几年的时光。

那鞋的底儿没棱角，数年前就磨没了。有一年他和老潘爬雨崩，时逢积雪未消，十八公里的山路一步一跤，磕长头一样，扑街一样。老潘没辙，换了一只鞋给他，认为起码一只脚不滑，俩人搀扶着逶迤前行，鼻青脸肿的一起摔跤，差点儿憋屈死在雪坡上。

火塘前他抢那只鞋，抱在怀里不撒手，不让老潘烧，说还能穿还能穿，大不了他用菜刀在鞋底上重新刻出几个槽。

后来没刻，鞋底儿磨得光又薄，无处下刀，担心戳漏了。

老潘说，阿让穿的不是鞋，是他妈一块肥皂，从认识他那天起就没换过，他的理论是只要鞋底没掉就还能穿，重买一双没那个必要。

那鞋也真的仗义，知道主人穷，苟延残喘知恩图报，底儿就是不掉。

他的穷是他自己选的，并安于寒酸。很多事情他都认为没那个必要，比如冲锋衣，比如登山包。他常穿的是件粗呢子小西服，风里雨里雪里雪崩里，纽扣每颗都不一样，补丁打在两肘上，哆哆嗦嗦的冻得狗一样。

包也只有一个，双肩背，疯马皮的，裂口绽线伤痕累累，品相之惊悚，好似闯过弹雨蹚过战壕。一般二般的小偷是无法征服那个包的，开拉链是个大工程，需要角度、力气和技巧，甚至还需要一点儿运气。

那拉链年事已高油盐不进，比较固执比较倔强，动不动就心情不好。

包里其实也没啥，两件内衣一条秋裤，一个本子两支笔一根羽毛……

笔是旧钢笔，本子是老日记本，记满了各种故事，夹满了各地的车票。

羽毛是高桥的羽毛，他的宝贝，自从他决定了当下的生活方式，再想买也买不起了。

他的生活方式也在那个包里——
一部苹果 5 手机
一部拍立得相机
一台佳能老 5D，以及一个 851.2 定焦镜头。

阿让是个摄影师，来自中国香港。
帅得人神共愤，穷得令人发指。包里那些是他最值钱的东西，他全部的家当。

（二）

老潘说，以阿让的水平，拍拍明星拍拍封面，轻轻松松国内一线。
如果他肯的话，几张照片一万块钱，几年之内能买房。

可是他不想。
不想成名不想赚钱，拍的照片不仅不卖，且还倒赔钱。
赔本生意他一做就是六年，越做越带劲，那是他的一个梦想，几乎算是另一
种欲壑难填。

赔钱也要有钱赔才好，他没钱，捉襟见肘时老潘给他介绍过挣钱途径，让他
去趟羊卓雍措给人旅拍婚纱。他去了，金主看到成片后大喜过望，十二分地
满意，只是奇怪他神情中的萧瑟和悲壮……
好特别的摄影师，拍照时不声不响，每拍一张深呼吸一口，像个泅渡的人，
蝶泳在水中央。

他拿到钱后就跑了，先跑回家把自己关了一天，接着跑去继续他的赔钱事业，一段时间后风尘仆仆地回来，局促地立在老潘面前，礼貌而羞涩地，笑得讪讪。他又没钱了，等着老潘安排介绍零活，等着再度悲壮。

这样的事情不知发生了多少遭，听说每次他的表情都是忍辱负重式的，据说他那副熊模样真的很欠揍，像个无奈卖身葬父的良家妇女，等着被土豪劣绅逼良为娼。

更气人的不仅于斯。
有时临时有急活，甲方点名要最好的摄影师，老潘好心让他轻松挣大钱，他说不接单就不接，拒绝得斩钉截铁，理由只一句：我兜里现在还有钱！
那气势那架势，好像整个汇丰银行都揣在他兜里。

有钱了就消失，跑去完成他的奇怪理想。
没钱了就回来玩儿悲壮等散单，顺便气老潘。
西藏旅游有淡旺季，金主不常有，未必每次他没钱了都恰好能有活儿给他干，这种时候他习惯躲回自己的小出租房不出门，喝自来水吃方便面，以克时艰。

曾经他生活在狮子山下，衣食无忧家境良好，想吃烧鹅吃烧鹅，想吃生鲜吃生鲜。
如今出前一丁他吃不起，也吃不起辛拉面，很多时候康师傅他也吃不起，只吃不到两块钱的老北京干炸面。那面很有个性，甚是坚韧不屈，拉萨海拔高，沸水只有八十多摄氏度，需要泡上十多分钟才能把面咬断。这个香港帅小伙躲在十平方米的出租房里咽着口水盯着面碗，反光板压不紧碗，破靴子脱下来压住反光板。

其实，不论有钱没钱，他吃的一直是泡面，一吃就是五六年，整整五六年的时间，他变态地桎梏着自己，仿佛和自己的胃有世仇。

朋友们看不下去，常借故喊他一起吃饭补充一下营养。喊他他也去，并不驳人面子，再丰盛的大餐象征性地吃几口就停下来，筷子规规整整搁在面前，手也是，脚也是。

他并不提前退席，不言不语地坐着，笑得拘谨，一分一秒地忍受着煎熬。

次数多了，大家腻歪坏了，都是朋友，要什么不卑不亢不食周粟？不带你玩儿了，吃你的泡面去吧你个小王八蛋！

也不是顿顿吃泡面，下乡追梦时他也吃藏面，偶尔也打打牙祭吃几个藏包子。

他热爱麦香鱼，那是他对食物的最高期望，每次都能吃到眼含热泪。

拉萨没有麦当劳，偶尔会有外地朋友给他带几个来，他的拘谨只会在麦香鱼面前雪消冰融，鼻子插在袋子里深深地嗅，激动不已的红扑扑的脸。

空运来的麦香鱼早不酥脆，软趴趴的像个鞋垫，气味也接近鞋垫，他却视为珍馐省着吃，剪成小块分成好几天吃，麦香鱼块＋泡面。

最后一条麦香鱼惯例是会留很久，留到出行路上陪他。藏地苦寒，油炸食物不易坏，他把它郑重包好藏进手套箱，一路上把它当个盼头和希望。

但凡有了钱，都用以追梦了，实在山穷水尽时他也不是没有抛弃过所谓的底线，好像去的是那曲，受雇于内地虫草大老板，去拍美美的虫草宣传片。

靠手艺吃饭天经地义理所应当，他回来时却心力交瘁面色苍白，垂头呆坐在墙边，谁和他说话都不吭声，只是孱弱地微微抬起头，用力挤出一个做贼心虚的笑脸。

相机沉甸甸地挂在脖子上，他蜷缩着，像个犯错后等着受处分的小孩。

人活天地间，平衡是王道，又何必如畏虎般畏钱？

良好的物质基础无疑可以为一个人的精神追求提供良好的先决条件——但凡活明白的人才不会有他那样的纠结。

众人大都不解他的各色，只有老潘懂他，说：阿让还是个小孩子。

也对，小孩，懵懵懂懂地偏执，傻乎乎地倔强。

若不是个小孩，怎会有那么孩子气的理想，背井离乡不在意吃穿，不图名不图利不谈恋爱，不惜为了那个理想一赔六年……

不惜的还有命。

2015 年他差点儿死在双湖县，那里平均海拔 4960 米，全世界海拔最高的县城。

故事很简单，为理想故，他路过双湖那一站，起初是咳，后来是撕心裂肺地咳，旁人劝他撤离，他死活不走。工作尚未结束，他舍不得。

再后来他差一点儿死了，医生说的。当时他开始咯血，肺水肿症状已很明显了，医生连打带踹地逼走了他：什么见鬼的工作有命重要！再不走死在这儿了！

他被送回拉萨时已意识模糊，但相机紧紧在怀里抱着。

身为摄影师，他只有一个定焦镜头，再买不起别的镜头了。

他的老 5D 用了十年，早就包了浆，每个边角都磨掉了漆，手磨的。

相机岁数大了零件松动，颤颤的，他自己除尘保养上螺丝，低着头坐在书店的小树下，一坐就是六七个小时，像个绣花的大姑娘。

那种全神贯注很吓人也很感人，打磨钻石一样，淘金一样。

专注时的男人总是充满魅力，有些姑娘在他身旁坐上一会儿也就爱上了他，看他的眼神都饶有兴趣，像在看着一只认真玩儿毛线球的小蓝猫。

他比猫难搞多了，再怎么撩拨也只是回应嗯嗯啊啊，并不舍得分神去回应那些示好。姑娘陪他坐了一整个下午后才发现自己没有他手上的小螺丝刀重要，大都铁青着脸跑掉。

也有锲而不舍的。

曾有个才貌双全的北大研究生爱上了他的专注，觉得他特殊又可爱，决心托付给他自己的终身。那姑娘生要走了他的微信，给他诉说了整整一个月的少女心绪，关于未来、关于异地，什么设想都做好了。

人家不在乎他穷，且认可他的理想，愿意陪他一起前行，是真的想和他在一起。

姑娘最终心凉，悄然离去。

连句拒绝的话都没得到，连一个字的回复都没有，一厢情愿地，结结实实当了一场空气。

合着那么真挚的心迹全成了垃圾短信，他自始至终没放一个屁。

没人知道他是否有过动心，只知那段时间他再度上路去完成理想，开着他的破车穿行在遥远的北方的空地，车上带着方便面，手套箱里藏着一块麦香鱼，怀里揣着那台老 5D。

老潘说：阿让的女朋友就是他的相机。

他说：那次令人遗憾的错过之后，这个不谈恋爱的怪人曾发过一条朋友圈，也不知是致歉还是在自我解析——

……我是个无用之人，我期待有一天能摆脱所有的欲望，在创作中攻克所有的障碍。

……我是个无用之人，可能于我而言，爱情不过是生命中微不足道的一部分，我不需要爱情，我没有时间去爱。

无用之人，这好像是阿让的口头禅，不知缘何而起……不像是谦逊自贬，应该是真的这样自我认知。好吧，这个无用之人没有时间去爱，不需要爱情，他的爱人就是他的相机，他的理想就是他的爱情。

为了这份畸恋，他甘心当个怪人，纠结拧巴不合时宜，偏执痴气，而无用。

（三）

关于亲密关系，这个不需要爱情的怪人只有一份，给予他亲密陪伴的是只猫。猫是小野猫，名唤丑丑，跟了他三年。他回到拉萨的日子里，那只猫常长在他肩膀上，你一口我一口地，小块小块地吃麦香鱼。他自己省吃俭用，却舍得给丑丑买猫粮，那是他日常最大的生活开支，猫比他吃得好。

他总下乡追梦去实现理想，丑丑并不能获得他太多的照顾，常从寄养家庭逃跑，一次又一次地离家出走玩儿失踪。每次他回拉萨都要先找猫，慌慌张张地跑在一条条小巷，好在每次都能找到，每次他都抱着猫当街蹲着，哭得稀里哗啦。

那么帅的一个小伙子，哭得像个消防喷头，颇能引人驻足。他哭得太伤心了，鼻涕晃晃荡荡拖得老长，完全不注意形象。

路人骇然：这人全家被满门抄斩了吗？

猫后来死了，肚子里全是水，也不知是得了什么病。

他罕见地醉酒，醉着哭了好多天，逮哪儿睡哪儿路边倒，都是曾经去找猫的小巷，手里掐着一张照片，他和它的自拍，它蹲在他肩头，叼着一小块麦香鱼。

老潘说，除了因为猫，他再没见阿让哭过，他好像把自己所有的脆弱都寄托在那只猫身上了。

这是个内向含蓄的人，素日里是压抑着情绪的。老潘说，阿让不跟人吵架，也从不争执，见到见不惯的事情只会站在一旁自己难受，是不会上前去呵斥的。

很多的难受来自他的同行。

有个基本的常识是——不能站到磕长头的人正前方去拍照，人家是礼佛还是拜你？也不知你是否能受得起这种五体投地。但这个常识常被漠视，不知何故，那些端着长枪短炮的同行总是对当地人缺乏基本的尊重，常不打招呼就摁快门，一言不发就把镜头怼到人脸上，拍完了就走掉，不做任何交流，留下被拍摄的人尴尬而茫然地把那背影望着。

大昭寺前磕长头的人多，朝圣的人也多，他们常三两个人围攻一个人，咔嚓咔嚓的，把那些来自遥远牧区的人搞得手足无措。有些牧人会报之以试探的微笑，但并不会换来等量的笑意；有些牧人被拍得又羞又气，会用头巾把脸挡上或把帽檐压低。那些优秀的摄影高手完全不以为意，坦然地站在一旁，仿佛端着相机即获得了一种独特的权利。

老潘说：每当看到这样的情况，阿让整个人都是抖的，他一脸死灰地看着那些同行，不言不语，人家都走远了他依旧一动不动地立在那里，难受得像是在上刑。良久，他会走上前去，和那些被拍摄者致歉，磕磕巴巴的，紧张得好像犯错的是他自己。

他素日里好像始终是羞涩和紧张的，唯拍照时例外，一端起相机人就精神，立马生龙活虎。话说，他非常喜欢拍小孩，惯例是要征得人家家长同意，拍完后除了承诺邮寄照片，还一定要再多给那些孩子一点儿小馈赠。

他穷，并没有什么值钱的东西可以分给小孩，能发的只有糖豆，最便宜的那种，平时装在左边的小腰包，每次下乡都会装得满满当当。

老潘说：阿让和孩子们在一起时是最轻松的，孩子都喜欢他，因为他发糖，而且特别喜欢扛起俩小孩就跑，边跑边一起哈哈地大笑，像一个大疯子领着一群小疯子一样。

孩子总是最敏锐，你给他真的，他分分钟还你真的。
他们并不在乎那糖多便宜，只记住了是甜的。

老潘说：为了完成理想，阿让已经拍遍了半个藏区，在许多村庄发过糖。
他开着他那辆一年一审的大屁股桑塔纳，车上有被子，为了省钱基本睡在车上，偶尔也会借宿在小学校，有时是教工宿舍，有时是小伙房。
他拍老师、拍老人、拍孩子，风格类似《阿富汗少女》的拍摄者 Steve McCurry，尤其擅长黑白片拍摄，是个出色的人文摄影家。

纪实摄影和新闻摄影需要有直面生死的客观冷静。
而在人文摄影范畴，有悲悯心的拿起相机才能拍出好照片。
老潘说：关于摄影，很多人目的性太强，太多摄影师拒绝平凡，看不到或懒得看到小人物的真情流露……
他说：阿让不同，这个怪人拍的每张照片，都是有悲悯心的。
他说：有时候看看他拍的照片，会觉得他干净得过分……像个不谙世事的孩子。

人间难得是悲悯，人之初的那种自性里的慈悲。

阿让那个看似疯狂的理想，与这份独特的悲悯相关。

他的理想其实几句话就能说完——

现代文明高度发达的今天，拍照留念这回事于都市人而言早没了什么门槛。

可藏地太大，许多边远地方的人除了身份证件照，一生也无法拥有几张正儿八经的照片。

身为一名摄影师，他有技术，有相机，有对"摄影"二字独特的理解。

他决定去给那些人拍照片。

从 2012 年起，整整六年来，这个来自香港的青年摄影师抱着他的老 5D，一村一村地，免费给人们拍照。

节衣缩食，决绝执拗，人生中最黄金的时光他决心留给西藏了。

誓死要把 400 多个村庄全部拍完！

阿让的理想，叫：藏地移动照相馆。

（四）

世界那么大，为何偏偏是西藏？

老潘交代，阿让的人生转折，和他有关。

那时阿让已把欧洲各国拍遍，拍素人、拍市井，精进着自己的技艺，寻觅着属于自己的题材。偶尔途经拉萨，想寻觅一点儿不一样的东西，被老潘的几句话留了下来。

那时他刚在甘丹寺拍完工人的劳作，给同为摄影师的老潘看照片，赞许完他对光影的把握后，热爱发散性思维的老潘随口感慨：

对于拍摄者而言，一张好照片可以发到网上获得好评，可以参加比赛赢得奖项，可以获得因成功创作而带来的内心成就感……但对被拍摄者的意义呢？

老潘说：咱们摁下快门就转身离开了，可拍摄者很多时候却并不知道自己有了这么一张照片，也无法拥有这张照片……好像这里的很多人，一辈子也没人正经给他们拍张照片。

随口的几句感慨，却被轴人听到了心里面。一层窗帘哗啦被拽开，漫天星斗涌了进来。一瞬间他看清了自己的方向，蹦起来大喊：我啊！我去给他们拍照片！

当真是个轴人，起初都道他是一时热血，谁也没料到他这一拍就是六年。

六年来，他在向很多被拍摄者做自我介绍时，都自称"咕巴"。
咕巴，在藏语里的意思，是笨蛋。
这个名字起初是朋友们对他的戏称，戏谑他为了维持他的藏地移动照相馆而操心劳力，既不赚钱又不出名，还常把自己搞得狼狈不堪。他却接受得欣欣然，自我认知亦然。

这个咕巴只吃得起泡面，却配着车载电源打印机，现场打完照片后塑封，或配小金相框，以方便被拍摄者收藏留念，一切都是免费的。
他下乡拍照时除了单反，还带拍立得，方便立等可取赠人照片。一张拍立得成本动辄六七块钱，他多的时候一天能送出近百张。朋友们劝他做好成本核算别老抽风儿，他完全不听劝，只说自己本来就是个咕巴哦，是个笨蛋。
他说：当一个笨蛋多好啊，比起当个什么厉害的聪明人，更自在。

在小朋友面前当咕巴时，他最自在。

很少有成人愿意在孩子面前扮演笨蛋的，下乡时但凡听到了他的名字，小孩子都笑起来没完，于是更愿意亲近他，在镜头前也越发自然。

离别时，常有一堆小孩子跟着车跑，喊"咕巴 BYE-BYE"。人最多的一次是在边坝县，孩子们跟着他的车跑出去很远，实在跑不动的时候停下来一起对他喊"突及其"（藏语，谢谢），一边挥动着手里的照片。

孩子可爱，牧区的很多老人家也很可爱，有些老人会默默拿着照片，盯着照片里的自己，说"啊呀我这么老了啊"，也有老阿嬷拿到照片瞟了一眼立马塞到袄子里，死活不让人看，羞涩极了。

他在冈仁波齐山下遇到过一个牧民，帮他拍了一张照片。那天方圆数里只有他们两个活人，那人说长这么大，从没看过自己的照片，现在好了，现在有了。那人郑重地把照片在怀里藏好，说要带回那曲，挂在自己的帐房里面。

困难自然是有的，各种各样的。

行路难，加油难，他的老桑塔纳上了岁数脾气不好，不是开锅就是死火，暖气还是坏的，天冷的时候他抓着方向盘冻得哆哆嗦嗦，车于是也哆哆嗦嗦，开出了拖拉机的感觉。

饶是如此，他光阿里就开去了两次，出人意料地活着回来的。

沟通上的困难每次都有。起初他一个陌生人拿着相机走进村子，遭到很多的拒绝，人们不知他是来干吗的，拍了相片做什么用途，以及，真的是免费的？

每个村子的第一张照片总是最难拍的，语言不通，往往需要很多的交涉，但十九个人拒绝你，可能到第二十个人就会答应，只要有一个人答应了，送出了第一张照片，就会突然间让其他人也打开心扉，人人都想要有一张。

然后大家就一起笑：啊，原来你不是个坏人啊，哈哈，你为什么要叫咕巴呢……

这个咕巴穷得叮当响，却不忘给他的藏地移动照相馆升级换代。

牧区风大，为防风、拍出好照片，他后来想方设法牙缝里抠钱搞了个移动摄影棚，可拆卸组装的那种，后因某次想拍照的人太多太热情，生生被挤散了架。大家七手八脚帮他复原……于是彻底报废。

再后来他搞了个 U 字帐篷，可更换背景幕布的那种，宝丽布喷绘的，有天安门广场，有布达拉宫。

这个简易的摄影棚后来消失在昌都的一个村子旁……

是的，是消失。那天风大，直接吹跑了，风筝一样上了天，越过一个山丘，自此无影无踪。

老潘说：阿让自此多了一句口头禅，动不动就说"财去人安乐，风吹鸡蛋壳"……

老潘和阿让聊过关于放弃的话题：事是好事，但真的要这么辛苦地去一直维系吗？

他说阿让的回答是：

越维系藏地移动照相馆，越觉得自己不是个摄影师，也越不想再当回以前那种摄影师了……

我知道，送一张照片，不会让他们的生活过得更好，不会让他们吃得更好，不会治愈他们的病。

但每次小孩子或腼腆或大胆地跟我要照片，老人家喜悦地拿着照片看着自己，我就不想放弃，想再坚持一下，就觉得自己活着还是有点儿意义的。

他对老潘说：我是个无用之人啊，我再难找到这么好的方式，去明白自己活着的意义。

……我记得我几年前也曾和阿让聊过关于摄影师的话题。

我记得他告诉我，伟大的摄影师尤金·史密斯，死时银行存款只有十八美元。

他还说：塞巴斯提奥·萨尔加多大半生都在拍摄这世界的苦难……他把丑恶的世界拍得触动人心。后来他不再拍摄人了，去拍摄大自然了，出了一书叫《创世纪》（也就他的照片能配上这名字），因为他不想再去面对人这种动物……

我记得他那时和我感慨过，说那是他特别喜爱的摄影师。

他说……他明白自己永远都成为不了那样的摄影师，因为他知道，自己是个无用之人。

（五）

阿让家住香港沙田，大学学的是化学。

一方水土养一方人，同样的楼山人海霓虹阵，生长出一个截然不同的异类来。这孩子有股呆呆的轴劲，认准的事情一往无前，和香港普通的叻仔们不同，很多事情上他是个痴人，不懂取巧变通，不擅成本核算，不会掉头拐弯，简单直接的一个笨蛋。

据说他是谈过恋爱的，下的是笨功夫，追的是个台湾女孩。

那时候他三个月闭门不出，零基础练会了一首钢琴曲献给她。自然是追到了，并非什么精诚所至水滴石穿，人家本就芳心暗许中意于他，因为他长得帅。

热恋，异地，被分手，他的帅终究没有覆盖住他的怪，台湾姑娘悬崖勒马绝尘而去。他不去纠缠，要伤心就伤心到底，自此再也不谈恋爱。

此后就像他说的那样，关于恋爱，他没有时间。

时间都奉献给快门和光圈了，那是他的芯儿他的果核他人生的轴心点。自小他爱摄影，为了攒够一台相机钱，当过酒店迎宾门童。年龄稍长，摄影凝进了魂魄，相机几乎变成他的一个器官。

过分的热爱带来了过分的精神洁癖，他并没有顺理成章地去当商业摄影师，不到万不得已不肯靠这门手艺去赚钱。他应该没把拍照片当手艺，起码不是谋生的手艺。说不清他的真实想法，总之他对摄影这回事有异于常人的偏执理解。

总之，那时候他身旁人人把他当个怪胎。

务实的香港地，人人小跑着不掉队，稍微不努力便会丧失讨生活的机会。众人实难解析他的状态——你摄影，是为的什么呢？

又不去赚钱，又不去当艺术家，你到底是在干什么？

他不善辩解，偶尔会告诉别人：摄影让我很快乐……

可那里是香港……能听懂这话的人太少太少，大多数时候他抱着相机低头羞涩地笑，接纳那些批判那些不屑：……是，我是个无用之人。

也不仅是在香港，在拉萨他也是很多人眼中的无用之人。

能在拉萨真正定居做生意的香港人不超过十个，有的开咖啡馆，有的开餐厅，只有他选择了这份不赚反赔的工作……

都什么年代了，康师傅方便面都吃不起。

不少人给过他引导或建议：如果想帮助他人，是不是应该先搞定自己的生活？

还有的说：你如果真的想投身公益，是不是应该去做些更有意义的事情，帮助那些真正困难的人群？

他局促不安，磕磕巴巴地告诉别人他并非做慈善公益，他不是那个初衷，也没有那个能力。

他说他是个无用之人，他这个无用之人除了拍照片别的什么都不会，他只想帮那些需要的人留下一点儿人生印记，顺便给自己收获一点儿快乐。

他说他是有私心的，说那样的摄影虽然帮不了别人改变什么，但会让人很开心，让他有点儿开心……

这应该就是他的理想吧，旁人无法感同身受的，一点儿微不足道的开心。

对于理想的追求，每个曾经奔跑过的人都有自己的路书，或坎坷，或崎岖，或黯然销魂，或柳暗花明。阿让的路书和所有人的都不同，或许你我都看不懂，那上面誊留的，应该是只有他自己才能读懂的模糊光影。

这个无用之人最喜欢的书是《牧羊少年奇幻之旅》。

为了追求那一点点真实的快乐，这个无用之人捧着他那台老 5D，孤独迤逦人间道，孤独坚持着自己的孩子气，孤独地恪守着对那点理想的追寻，孤独地去经历这场无用之人的修行。

有人说孤独是高贵的。阿让高贵吗？阿让真的孤独吗？

阿让究竟是如何去理解摄影的意义？

无法用对或错去界定他的知行，人人都有其实现自我价值的权利和路径。

没有对错只有真假，能界定他的唯有真假，只是他的那种真，有时忽然就让人眼前失了焦，莫名涩了笔。

现在是 2018 年深冬的下午三点，他应该正在搬货。

每天整整搬九个小时，在超市的仓储中心。

听说被铲车铲伤了脚踝，一瘸一拐的，他怕耽误挣钱，不肯休息。

这是他的一个惯例了，六年来不曾将息。
每年藏地风雪最大的三个月，他会回香港挣钱，不肯靠相机，只肯卖体力，
加班加点地拼命，一分一毫地积攒，好把藏地移动照相馆继续维系。

我写林光让的故事，写到这一分这一秒，忽然词穷，不知该如何继续。
为了养活理想，这个自诩无用的人文摄影师，正在当苦力。

（六）

我离开西藏很多年了，那些藏地风马那些流金岁月全已过去，偶尔再去，过
客而已。
我以过客的身份认识的阿让，他身上有种我曾经很熟悉的东西……
像极了某些早已杳无音信的老拉漂兄弟。

不出意料，他不肯接受资助，局促地、羞涩地，只是一个劲地说他受不起，
他不是在搞公益，他只是个无用之人而已。
公不公益的无所谓，我认可的是他的痴人呆气，但想不明白的是，既然是活
给自己的，哪儿来的那么多的自我否定？
我听得出来，他口中的无用之人，不是在谦逊。

老潘说：或许是阿让遭遇过太多否定，当下也正在遭遇，他已然接受了这个
认证。
我闻此语，大不以为然，神他妈烦那种来自两世旁人的闲狗屁。
谁不曾年轻过，谁不曾遭遇热嘲冷讥嗤之以鼻，不解或不屑，叹息或故作叹息。

忍得了就咽下去，忍不了就还回去，最好的反弹是做微笑释然状：

你哔哔你的，我活我自己。

……奶奶个腔，可是凭什么要释然！

一个能给全西藏 400 多个村的人免费拍照片送照片的人，凭什么要听那些狗屁哔哔？！

这样的人要么别让我认识，既然认识了那理应给他一些实实在在的鼓励！

可我并未能给予阿让什么像样的鼓励……

把他大哥老潘请出来，也没把他搞定。

三年前，我搞到一批全世界最好用的笔记本电脑，计划分给同样有意致力于写作的读者们去当生产力工具，其中留了一台寄去了拉萨，嘱咐老潘想办法压给他。

一台笔记本而已，没多值钱，不过是想方便他这个独特的摄影师更好地去做后期图片处理。

那台笔记本后来被老潘赠予了一个跟癌症抗争十年的年轻人，那个年轻人后来用那台笔记本出了一本书。

老潘说：阿让不给他面子，打死没收那台笔记本，他说他做的事情不算公益，这样的馈赠他受不起。

好，那就来点受得起的。

连着三年我借新书需要插图照片的由头找到他，他不肯收使用费，说让我随便拿去用就行，不然就算了。连着三年都算了，只要一提给钱他就装死不回信息。

封面照片也找过他，按照其他人的标准定价，不多给，只给他一万人民币。依旧是不行，他微信里磕磕巴巴的留言，话说得很乱，一会儿说自己水平不高，一会儿让我别生气，一会儿又莫名其妙地开始说那些已经去过的村落、即将去到的村落，说那些被拍摄者，说他的摄影心得，说藏地移动照相馆……末了是叹息和沉默。

他拖着哭腔说：我说不明白，我不知道怎么说。

没再难为他，这已是他所能表达的极限了。
老潘说的没错，阿让是个小孩。

……每年都能见到这个小孩，每次都是在拉萨。
他总是同样的装束，西装肘上打着圆补丁，皱巴巴的黄短靴。
午后的日光耀眼，我们躲在书店外抽烟。我试着和他进行价值观探讨，告诉他我所理解的平衡——平行世界，多元生活，既可以朝九晚五，又能够浪迹天涯……

我说：阿让，没错，只要自洽，没有哪种生活方式是错的。
但主观上的自洽之外，是不是应该去追寻一下客观上的平衡呢？不论是情感上还是经济上，平衡而自洽的人生岂不是更好吗？

他微微低着头，吧嗒吧嗒抽烟，小声告诉我说道理他都懂，但是，但是……

他边但是边费力地拉开那个皮包，唰唰翻本子，指着一行正体字念给我听，大意如下：
当一个人做了决定，就像跳进一股强劲的水流中，水流将会带他到最初梦想不到的地方去。

这句话的出处，也是《牧羊少年奇幻之旅》。

好吧，那就不废话了，说了也没用。

我们静静地抽了一会儿烟，我问他：等到全西藏 400 多个村子全拍完了以后，阿让打算去哪儿接着拍啊？

他老老实实地告诉我，他还没想过这个问题。

接着他摊开手，假装出一副烦恼的表情：哪有时间想那么远的事情啊，现在才拍了不到一半呢……

破皮包勒在肩头，那台老 5D 和那个唯一的 851.2 镜头藏在里面。

他喜滋滋地和我说：真是烦死了，还要拍好多年呢。

（七）

我认真地请教过老潘，像阿让这样的小孩我们究竟该如何对待，在他扛大包当苦力去养活移动照相馆的时候，在他吃着泡面去维系移动照相馆的时候。

仅只是感慨两句就算了吗？仅只是所谓的善意旁观？

我擦，我们这帮当哥的总不能啥也不干吧！太寒碜了！

老潘也是个摄影师，他给我的是一个摄影师式的回答。

他说：首先，尊重他的选择。其次，平视他这个人……哎，我觉得你可以把他的故事记录下来，万一如果有人是他的同类，理解并认可他的移动照相馆呢？说不定会愿意陪他组队走上一程，去给那些遥远的人们多拍上一点儿照片。

会有这样的人吗？我是说，像阿让一样变态的摄影师。

老潘说他不确定，他说他甚至不知道那样的摄影师在这个时代里是应该多一点儿还是少一点儿。

过了一会儿，他又说：还是别给阿让添乱了，如果有人真背着相机去了，阿让一定无力接待，他实在太穷了，估计都管不起来者的泡面……

又过了一会儿，他说：说不定有自备干粮的呢，不需要麻烦阿让接待……

说话又不是修图，哪儿来那么多 PS，唉。
我觉得我应该把老潘的建议再梳理梳理：

首先你要明白，阿让的藏地移动照相馆的底色里有悲悯，但并不是公益，也不算慈善。
其次你要知道，这世上从无完人或圣人，论迹论心他和你我无二，那些裂纹和缺憾甚至更甚。
再次，关于摄影这个行业和摄影师这个职业，你应有自己独立的思辨。
最后……没有最后了。
如果你理清了上述逻辑，如果你备好了干粮弹药无后顾之虑；
如果你做好了无偿付出的准备，决心用一个普通人的姿态去给普通人做点事情；
如果阿让的理想也是你的理想，为了那个理想他可以的你也可以……

哎，我就奇了怪了——
那你干吗还要去找阿让组队？
你的镜头你的光圈，你的快门你的取景器，天下之大，谁说你的焦点非要在藏地。

所以，亲爱的林光让小朋友——

这篇文章既不是在树立一个摄影师的标杆或模板，也不是在帮你这个疯子搞团伙募集，仅只是记录而已，记录一个无用之人的傻气痴气孩子气。

你用你的方式去诠释摄影的意义，我用我的文字去对称信息，乃至于记录生命的多样性。

其实仔细想想，哪有什么使命，哪有什么天命。

影像或文字，殊途同归，异曲同工。

……

哦，还有一事。

这篇文章既然以你为主角，实名写了你，那我希望能支付你一笔姓名使用费。

林光让先生，请勿谢绝，请不要再次和我矫情。

你放心，我绝没有往你的方便面里加火腿肠的意思，懒得对你扶贫。

这笔钱将来自于这本书的稿酬，稿酬来自于每一个购买了这本书读完了这篇文章的读者。

这些读者来自天南海北，有你的家乡香港，有你曾经走过的、即将走过的藏地。

请允许我代表那些普普通通的藏地读者摸摸你的头，代表他们把这笔钱变成实物交付与你——

一套大三元镜头，一台新 5D4 相机。

…………

阿让，不多说了，无用就无用吧，这个世界上还能容得下你这样的无用之人，也算尚未烂透。

阿让，很多东西我并不认同，但我尊重，前路修远，你自己保重。

去他喵的是非对错成败与否！

既然选择了独行，那就请继续独行。

大冰

2018 年冬

阿让的靴子

▷ 老潘给阿让打了个电话

▶ 《匆匆而过》小屋西安分舵·丁唯哲

我有一碗酒
可以慰风尘

◎ 　我盘腿坐下，把老兵的脑袋放在我大腿上。
　他摊开手脚，躺成一个"大"字，仿佛中弹一样大声呻吟着，声音
越来越轻、越来越轻，然后沉沉睡去，在这个风花雪月的和平年代。

　门外日光正好，路人悠闲地路过，偶尔有人好奇地往屋里看看。

　我扶着老兵的头颅，滚烫的，沉甸甸的。
　酒打翻了一地，浸湿了裤脚，漫延而过。
　如同坐在血泊里。

我有一碗酒，可以慰风尘。

我还有一个比烈酒还烈的故事。

今朝盛满，端给你喝。

（一）

老兵打架，爱用灭火器。

油锤灌顶的招式他是不使的，灭火器十几斤重，几类李元霸的大锤，砸到肩膀上必须是粉碎性骨折，砸到脑袋上指定出人命。

老兵不是马加爵，他不抢，只喷。

臭鼬厉害吧，没干粉灭火器厉害，拇指轻轻一扣压，砰的一声，白龙张牙舞爪地奔腾而出，对手立马被扑成了一个雪人，眼泪鼻涕一把一把的。

老兵喷完一下后，倒退两步扎好马步，等着对方咳嗽。对方只要一咳嗽，立马又是一通喷，对着脸喷，粉尘瞬间堰塞住舌头，呛得人满地打滚儿。

挨喷的人连呕带吐，连告饶的工夫都没有，白色的口水拖得有半尺长，咯吱咯吱地牙碜。

老兵一边喷一边斩钉截铁地喊：让你再借酒装疯，爆你的菊！

干粉弥漫了半条街，烽烟滚滚，他威风凛凛立在其中，中国版的"终结者"。

我站在一旁暗暗称奇，爆菊居然爆到脸上来了。

老兵是开火塘卖烧烤的，专注夜宵整十年，专做酒鬼生意。

店名"老兵烧烤"，一度被《孤独星球》杂志列为环球旅行之中国云南丽江站最值得体验的十个地点之一。

他们家的炭烤鸡翅、锡纸培根白菜名气很大，但大不过他们家的青梅酒、玛卡酒和樱桃酒。半人多高的大酒瓮有十几个，最香莫过酒气，封盖一开，酒气顶得人一跟头一跟头的，顶得人舌头发酸、口内生津。

管你是不是好酒，都忍不住想来点儿尝尝。

他们家没酒杯，一水儿的大号军用搪瓷缸子，二两酒倒进去不过是个缸子底儿，根本不好意思端起来和人碰杯，于是大部分客人站着进来，打着醉拳出去，小部分客人空着肚子进来，空着肚子回去。

没办法，夜风一吹，酒意作祟，一手撑墙一手攥拳，腰自觉地一弯，嘴自觉地瞄准脚下的水沟，喉咙里像有只小手自己在拧开关，满肚子的烧烤连汤带水地倾泻而出，不倒空了不算完。

酒是话媒人。

每晚来消费的客人大多已在酒吧喝过一两场，大多大着舌头而来，坐到火塘里被热烘烘的炭火一烤，酒意上头上脸，再木讷的人也难免话多。

烧烤店的午夜浮世绘有意思得很，四处嗡嗡一片。有人逼账；有人借钱；有人打酒官司，卡着对方的脖颈子灌酒；有人秀真诚，攥紧别人的手掏心窝子；有人觍着脸聊姑娘，仗着酒意觉得自己英俊非凡；有人不停地拍马屁，对方随便说一句冷笑话也哈哈大笑，夸张地龇出十二颗门牙，颗颗都泛着谄媚的光。

话多了，是非自然也多。

夜店、酒鬼、炭火熊熊，难免起摩擦。争端日日有，由面子问题引发的占三成，一言不合丢酒瓶子是小事，闹得凶的直接肉搏混战，酒精上脑，下手没轻重，常有人被揍晕在桌子底下。

人真奇怪，在自己的城市谨小慎微，来到古城后各种天性解放，喝大了个个觉得自己是武林高手，人越多越爱抖威风。想想也可怜，几十岁的人了，抖的哪里是威风，找存在感而已。

很多架哪里是为了自己打的，大多是打给别人看的。

寻常推推搡搡的小架，老兵是不理会的，你吵你的，他忙他的。

他操着大铁铲子伺候炭火，间或端起温在炭火旁的白酒遥敬一下相熟的客人，只当那些起小摩擦的人是群在过家家吵架架的小孩子。

一般的中度摩擦，他也不怎么理会，自有老板娘拉措出马。

拉措是泸沽湖畔长大的摩梭女子，模样比杨二车娜姆漂亮，性格比杨二车娜姆还要锋锐，嗓门又高又亮，力气也大，一个人可以拎着两个煤气罐健步如飞。

拉措像个楔子，硬生生地往拳来腿往的人堆里扎。她两臂一振，白鹤亮翅，两旁的大老爷们一趔趄。拉措的手指头敢指到人的鼻子上，她劈头盖脸地骂：你们都是多大的人啦！吃饭就好好吃，打什么架！你妈妈教你吃饭的时候打架吗？！

她挑着细长的丹凤眼挨个儿人地瞪着看，成人之间的斗殴被她一句话骂成了小朋友间的胡打乱闹。

拉措一发威，酒鬼变乌龟，没几个人敢再造次，大都讪讪地转身坐下，偶尔有两个磨不开面子的人刹不住车，嘴里骂骂咧咧，音量却并不敢放大。

金波、狂药、般若汤，古人称酒为狂药是有道理的，醉酒的人大多易狂。

伦理道德是群体中建筑起来的，环境条件不同，尺度和底线不同。人性是需要约束的，而酒是解开这种约束的钥匙之一。

午夜的烧烤店酒气四溢，"钥匙"晃荡在每一只酒杯里，故而道德尺度的弹性尤为明显。

一把钥匙开一层锁，一杯酒火上浇油增三分狂意。

有一些人狂得蛮天真，醺醺然间，把自己的社会属性和重要性无限放大，总以为自己的能量可以从自己的一亩三分地穿越大半个中国辐射到滇西北，故而不畏惧和旁人的摩擦升级。他们大着舌头，各种好勇斗狠，各种六亲不认，开了碴口的啤酒瓶子乱挥瞎舞，谁拦都不好使。

这种时候，就轮到老兵出场了。

电线杆子上的"老军医"专治各种疑难杂症，火塘烧烤店里的老兵专治各种不服、各种混不吝。

他噘着嘴踱过去，钳子一样的大手专擒人手腕，擒住了就往门外扔。不管挣扎得多厉害，手腕一被锁，皆难逃老兵的毒手。也没见老兵身手有多敏捷，但对方的拳头就是落不到他身上。他腰微微一晃，不论是掏心拳还是撩阴脚全都擦身而过。

部分被扔出门的人大马趴摔在青石板上，贴得和烙饼一样，哎哟哎哟哼唧半天，才一节一节地撑起身体。旁边早蹲下了拿着计算器的烧烤店小弟，笑眯眯地说：结了账再走吧，赖账不好。

又说：您还有东西没吃完，要不要打包？浪费食物不好……

自有一部分人士越挫越勇，爬起来又往门里冲……然后再度拥抱大地，屁股上清清楚楚烙着一个鞋印。

怎么说也是一百五十斤的人，怎么就被这么个瘦巴巴的小老头儿给打了个颜面扫地呢？更丢人的是，人家一拳都没出，这也不算打架啊。

他们都蛮委屈，揉着屁股，噙着泪花蹒跚离去。

能享受干粉灭火器待遇的人士是极少数，老兵只对一类人使此狠招。

这类人有个共性，嘴欠，从地上爬起来后大多喜欢堵着门放狠话，南腔北调，九省乡谈：你知道我是谁吗？！你知道我认识那个谁谁谁吗？！工商、税务、消防、公安……总有一样能拿得住你吧！妈的，明天就封了你的店！

再不然就是打电话叫人，张嘴就是：给我带多少多少人过来，我就不信治不
了他！

还真治不了，不管多么气势汹汹，统统折戟于老兵的干粉灭火器之下。

一堆涕泪横流的雪人连滚带爬地逃，临走还不忘撂狠话：老兵你给我等着……
我弄死你！

老兵火塘和大冰的小屋打对门，我有时蹲在门口看看，真心悲悯那些雪人，
有时候实在忍不住就插话。

我说：你还真弄不死他……

我还真不是个爱挑事的人，妈妈从小教育我要实话实说，我说的是实话，真
的，就你们这点儿道行还真弄不死他。

AK47 都没弄死他，美式 M79 式 40 毫米榴弹发射器都没弄死他。

苏制 14.5 毫米高射机枪都没弄死他。

地雷和诡雷都没弄死他。

他的一只耳朵、一块头盖骨都留在了热带丛林里。

老兵曾是侦察营营长，历经枪林弹雨，是从死人堆里爬出来的老兵。

那年的国境线上，他是战斗英雄。

（二）

我和老兵是忘年交，他的岁数当我舅舅都富余，但若干年来大家兄弟相称。

他平时喊我"大冰兄弟"，高兴起来了，喊我"小浑蛋""小不死的"。礼
尚往来，我喝醉了酒后，一口一个"老不死的"喊他。

这是有典故的。我大难不死好几回，他死里逃生无数次；我残了几根手指断
过几根骨头，他废了一只耳朵还伤了脑袋；大家都是身残志坚的不死小强，

一个小不死，一个老不死。

全古城都尊称他一声"老兵哥"，估计也只有我敢这么大逆不道地喊他了。

同样，全古城能让我喝成醉猫的，也只有他老兵一人。

我傲娇，虽开酒吧，却最烦酒局中的称兄道弟，也懒得听醉酒的人吹牛 ×
说车轱辘话，不论在座的有多少大人先生，杯子端得也不勤，极少喝醉。

不是不爱喝，但分与谁醉。

酒是狂药，也是忘忧物，若要酣畅，只当与老友共饮，比如老兵。

很多个打烊后的午夜，街面由喧嚣回复宁静时，他推开大冰小屋的木门，伸
进脑袋来自言自语：真奇怪……有烤牛肉，有烤鱿鱼，有酥油馒头，还有樱
桃酒，怎么这个小浑蛋还不赶紧滚过来，非要麻烦我来请吗？

我含着口水锁门，三步并作两步跑过去。樱桃酒哦，馋死我了。

还有的时候，他脑袋伸进来就一句话：紧急集合！目标，老兵火塘。

我跟在他后面，踢着正步走出门。他正步踢得太快，我一步跟不上，下一步
就顺拐。

他喊口号：一、二、一……一二三四！

我配合他，顺着拐喊：A、B、C、D！

世事洞明皆学问，人情练达即文章。中年人大多被世俗的生活覆上了青苔，
棱角未必全被磨平，只是不轻易揭开示人而已。

我却有幸，屡屡见识老兵孩子气的一面。

他经常走着走着，忽然下达战术指令，比如正步踢得好好的，高喊一声：卧倒！

我卧倒了，他又嫌我屁股撅得太高。

还有一次，有只虎皮大猫嗖地蹿过去，他高喊了一声"隐蔽"，就一骨碌躲

进了墙角的阴影里。我哪儿经历过这种场面啊，慌慌张张地也找了个阴影往里骨碌，结果一屁股坐进了河沟里。他跑过来捞我，嘴里还不忘了说：警报解除……

水真凉，我想骂娘。

我们的午夜对酌一般分三个步骤，先就着烤肉喝啤酒，然后啃着烤蚝饮青梅酒或樱桃酒，最后是大杯的老黄酒。

我把它分为三个时代：啤酒是青铜时代，青梅酒是白银时代，老酒是黄金时代。

青铜时代，大家不说话，抢着吃肉，吱吱作响的烤肥牛烫得人龇牙咧嘴，那也得吃，要抓紧垫底呀，不然撑不到黄金时代，白银时代就被放挺了。

老兵不爱读书，我跟他解释了半天王小波他也懒得搞懂。他喝酒不矫情，只是干净利索的两个字：干了！

樱桃酒是我的最爱，肚里有肉心里不慌，故而酒来碗干，从不养鱼，然后必端着酒碗上桌子……酒是狂药，我本俗人未能免俗，喝酒喜欢上桌子这一良好习惯保持了多年，或歌或啸，或激昂文字或击鼓骂曹，或技击广播体操。

老兵火塘里的桌子是青石条垒成的长方框，中间是炭火，四边是半尺宽的石头面，脚感颇佳，我每每一爬上去就不肯下来了。

有时候来劲了，还非拽着老兵一起站上来，我激他，说他不敢站上来是怕被拉措骂。

他还真不经激，端着酒缸子站上来和我碰杯，两个人摇摇晃晃地像在推手一样。

盘子踩碎过几次，脚踩进炭火里，鞋烧坏过两双。

老兵被拉措关在房门外数回，睡沙发若干次。

我和老兵的午夜痛饮常常持续到天亮，我们边喝边大着舌头聊天，尺度颇大。

老兵只剩一只耳朵，且耳背，和他讲话必须扯着嗓子，不知道的人以为我在和他吵架。他是江浙人，口音重得一塌糊涂，喝了酒以后说话几类鸟语。我平时听他讲话是蛮费劲的，但奇怪的是，喝了酒后却句句都听得真切。

一般到了夜未央、天未白的时分，我会借着酒胆，从他嘴里有一句没一句地抠出点儿陈年往事。

他不太爱讲过去的事，清醒时若有人随意和他攀谈过往的行伍生涯，他要么冷脸要么翻脸，不论对方是在表达一种尊重还是在恭维奉承，都不给人留情面。

相识这么多年，我懂他的脾气，故而就算是喝得再醉，也不忘了在套话之前先来一通战术迂回。

最常用的方式是：欸，我说老家伙，某某山战役是不是比某某山战役打得惨……

他嗤之以鼻，摆着手说：你懂个屁啊。

话匣子一打开就关不上了，他拿杯子、盘子排兵布阵，石板桌面是沙盘，战略布局一讲就是几十分钟。

只要在他长篇大论的过程中随意提一句"当时你在哪个高地"事就成了，他立马上套，通红的眼睛眯成一条缝，从猫耳洞讲到无名高地战，字字句句硝烟弥漫。

他不看人，自顾自地说话，语气平稳淡定，只描述，不感慨，却屡屡听得我心惊肉跳。

（三）

老兵当年参战，两山轮战。

参战前写血书，老兵把手指切开，刚写了一个字，伤口就凝住了，旁边的战友打趣他：你凝血机制这么强，想死都难。

一语中的，老兵的血小板密度保了他一条命。

老兵时任侦察连副连长，侦察连一马当先，是全军尖刀中的刀尖，最远深入敌后数百公里。因侦察需要，穿的是敌军的军装，最近的时候隔着两三米的距离和敌方打照面，随时做好杀敌和牺牲的准备。

丛林遭遇战是家常便饭。有一个闷热的夏夜，老兵经历了记忆里最深刻的一次肉搏战，双方都用了 56 式军刺，老兵的右腿肚被捅穿，他割断了对方的喉管。

是役，敌军大多是特工级的侦察员，单兵作战能力突出，却被老兵的侦察连整队歼灭。

老兵虽产自江南水乡，却骁勇彪悍得惊人，某一场战役时，他领着一个排伪装成一个营，据守高地一昼夜。增援的队伍一度被阻在半途中，老兵领着手下的几十个兵一次又一次击退敌方整营建制的波浪攻击。

辗转征战的数年间，老兵到过七十四个高地。

斥候难当，无给养、无后援，初入丛林时没有经验，单兵配备不过五块压缩饼干、两个军用罐头，几天就吃完了，然后他们吃蛇，生吃，吃各种虫子。

吃毛毛虫时，用军用雨布一蒙，点起羊油蜡烛灼去毛毛虫的硬毛，整个儿囫囵塞进嘴里，一嚼，满嘴黏稠的汁儿，像鲁菜上勾的芡。

最常吃的是蚯蚓。雨林潮湿，有成千上万的蚯蚓，红的、黄的、粉红的，取之不竭。

人手咸，触碰到蚯蚓的体表，它立马浑身分泌出恶心的黏液，实在难以下咽。

必须翻过来吃，找根树枝，像翻洗猪大肠一样，把整条蚯蚓从外到里翻起来，不管什么颜色的蚯蚓，翻过来后都是生猪肥肉一样地雪白，蚯蚓食泥，把泥巴揩掉，闭上眼睛往嘴里丢，咯吱咯吱地嚼，抻着脖子往下吞咽。

味道好像啃了一口中南雨林的腐殖红土。

猫耳洞自然是要住的，进洞前全员脱衣服，不脱不行，水汽一浸，湿气一泛，人会烂裆。最潮湿时，洞中有半米多深的水，人蹲靠在其中，湿气透骨，瘙痒难耐，挠出血来还是痒，终身的后遗症。

烦人的还有蚂蟥，钻进肉里，揪不得拽不得，越拽越往里钻，火也烧不得，否则半截烧掉半截烂在体内，蚂蟥有毒，整块肉都会糜烂。

一座座山一个个无名高地……老兵两只胳膊上布满了蚂蟥眼，戒疤一样，但数量没有他杀的敌人多。

大大小小的阵地战及遭遇战，他毙敌二十余人，还不包括远距离击毙的。

参战一年后，老兵已从副连长升为侦察大队代理营长，彼时他二十三四岁光景，手底下的几百名士兵大多只有十八、十九或二十岁。

这几百名年轻人，大多殒命于卅年前的那一天。

当日，他们为了应对敌军的 6 月反击，深入敌后侦察火力配备、弹药基数、换防兵力。刚刚完成侦察任务，离国境线只有四十八公里处时，忽然遭遇重火力伏击，被包了饺子。

敌方看来蓄谋已久，把他们围在了坝子底，围起的口袋只留北面一隅，那是无法去突围的敌方阵地。

包围圈越缩越小，平射机枪和火焰喷射器交错攻击，眼瞅着老兵和他的侦察大队就要全体被俘被歼。

枪林弹雨中，老兵组织大家做了一次举手表决，然后呼叫后方炮火覆盖：以侦察大队为中心，500 米半径内炮火覆盖。

他们请求的是一次自杀式的炮火覆盖。

若用四个字解释——向我开炮！

在和后方争辩了十三分钟后，呼啸的炮火覆盖了整个包围圈。

顷刻，敌方的重炮开始了反覆盖，双方的炮战不断升级，雨点一样的炮火。

他什么都听不见，不停地中弹，被炸飞，又二度被炸飞，气浪把他挂到了一旁报废的坦克炮筒上。

手下的人全都没了，只留下老兵一条命。

他原本也活不了，第一次打扫战场时，人们以为全员阵亡，并无人发现他还有一丝气息。直到次日凌晨，他才被人发现。

整整两个月后，老兵在千里之外的昆明陆军总医院恢复了几分钟意识，然后继续堕入沉沉的昏迷。

他当时的伤情如下：

胸椎骨断 4 截

腰椎断 2 截

左肋骨断 5 根

右肋骨断 9 根

左手手腕断裂

右耳缺失

右肺穿透伤多处

右肩粉碎

双眼眼膜灼伤

上下门齿缺失

脑部颅骨变形，3 厘米的弹孔 2 处

全身弹片无数

…………

几乎已经稀巴烂的老兵命不该绝，他奇迹般地活了下来，这或许归功于他过人的凝血机制，或许冥冥中上天希望留下一个活口做见证。

全队阵亡，只余他一条人命。

之后的七个月内，老兵时而昏迷时而苏醒，历经了二十四次大手术，被定为二等甲级伤残，医生费尽心力救治后，笃定地下结论：全身瘫痪，终生卧床。

在术后的昏迷中，军委嘉奖他为一等功臣，终生疗养，享受正团待遇。

老兵全身瘫痪，一动不动地躺在疗养院病床上，躺到某一个八一建军节，他将自己的终生俸禄捐献给了希望工程。

他说：把这些钱花在该花的地方吧。

老兵当时每月领取的各种补贴是一千三百元。在 1988 年，一千三百元不是个小数目，随着时间更迭，这个数字水涨船高，但不论涨得有多高，二十六年来，老兵分文未动，几百万元的人民币全部捐了出去。

他的战友们都死了，只剩他一人孑立世间，理所应当的俸禄他不要，他不肯花这份饱浸热血的钱，固执地选择终生捐赠。

老兵瘫痪了整整四年。慢慢恢复了一点儿上肢力量，可以轻轻地挠挠雨林湿气遗留的瘙痒。

一天，他夜里睡觉时，迷迷糊糊中挠破了肩胛处的皮肤，抠出了一枚弹片。

半睡半醒间他继续抠，抠得床单上鲜血淋淋，抠得背上稀烂，到天亮时，他抠出了几乎一瓶盖的弹片。

奇迹发生了，老兵不可思议地站起来了，疗养院的人都震惊了。

一年后，疗养院的人们再度震惊：老兵跑了。

他是国家天经地义要养一辈子的人，但他决绝地认为自己既已康复，就不应再占用资源。

他用了一整年的时间恢复好身体，然后跑了。

翻墙跑了。

拿命换来的一切全都不要了，不论是荣誉、光环，还是后半生的安逸，随手拂落，并未有半分留恋。

八千里山河大地，他两手空空，独行天涯。

老兵在人们视野中消失了很多年，家人、朋友、战友，无人知晓他隐去了何方。

直到很多年后，他家乡的一位亲友无意中走进了一家烧烤店……

这时的老兵已经自力更生，拥有了另外一种人生。

他选择了一个离他的战友们不算远的南方小城，吃饭、睡觉、喝酒、做小生意，安安静静地生活。

那座小城叫丽江，位于中国西南——边陲云南。

（四）

老兵的心里揣着一个血淋淋的世界，他并不屑于话与人知，隐居滇西北的多年里，并没有多少人知晓他的过去。

曾有位报人如我这般机缘巧合了解了他的故事后，把他的行伍生涯撰成数万字的长文。那人也算是老兵的好友，因为事前未打招呼，老兵获悉后，找到那人，在文章发表前悬崖勒马，连人带笔记本把人家扔进了河里。

那人在河里扑腾着喊：妈的，绝交！妈的，为什么！……

老兵不睬他，盘腿坐在水边抽烟。没什么可解释的，不过是一个执拗的老兵，不肯用他兄弟们的血给自己贴金。

我写这篇文章并未征得老兵的同意，我也做好了被他扔下河的准备。

无他，在这个不懂得反思的时代，有些故事应该被后人知晓。

不奢望铭记，知晓即可。

有庙堂正史，亦应有民间修史。何为史？末学浅见，五个字：真实的故事。

是对是错，是正是反，百年后世人自有分晓，但无论如何，请别让它湮没，那些鲜活和真实的细节，有权利被人知晓。

不应遗忘：那些人曾经历过那些事，然后那样地活。

写就写了。

我等着老兵来把我扔下河。

老兵归隐滇西北后，一直以卖烧烤为生。最初的烧烤店不过是个摊位，他那时招募了一名服务员，就是后来的老板娘拉措。

有时候，女人就是这么神奇，不论你曾经沧海还是曾惊涛骇浪，她都会成为你前段人生的句号，后段人生的冒号。

关于这段公案，老兵和拉措各执一词。老兵信誓旦旦地说最初是走婚：当年拉措居心叵测，邀请他这个老板去泸沽湖玩，晚上偷偷爬进他的房间把他给办了……他力气没人家大，不得不就范。

拉措挑着丹凤眼推他，咬着后槽牙说：你再说一遍！你再说一遍！你再说一遍！

说一句推一下，她力气果然大，老兵被推得像个不倒翁一样。

拉措说：大冰你别听他瞎说，明明是他追的我，这家伙当年追我追得那叫一个凶哟，从古城追到泸沽湖，一点儿都不怕羞，哎呀，我都不好意思说……后来把我给追烦了，就嫁给他了。

老兵借酒遮面，闷着头嘿嘿笑，半截儿耳朵红通通的。

拉措告诉我说，摩梭人的传统风俗浓郁，敬老、重礼，老兵陪拉措回泸沽湖过年时深受刺激。

村寨里的规矩是，大年初一要磕头，家族的长辈一字横开，坐成一排，小辈排着队，挨个儿磕过。和汉民族一样，头不会白磕，长辈是要当场给压岁钱的，钱不多，十块二十块的是个心意，重要的是荫庇的福气，长辈给得高高兴兴，晚辈收得欢天喜地。

老兵是新女婿，照例磕头，一圈头磕完，他快哭出来了。

长辈们给他的压岁钱是其他人的三倍，他不敢接，人家就硬塞，好几个大婶子一脸慈祥地拍着他的手，用泸沽湖普通话说：啊哟，应该的应该的喂，不要客气的喂……你那么老。

光从面相上看，老兵和婶子们真心像同龄人。

老兵来不及细细品味悲愤，酒席开始了。大杯的咣当酒盛在碗里，干完一碗还有一碗。他是远客，敬他酒的人很多，浓情厚意都在酒里，不干不行，他还没来得及伸筷子，就已经被几个大婶子给灌趴下了。他挣扎着往外爬，被人家揪着衣服领子拖回来，捏着鼻子灌。

一顿酒下来，老兵醉了两天。

咣当酒是泸沽湖的土酿，当地古谚曰：三碗一咣当——咣当一声醉倒在地上的意思。

拉措嫁给老兵后生了个大胖儿子，取名小扎西，彼时老兵已是五十岁上下的人了。孩子满月酒时，我去送红包，看见老兵正用筷子头点着咣当酒喂扎西，拉措幸福地坐在一旁，美滋滋的。

我真惊着了，白酒啊，亲爹亲妈啊。

小扎西长到三岁时，已经是五一街上的一霸，整天撵猫撵狗，还调戏妇女。

他是汉人和摩梭人混血，漂亮得要命，特别招女游客喜欢，人家赞叹：哇，好可爱的小孩儿啊。他立马冲人家招手，奶声奶气地说：漂亮姐姐……过来。

姐姐刚一蹲下，他立马凑上去亲人家，不亲腮帮子，专亲嘴唇，被亲的姑娘不仅不恼怒，还搂住他蹭脸，夸他乖，对他各种疼爱。

运气好的时候，他一天能亲十来个如花似玉的软妹子，我在一旁替他数着，恨得牙根痒痒。

我说：我也蛮乖的……

人家理都不理我。

小扎西乖吗？扯淡啊，我就没见过这么皮的孩子。

他遗传了他老爹的基因，爱玩枪，动不动就端着玩具水枪往大冰的小屋里滋，还扔手榴弹。他的手榴弹是蘸水的泥巴块，吧唧一声糊在人身上，气得人半死。

他经常冲菜刀扔，菜刀那时在小屋当义工，他被小扎西磨没了脾气，只要一见这小子露头，立马举手投降，投降也不管用，人家照扔不误。

熊孩子爱捏软柿子，却不敢招惹我，他怕我。

有一回，他冲我扔了枚手榴弹，我二话不说冲出去把他的裤子给扒了，然后仰着摁在膝盖上用一截塑料绳子把他的小鸡鸡扎了起来，他光着屁股哇哇大喊着逃回了对门的家。

不一会儿，老兵拖着小扎西黑着脸出来了。

老兵冲我吼：你个小不死的，怎么打了个死扣！

我和老兵手忙脚乱地解绳子，半天才解开。小扎西的小鸡鸡被摆弄了半天，居然支棱了起来，硬邦邦的，像颗大花生。

老兵伸手弹了弹，然后骄傲地看了我一眼。

亲娘啊，三岁就能这样？

我震惊了，由衷地敬仰老兵的遗传基因。

我也伸手去弹，结果弹出来半掌热乎乎的童子尿。

小扎西后来养成了一个习惯，只要一看见我，立马提着裤子逃窜，从三岁躲到六岁。

我说：扎西你干吗去？

他慌慌张张地跑出一个安全距离，然后比着手指冲我开枪：biu biu biu……

（五）

虽然与老兵交好，但我一度认为他开的是黑店。

老兵火塘的酒价和菜品定价着实不低，高于丽江古城其他的食肆。说来也奇怪，却日日爆满，来消费的人一边嫌贵一边排队，老兵的银子挣得像从地上捡的一样。

我曾闲来无事毛估了一下他的年收入，被得出的数字吓了一跳，富豪算不上，小财主却是一定的了。

老兵财不露白，挣了钱不花。

穿衣服他也不讲究，迷彩裤一穿就是一整年，被炭火烧出不少小洞，隐约透出底裤，红的，三角的。

他冬天一件山寨迷彩服，夏天一件迷彩T恤，领口早就被搓洗得变了形，肩头和胸口被水洗得发白，面料太低劣，上面起了一层球球，胳膊一抬，腋里啪啦生静电。

农民工穿成什么样他就穿什么样，打眼一瞅，真真像刚扛完水泥钢筋空心砖，刚从工地里跑出来的。唯一的区别是他一年四季内扎腰，军用皮带煞得紧，裤脚也全被塞在靴子筒里。

我实在是看不下了，送他一件牛津纺的天蓝色手工衬衫。他也穿，套在破迷彩 T 恤外面穿，硌硬得我三天懒得搭理他。

老兵也不买车，整天骑一辆破电动车。此车历史悠久，绝对是电动车里的祖宗级别，他安了两个装菜的车筐，有时候采购的东西多，背上再背上一个塑料背篓。正面看背面看，活脱脱一个赶集卖鸡蛋的农民大爷。

我坐过一回他的电动车，北门坡的坡度不大，车开到一半怎么也爬不上去了，一边发出诡异的声音，一边往下出溜，我嫌他的破车肾虚，马力太小，他嫌我身体太沉。

没拌几句嘴，车子歪倒在路旁，筐子里的鸡脖子扣了我一身，旁边骑自行车的游客嗖嗖地路过，好奇地瞅瞅我们。

我说：老家伙，你挣的钱买辆大哈雷摩托都买得起吧，抠吧你就，抠死你！

他忙忙叨叨地捡鸡脖子，觍着脸笑，不接我话茬儿。

一谈到钱，老兵就装聋作哑。

丽江是一方江湖，既是江湖，难免多是非。有些闲来无事的人爱嚼舌头根子，他们不生产八卦，只是家长里短的搬运工。

老兵火塘的生意火得一塌糊涂，难免让人眼红，故而常常占据丽江八卦的风口浪尖。

有人说老兵往死里挣钱是为了将来举家移民；有人说他用这些年挣来的钱收购了好多个纳西院子，早已跻身丽江客栈地产大炒家的行列。

对于前一个说法，我嗤之以鼻。

移民，移你妹啊，这老家伙一口江浙年糕普通话，他移民了能干吗？摆摊卖烧烤吗？

对于后一个说法，我无从替他辩解什么。

2009 年后，很多集团行为的连锁客栈入驻丽江，大手笔地收房子、收院子，只要位置好，付起款来眼睛都不带眨的，商会模式的运作慢慢侵蚀丽江古城固有的客栈市场，把价格泡沫吹得很大。

市场受到这么猛烈的刺激，不论高端的客栈还是低端的客栈，整体的价位上浮是无法避免的。

拿最偏僻的文明村来说，当年一万元一年的院子，现在八万元都拿不到手，这还只是房租，如果租下院子后，略微装修打理一下，开门做上几天生意，倒手一转就是几十万元的转让费，赚的就是这个转让费。这种钱虽风险大，但来得容易，投入产出比实在是诱人，不少人用此手段短短一两年谋出了百万身家。

客栈房地产在丽江古城是种变相的期货，至于接收的下家是否能继续接着转出去，那就各安天命了。

我傲娇，自诩古城清流，抹不下脸来染指这一行当，周遭交好的朋友都穷，也没什么资本，都玩不了这种心跳。

老兵是我身边唯一干这事的。

其实也没有传言中那么大手笔，他算不上大炒家，但手头五六家院子是有的。

按照一家院子几十万元的收益来算，几百万元的身家是妥妥的了。

我曾在他其中一家客栈里借住过几日。短短几日里，光我遇到的过来询价要盘店的人就有四五个，老兵心狠手辣，报价高高的，讨价还价锱铢必较，各种玩心理战，一副恶俗的生意人嘴脸。

我看不太惯，刺激他说：牛 × 啊，加油加油，多挣点儿养老钱哈。

他笑而不语，王顾左右而言他。

一和他谈到钱，他就装聋作哑。

我没有资格对老兵表达失望，世人谁不爱财？他不偷不抢，你情我愿地倒倒房产而已，谈不上有什么错。

只是在我心里，一个那么有骨头的人，一个曾经那么英雄的人，一个曾经把终生俸禄全部捐献给希望工程的人，居然在晚年如此逆转，如此入世爱财……说实话，心下实在是难以接受。

或许是我太苛责老兵了吧，或许是我还太年轻……

我找了个借口，搬出了老兵的客栈。

若干年来，我有个习惯，每年都会在丽江过春节。

老友太多，年夜饭一般要赶四五场，一般最后一顿是陪大和尚吃，而第一顿一定是在老兵家吃，我若晚到，他举家停箸等我。

但 2013 年春节前的除夕，我没去老兵家吃年夜饭。

他打电话过来，我找借口推托，他在电话里叹口气，说：你这个小浑蛋……明天早上别忘了来给我拜年，不来没有压岁钱。

老兵每年大年初一都会给我封一个压岁钱红包，祝我好好发育、茁壮成长。

第二天是大年初一，我用短信向老兵拜年，没去拿红包。

整个 2013 年，我太忙，没回丽江几趟，每次都匆匆忙忙的，一整年只在 8 月 1 日那天和老兵喝过一次酒，春节时的那次爽约，他不提，我不说。

关于老兵的房地产生意，我不提，他也不说。

8 月 1 日那场酒，主角不是我和他，有酩酊大醉，但没有白银、黄金和青铜时代。

2013 年是古城的多事之年，新店铺和新客栈一堆一堆地冒出来，不堪重负的老房子接二连三地着火，火势汹汹，烧得人提心吊胆的。古城的消防支队日日严阵以待，但丽江的店铺实在太多了，冷不丁就在哪个犄角旮旯闹出么蛾子来。

我从外地打电话回去，朋友们细细给我描述火场的情形，有些火灾仅仅是因为一个烟头或一根老化的电线，听得人一身冷汗。

朋友告诉我说，鉴于火灾隐患，如今的古城禁止明火，原先家家户户惯用的火盆、火塘和蜡烛台如今通通被取缔。

他们说，老兵火塘烧烤本是特批的唯一一家可以用炭火烧烤的店铺，但老兵主动改造，把炭火烧烤改成了电磁炉烧烤，常客不习惯，生意大不如前。

他们还说，听说老兵把手头的院子全部出手了，他现在手头汇拢了一大笔钱，大家都揣测老兵快离开丽江了。

对于老兵火塘的改造，我略惊讶了一下，并未太当回事。

但听闻他即将离开的揣测，心里还是很难过，这老家伙，挣够了钱要走了吗？

2014 年春节，我回到丽江，不用老兵请，年夜饭我主动跑了过去，老兵火塘里一堆生面孔，服务员全都换成了一水儿的大小伙子，个个结实得要命，吃起菜来和打仗一样。

老兵高兴坏了，一口一个小浑蛋地喊我，他舀了一大瓢樱桃酒灌我，还让拉措加菜，给我煮空运过来的螃蟹。

我打小在海边长大，从小吃够了海鲜，实在没必要跑到云南来吃螃蟹，他不管，逼着我吃。

拉措用做红烧肉的做法做螃蟹，吃得我皱着眉头龇牙咧嘴的。

樱桃酒酒劲儿大，我很快喝红了眼。

这么好喝的樱桃酒，以后喝不到了。

桌上盘子太多，摆得太满，我站不上去，我挤坐到老兵旁边，搂着他的脖子敬酒，话一出口就拐了弯带了呜咽，我说：老家伙，我舍不得你走……

一桌子的人停了筷子，拉措嫂子一头雾水地问我：谁说你老兵哥要走了？

我说：别演戏了，你们不是把手头的院子全都变现了吗……谁知道你们接下来打算颠到哪儿去？

拉措哈地笑了一声，两手一合，啪地拍了一下巴掌，她说：钱都打水漂儿了……

老兵呵呵笑着，一桌子的大小伙子嘿嘿笑着。老兵照我脑袋抽了一巴掌，他说：你个小不死的……人在阵地在，我他妈妈的哪儿都不会去！

老兵火塘多年来的盈余变成了数家客栈院子，客栈院子变成了几百万元的现金。

这一大笔钱被花得干干净净。

老兵招募了一堆退伍的消防兵，月薪 5000 元起，又斥资 200 万元盖了宿舍营房，还购买了近 180 万元的专业灭火器材，并计划再购置四辆一吨半的消防车。

隐居丽江的多年里，他一直在默默地卖烧烤挣钱，默默地倒院子挣钱，一分一厘地积攒资金。

从战场上死里逃生后的第 29 年，老兵倾家荡产，以一己之力组建了一支消防救援队。

全国唯一一支个人组建的消防救援队。

他用他的方式护持着这个世界。

傻倔傻倔的，像根老旗杆一样，始终屹立在往昔的年代里。

在那个早已远去的年代里，人们价值观虽一元，却朴素而单纯地崇尚奉献。

老兵的消防救援队赶上了牡丹园大火和狮子山大火，他们和消防支队的官兵几乎同时到达，联手协作。老兵的消防救援队先后参与了十余次大小火灾的救援。

2014年中，老兵的消防队在"云南省民间消防大比武"中拔得头筹，集体一等奖。他的队伍一水儿的退伍老兵，经验丰富、素质过硬，集结第一、出水第一，着实震惊了赛场。

令老兵震惊的不仅仅是赛场，同时还有闻讯赶来的几位退休老将军。

将军们来自公安部，个中数人当年曾与老兵持戈于同一方烽火边疆，他们感慨于老兵的往昔和当下，当场电示《人民公安报》和《解放军报》重点报道这一拥军先进案例。

老兵再三婉拒，万语千言端在一碗酒中。

将军们比他犟，一定要树立他这个拥军先进个人的光辉形象。

老兵尿遁，跑了，关了手机，放了将军们的鸽子，躲到大冰的小屋。

小屋那天来了一些背包客和一些毕业旅行的大学生，我向他们介绍老兵，他们客气地和老兵聊关于战争的话题，那时还在打仗吗？不会吧。

他们大多是80后和90后，其中数人的家乡，位于边陲云南。

我坐立不安，为自己和他们汗颜。

瞅瞅一旁的老兵，他淡定地抽着烟。此类问答，看来他早已习惯。

…………

有个英文单词叫hero（英雄）。

牛津词典对hero的释义有四：

一、具有超人的本领，为神灵所默佑者。

二、声名煊赫的战士，曾为国征战者。

三、其成就及高贵品格为人所敬仰者。

四、诗和戏剧中的主角。

有英雄，就有英雄崇拜。关于英雄崇拜，《史记》中的一句话最为精当："高山仰止，景行行止，虽不能至，然心焉向往之。"

我没通读过《史记》，这句话是从朱光潜先生的文章中读到的。

朱光潜先生认为，崇拜英雄的情操是道德的，同时也是超道德的，所谓的超道德，是具有美感的。故而，崇拜英雄是一种好善，也是一种审美。

另外，他在著述中言及英雄这一话题时说：

敬贤向上是人类心灵中最可宝贵的一点光焰，个人能上进，社会能改良，文化能进展，都全靠有它在烛照。英雄常在我们心中煽燃这一点光焰，常提醒我们人性尊严的意识，将我们提升到高贵境界。

崇拜英雄就是崇拜他所特有的道德价值。

一个人能崇拜英雄，他多少还有上进的希望，因为他还有道德方面的价值意识。

朱先生是主张维持英雄崇拜的，他认为人在青年时代，意象的力量大于概念，与其向他们说仁义道德，不如指出几个有血有肉的人给他们看。

一个具体的人才具有真正的人格感化力。

…………

我该怎么和那些懵懂的孩子介绍老兵？

挑明了说"你看你看，你面前的这个老兵是个活生生的英雄"吗？

指缝黢黑的老兵，酒气醺醺的老兵，衣服上油渍斑斑的老兵……

我不确定他们会有怎样的反应。

我也不确定我是否有资格来做这个介绍人。

相交多年，我并不知晓老兵的真实姓名，只知他籍贯浙江，1981 年入伍，二等甲级伤残，耳背、好酒、抠门儿，打架时爱用灭火器，建了一支牛 × 的消防队，开着一家叫老兵火塘的"黑店"。

（六）

从二十出头到三十四五，我兜兜转转驿马四方，但很多个 8 月 1 日，不论身在何方，都会赶回古城。

也没什么重要的事，不过是陪一个老兵过节。

这一天，老兵一定会失态，一定会喝醉，一定会嘶吼着高歌，涕泪横流。

照片墙前供台已摆好，供香青烟直插云天，他立正着，大声唱歌，从《血染的风采》唱到《望星空》，咬牙切齿，荒腔走板，唱得人心里发抖。

"如果我告别，将不再回来，你是否理解，你是否明白……"

他一手端着满杯的白酒，一手攥着拳，在每首歌的间隙高喊一声：敬——礼！

啪的一个军礼，半杯酒泼进地里，半杯酒大口地吞咽，一杯接一杯，一杯接一杯。

每年的 8 月 1 日，我负责站到一旁给他倒酒，这一天不论他喝多少、醉成什么样子都不能去劝，他一年只疯这一次。

老兵已经醉了，上半身找不到重心地摇晃着，腿却一动不动地站着军姿在地面上扎根。他把杯子塞进我手中，说：来，和我的兄弟们喝杯酒。

半身的汗毛竖了起来，不知为什么，真好似一群血衣斑斑的人如山如岳地矗立在我面前一般，血哗哗地涌上了脑子，一口酒下肚，热辣辣地烧痛了眼。

我说：我 ×，我他妈算个什么东西……怎么配给你们敬酒……

老兵在一旁青筋怒张地朝我大喝一声：干了！

声音的后坐力太强，他摇晃两下，咕咚一声仰天倒下，砸得墙板乱颤。

挟着三十年的是非对错，砸得墙板乱颤。

我盘腿坐下，把老兵的脑袋放在我大腿上。

他摊开手脚，躺成一个"大"字，仿佛中弹一样大声呻吟着，声音越来越轻、越来越轻，然后沉沉睡去，在这个风花雪月的和平年代。

门外日光正好，路人悠闲地路过，偶尔有人好奇地往屋里看看。

我扶着老兵的头颅，滚烫的，沉甸甸的。

酒打翻了一地，浸湿了裤脚，漫延而过。

如同坐在血泊里。

▷ 老兵的声音 2019.9

▶ 《孤星》小屋济南分舵・楚狐

乖，摸摸头

☆

◎　有些话，年轻的时候羞于启齿，等到张得开嘴时，已是人近中年，且远隔万重山水。

…………

每一年的大年初一，我都会收到一条同样的短信。

在成堆的新年快乐恭喜发财的短信中，有杂草敏短短的四字短信：哥，好好的。

很多个大年初一，我收到那条四字短信后，都想回复一条长长的短信……可最终都只回复四个字了事：乖，摸摸头。

你身边是否有这么几个人？

不是路人，不是亲人，也不是恋人、情人、爱人。

是友人，却又不仅仅是友人，更像是家人。

——这一世自己为自己选择的家人。

（一）

我有一个神奇的本领，再整洁的房间不出三天一定乱成麻辣香锅。

娱乐圈再乱也没我房间乱，我也不知道是怎么搞的，就是乱，所有的东西都不在原来的位置：手表冷藏在冰箱里，遥控器能跑到马桶旁边去，衣服堆成几条战壕，沙发上积满了外套，扒上半天才能坐人。

我自己不能收拾，越收拾越复杂的局面，往往收拾到一半就烦了，恨不得拿个铲子一股脑儿铲到窗外去。

最烦的就是出门之前找东西，东翻西翻、越忙越乱，一不小心撞翻了箱子，成摞的稿纸雪崩一地，碳素墨水瓶吧唧一声扣在木地板上，墨水跋山涉水朝墙角那堆白衬衫蜿蜒而去……

我提着裤子站在一片狼藉中，捡起一根烟来，却怎么也找不到打火机。

委屈死我了……这种老单身汉的小委屈几乎可以和小姑娘们的大姨妈痛相提并论。

每当这种时候，我就特别地怀念杂草敏，想得鼻子直发酸。

杂草敏是我妹妹，异父异母的亲妹妹，短发，资深平胸少女，眉清目秀的很帅气——外表上看起来性取向严重不明朗的那种帅。

她有一个神奇的本领，不论多乱的房间，半个小时之内准能捯饬得像样板间，所有的物件都尘归尘土归土金表归当铺，连袜子都叠成一个个小方包，白的一队，黑的一队，整整齐齐地趴在抽屉里码成军团。

十五年前，我们生活在同一个城市，在同一个电视台上班，她喊我哥，我算她半个师傅，她定期义务来帮我做家务，一边干活儿一边骂我。

她有我家的备用钥匙，很多个星期天的早晨我是被她骂醒的，她一边用雨伞尖戳我后脊梁，一边骂：把穿过的衣服挂起来会累死你吗？！回回都堆成一座山，西服都皱成粑粑了好不好！

过一会儿又跳回来吼：小伙子，你缺心眼儿吗？你少根筋吗？你丢垃圾的时候是不是把垃圾桶一起丢了？！

小伙子？小伙子是你叫的？我把拖鞋冲她丢过去，她回赠我一鸡毛掸子。

我把她当小孩儿，她嘴上喊我哥，心里估计一直当我是个老小孩儿。

杂草敏是一只南方姑娘，个子小小的，干活儿时手脚麻利身手不凡，戴着大口罩踩着小拖鞋嗖嗖地跑来跑去，像宫崎骏动画片里的千寻一般。

那是遥远的十五年前，那时候《千与千寻》还没上市，市面上大热的是《流星花园》，大S扮演的杉菜感动了整整一代80后少女。杉菜在剧中说：杉菜是一种杂草，是生命力顽强的杂草。

杂草敏看到后颇受触动，跑来和我商量：哥，人家叫杉菜，我起个名字叫荠菜怎么样？

她说：荠菜也算是杂草的一种。

我说：不好不好，这个名字听起来像馄饨馅儿一样，一点儿都不洋气，不如叫马齿苋，消炎利尿还能治糖尿病。

她认真考虑了一下，后来改了QQ签名，自称"杂草敏"，一叫就是十几年。

（二）

第一次见到杂草敏时，她还不到二十岁。

那时候我主持一档叫《阳光快车道》的节目，里面有个板块叫"阳光女孩"，她是其中某一期的嘉宾。

她那时候中师毕业，在南方一个省委幼儿园当老师，本来应该按部就班混上十几年，混成个省委后勤机关部门小领导什么的，怪就怪我的一句话，断送了她的大好前程。

我那时候年轻，嘴欠，台上采访她时不按台本出牌，我说：

职业是职业，事业是事业，没必要把职业升迁和事业成就混为一谈，也没必要把一份工作当作人生唯一的轴心，别把工作和生活硬搞成对立面，兼顾温饱没错，可一辈子被一份工作拴死，那也太无趣了，人应该活得丰满而多元，吧啦吧啦吧啦……

我随口胡咧咧，她却醍醐灌顶，风驰电掣般地回去料理了后事，拎着一个超大号旅行箱跑回山东。

她说她梦想的事业并非在幼儿园里从妙龄少女熬成绝经大妈，而是要当一名电视主播。

她说：万分感谢你一语点醒梦中人哈，你帮人帮到底吧。

我说：我 ×，你是不是以为当个主持人就像在庄稼地里拔个萝卜那么简单，赶紧给我回幼儿园看孩子去。

她说：回不去了，已经辞职了。

见过孩子气的，没见过这么孩子气的，我信因果报应，自己造的嘴孽当然要自己扛，于是喊来了几个同行朋友手把手地教了一个星期，然后安排她参加台里的招聘。

谋事在人成事在天，反正咱仁至义尽了就行，她自己考不考得上看自己的造化。

……没想到居然考上了，名次还挺靠前。

杂草敏一开始是在少儿组实习，窝在机房里剪片子，后来当少儿节目的主持人，尖着嗓子哄孩子玩。她本身就是个孩子，又是幼师出身，嗲声嗲气的，哄起孩子来很有耐心。

她毕竟是新人，有时候主持节目老 NG，连续七八条都过不了，导演不耐烦，告状告到我这里来，于是我老骂她。

一骂她，她就嬉皮笑脸地眯着眼，用方言说：哥，不是有你罩着我吗？

罩什么罩！哥什么哥！

她南方姑娘，"哥"被她喊成"锅"，听得人火大。

我沉着脸吓唬她：你别他妈跟我撒娇，连 A 罩杯都不到的人是没资格撒娇的，你再这么 NG 下去，哪儿来的给我滚回哪儿去！

……A 罩杯的人当然有资格撒娇，可不凶她不行，这里毕竟是职场，随便撒娇难免会被人轻看，旁人哪儿会在乎你是个初出茅庐的小女孩，一旦众人心里看轻了你，还谈什么机会谈什么发展？还怎么保住这个饭碗？让人省省心吧，都是上班的人了，别老当小孩！

语气虽过重，疗效却不错，她咬牙切齿地大声发誓：哥，你别对我失望，我一定努力工作，努力发育。

一屋子的同事盯着我俩看，跟看耍猴儿似的……

我左手卡着她的脖梗子，右手捂住她的嘴，把她从我办公室里推了出去。

后来她上进了不少，经常拿着新录的节目带子跑来让我指点，还事事儿地捧着个小本子做记录。我那时候实在是太年轻，好为人师，很享受有人来虚心求教的感觉，难免挥斥方遒唾沫星子乱飞，有时候聊得刹不住车，生活、感情、理想各个层面都长篇大论，着实过了一把人生导师的瘾。

她也傻，说什么她都听着，还硬要把我当男闺密，什么鸡毛蒜皮的猫事狗事都来问我拿意见。我大好男儿哪里听得了那么多婆婆妈妈，有时候听着听着听烦了，直接卡着她的脖梗子把她推到门外去。不过，时间久了，关系毕竟是密切了许多，她再"锅""锅"地喊我的时候，好像也没有那么烦人了。

电视台是人精扎堆的地方，她傻乎乎的，太容易受欺负，有时也难免为她出出头。

有一回，她像个小孩儿一样躲在我背后露出半个脑袋，伸出一根指头指着别人说：就是他，他欺负我。

我一边黑着脸骂人一边心里觉得好笑，想起小时候，表弟经常拖着鼻涕和我说同样的话：就是他，他欺负我，哥哥你快帮我揍他。

那时候，杂草敏工资少，她自己也不客气，一没钱了就跑到我的办公室里来，让我带她吃肉去。电视工作是勤行，压力大，我看她一个小姑娘家家的背井离乡来跳火坑，难免生出点儿恻隐之心，于是每逢撸串儿、啃羊蝎子的时候都会带上她。

她也不客气，扎啤咕嘟咕嘟地往下灌，烤大腰子一吃就是三个起，吃得我直犯怵。有一回我实在忍不住了，语重心长地跟她说：妮子，大腰子这个东西吧，你吃再多也木有用啊，有劲儿你使不上哇……

她愣了一下，没听懂，然后傻头傻脑地龇着牙冲我乐。

我那时候短暂追过一个蛮漂亮的森林系女生，有时候带着她们俩一起撸串儿来着，那个女生碰翻了辣酱瓶子，我掏出手绢来一根一根帮她擦手指头，那姑娘爱抹口红，赏我一个大 kiss，印在我腮帮子上清清楚楚一抹红。

这可把杂草敏羡慕坏了，嚷着也要找人谈恋爱印唇印，嚷了半年也没动静。

我把我认识的条件不错的男生介绍给她，个个都喜欢她，她个个都不喜欢。
有一回，她来帮我收拾家务的时候，我问她到底喜欢什么样子的男生，她歪着头不说话，一边叠衣服一边不耐烦说：不要你管。

我说：哎哟，好心当成驴肝肺啊这是。
我伸手去拍她脑袋，往左边拍，她的头就顺势歪向左边，往右边拍就歪向右边。

（三）

那几年我除了在山东当主持人，也在拉萨开酒吧，每次一结束了内地的工作自然会切换回西藏的生活。我有我的规矩，当年只要是回拉萨，那就只带单程的路费，至于返程的费用，靠的是那边的收入。日常开支也是一样，各花各的，反正两个不同的世界不想混淆在一起，混淆易带来寄生，一分了主次，也就无法平行了。如果连这两个世界都无法平行，还谈什么其他多元生活呢？

出行的时间短则半个月，长则三个月，有时候出行的线路太漫长，就把杂草敏喊过来，把家里的钥匙、现金、银行卡什么的托管给她。
山东的孩子大多有个习惯，参加工作以后不论挣钱多少，每个月都会定期给父母打点儿钱表表孝心。她知道我所有的银行卡密码，除了汇钱，她还负责帮我交水电物业费，还帮我充话费。

一并交接给她的，还有我的狗儿子大白菜。
她自称白菜的姑姑，白菜超级爱跟她，跟着我只有狗粮，跟着姑姑有肉吃有珍珠奶茶喝，还能定期洗澡。
白菜是苏格兰牧羊犬，小男生狗，双鱼座，性格至贱无敌，天天觍着脸跟她挤在一张床上搂着睡觉觉，毛儿掉了一枕头。

第一次和杂草敏做交接的时候，惹出了好大的麻烦，那是我第一次把她惹哭。
我约她在经七路玉泉森信门前的机场大巴站见面，一样一样地托付家产。
那回我是要去爬安多藏区的一座雪山，冰镐、冰爪、快挂八字扣丁零当啷挂了一背包。
杂草敏一边心不在焉地盘点着，一边不停地瞅我的行李。
她忽然问：哥，你不带钱不带卡，饿了怎么买东西吃？
我说：卖唱能挣盘缠，别担心，饿不着。
她的嘴一下子噘起来了。那个时候她对自助旅行完全没概念，把雪山攀登、徒步穿越什么的想象成红军爬雪山、过草地，以为我要天天啃草根、煮皮带。

她沉默了一会儿，又问：雪山上会不会冻死人？你穿秋裤了没？
呵！秋裤？

我着急上车，心不在焉地说：穿了也没用，一般都是雪崩直接把人给埋了，或者从冰壁上直接大头朝下栽下来干净利索地摔成饼饼……
说着说着我发现她的表情不对了。
她忽然用手背捂住眼，嘴瘪了一下，猛地抽了一口气，哇的一声就哭出来了，眼泪哗哗地从指头缝里往外淌。
我惊着了，我说：我 ×！杂草敏你哭什么？
她齉着鼻子说：哥，你别死。
我又好气又好笑，逗她说：我要是死了，你替我给白菜养老送终。
她哭得直咳嗽，一边咳嗽一边吼：我不！
我哄她，伸手去敲她头。越敲她哭得越厉害，还气得跺脚，搞得和生离死别似的。
她那个时候已经是二十岁的大姑娘了，可哭起来完全是个孩子。

后来生离死别的次数多了，她慢慢地习以为常，哭倒是不哭了，但添了另外一个熊毛病——经常冲着我坐的大巴车摇手道别，笑着冲我喊：哥，别死啊，要活着回来哈。

司机和乘客都抿着嘴笑，我缩着脖子，使劲把自己往大巴车座椅缝里塞。

他奶奶的，搞得好像我是个横店抗日志士，要拎着菜刀去暗杀关东军司令似的。

（四）

唉，哪个男人年轻时没莽撞过？那时候几乎没什么惜命的意识，什么山都敢爬，什么路都敢蹚。夜路走多了难免撞鬼，后来到底还是出了几次事，断过两回肋骨残过几根手指，但好歹命贱，藏地的赞神和念神懒得收我。

左手拇指残在滇藏线上。

当时遇到山上滚石头，疾跑找掩体时一脚踩空，骨碌碌滚下山崖……

后来我常拿此事开玩笑——幸亏小鸡鸡卡在石头缝里，才没滚进金沙江。

当时浑身摔得瘀青，但人无大碍，就是左手被石头剌开几寸长的口子，手筋被剌断了。

我打着绷带回济南，下了飞机直接跑去千佛山医院挂号。

大夫是我的观众，格外照顾我，他仔细检查了半天后，问我：大冰，你平时开车吗？

我说：您几个意思？

他很悲悯地看着我说：有车的话就卖了吧，你以后都开不成车了。

他唰唰唰地写病历，歪着头说：快下班了，你给家里人打个电话，来办一下住院手续，明天会诊，最迟后天开刀。

自己作出来的业自己扛，怎么能让爹妈跟着操心，我犹豫了一会儿，拨了杂草敏的电话。

这孩子抱着一床棉被，穿着睡衣、趿着拖鞋冲到医院，一见面就骂人，当着医生的面杵我脑袋，又抱着棉被跑前跑后地办各种手续。

我讪讪地问：恩公，医院又不是没被子，你抱床棉被来干吗？

她懒得搭理我，一眼接一眼地白我。

到了住院部的骨科病房后，她把我摁在床上，强硬无比地下命令：你！给我好好睡觉休息！

医院的被子本来就不薄，她却非要把那床大棉被硬加在上面，然后各种掖被角。

掖完被角，双手抱肩，一屁股坐在床边，各种运气。

隔壁床的病人都吓得不敢讲话。

我自知理亏，被裹成了个大蚕蛹，热出一身白毛汗来也不敢乱动。

她就这么干坐了半个晚上，半夜的时候歪在我脚边轻轻打起了呼噜。

她在睡梦中小声嘟囔：哥，别死……

我坐起来，偷偷叼一根烟，静静地看着她。

清凉的来苏水味道里，这个小朋友在我脚边打着呼噜，毛茸茸的睡衣，白色的扣子，小草的图案，一株一株的小草。

会诊的时候，她又狠狠地哭了一鼻子。

医生给出的治疗方案有两套：

A方案是在拇指和手腕上各切开一个口子，把已经缩到上臂的手筋和拇指上残留的筋拽到一起，在体内用进口物料缝合固定。

B 方案是把筋抟到一起后，用金属丝穿过手指，在体外固定，据说还要上个螺丝。

治疗效果相同，B 方案遭罪点儿，但比 A 方案省差不多一半的钱。

我想了想，说：那就 B 方案好了。

没办法，钱不够。

那一年有个兄弟借钱应急，我平常没什么大的开销，江湖救急本是应当，就把流动资金全借给了他。现在连工资卡的余额算在内，账户上只剩两三万块钱，刚好够 B 方案的开支。B 方案就 B 方案，老爷们家家的皮糙肉厚，遭点儿小罪而已，没什么大不了的。

大夫说：确定 B 方案是吧？

我说：嗯哪。

杂草敏忽然插话道：A！

借钱的事她不是不清楚，银行卡什么的都在她那里保管，她不会不知道账户余额。

我说：B！

她大声说：A！

我说：一边去，你别闹。

她立马急了，眼泪汪汪地冲我喊：你才别闹！治病的钱能省吗？！

她一哭就爱拿手背捂眼睛，当着一屋子医生护士的面，呜呜地哭了起来。

我觉得太尴尬了，摔门要走。

医生拦住我打圆场：好了好了，你妹妹这是心疼你呢……

当着一屋子外人的面，我又脸红又尴尬，想去劝她别哭，又抹不下脸来，又气她又气自己，到底还是摔门走了。

一整个下午，杂草敏都没露面。

到了晚上，我饿得要命，跑到护士值班房蹭漂亮小护士的桃酥吃，正吃得高兴呢，杂草敏端着保温盒回来了。

她眼睛是肿的，脸貌似也哭胖了。

她把保温盒的盖子掀开，怯生生地擎到我面前说：哥哥，你别生气了，我给你下了面条。

一碗西红柿鸡蛋面，冒着热气，西红柿切得碎碎的，蛋花也碎碎的。

我蹲在走廊里，稀里呼噜吃面条，真的好吃，又香又烫，烫得我眼泪噼里啪啦往碗里掉。

从那一天起，只要吃面，我只吃西红柿鸡蛋面。

再没有吃到过那么好吃的西红柿鸡蛋面。

我吃完了面，认真地舔碗，杂草敏蹲在我旁边，小小声说：哥，我以后不凶你了，你也别凶我了，好不好？

我说：嗯嗯嗯，谁再凶你谁是狗。

我腾出一只手来，敲敲她的头，然后使劲把她的短头发揉乱。

她乖乖地伸着脑袋让我揉，眯着眼笑。

她小小声说：我看那个小护士蛮漂亮的。

我小声说：是呢是呢。

她小声说：那我帮你去要她的电话号码好不好？

我说：这个这个……

小护士从门里伸出脑袋来，也小小声地说：他刚才就要走了，连我 QQ 号都要了……还他妈吃了我半斤桃酥。

最后到底还是执行了 A 方案。

她知道我死要面子，不肯去讨债，也不肯找朋友借，更不愿向家里开口。

缺的钱她帮我垫了，她工作没几年，没什么钱，那个季度她没买新衣服。

手术后，感染化脓加上术后粘连，足足住了几个月的医院。

杂草敏那时候天天来陪床，工作再忙也跑过来送饭，缺勤加旷工，奖金基本给扣没了，但我一天三顿的饭从来没耽误过。

我衣来伸手饭来张口，难得当回大爷，人家住院都住瘦，我是噌噌地长肉，脸迅速圆了。

整个病房的人都爱她，我骗他们说这是我亲妹妹，有个小腿骨折的小老太太硬要认她当儿媳妇，很认真地跟我数道他们家有多少处房子、多少个铺面。

杂草敏和那帮小护士玩成了姐妹淘，你送我个口红我回赠个粉饼，聚在一起叽叽喳喳聊电视剧。

人家爱屋及乌，有两个小护士经常在饭点噔噔噔地跑过来，摸摸我脑袋，然后往我嘴里硬塞一个油焖大鸡腿。

她们跟着她一起喊我"哥"，但老摸我脑袋把我当小孩儿，搞得我怎么也不好意思开口要电话号码。

生病也不能耽误工作，台里催我回去录节目，整条胳膊打着石膏上台主持终归不妥，杂草敏给我搞来一条彩色布套子，套在石膏上时尚得一塌糊涂，像花臂文身一样漂亮。

录节目的间隙，她神经兮兮地擎着透明胶跑过来往布套子上摁。

我说：你干吗？

她龇着牙笑，说：上面沾的全是白菜的狗毛，镜头一推特写特明显，我给你粘粘哈……

我揪着她耳朵让她老实交代这条布到底是什么东西的干活。

…………

我他妈胳膊上套着杂草敏的彩色长筒袜主持了一个季度的节目你信不信?

（五）

整整半年才最终痊愈。

拆石膏的时候是腊月。那年的农历新年和藏历新年正好重叠，我归心似箭，第一时间买票回拉萨。

杂草敏帮我收拾行囊，她偷偷把一条新秋裤塞进包里，我没和她拗，假装没看见。

依旧是她牵着白菜送我，依旧是将家产托付给她，依旧是在机场大巴站分别。我隔着车窗冲她招手，很紧张地看着她，怕她再喊什么"哥，别死啊，要活着回来哈"。

她没喊。

西风吹乱了她的刘海儿。

她蹲下身来，抱着白菜的脑袋一起歪着头看着我。

那年开始流行举起两根手指比在脸旁，她伸手在脸旁，笑着冲我比了一个"V"。

要多二有多二……

那年的大年初一，杂草敏给我发来一条短信:

哥，好好的。

我坐在藏北高原的星光下，捏着手机看了半天。

而后每一年的大年初一，我都会收到一条同样的短信。

在成堆的新年快乐恭喜发财的短信中，有杂草敏短短的四字短信：哥，好好的。

四个字的短信，我存进手机卡里，每年一条，存了很多年。

…………

后来，杂草敏离开了济南，蒲公英一样漂去了北京又漂回了南方。再后来，她漂到澳大利亚的布里斯班，在当地的华语电台当过主持人。热恋又失恋，订婚又解除婚约，开始自己创业，做文化交流也做话剧，天南地北、兜兜转转、辛苦打拼。

不论身处何方，每年一条的短信，她从未间断。

很多个大年初一，我收到那条四字短信后，都想回复一条长长的短信……可最终都只回复四个字了事：

乖，摸摸头。

敏敏，我不知道该说些什么。

你喊我哥，喊了十几年。

可一直以来我都明白，那些年不是我在罩着你，而是你在心疼我。

有些话，年轻的时候羞于启齿，等到张得开嘴时，已是人近中年，且远隔万重山水。

我好像从未对你说过"谢谢"，原谅我的死要面子吧，那时候我也还是个孩子……其实我现在依旧是个孩子，或许一辈子都会是个颠三倒四不着调不靠谱儿的孩子。

喂喂喂喂喂，谢谢你……

我路过了许多的城市和村庄，吃过许多漂亮女孩子煮的面，每一个姑娘都比你胸大比你腿长比你好看，可没有一个能煮出你那样的面来，又烫又香的西红柿鸡蛋面，烫得人眼泪噼里啪啦往碗里掉。

真想再吃一次哦。

今宵除夕，再过几个小时就能收到你的新年短信了，此时我这里有酒有琴有满屋子的江湖老友。你呢？杂草一样的你，现在摇曳在何方？

好好的哦。

乖，摸摸头。

大冰

除夕夜于云南

杂草敏 2019

▷ 杂草敏和小壕仔

乖，摸摸头（下）

从最初到现在，十六年过去，每每回首，每每起了微风。

此刻是2019年除夕，即将四十岁的我边写下这些文字，边等着那条一年一度的短信。

等着那句：哥，好好的。

等着对那个永远的小姑娘说上一句：乖，摸摸头。

从最初到现在，十六年过去，每每回首，每每起了微风。

还需要说些什么呢，我在哦，一直都在。
你啊你，好好的就行。

（一）

小壕仔一身社会人打扮，黑西装白衬衫豆豆鞋，头发有时候是紫红色的，有
时候是粉红色的。
这是个四六不着的大孩子，二十多岁了依旧讨狗嫌的那种，常烦得我一愣一
愣的。
他爱喊我老大，不分场合饱含深情，远远地嗷的一嗓子。
我赶紧撵他，皱着眉头往外摆手：走走走走走走……走！
他不走，边跑边喊迎面而来，黑色小墨镜在鼻子上一颠一颠的，敞开衣襟忽
闪忽闪带风。

愁死我了，瞎喊什么，满大街的人民群众都扭头看我呢，本来就长得不像好
人，这么一吆喝，搞得我像个欺行霸市马仔一堆的涉黑分子一样，需要扭送
到公安机关去打黑除恶才行。

惯例是跑过来以后抱住我，说想死我了。我矮他一头，常被他摁在胸口第二
个纽扣的位置，脑门上顶着他的下巴颏子……硌硬死人了。
一般是抱住了以后就不喊老大了，喊哥。他只要一张嘴喊哥，我心就软了，
也就耐得下性子，对他继续迁就。

无他，那口气那语气，那熟悉的尾音常让人一愣……唉，学得咋就那么像的说？

有那么两年的时间，小壕仔热衷于想我，常毫无征兆地出现在我面前。有时候是我家门口，有时候是我的酒店房间门口，有时候是某个城市的某场签售会，他从排队的人中歪出来，笑嘻嘻地搓着手，说：我想你了，来瞅瞅你。
然后咂嘴：啧啧，又胖了，真是个圆润的中年人啊……
我说：屁！走！赶紧给我圆润地走！
他说不急不急，还有很多知心的话儿想和我说说，希望我能帮他拿拿主意下下决心。
然后笑嘻嘻地看着我，说：好吗哥？好吗好的！

我就哆嗦，他让我拿主意的事情鸡毛蒜皮居多，也有大开大合的人生大转折，常把我惊出一身冷汗来……经常是他拿着主意颠颠儿地跑了，剩我一个人替他提心吊胆，乃至辗转反侧。

也曾和他认真谈过话，我说：壕啊，我希望每次见你都能收获开心和欢乐……
他就嗯嗯嗯各种点头，说：哥，真的，我每次见你以后都很开心都很欢乐。
我……
我说：壕啊，我一天天的各种事够操心的了，你那些鸡零狗碎儿以后敢不敢换个人去倾诉呢！
他就伸手拍我膝盖，说：这个世界上我最信任的就是你，还有我姐，不和你倾诉和谁倾诉呢？
他说：姐现在有多忙你又不是不知道，我这会儿去烦她……我还是人吗？
他深情地看着我说：况且，姐老早就说了啊，指望不上她的时候，那就找你准没错。

他说：这话当年我姐讲过很多次呢……第一次讲的那会儿她还没找到工作，我俩一起吃黑胡椒拌白米饭，就着白水和最后一点儿老干妈。姐把大坨的米饭分给我，自己吃小坨的，边吃边给我讲你的故事，说以前你老凶她，骂她工作不努力，每次骂完了以后都会带她去吃各种肉，还有皮皮虾还有梭子蟹，还有烤大腰子……都是她爱吃的。

小壕仔每次把他姐搬出来，我立马没辙……
行了别说你姐了，你又想找我拿什么主意赶紧说。
他说：不急不急，唉，我其实一直蛮好奇的，你说我姐她一个姑娘家家的咋会热爱吃大腰子呢？可真有种啊。

还有脸说别人有种？
你自己就够有种的——二十来岁的人生由一连串 Bug 组成。

（二）

小壕仔当年读语言学校，莫名其妙地上了女校。
那是一所私立女子高中的语言国际部，学校校服是绿色系，白衬衫灰裤子黑皮鞋，以及一顶绿色的校帽。留学中介不承认这是个乌龙，吃准了他啥都不懂好糊弄，他倒也确实和乌龙有缘，刚出国那会儿脑子一热，给自己起的外文名叫兰博基尼，所以后来曾一度被人喊作铁牛。
笑话他的都是他的留学生同学，那时他在南半球，澳洲。

小壕仔是山西人，家境还不错，但没矿，出国的时候十六岁。据他描述，那时顽劣得厉害，屡屡被学校劝退，被家里从山西送去了河北辛集育才中学，又送到了布里斯班，总之国内是没人能收拾他了，干脆放任他去祸害南洋的众生。

正是天不怕地不怕的年纪，玩儿心重，他走得兴冲冲的，很没良心的样子，满脑子袋鼠和考拉，过安检时没回头。

和很多他走西口的祖辈一样，大瓶的陈醋装在他行李箱里头，想让他想家的时候抿上两口。

装箱的时候他不屑，表示怎么带走还会怎么带回来，绝不会喝上半口！

喝了算他尿！

到澳洲后的第二个月，他可怜巴巴地打电话回家，说喝完了，满世界买也买不到，这边的超市没有中国醋，只有日本酱油……

出国前说好了寄宿家庭会是个亲切热情的靠谱家庭，到了后他那时被分到了一个印度和斐济混血的 Homestay，单亲家庭。他蜗居在一个几平方米的小房间里，虽说并非楼梯下面的储物间，但也颇有哈利·波特姨妈家的感觉——那户人家待他很不好，基本不搭理他，更谈不上什么照顾，只当他是只无足轻重的小狗。

饭菜完全不合口，人家不肯为他而迁就。他饥肠辘辘了几天后自己跑去超市买饼干，英语水平太初级很多单词读不懂，转悠了半天，在一个奇怪的货架上买到了很特殊的一种饼干，分量倒是足，好大一袋，造型也和国内的不同，不是一片一片的，而是一粒一粒的饼干豆儿，很硬，不甜，嚼起来嘎嘣脆的很痛快。

他躲在自己的小房间里，抿一口老陈醋，塞一把饼干豆儿，后来醋喝完了，也不好意思从冰箱里随便取牛奶，于是用自来水送。

快两个月后才知道吃的是狗粮。

那时他已经吃了好多袋，吃得发色锃亮，目光敏锐动作机警。

却也不怪他不识狗粮，家境虽不错，但年龄小见识少，太多事物在他的知识结构之外。他后来有两次找我倾诉失恋后的难受，自己总结说，可能是当年狗粮吃得太多，活该当单身狗。

当年点醒他那是狗粮的，是个短发小姐姐，眉清目秀很帅气的那种，超市里遇见好几次，好几次排队都恰好排在他身后。

那天他走出超市门口，边走边把袋子撕开小口，抓一把塞进嘴里嚼得咯嘣嘣，身后忽然传来一串哒哒哒的急促脚步声，那个小姐姐张牙舞爪地追了上来，二话不说捏住了他的脸掰开了他的嘴……眼泪汪汪地皱起了眉头。

眼泪汪汪的小姐姐和他说的第一句话是：谁让你这么小就出来留学的？！

第二句话是边推搡边说的：少废话，跟我走。

他那时稚气满脸，虽未成年，但已比她高出一个头。但不知怎的，她一张嘴，他马上变成了个真正的小朋友，需要牵着过马路的那种。

她带他去吃了Nando's，那家店有好吃的烤鸡肉。她不让他多说话，只让他埋头赶紧吃，自己托着下巴看着他，欲言又止，轻声叹息。

饭后她非要送他回家，正遇上寄宿家庭的主人刚抽完大麻，白痴一样地坐在客厅里笑着。她皱着眉头呆呆地站了一小会儿，临走的时候一步三回头。

第二天带他吃的佳佳三杯鸡，第三天是重庆酒家的麻辣烤鱼，第四天是汉记的招牌菜。

第五天他冒着迷路的危险找了很久，乖乖地等在她学校门口，没等到，第六天也没有。

第七天她哒哒哒地跑过来，踮起脚尖摸他的头。

她说：今天没有好吃的了，姐姐刚交了房租，钱不太多了……

很快又哄他说：姐姐马上就可以找到工作了，等挣到钱了，接着带你吃肉。

小姐姐挥手告别，走了一会儿后扭头问：都说了没钱了啊，你怎么还跟着我啊？

他就笑，远远地喊：不用吃肉啊，我只是想和你一起吃饭……吃什么都行。

那天他们吃的黑胡椒拌白米饭，就着白水和老干妈，小姐姐把大坨的米饭分给他，自己吃小坨的，边吃边说她以前有个哥哥，是她老大，老凶她，骂她工作不努力，但每次骂完了以后都会带她去吃各种肉，还有皮皮虾，还有梭子蟹，还有烤大腰子……都是她爱吃的。

他说：姐，你流口水了呢。

他翻兜，厚厚一沓钞票：姐，你现在也是我老大了，我学会怎么去银行取钱了，咱们想吃什么都行！

搞了半天才搞明白吃狗粮是个乌龙，不是因为穷，他并不是家里节衣缩食送出国当小留学生。

小姐姐却并不肯吃他的请，后来她常带他吃饭，但从不让他请客，一直到现在。

她对小壕仔说：你既然喊我姐姐，那只要咱俩吃饭，那必须我来埋单。

她说：这是个习惯……我的那个老大，从认识他那天起，只要和他吃饭，从来不许我埋单。

说这话那会儿，她和小壕仔一起吃饺子，正是南半球的夏天，热气腾腾的饺子吃得俩人满头大汗。小壕仔诧异她一个湖南妹子咋吃饺子时也像北方人一样咔咔嚼大蒜，她笑，说曾在山东住过好多年，习惯了。

她拿出手机，说要给她老大发条信息拜个年，因为这会儿国内的除夕快结束了，要赶在北京时间夜里十二点之前。

她说，这也是一个习惯，她已经持续了很多年。

…………

复述这些话时，小壕仔和我坐在北京 CBD 的一家饭店里，面前几大盘饺子。

我帮他剥蒜，让他慢点吃别烫死了，他吸溜吸溜地翻白眼，含着饺子冲我笑：姐姐以前常和我念叨，你这人特轴，一过节就习惯吃饺子，而且只吃素三鲜馅儿。

他端起醋碟儿敬我：哥，圣诞快乐！

……是喽，你姐姐说的没错，有些习惯一旦养成总是懒得改，比如吃饺子只吃素三鲜，比如但凡吃面，总爱吃西红柿鸡蛋面。

滚烫滚烫的西红柿鸡蛋面。

小壕仔的姐姐是我妹妹，异父异母的亲妹妹。

十几年来我一直喊她敏敏。

杂草敏。

（三）

小壕仔有时候聊天聊嗨了，会不经意间透露一些东西，都是关于杂草敏当年的南漂岁月。

有喜有忧，亦有心酸。

有些事情其实我知道，比如她那时当上了当地唯一一家华语电台的主持人，粉丝很多，追求者也不少，经济上开始殷实，打开了人生新局面。

有些事情小壕仔说了我才知道详情——

他说起她那时工作上的艰辛，说起她在澳洲的恋情，遇人不淑，订婚又取消了婚约，最难过的那段时间小壕仔陪她半宿半宿地坐在布里斯班街边，他负责递酒，她一瓶接一瓶地咕嘟，抱着膝盖，默默地，偶尔打出一串酒嗝。

小壕仔拍拍自己的肩膀，说：姐，这儿借给你靠一靠。

她瞥一眼，说不要，说太硌得慌了，说小壕仔太瘦了净是骨头。

小壕仔说：那咱们说点什么吧，我给你当垃圾桶好不好？说出来了心里就能舒坦一点儿了。

她摇头，不肯倾诉，说不想，说：你就安安静静地陪姐姐这么坐着就挺好。

小壕仔说：看来我不是合适的倾听对象，要不，你给你老大打个电话吧。

她不说话，良久才开口道：不行，不能和哥说的，会担心的，他一直以为我在这边过得挺好……

她醉醺醺地冲小壕仔笑：不好的事情不能说的，如果他知道我受委屈了，会飞过来帮我出头的……你不知道，他的脾气那叫一个不好。

她和小壕仔说：……当年在济南，哥养过一条苏牧，叫白菜，他出远门的时候就由我照顾，我每天定点儿去遛白菜。那时我住在文化西路佛山苑，养狗的人不少，但很多人不爱拴狗绳，任狗乱跑。有一次我遇到了，理论了起来，那人骂了我，冲我嚷嚷……正好哥背着大包回来接白菜，冲过来一把把那人摁在了墙上，还用膝盖顶住肚子，骂"什么玩意儿啊你！敢欺负俺妹妹！"，让那人向我道了好几遍歉才放他走……然后就骂我，哭什么哭，这不是替你出气了吗？又骂白菜，摇什么尾巴？光知道摇尾巴！看到你姑姑被欺负也不帮忙上去咬，你个白眼狼！

小壕仔说，杂草敏那天说了好几件关于我脾气不好的例子，俩人隔着千山万水笑话了我好一会儿，然后她心情好了一点儿，横冲直撞地拽着小壕仔去吃夜宵。布里斯班没有她爱吃的午夜烤大腰子，他们回家下的面条儿。

吃面条儿那会儿还笑话我来着，说当年一起出差去西北，我和那里的面条儿置过气，嫌太长，一口面要吸溜半天累死了，西红柿臊子全撸在腮上，于是右手筷子左手剪刀，吃一口剪一刀，咬牙切齿的……

面条吃完之前她睡死过去，脸搁在面碗上，小声打着呼噜。

我表示我完全不记得吃面条时动过剪刀，但小壕仔说，可能是我上了岁数记忆力不太好。他说那个时期为了能缓解一下杂草敏的难过，他常挑起个话头和杂草敏聊我年轻时的糗事，这招当真管用，很多我不记得的杂草敏都记得，每次都能讲出一堆故事来，关于我的各种各样的脾气不好以及脑子有问题。

小壕仔说，那段时间，也就只有聊这个话题，她能开心一点儿了。

……也罢，笑话就笑话吧，隔着千山万水，好歹能起到点儿药效。

向来报喜不报忧，彼此都是这样。

例如，她回国前的那一年，白菜丢了。

准确地说是被偷走的，地点是烟台养马岛，当时照料白菜的是父母，海边空旷，苏牧爱跑，老人力气小被挣脱了绳子，远远地看到有人拽住了它拖上了车，迅速变成了一个模糊的小黑点儿，两年间想尽了一切方法也没找到。

不可能去怪父母，丢了也就丢了，希望后来养它的人对它好，别打它，给它吃饱。

我只有过白菜这一条狗，从此以后什么也没再养。

杂草敏知道"白菜"这个名字的由来，但没见过起名字的那个人。

一个怎么找也找不到，等了多少年也等不回的重庆姑娘。

永远记得那个拖着硕大的旅行箱俏生生站在我面前的身影，我把小狗从怀中掏出来，递过去，听着那欣喜的小小惊呼，看着那笑靥绽开在晚冬凛冽的寒风里。

永生难忘的片刻不多，那是其中之一。我后来在那条叫文化东路的街上住了很多年，不曾搬离，年复一年，走走一起走过的路，吃一起吃过的东西。

很多事情懒得与人道，若道了，必不是外人。

最初难熬的低谷期，习惯去盒子酒吧门口的长椅上坐着，点两瓶啤酒几盘花生毛豆，抽抽烟发发呆，听听黑虎泉水，一分一秒地等着天明。

杂草敏那时刚去济南不久，坐在我旁边和我一起皱着眉头，她说：哥，你别闷在心里，说出来可能会好过一点儿的……

她说，说吧说吧，她听着。

我让她别操那么多心，安安静静地吃她的毛豆去，再聒噪我就踢她。

就这么坐着就挺好，现在这会儿，有个人就这么坐在我旁边陪着我听听泉水就行。

忘了杂草敏陪我听了多少次泉水，我在盒子酒吧是挂账的，反正那年年底结账时，杂草敏吃掉的毛豆钱够买个诺基亚手机。

杂草敏当年第一次见到白菜时，白菜刚两岁，她从沙发底下揪着尾巴把白菜拖出来，给它洗澡，帮它吹毛，告诉它不能咬手，因为她是姑姑，是自己人，说：以后换成姑姑照顾你……

她怂恿它：快，啃你爹去，太懒了，咱俩整出这么大的动静他还不起床，你啃他脚丫子去。

我跟小壕仔说：我那时候常外出，白菜总会寄养在你姐姐家里，他俩同吃同住交情很深，好多年下来，比和我深……

我说：关于白菜丢了的事情她后来不知情，还托人捎过狗粮，说在澳洲发现了一个牌子的狗粮口感特别不错，白菜一定爱吃。

小壕仔伤感了起来，叹气，说知道，一起去买的，味道确实不错……

他说他本人亲身验证过很久，就是他推荐的。

小壕仔问：白菜丢了的事，姐后来啥时候知道的？这些年咋没听她提过呢？
在澳洲时没有，回国后也没有，这不太像她的风格啊。

我看看他，苦笑了一下，他立马明白了，蹦起来急赤白脸地吆喝：

我擦我擦！擦擦擦！

他擦了一会儿后，捏了一个拳头给我看，警告我绝对不能和他姐说，不然他
姐会伤心的。

他把拳头在我面前晃了好一会儿，很严肃地告诉我谁让他姐伤心他就打谁的
鼻子，他认为他绝对有实力打哭了我。

（四）

每次见面后的话题总是离不开杂草敏，我想，在小壕仔心里，她的位置一定
是不可取代的。

有一回约了俞敏洪老哥吃饭，想起小壕仔当年出国前上过两天新东方，就把
他也喊上了。

三四个人的小饭局，氛围自然轻松，席间洪哥客气了两句，提起了也是我的
读者，读过我的两本书，小壕仔立马眼睛瞪起来了，指着自己的鼻子尖说：

我是杂草敏的弟弟！

那口气那语气，那溢于言表的骄傲……

人家老大哥修养好，立马和他碰杯，说失敬失敬，又小心翼翼地问：……杂
草敏是？

小壕仔热情洋溢地冲人家喊：《乖，摸摸头》！

人家一愣，人家读过我的书，但未必读的是那一本。

人家五十多岁的老大哥莫名其妙地被喊了一声乖，还摸摸头，估计心里一咯噔。

杂草敏应该是小壕仔的骄傲，这一点可以确定。

小壕仔和我说过很多杂草敏对他鞭策和照料的事例，说幸亏那时候有了这么一个姐姐常敲打着他，才杜绝了他在缺乏约束管教的异国他乡变躁变坏的可能性。太年轻的人总热衷于冒险尝试和盲目跟风，但这个姐姐拽着他呢，他没机会去混乱七八糟的圈子当豪车小恶少，也从没吸过毒或飞过叶子。

学业上的事儿她比他还操心，为了让他尽快通过语言关多加练习，杂草敏曾一度规定他只能和她说英语，那时他们才刚认识不久，小壕仔尚寄宿在那个不靠谱的寄宿家庭。

有一日小壕仔正在房间写作业，忽然听见有类似雪糕或蛋糕吧唧掉在地上的声音，侧头一看，几只身长在五厘米左右的大蟑螂不知从哪儿降落了下来，正朝着他慢慢踱步。他是山西人，对蟑螂所知甚少，况且东方蜚蠊乎，观其体态样貌以为其毒性不亚于蜈蚣，大惊失色下冲出房门疾声高呼，奈何家里没人，或者说，寄宿家庭的主人又飞高了正在梦中。

情急之下，拨通了杂草敏的电话，按照她的规定用英文冲她吆喝：

Help help！ Crocodile！

根据小壕仔回忆，不大一会儿杂草敏就呐喊着杀到了，带着帮手、擎着擒捕工具。

她后来把小壕仔暴揍了一顿……

因为蟑螂的英文是 cockroach。

而 crocodile 的意思是鳄鱼。

小壕仔回忆这段往事时热泪盈眶，他说当时杂草敏脱下一只鞋满屋子追杀那些大蟑螂，边打边骂：什么玩意儿啊！敢来欺负我弟弟！

在他的认知里，杂草敏是抱着揍鳄鱼的心态来救他的，所以他无比感动。

他问：哥，你和我姐姐认识了那么多年，她做过的最让你感动的事情是什么？

他问：是你受伤住院开刀时她去照顾你吗？是她曾经给你下过面条儿吗？是她总是担心你操心你死在西藏吗？是她每年不论在哪儿都不忘记给你发新年短信吗？

我请他闭嘴，告诉他：好了我知道你读过我写的书……

都是，又都不是。其实很多事情，很难用"感动"二字去概述。

若非说感动，不是事，而是话，两句。

第一句话是几年前的事情。

那时杂草敏已归国创业，日日奔波在京沪两地，见面的机会和次数不多。

已是微信时代了，手机里时常会蹦出她的语音：哥这会儿在北京吗？哥你路过上海了是吧？哥，我今天到济南了你在不在……

她每次都会问：你几点忙完啊，咱们吃饭去呀？

我的回答大都是：今天没空，下次吧，下次再说。

不是不想见，是每次见面后都不知用何种姿态和她相处。

海外的磨砺成就了她，她已经长大了，那个曾经凡事都依赖你信赖你把你当老大当主心骨总找你拿主意的妹妹，换成了一个精明干练能力出众的女强人。

自然是替她高兴，但高兴之余，你慢慢地发现自己的头脑和心智已跟不上她的成熟速度。

当你想给她帮忙却发现完全帮不上什么忙，当你想给她建议却发觉那些建议完全没用。

就有点儿好笑，唉，你看，不再被需要了呢。

咋忽然变得这么无足轻重。

习惯了在她面前牛气哄哄，懒得在她心里沦为庸庸碌碌。

于是不太爱见她，见了话也不多，不怎么爱和她聊自己的近况，只吃菜喝酒，听她在一旁嘟啵嘟啵的。有时候是和我描述她的一些观点和规划，有时候是打电话处理工作事务，打电话时的她条理很清晰、逻辑很严谨，但好多我都听不太懂。

有时候她停下来捂住话筒对我说抱歉，我说：行了，忙你的，没事。

她笑：感觉哥你深沉了好多呢。

我说：嗯呢，这叫成熟。

她做话剧那会儿很辛苦，听小壕仔说，成宿成宿地加班，亡命得吓人。首映时她给我发了请柬，我去了，很震惊，从执行到效果，很难想象是个初出茅庐的制作人。

她投身电影行业那会儿我也去了，参加她的活动，她很高兴，张罗着要让我和导演坐一排，我摇头，让她赶紧忙她的去。她那叫一个忙，手中的对讲机不停地吱吱，边跑边扭头喊：一会儿结束了别走啊，咱们太久没聚了……

散场时我没逃成，逮住我的是小壕仔，这个叛徒拽着我的胳膊往他的车上死拖，说：哥，我姐交代了，说你肯定不喜欢参加什么庆功宴，所以咱们回家吃夜宵去。

小小的客厅，各种小菜摆满一茶几，他俩把我摁在沙发里，忙前忙后地在厨房进进出出，我冲杂草敏喊：快别瞎折腾了，不累啊你？

她探出半个脑袋，说不累不累，又问：活动搞得咋样呀，电影预告片咋样呀，挺好的吧？

我说：嗯，还行。

她等了一会儿，扑哧一声笑出来：哎呀，你能不能多夸我两句。

她把着门框歪着脑袋问：我做得真的好吗？

她轻轻地说：哥，想听你多夸我两句呢……像以前那样夸。

一瞬间，十几年前那个傻乎乎的小姑娘重新站在我面前，等着我审完片子给出一个评分，等着我的一句认可，然后欢欣雀跃……

忽然间的感慨让人鼻子一酸，没等我赶紧挤出两句夸赞的话来送给已快三十岁的杂草敏，她的脑袋又缩回去了，小壕仔在小声喊她：坏了，主食吃不成了，饺子全煮烂了捞不起来了……

我起身，慢慢走过去，想告诉他们没关系没关系，饺子煮烂是好兆头，咱们吃别的也行。

没等我开口，听见敏敏说：没关系，那就吃别的吧。

隔着半掩的厨房门，我听见她小声说：

家里还有西红柿吗？我给哥哥煮一碗面吧。

面煮熟之前，我轻轻地掩上了门。

走了，悄悄的。

我是老大我是哥，不能被发现居然掉了眼泪红了眼圈，不能。

……第二句话是电话里说的，前几天她打来的。

这几年大家见面的次数不多，我忙，她更忙，当下的她已是个出色的电影人，战绩斐然，电影《乘风破浪》在重重压力下生猛逆袭，正在筹备《飞驰人生》

的上映，她是制片人。

我问她：怎么样啊女英雄，一切都好吗？

她说：已经进入倒计时了，现在是弦儿绷得最紧的时候，就等冲锋了。

我就骂：那赶紧忙你的去，找我聊天干吗？都这会儿了还有这闲心思？

她说：……心里有点儿怕怕的呢，就想给哥哥打个电话。

她怯怯地说：哥，和我说会儿话吧，说什么都行。

（五）

从最初到现在，十六年过去，每每回首，每每起了微风。

还需要说些什么呢，我在哦，一直都在。

你啊你，好好的就行。

就这样吧，不再写了，以后也不必写了。

关于过去，关于现在，写也写不明白，说也不会说得清……多好哦，只有自己知道，别人不会懂。

就这样吧，就这样一直把那句话说下去吧，在有生之年，在每一次念起我的时候。

此刻是 2019 年除夕，即将四十岁的我边写下这些文字，边等着那条一年一度的短信。

等着那句：哥，好好的。

等着对那个永远的小姑娘说上一句：乖，摸摸头。

普通朋友

◎　有一天，大鹏差一点儿死在我面前。
　　……再往后十厘米，他必死无疑。

　　所有人都傻了，巨大的回声久久不散。
　　我扔了话筒跳下舞台要去打人，他僵在台上，颤着嗓子冲我喊：
　　别别别……没出事。
　　他脸煞白，一副快哭出来的表情。
　　我眼睛一下子就酸了……唉，谁说艺人好当的。

我好友多，上至庙堂，下至庙会，三教九流天南地北。

至交多了，故事自然也多：两肋插刀、雪中送炭、范张鸡黍、杵臼尔汝……林林总总攒了一箩筐。

故而，与好友宴饮时常借酒自诩"小人"。

没错，小人。

旁人睨视不解，我挥着瓶子掉书袋：君子之交淡若水，这句话出自《庄子·山木》……

好友嗯嗯啊啊，说：知道知道。

我说：那你丫知道后半句吗？

后半句是：小人之交甘若醴。醴，甜酒。

我说：咱俩感情好吧，亲密无间吧？

他说：是啊，挺亲密的啊，异父异母的亲兄弟一样哦。

我说：那咱就是小人！

好友慨叹：古人真伤人，一棍子打死一片。朋友之间感情好，怎么就都成了小人了呢？

他问：咱干吗非要当小人啊，为什么不能当君子呢？为什么不能是君子之交甘若醴呢？

怎么不能？谁说不能？只要你乐意，君子之交甘如康师傅冰红茶都行。

好友被说糊涂了，弱弱地问：那个……那到底是君子之交好呢还是小人之交好呢？

我说：你让我想想……

我说：有时候君子之交比较好，有时候小人之交也不赖，但更多的时候当当普通朋友也挺不错的。

好友怒，骂我故弄玄虚，曰友尽，催我上天台。
我自罚一杯，烈酒入喉，辣出一条纵贯线。

情义这东西，一见如故容易，难的是来日方长的陪伴。

阿弥陀佛么么哒。
能当上一辈子彼此陪伴的普通朋友，已是莫大的缘分了。

（一）

讲个普通朋友的故事吧。

作文如做饭，需切点儿葱丝，先爆爆锅。
好吗？好的。
先骂上 600 字当引子。

其他圈子的朋友暂且按下不表，姑且聊聊娱乐圈的朋友吧。
我是个对所谓的娱乐圈有点儿成见的人。虽在综艺娱乐行业摸爬滚打十几年，但称得上好友的圈中人士却寥寥无几。好吧，说实话我看不太惯很多人身上的习气。

侯门深似海，娱乐圈深似马里亚纳海沟，沟里全是习气，深海鱼油一样，开水化不开。

明星也好，艺人也罢，有时舞台上的光鲜亮丽、慷慨激昂并不代表私底下的知行合一。

不是说他在屏幕里传递的是正能量，他自己顺手也就等于正能量。

不是说长得好看的就一定是好人。

古时候有心机的人在宫里，现在都在台里，什么样的环境体制养育什么样的英雄儿女。

当面亲如手足，背后挖坑拆墙、下刀子、大盆倒脏水的大有人在，各种骁勇善战，各种计中计，比《甄嬛传》厉害多了。

真相往往出人意料，不多说了，天涯八卦大多是真的。

腌臢的东西见得多了，自然懒得去敷衍。

你精，我也不傻，我既不指望靠你吃饭，又不打算抢你的鸡蛋，大家只保持个基本的工作关系就好，爷懒得放下麦克风后继续看你演戏。

一来二去，得罪了不少高人，也结了不少梁子，有时候原因很简单：你一个小小的主持人而已，喊你喝酒 K 歌是给你脸，三喊两喊喊不动你，给你脸不要脸是吧。

我 ×，我听不了你吹的那些牛皮、看不惯你两面三刀的做派、受不了你那些习气，干吗要去凑你的那个局？你又不是我儿子，我干吗要各种迁就你，硬给你当爸爸？

我的原则很简单：不喜欢你就不搭理你，懒得和不喜欢的人推杯换盏假惺惺地交心。

当然，凡事没有绝对，贵圈再乱也不至于洪洞县里没好人，能坐下来一起喝两杯的人还是有的。

不多，只有几个。

其中有一个姓董，别人习惯叫他大鹏。

他是我的一个普通朋友。

十多年前的初冬我认识的大鹏，他那时供职搜狐网，也做主持人。

他来参加我的节目，以嘉宾主持的身份站在舞台上。他捏着麦克风看着我笑，说：我听过你那首《背包客》，很好听……

那是我二十岁出头时写的一首极简单的破歌，从没正式录过，只有小样，随便发在网上。彼时在综艺行业里几乎没人知道我的其他身份和经历，这个叫大鹏的网络主持人居然听过，好奇怪。

我愣了一下，转移了话题。不熟，不想深聊。

那时候我并不知道他也曾一度是个地下音乐人，自己弹琴自己写歌。

我那时也并不知道，他曾一度在塘沽码头上靠力气讨生活，经历过比流浪歌手更艰苦的生活。

那次我们的话并不多，录完节目各自回家，我唯一印象深刻的是，他对每一个工作人员都礼貌拘谨地告别，礼数丝毫没缺。

我们没留电话，没加QQ，我没什么兴趣去了解他，人走茶凉式的工作交集而已。职场不交友，这是不用多言的规矩，我傲娇，格外恪守。

再度有交集是在几年后，大鹏在网络上积蓄了一些人气，被人喊作"脸盆帮帮主"。他正式入行电视主持界，接的第一档节目叫《不亦乐乎》。那档节目我主咖，他是我的搭档之一。

那档节目是主持群的形式，主持人有四五个，大鹏在其中不起眼，他对稿子时最认真，奈何综艺节目的场上随机应变是王道，他初入行，还不太适应，经常插不上话。

这种情况蛮危险，电视综艺节目录制是高度流水线化的，节目效果比天大，任何不加分的因素都会被剔掉，他如果不能迅速进入状态的话，几期节目后就会被换掉，而且之后也不会再被这个平台的制作方起用。

当年的综艺节目少，每个台就那么一两档，而想上位的人却如过江之鲫前赴后继，每个主持岗位都积压着一堆一堆的简历，竞争就是这么激烈。

没人会刻意去照顾他，是留是走只能靠自己。

现实就是这么残酷。

（二）

大鹏没被换掉。勤能补拙，他语言反应不是长项，就着重表现自己的互动能力，什么丑都敢出，什么恶搞的项目都乐意尝试，慢慢地在舞台上站稳了脚跟。

他还找来本子，把台上其他主持人的金句记录下来，慢慢咂摸。

我翻过他的本子，里面也有我说过的话，一笔一画记得蛮工整。

我说：你这么记录意义不大，场上讲究现砸现挂，语言点往往如电光石火，稍纵即逝，很多话用过一次未必能再用。

他点头，解释说：我是想留起来，以后说不定用得上……

他用笨办法打磨自己的专业性，慢慢地，不仅话多了起来，且屡有出人意料的表现。那个主持团几次换人，他一直都没被换掉。

中国的综艺节目曾一度风行游戏环节，片面追求场上综艺效果，以出丑出糗博眼球。我的节目也未能免俗，记得有一个环节保留了很久，是让人用嘴从水中叼橘子。

水盛在大鱼缸里，满满的一缸，橘子借着水的浮力一起一伏，着实难叼，往往脑袋要扎进水里逡巡半晌方能弄出一个来。

主持团里的成员都不太愿意参与这个游戏，有的怕弄湿发型，有的怕弄花了舞台妆。镜头背后几百万观众在看着呢，舞台上很多话不能明说，众人经常推诿半天。

推来推去，推到大鹏头上。他硬着头皮上，一个环节玩完，现场观众笑得前仰后合，他从脑袋湿到裤裆。我注意观察他的表情，水淋淋湿漉漉的一张脸，看不清上面的异样。导演事后鼓掌，夸他的效果处理得好，从那以后这个环节成了大鹏的责任田，固定由他负责完成。

换句话说，他每期节目负责把自己狼狈万分地弄湿一次，出糗一次，以换来观众的开怀大笑。

靠出糗，他立住了脚跟，一直立到那档节目停掉。节目录得频繁，那两年，大家几乎每周都见。

我慢热，他话也不多，合作了大半年才渐渐熟悉，也渐渐发现他和其他的同行不一样的地方。

不知从什么时候开始，但凡艺人出行都习惯前呼后拥，再小的"咖"都要充充场面带上个助理。

他却不一样，经常独自一人拖着大箱子来，独自一人整理衣装，再独自离去。

问他怎么自己一个人来，他说：没问题，我自己能行，摆那个排场干吗。

很多情况和他类似的艺人却不一样，他们宁可按天花钱，也要雇几个临时助理，有的还要多配个御用造型师。说是助理，其实大都只是个摆设。你是有多红啊，你是天王还是天后啊？你是要防着多少富有攻击性的粉丝，需要靠一堆助理来帮你呼前呵后、逢山开路、遇水搭桥？

不过是来参加一档综艺节目而已，又不是奥斯卡走红毯、格莱美领奖杯。

那么担心跌份，有必要吗？

大鹏不花那个钱，也不怕自己跌份，这一点颇得我心，故而又多生出几分亲近。有一个细节印象蛮深。有一回吃工作餐，组里同事搞错了，递给他的不是两荤两素的盒饭，里面只有一菜一饭。他双手接过去，接得自然然，吃得和和气气。

我要帮他换，他说太浪费了，别麻烦了。

化妆间不大，我们小声地对话，旁边还有几个嘉宾在大声说话。她们嫌盒饭太油腻，正指挥助理联系外联导演打电话叫外卖。

我那时候收工后约大鹏喝酒吃肉，去的都是小馆子。

不算怎么聊得来的朋友，基于工作关系的熟人而已，聊了几句工作后就没什么话题了。

我曾想和他聊聊我的另外几种生活，那些当时不为人知的平行世界……但这是个倡导努力奋斗、削尖脑袋往上爬的圈子，并不兼容其他的价值观，我拿不准他的反应会是如何，于是作罢。

大家话都不多，只是大口喝酒大口吃肉，有点儿像大学同学间的小聚会，不拘束，也不用刻意说些什么场面话，淡淡的，却蛮舒服。

一直吃到第六次饭的时候，他忽然问我：你还唱歌吗？

我说：唱哦！筷子敲在桌子上打拍子，我一唱就刹不住车。他一边啃骨头一边打拍子，手里也捏着一根筷子。

他给我讲了讲在吉林皇家建筑学院读书时组乐队的故事，我和他聊了聊自己的流浪歌手生涯。我那时才知道，录节目挣来的通告费他从不乱花，每次都会直接拿回家交给妻子。他的妻子是他的同学，和他一起北漂，一起养家。他随意提及这些琐事，并不展开话题，我却能揣摩出那份轻描淡写背后的艰辛。

京城米贵，居之不易，多少强颜欢笑的背后，都是紧咬的牙关。

他那时追求的东西还不是生活，而是生存。

>> 许多人问为什么每本书都有这张照片，很简单，那年我最瘦。

>> 孩子总是最敏锐，你给他真的，他分分钟还你真的。
他们并不在乎那糖多便宜，只记住了是甜的。

>> 时间无情第一，它才不在乎你是否还是一个孩子，
你只要稍一耽搁、稍一犹豫，它立马帮你决定故事的结局。
它会把你欠下的对不起，变成还不起。
又会把很多对不起，变成来不及。

我在路上走着，遇到了你，大家点头微笑，结伴一程。

缘深缘浅，缘聚缘散，该分手时分手，该重逢时重逢。

你是我的普通朋友，我不奢望咱们的关系比水更淡泊，比酒更香浓。

惜缘即可，不必攀缘。

同路人而已。

能不远不近地彼此陪伴着，不是已经很好了吗？

>> 情义这东西，一见如故容易，难的是来日方长的陪伴。

>>　对年轻人而言，没有比认认真真地去"犯错"更酷更有意
义的事情了。

>>

若想此生不枉此行，先想清楚该往哪儿走，怎么走，哪种完整，怎样完整。
想不清楚别慌走，山洪雪崩泥石流。

若想清楚了，那还等什么。
前途风光正好，追风赶月莫停留。

（三）

共事了一年半时，有一天，大鹏差一点儿死在我面前。

那场节目的舞美道具出了问题，被威亚吊起的巨大的铁架子从天而降，正好砸向他。

万幸，老天爷开眼，铁架子中间有个小空间，正好套住他。

再往后十厘米，他必死无疑。

所有人都傻了，巨大的回声久久不散。

我扔了话筒跳下舞台要去打人，他僵在台上，颤着嗓子冲我喊：别别别……没出事。

他脸煞白，一副快哭出来的表情。

我眼睛一下子就酸了……唉，谁说艺人好当的。

那次风波后，我请他喝酒压惊，他给我看他刚刚出生的小女儿的照片，小小的一个小人儿睡在他的手机屏幕里，闭着眼，张着小嘴。

他说：……既然有了孩子，就要让孩子过上好日子。

他摘了眼镜，孩子气的一张四方脸，看起来一点儿都不像个已经当了爸爸的人。

每个硬着骨头敢拼敢搏的人都有个柔软的理由，他的那个理由是这只小姑娘。

从那次事件到今天也有好几年过去了，他的小女儿应该快上小学了吧，听说胖嘟嘟的，蛮乖。

女儿哦，香香软软的女儿哦，真羡慕人。

乖，长大了好好对你爸爸，他当年为了给你挣奶粉钱，差点儿被砸死在山东台一千二百平方米大的演播厅的舞台上。

这件事他一直没敢告诉你妈妈。

我见证了大鹏黎明前的一小段黑夜，然后天亮了。

我和大鹏结束合作时，他已经在数家电视台兼职了好几份主持人的工作，那是他最拼的一段时光。

我想，我知道他拼命努力的原因是什么。

天道酬勤，几年后他搏出了一份企盼已久的温饱体面。拍电影、拍短剧、上春晚、出书……获得了苦尽甘来的掌声。

上亿人把他喊作"屌丝男士"，按照世俗的界定，他终于成功了。

人红是非多，他却很奇怪地罕有负面消息。

有时候遇到共同认识的圈中人士，不论习气多么重，都没有在背后说他不好，普遍的论调是：他不是一般地努力，是个会做事也会做人的人。

每个人都是多面体，我和大鹏的交集不深，不了解他其他的几面，但仅就能涉及的那些面而言，确是无可厚非。他是个好人。

不是因为大鹏现在红了，所以才要写他，也不是因为我和他是多么情比金坚的挚友。

我和他的交情并没有好到两肋插刀的境地。

从同事到熟人，当下我们是普通朋友，如果这个圈子有朋友的话。

之所以写他，只是觉得，一个如此这般的普通朋友，得之我幸。

这是个扯淡的世界，一个男人，在庸常的生活模式中打拼，靠吃开口饭谋衣食，上能对得起父母师长，下能对得起朋友妻儿，且基本能做到有节有度，实在已是万分难得。

这样的人我遇见得不多，大鹏算一个。

能和这样的人做做普通朋友，不是挺好的嘛。

这两年和大鹏遇见的机会屈指可数，工作上早没了交集，但奇怪的是，关系却并未疏远。

他出书了，我去买上一本，再买一本，每遇到一家书店就买一本。我出书了开发布会，他请假跑来帮忙，事毕饭都不吃，匆匆返程赶场忙通告。

我没谢他，不知为什么，总觉得这句"谢谢"不用说出口。

我有另外一个普通朋友隐居在大理，名字叫听夏。

听夏曾说：普通朋友难当。今天你说了什么做了什么符合了他的观念，或者对他有利，他就喜欢你，觉得你好。明天你不符合他的观念了，或者做了什么影响他的事情，他就不喜欢你了，觉得你坏……世事大多如此，人们只是爱着自己的幻觉，并四处投射、破灭、又收回。

结合听夏的话看看周遭，叹口气，世事确是如此。

但好像和大鹏之间还未曾出现过这样的问题。

一年中偶尔能坐下来喝杯酒时，和之前一样，话不多。

没什么大的变化，除了大家都老了一点儿了。

我不勉励他的成功，他也不劝诫我的散淡，彼此之间都明白，大家都在认认真真地活着，都在过着自己想要的生活。

这不就足够了吗？

废那么多话干吗？喝酒喝酒，把桌子上的菜吃光才是正事。

普通朋友嘛，不评论不干涉不客套不矫情，已是最好的尊重。

（四）

我对"普通朋友"这四个字的理解很简单：

我在路上走着，遇到了你，大家点头微笑，结伴一程。

缘深缘浅，缘聚缘散，该分手时分手，该重逢时重逢。

你是我的普通朋友，我不奢望咱们的关系比水更淡泊，比酒更香浓。

惜缘即可，不必攀缘。

同路人而已。

能不远不近地彼此陪伴着，不是已经很好了吗？

▶《要是阳光比酒更甜美》杨叶

▶《做自己》杨叶

（赘）

当年写《普通朋友》一文时，《缝纫机乐队》尚未立项，《煎饼侠》尚未上映。
后来的《煎饼侠》电影宣传期，最后一站是厦门。知道我在厦门有店，于是
大鹏把庆功宴安排在了大冰的小屋厦门分舵，那个破破旧旧的小院子里。
彼时我早已和电视行业或娱乐行业没了干系，大可不必把面子做得这么足，
故而，很多人诧异大鹏的举动。我心下却明白，并非是在给面子，他是在尽
一个普通朋友的本分——虽然我不在厦门，也要来打个卡，认认门。

后来路过大理也是打卡，发了微博@我，在人民路中段，小屋大理分舵门口。
那是个中午，店里还没开门，后来听熟人说他在门前转悠了好一会儿才走。

后来的这些年，我去北京的次数越来越少。有几遭他因工作故地重游济南府，
恰好我在，于是去盒子酒吧听歌去朝山街吃肉，依旧是当年常去的那些店，
筷子杯子依旧是一次性的。他虽已大红，但都是一人赴约，自自然然地吃摊
儿喝啤酒，不带经纪人不带助理，没有前呼后拥。
嘴上不说，心里领情，知他是记得有些东西我不喜，于是用他的方式，在意
我的感受。

上次见面是在北京，我路过他的工作室，去小坐了一会儿。他暂停了会议，
郑重地把我介绍给与坐的每一个工作人员，临走前他母亲和女儿也来了，他
把女儿领过来，让她喊叔叔，说：这是爸爸的朋友。

当年照片上的那个小小孩儿已是个小学生的模样，虽被我的镶满骷髅头的大
皮靴和牛仔帽吓得够呛，但很勇敢地，和我握了握手。

不许哭

◎　　她坐在门槛上，火光映红面颊，映出被岁月修改过的轮廓……妮
　　可妮可，蒙奇奇一样的妮可，你的娃娃脸呢？你的眼角怎么也有
　　皱纹了？

　　她说：哥，我不哭。
　　我说：乖，不许哭，哭个屁啊。
　　她抬起一张湿漉漉的脸，闭着眼睛问我：
　　哥，我们什么时候回拉萨?

在遥远的 21 世纪初，我是个流浪歌手。

我走啊走啊走啊走，途经一个个城市一个个村庄。

走到拉萨的时候，我停了下来，心说：就是这儿了。

我留了下来，吃饭、睡觉、喝酒、唱歌。

然后我遇见了一个奇妙的世界。

然后我还遇见了一群族人、一些家人，以及一个故乡。

后来我失去了那个世界和那些族人。

只剩下一点儿乡愁和一点儿旧时光。

没有什么过不去，只是再也回不去。

鱼和洋流，酒和酒杯，我和我的拉萨。

（一）

妮可是客家人，广东人，长得像蒙奇奇，蛮甜。

她高级日语翻译出身，日语说得比普通话要流利，2000 年定居拉萨当导游，

专带外籍客团，同时在拉萨河内仙足岛开小客栈，同时在酒吧做兼职会计。

当年她在我的酒吧当收银员，我在她的客栈当房客。

拉萨仙足岛那时只有四家客栈，妮可的客栈是其中一家。客栈没名字，推开

院门就是拉萨河，对岸是一堆一堆的白头雪顶小山包。

我和一干兄弟住在妮可客栈的一楼，每天喝她煲的乱七八糟叫不上名字来的

广东汤，自己偷偷往里加盐。

她喊我哥哥，我常把房间造得像垃圾场，她也一点儿都不生气，颠颠地跑来跑去帮忙叠被子、清桌子，还平趴在地板上从床底下掏我塞进去的酒瓶子和棉袜子。她把我们的衣服盛进大盆里，蹲在院子里吭哧吭哧地洗，我蹲在一旁吭哧吭哧地啃萝卜。

我边啃萝卜边问她：妮可妮可，你们客家妹子都这么贤惠吗？
妮可龇着牙冲我乐，我也龇着牙冲她乐……真奇怪，我那时候居然一点儿都不脸红。
她说：哥啊，你真是一只大少爷。

妮可把自己搞得蛮忙的，每天的时间都安排得满满当当。她请不起帮工，客栈里的活计自己一肩挑，早上很早就起床洗洗涮涮，一人高的大床单她玩似的拧成大麻花沥水，自己一个人甩得啪啪响。
拉萨是日光城，十点钟晒出去满院子的床单，十二点钟就干透了。大白床单随风轻飘，裹在身上贴在脸上全都是阳光的味道，怎么闻也闻不够。
真好闻啊。
我每天睁开眼后的第一件事就是满院子跑着抱床单闻床单。

我一蹿出来，妮可就追着我满院子跑，她压低声音喊：哥啊，你别老穿着底裤跑来跑去好不好，会吓到客人的。
我不理她，自顾自地抱床单，抱得不亦乐乎。

有一回到底是吓着客人了。
那天阳光特别好，白飘飘的床单像是自己会发光一样，我一个猛子扑上去抱紧，没承想一同抱住的还有一声悦耳的尖叫。

太尴尬了，手心里两坨软软的东西……床单背后有人。

妮可是拉萨为数不多的日语导游，她的客栈那时候时常会进出一些日本背包客。

好吧，是个日本妹妹。

那时候流行穿超人内裤，日本妹妹掀开床单后被超人吓坏了，一边哆嗦一边连声喊：苏菲玛索苏菲玛索。然后唰地给我鞠了一个躬。

我连滚带爬地跑回去穿长裤，然后给她赔罪，请她吃棒棒糖。她估计听不懂我说什么，讪讪地不接茬儿。我跑去找妮可学简易日语对话，抄了半张 A4 纸的鬼画符，我也不知道妮可教我的都是些什么，反正我念一句，日本妹妹就笑一声，念一句就笑一声。

一开始是捂着脸笑，后来是眼睛亮晶晶地盯着我笑，笑得我心里酥酥的，特别得劲儿……

仅限于此了，没下文。

语言不通，未遂。

很多年之后，我在尖东街头被那个日本妹妹喊住，她的中文明显流利了许多，她向她老公介绍我，说：这位先生曾经抱过我。

我想跑，没跑成，她老公捉住我的手特别开心地握着。

我请她和她老公以及他们家公子去半岛酒店吃下午茶，她老公点起单来颇具土豪气质，我埋的单。

临别，已为人母的日本妹妹大大方方地拥抱了我一下，她说：再见啦，超人先生……

我想起妮可当年教我的日语，说：瓦达西瓦大冰姨妈死。

妮可当年教过我不少日文单词，基本上都忘光了，只记得晚上好是"空班娃"，早上好是"哦哈要狗砸姨妈死"。（也不知记得对不对。）

我当时二十岁出头，热爱赖床，每天"哦哈要狗砸姨妈死"的时间都是中午。
十二点是我固定的起床时间，二彬子是十二点半，雷子是一点。
雷子是歌手，北京后海银锭桥畔来的。他年纪小，妮可疼他，发给他的被子
比我和二彬子的要厚半寸。每天雷子不起床她不开饭。
雷子是回民，吃饭不方便，于是她端出来的盖饭都是素的，偶尔有点儿牛肉
也都在雷子碗里。
我不干，擎着筷子去抢肉丁吃，旁人抬起一根手指羞我，我有肉吃的时候从
来不怕羞，照抢不误。雷子端着碗蛮委屈，妮可就劝他：呦呦呦，乖啦，不
哭……咱哥还小，你要让着他。

雷子一到拉萨就高反，一晒太阳就痊愈。大昭寺广场的阳光最充沛，据说晒
一个小时的太阳等同于吃两个鸡蛋，我天天带他去大昭寺"吃鸡蛋"，半个
月后他晒出了高原红，黑得像只松花蛋。
妮可也时常跟着我们一起去晒太阳，她怕黑，于是发明了一种新奇的日光浴
方式，她每次开晒前先咕嘟咕嘟喝下半暖瓶甜茶，然后用一块大围巾把脑袋
蒙起来，往墙根一靠开始打瞌睡。
我和雷子试过一回，蒸得汗流浃背，满头满脸的大汗珠子。
妮可说这叫蒸日光桑拿……听起来挺穷的。

蒸完桑拿继续喝甜茶。
光明甜茶馆的暖瓶按磅分，可以租赁，象征性交点儿押金就可以随便拎走。
甜茶是大锅煮出来的，大瓢一挥，成袋的奶粉尘土飞扬地往里倒，那些奶粉
的外包装极其简陋，也不知是从哪儿进的货。
一暖瓶甜茶不过块八毛钱，提供的热量却相当于一顿饭，且味道极佳，我们

都抢着喝。

现在想想，当年不知吞下了多少三聚氰胺。

雷子倒茶时很讲礼貌，杯子一空，他先给妮可倒，再给我倒，再给自个儿倒。

妮可夸他，说：哎呀，雷子真是个好男人。

他立马摆出一副很受用的表情，谦逊地说：

Lady first, gentleman last, handsome boy honest.

旁边坐着一个英国老头儿，人家扭头问：What？

（二）

那时候大家住在一起，过着一种公社式的生活，我的酒吧老赔本，妮可的客栈也不挣钱，日子偶有拮据，却从未窘迫。大家谁有钱花谁的，天经地义地相互守望着，高高兴兴地同住一个屋檐下，白开水也能喝出可乐味，挂面也能吃出意大利面的感觉来。

既是家人，彼此关心就是分内的义务，我们那时候最关心的是二彬子，或者说二彬子是最不让人省心的。

二彬子是我酒吧合伙人大彬子的亲弟弟，来自首都北京大通州。他说话一惊一乍的，胡同串子啥样他啥样，脾气也急，驴起来敢和他亲哥摔跤。他亲哥原本在拉萨市区租了小房子和他一起住，后来发现根本管不了他，于是塞到我身边来图个近朱者赤。

他蛮亲我，经常跑到我面前掏口袋。

他说：老大，我搞了些无花果给你吃。

我说：我不吃。

他说：吃吧吃吧吃吧。

然后硬往我嘴里塞，真塞，摁着脑袋塞，塞一个还不够非要塞满，非要把我塞得和只蛤蟆一样。

我知道他是好心好意，但嘴里塞满了怎么嚼？！

他也蛮亲妮可，经常夸妮可。

看见妮可吭哧吭哧洗衣服，就夸：啧啧，你和我妈一样贤惠。

妮可偶尔炒菜多放两勺油，就夸：啧啧，你做的饭和我妈做的饭一样好吃。

看见妮可穿了一件新衣服，就夸：啧啧，你的身材和我妈的身材一样苗条。

妮可被他给夸毛了，要来他妈妈五十大寿时的照片瞻仰风采，看完后气得够呛。

二彬子当时谈了个小女朋友，叫小二胡。小二胡读音乐学院，一把二胡走天涯，趁着暑假来拉萨勤工俭学。小姑娘家境很一般，但很有志气。她在宇拓路立了把阳伞，每天在街头拉四个小时的二胡挣学费。

二彬子会两句京剧花脸，天天跑过去喊一嗓子"蹦蹭淬！"他一蹦蹭淬，小二胡立马琴弓一甩西皮流水，两个人四目相对含情脉脉，旁边围观的老外们单反相机咔嚓咔嚓响成一片。

二彬子请小二胡来客栈吃过饭，他一本正经地穿了一件白衬衫，还内扎腰。

我们逗他，告诉他头回请人吃饭应该送花送礼物。他二话不说就蹿出门，不一会儿就捧回一大簇漂亮的格桑花，高兴得小二胡眼睛直眨。

过了不到半小时，隔壁邻居客气地敲开门，客气地和我们商量：……花就算了，当我送了，但花盆能不能还给我……

小二胡感动坏了，二彬子翻墙给她偷花，太浪漫了，她当场发誓要嫁给二彬子，把我们一家人吓坏了。

暑假结束后，小二胡和二彬子生离死别了一场，而后一路颠沛，沿川藏线返乡。临走时，她把二胡上的一个金属配件留给了二彬子做念想。小二胡后来考去了维也纳，远隔万重山水，他俩没能再见面。

二彬子麻烦妮可打了根绦子，想把那个带丝线的金属配件挂在脖子上。
妮可问他想不想小二胡，他岔开话题打哈哈，说：妮可，你的绦子打得真漂亮，你和我妈一样手巧。
妮可手巧，但嘴笨，有心劝慰二彬子却不懂该怎么劝慰，她狠狠心把家里的座机开通了国际长途，但二彬子一次也没打过。
二彬子看不出有什么异样，依旧是每天咋咋呼呼地进进出出。
他的脖子上天天戴着那个奇怪的挂饰。
听说，那个玩意儿叫千斤。

（三）

夏有凉风秋有月，拉萨的生活简单而惬意，并无闲事挂心头，故而日日都算是好时节。
和寻常的旅行者不同，那时常驻拉萨的拉漂们不算过客，都有份谋生的工作。
妮可除了开客栈，还兼职做导游。

当年来拉萨的穷老外太多，一本《孤独星球》走天涯，人人都是铁公鸡。妮可的导游生意常常半年不开张，偶尔接个团都像中了彩票一样。
每次她一宣布接到了团，整个客栈都一片欢腾，然后大家各种瞎忙活瞎出主意，这个给她套上一件冲锋衣，那个给她挂一只军用水壶，大家都把自己最拿得出手的物件贡献出来，逼着她往身上挂。

我那个时候身上最值钱的家用电器是爱立信三防大鲨鱼手机，也贡献出来给她撑场面。每每她满身披挂地被我们推出门，捯饬得比游客还要游客。

她手抠着大门不撒手，笑着喊：不要啊……去个布达拉宫而已啊。

二彬子把她抱起来扔出去，她隔着门缝用广东话笑骂：契兴啊（发神经啊）……去布达拉宫用不着拿登山杖啊。

布宫的门票比故宫的还要贵，我们都不舍得花那个钱，妮可是我们当中唯一进过布达拉宫的。她的小导游旗是最特别的，登山杖挑着一只爱立信大鲨鱼手机，后面跟着一堆日本株式会社老大叔。

爱立信后来被索尼收购，不知道是否拜妮可所赐。

那时候，我们在拉萨的交通工具是两条腿加自行车，偶尔坐三轮，万不得已才打车。拉萨打车贵，北京起步价七块五的时候，拉萨就是十块钱了。

大家在各自的城市各有各的社会定位，来到拉萨后却都回归到一种低物质需求的生活中，少了攀比心的人不会炫富，也不太会去乱花钱。

大家好像都不怎么打车，再远的路慢慢走过去就是，心绪是慢悠悠的，脚下也就用不着匆忙赶路。

在我印象里，妮可只打过一回车。

有一天下午，她像一只大兔子似的蹦到我面前，摊开手掌问我借钱打车。我说：借多少？她说：快快快，一百五！

我吓了一跳，一百五十块钱都可以打车到贡嘎机场了，一问她，果不其然。妮可带的团的一个客人掉了个单反相机盖，她必须在一个半小时内赶去机场才来得及交还。

我问她是客人要求她去送吗，她说不是。我说：那客人会给你报销打车费吗？

她说：哎呀哥哥呀，这不是钱不钱的事……

我乐了，好吧这不是钱的事，这是算术的事好不好，打车去贡嘎机场要花一百五，返程回来又是一百五，这还不算过路费……

我拗不过她，陪她打车去的贡嘎机场，计价器每跳一次我就心痛一下，我算术好，十几斤牛肉没有了。

丢镜头盖的是个大阪大叔，我们隔着安检口把镜头盖飞给了他，机场公安过来撵人，差点儿把我扣在派出所。

返程的钱不够打车，坐机场大巴也不够，我们走路回拉萨，走了十里地才拦到顺风车。

司机蛮风趣，逗我们说：你们是在散步吗？

我一边敲妮可的脑袋一边回答说：是，啊，吃，饱，了，撑，得，慌，出，来，散，散，步喽，啊，哈！

说一个字敲一下。

那个丢镜头盖的大阪大叔后来邮寄来一只陶瓷招财猫，算是谢礼。我把那只猫横过来竖过去地掏啊掏啊，掏了半天也没掏出来我那一百五十块钱。

十几斤牛肉啊……牛肉！

牛肉啊！

（四）

我那个时候晚上开酒吧，白天在街头卖唱，卖唱的收入往往好于酒吧的盈利，往往是拿下午卖唱挣来的钱去进酒，晚上酒吧里再赔出去，日日如此，不亦乐乎。

拉萨不流行硬币，琴盒里一堆一堆的毛票。拉萨把毛票叫作"毛子"，我们把街头卖唱叫作"挣毛子的干活"。

那时候，大昭寺附近好多磕长头的人，路人经过他们的身旁都习惯递上一张毛子，以示供养、以敬佛法。藏民族乐善好施，布施是人家时时刻刻都会秉行的传统价值观，受其影响，混迹在拉萨的拉漂们也都随身常备毛子。

朝圣者一般不主动伸手要毛子，主动伸手的是常年混迹在大昭寺周围的一帮小豆丁，这帮孩子算不上是职业的小乞丐，抱大腿不给钱就不走的事是不会做的。他们一般小木头桩子一样栽到你跟前，伸出小爪子用一种很正义的口吻说上一句：古奇古奇，古奇古奇。

古奇古奇，是"求求你给一点儿吧"的意思。

你不搭理他，他就一直说一直说，直到你直截了当地来上一句：毛子敏度。口气和口吻很重要，这帮孩子都是吃软不吃硬的主，惹恼了他们的话当真骂你。

他们骂人只一句：鸡鸡敏度！

一般人骂人是指着鼻子，他们是指着裤裆开骂，骂得你虎躯一震菊花一紧。

敏度，在藏语里是"没有"的意思。

我是属于打死也不受胁迫的天蝎座，当年被"敏度"了不知多少回，时间久了那帮小祖宗一见到我，远远地就高喊"鸡鸡敏度"，搞得我鼓点敲乱，搞得身旁刚到拉萨的漂亮妹子一度以为那是我的藏语名字。

高原的空气干燥，街头开工时，水如果喝得少，几首歌就能把嗓子唱干。妮可妹妹心肠很好，每天晚上都会跑来给我送水。每次她都抱着瓶子，笑眯眯地坐在我身后，顺便帮我们收收卖唱的钱。

她最喜欢听雷子唱歌。

雷子那时是拉萨的街头明星。每天他一开唱，成堆的阿佳（拉萨话，姐姐）和普木（拉萨话，小姑娘）脸蛋红扑扑地冲上来围着他听。他脾气倔，刺猬一只，只肯唱自己想唱的歌，谁点歌都不好使。

妮可例外，点什么他唱什么。妮可怕他太费嗓子，每天只肯点一首，点一首他唱三首，谁拦都不好使。

雷子喊她"姐"，在妮可面前他乖得很。

雷子另外有个姐姐嫁到了国外，那个姐姐对他很好，他曾给那个姐姐写过一首歌：

姐姐若能看到我这边的月亮该多好
我就住在月亮笑容下面的小街道……

姐姐我这边的一切总的来说还算如意
你应该很了解我就是孩子脾气
最近我失去了爱情生活一下子变得冷清
可是姐姐你不必为我担心

姐姐你那边的天空是不是总有太阳高照
老外们总是笑着接吻拥抱看上去很友好
你已经是两个小伙子心中最美丽的母亲
在家庭的纷争中你是先让步的贤妻

姐姐如果感到疲惫的时候去海边静一静

我也特别希望有天你能回来定居在北京
我知道有一些烦恼你不愿在电话里和我讲起
你会说 Don't worry 傻傻一笑说一切会好

一切会好
一切会好
…………

他打小苦出身，从很小的时候就开始自己养活自己，高兴了没人分享，委屈了自己消化。北京城太大，世事洞明人情练达，人人都是自了汉，坑他的人多、疼他的人少，故而，他把对他好的人都放在心尖上，以及琴弦最深处。

雷子歌中的那个姐姐应该对他很好吧。
我没见过雷子歌中的那个姐姐，我只记得他在拉萨街头放声高歌时，一侧身，露出了半截脱了线的秋衣。妮可坐在他身后，盯着衣角看上一会儿，偷偷侧过身去，悄悄揩揩眼角的泪花。
她和那个远在异国他乡的姐姐一样，都蛮心疼他。
会心疼人的姑娘都是好姑娘。

（五）

下午卖唱，晚上开酒吧。
酒吧名叫"浮游吧"，取自《诗经·曹风·蜉蝣》：蜉蝣之翼，采采衣服。
心之忧矣，于我归息……很多年之后，有人说浮游吧代表了拉萨的一个时代。
当年的浮游吧藏在亚宾馆隔壁的巷子里，英文名曰：For You Bar。
因为这个英文名字，当年很多穷游的老外常来光顾，他们可能觉得这个名字

163

非常浪漫，于是招牌底下时常可以看见小男生向小女生告白、小男生向小男生示爱。

我从小学美术，英语课三天打鱼两天晒网，英文水平烂到姥姥家，字母是二十四个还是二十六个一直都搞不清楚，为了酒吧的生意不得不拜托妮可帮我搞英文速成。

她当真厉害，教了我一句酒吧万能待客英文，那句英文就四个单词：Coffee? Beer? Whiskey? Tea?（咖啡？啤酒？威士忌？茶？客官您要喝哪一种呢？）
这句话直奔主题、直截了当、百试不爽，当真好使，我一直用到今天。

妮可当年在浮游吧当会计，她长得乖，是我们酒吧的吉祥物，人人都喜欢逗她，一逗她她就乐，一乐，脸上就开出一朵花。
我说：妮可你这样很容易笑出一脸褶子来的，回头嫁不出去砸在手里了可如何是好？
她慌了一下，手捂在脸上，顷刻又笑成一朵花。
她说：或许有些人不在乎我有没有褶子呢。

她说的那个"有些人"我们都认识，我不再说什么。

好姑娘总会遇见大灰狼，妮可也不例外。
她那时候爱上的是一个渣男，脚踩两只船的极品渣。
墨分五色，浪子有良莠，有些人走江湖跑码头浪荡久了，养出一身的习气，张嘴闭嘴江湖道义，转身抹脸怎么下作怎么胡来，这种人往往隐藏得极好，像只蜘蛛一样，慢慢结网，然后冷不丁地冲出来祸害人。
渣男嘴甜，表面功夫做得极好，女孩子的心理他吃得透透的。他知道小姑娘都期待一个完美的故事，于是给妮可画了一张饼，从追她的第一天起就说打算娶了她和她举案齐眉一辈子。

妮可爱上那枚渣男时，并不知他在内地已有女友，渣男也不说，直等到妮可深陷情网时才吐露三分。他解释说内地的女朋友重病在身，现在和人家分手，等于雪上加霜。

他说：妮可，我是真的爱你，我想一直和你在一起。为了咱们的将来，你能别去在乎那些不重要的事情吗？

他吃准了妮可不舍得和他分手，逼着妮可默认了自己脚踩两只船的事实，只推说时间可以搞定一切。

妮可第一次谈恋爱，莫名其妙成了个"三儿"。

渣男和自己内地的女朋友打电话发短信的时候，不怎么避讳她。

妮可单纯，半辈子没和人红过脸吵过架，她可怜巴巴地喜欢着他，憋了一肚子的委屈说不出口。她是客家人，对感情一根筋得很，心火烧得凶了，就冒死喝酒浇愁。

她有哮喘，两瓶拉萨啤酒就可以让她喘到死。我们胆战心惊地把她弄活，转过天来客人少的时候，她又自己一个人躲到没人的角落抱着瓶子喝到休克。

酒醒了以后她什么也不说，只说自己馋酒了不小心喝多了，然后忙忙活活地该洗被单洗被单，该当导游当导游，该当会计当会计。

这个傻孩子苦水自己一个人咽，并不去烦扰旁人，找人来当垃圾桶。那时候我们都只知她感情不顺，具体原因并不清楚。

我蛮担心她，有时在唱歌的间隙回头看看她，她独自坐在那里出神……这场面让人心里挺难受。

我那时年轻，女儿家的心思琢磨不透，劝人也不知该怎么劝，翻来覆去就一句话，我说：妮可，别让自己受委屈。

她脸红了又白，轻声说：这是我第一次谈恋爱，总要努力去试试哦……

她又说：不要担心我……也没那么委屈啦。

她实在太年轻，以为所有的爱情故事历经波折后都会有一个大团圆的结局。

话说，你我谁人不曾当局者迷过呢？

（六）

那时候，我们一堆人几乎二十四小时待在一起，妮可例外，她谈恋爱的那半年，几乎每天都会消失一会儿，不用说，一准是约会去了。

爱情和理智是对立关系，恋爱中的女人情商高于智商，她那段时间偷偷买了眉笔粉饼，脸擦得明显比脖子白，我们都发现了，就她自己不觉得。

有一次她打电话时，被我听到了。她用两只手抓着话筒，轻轻地说：你不要生气好不好？我只是想和你多待一会儿……我没别的意思……好了，我错了，你不要生气好不好？

她每次约会的时长不等，有时候半个小时，有时候三五个小时。我们摸着一个规律，但凡她半个小时就回来，一准是瘪着嘴闷声不说话的，不用说，约会时又受气了。她回来的时间越晚心情就越好，有时候到了酒吧夜间开始营业时才出现，哼着歌，眼睛弯弯的，嘴角也是弯弯的。

妮可蛮负责任，在我的印象里，她谈恋爱的那段时间好像从未误工过，每天晚上开工时，她都会准时出现。

但有一天，妮可消失了很久，晚上也没来上班。她从半下午出门，一直到半夜也没出现。

那天太忙，没顾得上给她打电话，半夜我们回客栈的路上还在猜她会不会夜不归宿，等回到客栈了才发现不对劲。

妮可的房间是在大门旁，隐隐约约听到她在房间里哭。

我和二彬子跑去敲门，怎么敲也敲不开。二彬子比我性急，一脚踹开了小木门，妮可坐在地上闭着眼睛哭，不知道她哭了多久，哭肿的眼睛早已睁不开了。我过去拉她，冷不丁看见腮上半个清晰的掌印。

我气得哆嗦起来，问她：谁打的？！
她已经哭到半昏迷的状态，拨楞着脑袋含含混混地说：自己，自己摔的。
自己摔的能摔出个巴掌印吗？！
我问：是他打的吗？说话！

无论怎么问她，她都不肯多说，只是哭，再不肯多说一句话。我和二彬子搞来湿毛巾给她擦脸，她一动不动地任凭我们摆布，面颊刚擦完又哭湿，红肿得像桃子，折腾了半天才把她抬上床盖上了被子，不一会儿枕巾又哭湿了。
我咬着后槽牙说：妮可，你先睡，有什么话咱们明天说，需要我们做什么你只管说。
暴力不解决问题，但解气。她只要一句话，我们连夜把渣男打出拉萨。
但她死扛着什么也不肯说，只是哗哗地淌眼泪。
在关上门之前，她终于肯开口了。
她声音低低地轻喊：哥……
我说：嗯？
她说：哥……你们屋能不能别关灯？

我们没关灯，一直到天亮，都隐约听得到对面妮可房间里传来轻轻的抽泣声。

妮可在床上躺了整整两天，街面上的人问她哪儿去了，我们只推说她身体不舒服不想出门。

第三天，渣男找到酒吧来了。他大大咧咧地推开门，张嘴就问：欸，那个谁，妮可怎么不接我电话？

又说：一吵架就玩失踪……女人啊，真麻烦。

之前碍着妮可的面子，大家对渣男都还算客气，他来喝酒并不收酒钱，偶尔也称兄道弟一番。渣男知道我们和妮可的关系，很是不把自己当外人，素日里言辞间很是百无禁忌。

我们一干人来拉萨是来过日子的，并非来惹是生非的，开酒吧和气生财，遇到说话口气硬的人也都是退一步海阔天空，久之，渣男以为遇见的是一群只会弹琴唱歌和气生财的人。

他犯了一个基本错误，错把文氓当文青，流氓的氓。

还没等我从吧台里跳出去，二彬子已经满脸微笑地迎了上去。

渣男是被踹飞出去的，四脚朝天滚在台阶下，然后一路连滚带爬，被一堆他心目中的文艺青年从浮游吧门口打到了亚宾馆门口。

过程不多讲了，鲁提辖拳打镇关西。渣男尿湿了裤子，磕掉了一颗门牙。

二彬子是北京通州人，来拉萨前的职业是城管。

我们等着110上门，一直没等到。渣男被打跑后没再出现，事情就此画上句号。

后来知晓，那天渣男和妮可约会时随身带了一份合同，他想要妮可在合同上签字，并说了一个交换条件。他说：你把客栈给我一半，我回去和她断了，全心全意和你在一起。

妮可以为自己听错了，这番话出自面前这个身材高大的男人之口？

妮可苦笑，问：你爱过我吗？

渣男说：爱啊，一直都爱啊。

妮可接过合同，她说：如果你已经不爱我了，早点儿告诉我好吗？

渣男说：你胡思乱想什么，我怎么可能不爱你啊……快点儿签字吧，亲爱的。

他脚踩两只船，她忍了。她以为他知晓她的隐忍，幻想着能忍到他良心发现的那一天，没承想他并没有良心。

所有的幻想和期待都变成了一个笑话。

合同在妮可手中被慢慢撕成雪花，一扬手撒满了人行道。

渣男吃了一惊，一直以来他都以为自己吃定了妮可，惊讶瞬间转化为恼羞成怒，他抬手抽了妮可一个大嘴巴。

女人容颜逝去要十年，男人贬值不过一瞬间。

妮可没哭也没闹，甚至没再多看他一眼。她转身离开，一步一步走回仙足岛，关上房门后才痛哭起来。她第一次爱上一个人，在此之前她的世界一片单纯，从未有过如此汹涌的伤心。

听说，每个好姑娘都会遇到一只大灰狼，据说只有遇到过后才能拥有免疫力。

有免疫力是件好事，可大灰狼留下的阴影呢？

事情过后，我们一度很担心妮可的状态，有大半个月的时间，我们带她去踢足球，带她爬色拉乌兹逃票去色拉寺，希望大汗淋漓能代谢走一些东西，诵经声能带来一些东西。

她乖乖地跟在我们旁边，看不出有明显的异样，和以前相比，只是话变得很少。

之前那个乐呵呵的妮可去哪儿了？我们想让妮可快点儿好起来。

我们满屋子"破四旧"，努力销毁渣男的一切痕迹，搜出来的零碎装了半编织袋：妮可给他织了一半的围巾，妮可给他缝的手机套，妮可给他拍的照片……还有他唯一送过妮可的礼物：一只杯子。上面印着一行字：我一生向你问过一次路。

问你妹啊问，满世界玩得起的姑娘你不招惹，偏偏来祸害一个傻姑娘。

我一脚踩碎了杯子，硌得脚心生疼。

渣男学过两年美术，他追妮可的时候，曾在妮可客栈的墙壁上画过一幅金翅大鹏明王。怕妮可睹画伤情，我搞来白漆把那幅画涂刷干净。

我在那面崭新的墙上画了一只硕大的卡通小姑娘，红扑扑的脸蛋、童花头，还有笑笑的小对眼。

又在卡通小姑娘旁边画了一堆脑袋，众星捧月般围在她周围，有的小人儿龇着牙抠鼻屎牛牛，有的小人儿摆出一副黄飞鸿的姿势，有的小人儿抱着吉他嘴张得比脑袋还大，所有的小人儿一水儿的斗眼。

妮可站在我身后看着我画画。

她问：哥，你画的是什么？

我说：喏，这是你，这是咱们一家人，咱们一起在过林卡（藏语，郊游或野炊的意思），高高兴兴地一直在一起。

我说：妮可，你是不是很感动？感动也不许哭啊。

她一下子用手捂住眼，脑袋上下点着，带着哭腔说：嗯嗯嗯……

我说：这才是好姑娘……哥哥请你吃个大苹果吧。

我挥手在卡通小姑娘旁边画了一个大苹果，刚被啃了一口的那种。

（七）

妮可满血复活的速度比我想象的要快，没过多久，每天早上甩床单的啪啪声又重新响起来了。

我照例每天穿着底裤冲出去抱床单、闻床单。

她照例满院子撵我。

我一度想撮合她和安子。

安子也住在仙足岛，他租了房子想开客栈，但不知怎么搞的，开成了一家收留所。他们家连客厅里都睡满了人，全都是朋友以及朋友的朋友，以及朋友的朋友的全国各地的朋友，没一个客人。

有些朋友讲情调，直接在客厅里搭帐篷。大部分的穷朋友对物质的要求没那么高，一只睡袋走天涯。安子性情纯良，对朋友极好。他没什么钱，但从不吝啬给浪荡天涯的游子们提供一个免费的屋檐。他极讲义气，是仙足岛当年的及时雨、呼保义。

安子家每天开伙的时候那叫一个壮观，一堆人围着小厨房，边咽口水边敲碗。没人缴伙食费，也没人具体知道这顿饭要吃什么，每个房客你一把葱我一把面地往回带食材。

掌勺大厨是安子，他守着一口咕嘟咕嘟的大锅，拿回来什么都敢往里面放，然后一把一把地往里面撒辣椒面。

他是川人，做菜手艺极好，顿顿麻辣杂烩大锅菜，连汤带水，吃得人直舔碗。

我们时常去蹭饭，吃过一系列组合诡异的菜肴：猪肉西红柿炖茄子、花生土豆煮扁豆、牛肉燕麦香菜折耳根面片子汤……

我们吃嘛嘛香，他是做嘛嘛香。

那么反社会的黑暗料理食材搭配，也只有他能驾驭。

安子长得高大白净，文质彬彬，典型的阳光男文青。

他那时在一家小报社工作，跑社会新闻也写副刊杂文，靠条数领绩效工资。可拉萨就那么大点儿地方，哪儿来那么多事件新闻啊，有时候跑一整天，一条也搞不来。安子没辙，就拽着客栈里的人一起编心灵鸡汤和人生感悟凑版面。他客栈里的人普遍太"仙"，张嘴不是马尔克斯就是凯鲁亚克，于是他经常跑到妮可的客栈来凑臭裨将。

那时大家都年轻，没什么社会阅历，编出来的文字一派校园文学气息。

大家七嘴八舌，安子默默写笔记做整理。安子是个大孩子，编完了还要大声朗诵，各种文艺范儿，各种陶醉，各种自我肯定。

我烟火气重，听不来白衣飘飘的年代，他念他的，我玩我的俄罗斯方块。妮可的纯情度比安子有过之而无不及，安子的文艺朗诵是她的最爱，听得高兴了经常一脸崇拜地鼓掌，还颠颠地跑去烧水，问人家要不要喝豆奶。

豆奶香喷喷的可好喝了，我也想喝……但她只冲给安子喝。

安子喝豆奶的样子很像个大文豪，意气风发一饮而尽。

怎么就没烫死他？

我看出点儿苗头，串联了满屋子的人给他俩创造机会。

这两人都还是纯情少男少女，都不是主动型选手，若没点儿外力的推动，八百年也等不来因缘具足的那一刻。

妮可客栈里那时候有辆女式自行车，大家齐心合力把气门芯给拔了，车胎也捅了，车座也卸下来藏起来了。那辆自行车是大家共用的交通工具，为了妮可，不得不忍痛自残。

我们的算盘打得精。

没了自行车，需用车时就撺掇妮可去向安子借。不是都说借书能借出一段姻缘吗？那借自行车指不定也能借出一段佳话来。

佳话迅速到来了。

那天，妮可要出门买菜，我们连哄带骗让她洗干净了脸、梳了头，并换上一条小碎花裙子，然后成功地忽悠她去找安子借车。

大家挤在门口目送她出门，还冲她深情挥手，搞得妮可一脑袋问号。

她出门没到十五分钟就回来了，我们都好生奇怪：怎么个情况？安子没把车借给你？

她傻呵呵地说：是啊，他没借给我……

哎哟！怎么个情况？

妮可傻呵呵地说：安子听说咱家的自行车坏了，就把他家的自行车送给我了。

送？

好吧，送就送吧，我们追问：然后呢，然后你怎么说的？

妮可说：然后我说我们家还缺打气筒。

我们追问：然后呢，然后他怎么说的？

妮可傻呵呵地说：然后……他把打气筒也送给我了。

你怎么不说你们家还缺个男朋友？！

安子的自行车是老式 28 锰钢，妮可腿短，骑出一百米歪把三四回，我们怕她摔死，一周后替她把车还了回去。

我们还是时常去安子家蹭饭，安子还是经常跑到我们客栈来编人生感悟，编完了就高声朗诵，每回妮可都给他冲一杯豆奶喝。

妮可和安子没发展出什么下文来，他俩之间的缘分，或许只限于一杯纯白色的豆奶。

是为一憾。

失去安子的音信已经很久了，从 2008 年到现在，十一年没有见过面。

辗转听说，那场变故后他回了内地，安居在一个叫丰都的小城，收敛心性娶妻生子，撰文为生。

仙足岛的岁月已成往昔，如安子那般仗义的江湖兄弟如今寡鲜。如今是自媒体为王的年代，人们懒得付出和交流，只热衷于引领和表达，微博和微信上每天都可以刷出成堆的心灵鸡汤、人生感悟，无数人在转发，却不知有几人能真正做到知行合一。

我亦俗人，有时也转发一些人生感悟，有时一边读一边想，个中某些金句，会不会出自安子的笔端。

也不知他现在过得好不好，多年未见了，有些许想念。

（八）

需要想念的人有好多。

月无常满时，世事亦有阴晴圆缺。

2008 年 3 月 14 日，我的家人纷落天涯，我的族人四散。

我慌着一颗心从济南赶往拉萨，横穿了半个中国却止步于成都，无法再往前行。

很多人撤到了成都，妮可也在其中。

她站在宽巷子的路口，抓住我的胳膊，指甲尖尖，死死地抠在我胳膊上，她哭：哥！家没了。

我说：你他妈哭个屁！不许哭！

我说：人在哪儿，家就在哪儿。

一个月后，新家在成都落成，位置在东门大桥的一座回形商住楼里，名为"天涯往事"，隔壁是"蜂后"。

我帮妮可在墙壁上画画，画了她的卡通像，又画了自己的，然后忽然不知道该再画谁的了。我回头，妮可站在吧台里擦杯子，葛莎雀吉的吟唱回荡在偌大的 loft（宽广开放的自由空间）里，空旷的屋子里，只剩我们两个人。

我站到门口抽烟，行人慵懒地踱过，"胖妈烂火锅"的味道飘过，满目林立的店铺，闻不到煨桑的烟气，望不到我的拉萨河。

"天涯往事"开业的第二天，我返程回北方。

临行前，妮可给我做饭吃，炒了牛肉，炖了牛肉，一桌子的肉，没人和我抢。

她送我到楼梯口，忽然停下脚步。

她问：哥，我们什么时候回拉萨？

我站在楼梯末端，转身，伸手指着她，只说了一句：不许哭。

她使劲憋气，使劲憋气，好歹没哭出来。

她站在楼上往下喊：哥，常来成都看看我。

我没能在成都再看到她。

一个月后，"5·12"大地震。

新开业的"天涯往事"没能撑到震后重建的时期，迅速地变为往事，与许多往事一起，被隔离在了过去。

震后，妮可背着空空的行囊回了广东，她在 NEC（日本电气）找到一份日文商务翻译的工作，跻身朝九晚五的白领行业。

之后的数年间，她到济南探望过我，我去广东看望过她。

2008、2009、2010、2011、2012、2013、2014、2015、2016、2017、2018……

除了妮可、二彬子和雷子等寥寥数人，当年同一屋檐下的家人如今大多杳无音信了。

二彬子也来济南看过我，他回北京后结婚生子，挺起了啤酒肚，俨然已是一副中年人的模样。我和他提起小二胡，他借酒遮面打哈哈。

和雷子见的次数算多的。

有时在篦街午夜的粥铺里，有时在南城他的小录音棚里。他一直没放下那副刺猬脾气，也一直没放下吉他，巡演时路过济南，听说也曾路过拉萨。

这个世界奔跑得太快，妮可一直没能再遇见他俩。

（九）

2013 年除夕，妮可来云南找我过年，我们一起在古城包了饺子，那里有我另外一个世界的另外一群族人。大家都很喜欢妮可，昌宝师弟尤其爱她，包饺子时蹲在她脚旁拿脑袋蹭她。

我们喝酒、弹琴、唱歌，把嗓子喊哑。十二点钟声敲响时冲到门口放鞭炮，满世界的喜气洋洋，满世界的噼里啪啦。

我醉了，满世界给人发红包，发到妮可时，我敲敲她脑袋，问她开不开心啊，喜不喜欢这里啊，要不要留下来啊。

她坐在门槛上，火光映红面颊，映出被岁月修改过的轮廓……妮可妮可，蒙奇奇一样的妮可，你的娃娃脸呢？你的眼角怎么也有皱纹了？

妮可也醉了，她说：哥，我不哭。

我说：乖，不许哭，哭个屁啊。

她抬起一张湿漉漉的脸，闭着眼睛问我：

哥，我们什么时候回拉萨？

除夕夜里的滇西北，烟花开满了天空，我轻轻抱了她一下，拍拍她的背。
妮可你看，好漂亮的烟花。

妮可，我曾悄悄回过一次拉萨。
2010 年三十岁生日当天，一睁开眼，就往死里想念。

一刻也不能等了，一刻也不容迟缓，脸没洗牙没刷，我冲去机场，辗转三个城市飞抵拉萨。
再度站在藏医院路口的时候，我哽咽难言，越往里走，大昭寺的法轮金顶就越看得真切。那一刻，我是个近乡情怯的孩子，匍匐在滚烫滚烫的广场上，一个长头磕完，委屈得涕泪横流。
端着枪的武警过来搀我，他劝说：走喽走喽，不要在这里躺。
我打车来到仙足岛，客栈林立，没有一个招牌是我熟悉的。我翻手机，挨个儿打电话。空号、空号、忙音……没了，全没了。
很难受，自十七岁浪荡江湖起，十几年来第一次尝到了举目无亲的滋味。
没有什么过不去，只是再也回不去了。

两年后，我随缘皈依三宝，做了禅宗临济宗在家弟子。皈依的那天跪在准提菩萨像前我念：往昔所造诸恶业，皆由无始贪嗔痴……
我想我是痴还是贪？愿我速知一切法吧，别让我那么驽钝了。
大和尚开示我缘起论时，告诉我说万法皆空唯因果不空。他说，执念放下一点儿，智慧就升起一点儿。
可是师父，我执念重，如缕如麻如十万大山绵延无尽。
我根器浅。

时至今日，我依旧执着在和拉漂兄弟们共度的那些时光里。

他们是我的家人，我的族人，我弥足珍贵的旧时光。

若这一世的缘尽于此，若来生复为人身，我期许我能好好的，大家都能好好的，这个世界也是好好的。我期许在弱冠之年能和他们再度结缘于藏地，再度没皮没脸地做一回族人当一回家人，再度彼此陪伴相互守望，再度聚首拉萨。

（十）

给我一夜的时间吧，让我穿越回十四年前的拉萨。

让我重回拉萨河上的午夜。
那里的午夜不是黑夜，整个世界都是蓝色的。

天是清透的钴蓝，一伸手就能攫得。月光是淡蓝，浑朴而活泼，温柔又慈悲，不时被云遮住又不时展露真颜。每一片云都是冰蓝，清清楚楚地飘啊飘，移动的轨迹清晰可辨。

星星镶在蓝底的天幕上，不是一粒一粒的，是一坨一坨的，漂亮得吓人。

星空下是蓝波荡漾的拉萨河，河内是蓝瓦蓝墙的仙足岛，岛上住着我熟睡的家人和族人，住着当年午夜独坐的我。

我习惯在大家熟睡后一个人爬上房顶，抽抽烟、听听随身听，或者什么也不做只是仰着头看天。

蓝不只代表忧郁，漫天的蓝色自有其殊胜的加持力，覆在脸上、手上、心上、心性上，覆盖到哪里，哪里便一片清凉。

四下里静悄悄的，脚下房间里的呼噜声清晰可辨，这是二彬子的，这是雷子的，那是妮可的……

我想喊叫出来。

声音一定会沿着拉萨河传得很远。

我想翻身爬起来踩着瓦片爬到屋顶最高处，用最大的声音喊啊，喊：我心里很高兴啊，我很喜欢你们啊！

管你们被吵醒后生不生气，反正我就是想喊啊。

我想着想着，然后就睡着了。

雷子有首歌，叫《画》，他唱道：

为寂寞的夜空画上一个月亮

把我画在那月亮下面歌唱

…………

画上有你能用手触到的彩虹

画中有我决定不灭的星空

画上弯曲无尽平坦的小路

尽头的人家梦已入

…………

曾经有一个午夜，他和妮可一起，悄悄爬上屋顶，悄悄坐到我旁边。

他不说话，从口袋里掏出三根皱皱巴巴的"兰州"，递给妮可一根，自己叼一根，给我点上一根。

烟气袅袅，星斗满天。

妮可伸出双臂，轻轻揽在我们的肩头。

没有人说话，不需要说话。

漫天神佛看着呢，漫天遍野的蓝里，忽明忽暗的几点红。

后来

不许哭，这三个字，不只是说给妮可听的。
我笔下的拉萨，岂止是地理上的那个拉萨。
拉萨啊拉萨……
酒和酒杯，鱼和洋流，我和我的拉萨。

不废话。

交代一下关于他们的后来。

会尽量克制，少些感慨。

妮可后来远渡东瀛，先在东京做日式婚庆工作，也做过代购，后定居京都，从事旅游及地产工作，一直单身。

我于 2016 年夏去东京看过她，她领着我逛原宿逛秋叶原逛美术馆逛了很多地方，吃了很多奇奇怪怪的料理，在歌舞伎町一番街吃饭时遇到了传说中的李小牧，妮可帮我们拍了合影（见微博 2016 年 6 月 13 日）。

她送机时掉眼泪，说太远了，不知道下次见到哥哥是什么时间。

……三十多岁的人了，可怜巴巴的像个小孩。

我说我会常来的，她说别，机票太贵，哥你别浪费钱。

一别又是两年，定期通电话，偶尔她给我发发照片，有时候忽然会收到她给我邮来的保健药品，有防脱发的，有助睡眠的，还有给小明的治头痛的药片。

2018 年我闭关写书期间，曾小住过清迈，妮可请了假来看过我，见面第一句话是：到这个月，正好十年了……

我愣了几秒钟才反应过来她所谓的十年，都快忘了，已经十年。

在清迈期间，妮可几乎没怎么出门玩，洗衣做饭忙忙叨叨了一个多星期，临走时用各种食物把我的冰箱塞满。

我写书时会关闭部分感官，她走之前应该在我身后坐了很久，后来悄悄走的，没打扰我。

也不知道掉眼泪了没，也不知道下一次见面会是再过多少年。

我在我大理的家中给妮可留了个房间，粉蓝粉蓝色的，蓝墙蓝床蓝拖鞋，我和她通视频：妮可妮可，嫁不出去不要怕哈，将来落叶归根回国了来找我住，你看你看，这是你的房间，这是你专属的小阳台，升降晒衣杆已经安好，等你来了，可以像当年在拉萨一样，天天晒大白床单……
她就笑，边笑边抹眼泪，说：好嘞！

文中当年欺负过妮可的那人后来给我发过两次微博私信，第一次的措辞有对当年的所作所为忏悔的意味，第二次是谩骂，大意是说我没有资格写拉漂故事。
我没回复他，所有的此类黑或喷都不回应，除了觉得好玩，只有一点儿可怜。
算算年纪，应也已是不惑之年。

文中的安子再没见过，十几年了总是缘悭一面，是为一憾。安子安子，我多想你啊。
文中的当年大昭寺广场上喝甜茶的旧友，尚有交际的不过寥寥几人，二宝、成子、彬子、璇子、丁二、老范、阿刁……

成子无须多提，好几本书写过他，这些年不曾远离。
二宝失而复得，多年的音信全无后我们重逢在呼和浩特。
我一直想帮老范出版他的学术专著，几十万字的，关于夏尔巴人的田野调查。
我2016年8月30日的微博，照片是和一个小姑娘互相用力搓对方的脸，那个手劲巨大把我彻底搓肿的小姑娘，是老范的女儿。
当年我们被迫告别拉萨时，她尚且是胚胎。

彬子、璇子常见，只要去拉萨肯定待在一块儿，每次去都帮他们干点活儿，画画壁画、当当鼓手什么的。他们生了俩儿子，一个比一个皮，张嘴闭嘴喊我大爷，这也就意味着他们的大爷每年要给双份的压岁钱。

曾经的浮游吧几度重开。我后来把最新的浮游吧地址、电话写进了书里，希望能给彬子和璇子带来些生意吧。能做的也仅限于此了，我没再入股过新浮游吧，彬子提过很多次，每次都是拒绝。

过去的已经过去，告别了就是告别。

就让它永留我心，别再继续。

……我在很多场签售会上见到过一些依稀熟悉的面孔，默默地走到我面前，默默地握手，默默地离开，有的带着妻子，有的领着小孩，有的竖起一根手指在唇边……懂的，只是来看看我，不是相认，只是见一见，然后转身离开。我懂的，人到中年，都已再也回不去也没必要再回去了，算是告别吧——和风马藏地的那些往昔。

我在 2017 年的成都街头和一个很眼熟很眼熟的人擦肩。

彼此回了好几次头，互相看了好几眼，随即彼此没入人海，不再回头。

走出一整条街后才想起她应该是小二胡吧，当年的那个摆摊卖艺勤工俭学的小女孩。

岁月 PS 了人的体貌容颜，她长高了，我长胖了，她应也是没有马上认出我来。也不知她是否还在拉二胡，过得好不好。

上次见二彬子，是在 2015 年的济南，变化很大，胖了，已完全是中年人的模样，蓄了须，坟起的肚腩，不复少年。

他还是喊我哥，醉醺醺地和我开玩笑，羊肉串硬喂到我嘴边。

逢年过节都会发发微信语音，常也是醉醺醺的，东扯西扯的京片子……他结婚早，貌似工作一直不太如意，生活压力不小，已有小孩。

我说我羡慕他有小孩，他说那你丫领走养去，我说滚，扯淡。

雷子后来写过一首歌，叫《阿刁》，旁白里念了很多人的名字，都是大昭寺广场上曾经的少年。

雷子也不常见，一年至多一两面，我忙他比我更忙，各自有各自的世界。

其实心下明白，这么多年没有了共同生活的经历，维系这份情谊的只是那些回忆而已，不过真的挺高兴的，高兴他过得比以前好了……

如果每个朋友后来都过得很好，那该多好。

很多年前曾戏言过一句话"赵雷不红，天理难容"，后来却是应验，搞得我擅预言似的，但实话实说，当年动笔写《不许哭》时，并未料到他会有那么出色的后来，所谓厚积薄发、天道酬勤，都是他该得的。

曾有个什么文艺杂志做文章，说他在采访中否认了我在《不许哭》中对我们拉萨的生活的描述，说都是我编的。有一次小聚时笑谈起这个事，他气坏了，说怎么瞎搞，以后再也不接受这种采访了，净会曲解。他后来很少再接受采访，各种的，以及所有不必要的曝光，日子依旧过得普通而简单。

其实对于"红"这件事，他和其他大部分人有不一样的理解。

我后来没再专门写雷子，当初没红的时候写他，后来还被人说成蹭流量呢，况且当下呢，快别给朋友添乱了……

当年的朋友，当下还没走散的，也就剩这么几个了。

……当下啊当下，已不是那个百无禁忌的风马少年。

很多人说读不懂《不许哭》一文中，关于 2008 年的转折，奇怪是什么变故什么遭遇让一群人离析四散，不再团圆。

很多人问：到底是场什么变故呢？为什么文中不详细写一写？

嗯，我当年可以写，但写了估计也就无法付印。见谅。

我现在也可以写，但应该依旧无法付印。

自行了解吧，在互联网如此发达的今天。

《不许哭》是我早期的一篇文章，很早，完稿于 2012 年，迄今七年。

也就是说，今时今日，距离我告别我的拉萨，已近十二年。

自当年的《乖，摸摸头》初版上市起，因这篇文字，许多人给我留过言，有说触动的，有说向往的，有说因这篇文字而想去拉萨看一看的。

这着实让人汗颜，我只是在描述我曾经历的拉萨，若你感动，我很感谢。

若你想去看看，那就去看看，若你非说是因为我写了拉萨所以你才想去膜拜那座城，进而抱着洗涤灵魂净化心灵的愿景而去……你真的读完了我的书了吗亲爱的？

如果你真爱拉萨，请先——去神圣化。

如果你真的爱拉萨，平视它。

我未曾美化过笔下的拉萨，请你也不要去神化我笔下的它。

它不需要任何的仰视或预设，若你非要在想象里给它附上金光灿灿，那我能说的只有——抱歉，我的拉萨，和你的拉萨无关，希望你能抵达你想象中的那个吧。

《不许哭》不过是一篇追忆往昔的文字，描述的是曾经的那些少年，通篇不过两个字——思念。

却不知怎的，这样的文字，若干年来总被人解读成一篇旅行文学。

不知何时起，在大众认知里，提起西藏总会和旅行沾边，我因有曾经的西藏生活背景，亦总被人误认为写的是什么"在路上"的故事，或旅行文学。

可这篇描述拉萨日常生活的文章和旅行哪有半毛钱关系呢？

可我写了六本书，何曾写过什么旅行文学呢？

写西藏就一定是写旅行？啥情况啊？真是让人哭笑不得，欲辩难言。

按这个逻辑说来——

那些异乡人写北漂岁月故事的，也是旅行文学？

没有贬低旅行文学的意思，只是窘于被张冠李戴。

路过一个地方，住过十天半个月，即可长篇累牍或归纳总结，这种敏锐的感知力和创作力非我所有，十分抱歉。

如果别人有，我表示羡慕，但自知斤两，原谅我学不来。

我这半生，奉行多元生活平行世界，故而驻足过许多地方，平行着不同的世界。

短则三五年，长则十余年，生活过，扎根过，有过爱恨情仇聚散离别，有过一定时间空间的跨度后，方敢动笔去写。

其实想说，就像很多人会在一生中的某一个时期，选择北京、上海、杭州、成都……中国任何一个城市去生活一样，我当年机缘巧合选择了拉萨，在那里工作和居住过几年而已。若干年后因思念而动笔，记叙一些往昔的碎片，不就是这么简单吗？

文章中团聚着的人们，难道在其他地方没有吗？

难道只有在拉萨才有那些故事发生吗？那些故事真的传奇真的特殊吗？

故事中的那一个人，不曾出现过在你身边？

若你认真读完《不许哭》，望你发现，我笔下的拉萨一点儿也不特殊，和什么洗涤灵魂净化心灵毫不相干。

就是普普通通一座城，个中人间烟火，与其他城池无二。

爱的，就是这份烟火，这份无二……忘不了，也回不去。

若你也曾爱过一座城，也在忆着一座城。
若你也曾拥有过一些人，也曾失去过一些人。
若你也有过不舍也有过不甘，也有过酣畅淋漓也有过肝肠寸断。
若人近中年的你也想徒劳地伸出双手去最后抓住几缕关于年轻时代的光芒、霓彩、云烟……

若你也有过那乡愁般的思念。
那么，你也能写。

不许哭，这三个字，不只是说给妮可听的。
我笔下的拉萨，岂止是地理上的那个拉萨。
拉萨啊拉萨……
酒和酒杯，鱼和洋流，我和我的拉萨。

▷ 妮可的声音

▶《画》赵雷

▶《阿刁》赵雷

风马少年

◎   我们沿着悬崖，慢慢地走向自己的车。

二宝走在我前面，我问他：胖子，昨天晚上好悬啊，你后怕吗？

他没回头，只是大声说：大冰，如果昨夜我们结伴摔死了，我是不会后悔的，你呢？

不论在风雨如晦中呛声大喊有多么难，不论在苦 × 的日子里放声高歌有多么难，不论在纷繁的世界里维系清醒有多么难。

闪念之间你会发现，总有些东西，并不曾变淡。

…………

南中国的雷雨天有怒卷的压城云、低飞的鸟和小虫，有隐隐的轰隆声呜呜咽咽……还有一片肃穆里的电光一闪。

那闪电几乎是一棵倒着生长的树，发光发亮的枝丫刚刚舒展，立马结出一枚爆炸的果实，炸响从半空中跌落窗前，炸得人一个激灵，杯中一圈涟漪。

这种一个激灵的感觉不仅仅局限于雷雨天。

有时漫步在这条南方小镇陌生的街道，路旁小店里偶尔一曲轻轻慢慢的老歌亦可如闪电般直击膛中炸得人一个激灵。

有时候一个闪念几乎就是一道闪电。

一闪念间的闪电贯穿身心，瞬间热血涌上心头，往昔的日子风云汇聚到眼前……那么那么亮的闪电，映照得八万四千种往昔，皆羽翼毕现，皆清晰而新鲜。

炸到我的那道闪电是 Beyond 的一首老歌。

彼时，我拖着拉杆箱路过那家小理发店门前，一句熟悉的歌词伸出双手抓紧我的衣襟，我的脚步被生生地拽停。

南方小镇的午后，海风湿咸，小鸭小狗懒懒地踱步在街边，我伫立着，沉默地听歌。

今天我，寒夜里看雪飘过……

原谅我这一生不羁放纵爱自由……

歌声是沙，迷了眼睛，不知不觉已映出一些影影绰绰的小小往事。

我当真数起手指头来：时至今日，已近十年。

90 后的孩子们很难体味 70 后 80 初的"Beyond 情结"，在整整一代老男孩的心里，黄家驹岂止是一个人名那么简单，"海阔天空"这四个字岂止是一首老歌那么简单！

那时我还年轻，混迹在未通火车的拉萨，白天在街头当流浪歌手，晚上窝在小巷子里开小酒吧。虽然年轻，但也知道交友不能结交不三不四的人，所以我的朋友都很二。

个中最二的是成子和二宝。

有一天，我和成子还有二宝在拉萨街头卖唱，秋雨绵绵、行人稀疏，听众并不多。我们唱起这首《海阔天空》取暖，边唱边往水洼里跳，彼此往对方裤腿上溅水。

冷冷的冰雨在脸上胡乱地拍，却并不觉得冷。那时候手边有啤酒，怀中有吉他，身旁有兄弟，心里住着一个少年，随随便便一首老歌就能把彼此给唱得暖暖和和。但哪一首歌可以像《海阔天空》一样，三两句出口，一下子就能唱进骨头缝隙里？

暮色渐隆时分，有一辆越野车牛一样冲过来，一个急刹车停在我们面前，狠狠地溅了我们一身的水。一个叫冈日森格的小伙子摇下车窗大声喊：诗人们，纳木措去不去？他笑笑地用大拇指点点我们，又点点自己的车，做出一个邀请的姿势。

我们几乎是异口同声地说：去啊去啊，免费请我们蹭车谁不去啊？不去不就二 × 了吗。

冈日森格龇着雪白的牙说：我只给你们十秒钟上车的时间……

二宝是个蒙古族胖子，成子是条西北大汉，我是山东人里的 L 号，但是十秒钟之内，很神奇地，三个人、两把吉他、一只手鼓全部塞进了越野车后座。

上车后开了好一会儿之后才想起来，那天穿的都是单衣单裤，后来想，难得遇见免费搭车去纳木措这么划算的机会，如果让人家专门再开车送我们回去穿衣服的话太不科学，反正我们三个人的脂肪含量都不算少，不如就凑合凑合得了。

我们在车上张牙舞爪地大声唱歌：今天我，寒夜里看雪飘过……

后来我想，如果唱歌的那会儿能先知先觉的话，应该会把"寒夜里看雪飘过"改成"寒夜里被雪埋过"。

开到半夜，车过当雄，开始临近海拔将近五千米的纳木措，那是世界上海拔最高的咸水湖。盘山路刚刚开了半个小时，忽然铺天盖地下起了大雪。雪大得恐怖，雨刷根本就不管用了。漫山遍野都是大雪，车灯不论是调成近光还是远光都不管用，大雪夜开车是件找死的事，磨磨蹭蹭了好一会儿后，只好停车。

雪大得离谱，车一停，不一会儿就埋到了车身的一半，甚至把窗子也埋掉了一点儿。

二宝很惊喜地问我：我们是被埋到雪堆当中了吗？

我很惊喜地回答：那整个车岂不是一个大雪人儿了？

成子在一旁也插话说：咕……咕……

成子不是用嘴发出这个声音的。

他发出这个声音的时候，我跟二宝才意识到，我们仨还没有吃晚饭。真奇怪，一路上一点儿也不饿，成子的肚子一叫我们就开始饿了。

我们问冈日森格要吃的，他掏摸了半天，不知道从哪儿摸出来半个苹果，上面还有一排咖啡色的牙印，啃苹果的人明显牙齿不齐。我们面面相觑，笑得喘不上气来。

现在想想，那是我这一辈子最幸福的几个瞬间之一。

我们轮流啃苹果，孩子一样指责对方下嘴太狠了。

我们叼着苹果，把车窗摇开，把雪拨开，一个接一个爬出车窗，半陷在暄软的雪地里打滚，孩子一样往对方脖领子里塞雪块儿。

我们把汽车的后尾灯的积雪拨弄开一点儿，灯光射出来一小片扇面，蝴蝶大小的雪片纷飞在光晕里，密密麻麻、纷迭而至，每一片都像是有生命的。

我们把冈日森格从车窗里死拖出来，一起在光圈里跳舞：跳霹雳舞、跳秧歌，弹起吉他边唱边跳。

我们唱：……多少次，迎着冷眼与嘲笑，从未有放弃过心中的理想……

吉他冻得像冰块一样凉，琴弦热胀冷缩，随便一弹就断掉一根，断的时候发出清脆的PIAPIA声。

每断掉一根弦，我们就集体来一次欢呼雀跃，一雀跃，雪就灌进靴子里一些。

我们唱：仍然自由自我，永远高唱我歌……原谅我这一生不羁放纵爱自由……

一个晚上，我们唱了十几遍《海阔天空》。

琴弦全部断掉以后，我们爬回车上。有道是福双至、天作美：越野车的暖气坏了。

我们冲着黑漆漆的窗外喊：老天爷老天爷，差不多就行了哈，关照关照哈！

我们把衣襟敞开，基情四射地紧紧抱在一块儿取暖，边打哆嗦边一起哼歌。

唱歌的间隙大家聊天，聊了最爱吃的东西、最难忘的女人，聊了很多热乎乎的话题……如此这般，在海拔五千多米挨了整整一宿，居然没冻死。

藏地的雪到了每天下午的时候会化掉很多，太阳出来的时候才发现，车的位置停得太棒了，离我们车轮六十厘米的地方，就是万丈悬崖。

冈日森格一头的黑线……

雪夜的那根拉垭口太黑，冈日森格停车时，还差六十厘米就把我们送往另外一个世界。

二宝、我、成子一脸的傻笑……

二宝、我、成子，只差半个脚印就把我们仨送往另外一个世界。

头天晚上，我们弹琴、唱歌，那么蹦那么跳，最后一个脚印，有一半都已经是在悬崖外边了，居然就没滚下去，居然一个都没死……这不科学。

大家讪笑着重新坐回车里，一颗小心脏扑腾扑腾的。

冈日森格启动了车子，慢慢地开往高处的那根拉垭口，开到雪山垭口处时他猛地一踩刹车，扭头给了我们一张苦瓜脸。

继续前行纳木措是没有希望了，昨夜的雪着实太大，那根拉垭口往前积雪成灾，几十辆下山的车堵在了窄窄的垭口路上。垭口的雪地早被碾轧出了冰面，再强劲的四驱车也没办法一口气冲上小小的斜坡。堵住的车绵延成一串大大小小的虫子，人们站在车旁边焐着耳朵跺着脚，有些心急的车死劲儿往前拱，越拱越堵，挤道剐蹭的车主互相推搡着要干架，干冷的空气里断断续续的骂娘声。

总而言之，纳木措我们是进不去了。

冈日森格说：完了完了，白跑一趟啊兄弟们。

我附和着他，叹着气，一边弯下腰去想脱下脚上那双冰冷潮湿的靴子。一晚上没脱鞋，脚肿得厉害，靴子怎么也脱不下来。

我正低头和靴子搏斗着呢，成子忽然伸手敲敲我的头，又指了指堵车的垭口，他笑笑地问我：大冰，我们去当回好人吧。

我们下了车，踩着咯吱咯吱的积雪走下垭口，挨个儿车动员人。

十几分钟的时间攒起来几十个男人，大家晃着膀子拥向第一辆被困住的车，齐心合力地铲雪推车。一辆、两辆、三辆……每推上一辆车，大家就集体欢呼一声，乱七八糟喊什么的都有，有人喊我擦！有人喊牛 ×！有人像康巴藏人一样高喊：亚拉索索……

戾气迅速地消解了，人人都变成了热心肠。被解救的车开过垭口后并不着急离开，一个接一个的车主拉紧手刹重新跑回来帮忙铲雪推车。

最后一辆车被推上来时，已是半下午的光景。每个人都累成了马，所有人都皱着鼻子大口大口地喘气。我浑身的汗都从脖子附近渗了出来，身上倒不觉得太热，脸反而烧得厉害。俯身捞起一把冰凉凉的雪扣在脸上，这才好受了一点儿。

成子的脸也烧得难受，于是学我，也捧起雪往脸上敷。

当时我们并不知道，两个人的脸是被晒伤了所以才发烧发热，由于盲目敷雪导致了热胀冷缩，后来回到拉萨后，我们很完整地揭下来两张人脸皮。

藏地的水分非常少，气候干燥，那张脸皮慢慢地缩水，缩成了铜钱那么大的一小块儿，硬硬的和脚后跟上的皮一样。

我和成子往脸上敷雪的工夫，二宝把吉他和手鼓拎了过来，他说：咱们给大家唱首歌吧。

我说：你他妈不累啊，干吗非要给大家唱歌啊？

他指指周遭素不相识的面孔说：原因很简单，刚才咱们大家当了几个小时的袍泽弟兄。

于是我们站在垭口最高处唱《海阔天空》。

手鼓冻得像石头一样硬，吉他只剩下两根琴弦，一辆一辆车开过我们面前，每一扇车窗都摇了下来，一张张陌生的面孔路过我们。有人冲我们敬个不标准的军礼，有人冲我们严肃地点点头，有人冲我们抱拳或合十，有人喊：再见了兄弟。

嗯，再见了，陌生人。

所有的车都离开了，只剩我们几个人安静地站在垭口上，最后一句副歌的尾音飘在空荡荡的雪地上。

我们沿着悬崖，慢慢地走向自己的车。

二宝走在我前面，我问他：胖子，昨天晚上好悬啊，你后怕吗？

他没回头，只是大声说：大冰，如果昨夜我们结伴摔死了，我是不会后悔的，你呢？

有些东西哽在了我的喉头，我费力地咽下一口吐沫。

成子在一旁插话说：咕……咕……

成子不是用嘴发出这个声音的……

…………

很多年过去了。

去纳木措的路不再那么难走。

冈日森格早已杳无音信，成子隐居滇西北。人们唱的《海阔天空》也由Beyond变成信乐团。拉漂的时代结束了，不知不觉，当年的二×少年们已慢慢告别了风马藏地，悄悄步入钢筋水泥的中年。

二宝早已离开藏地回归他的内蒙古草原，他只联系过我两次。一次是在2007年初，他打电话告诉我他换台时看见一个傻×长得和我简直一模一样，那个傻×穿着西服打着领带在主持节目，旁边的女搭档有对海咪咪。

接电话时，我坐在北京录像棚的地下化妆间，柳岩在旁边梳头，我扫了一眼我不该看的地方。

一次是拨错了号码，寒暄了两句，匆匆挂断了。他是醉着的，齉着鼻子喊我的名字。我只当他是拨错了号码，默默挂断。

尔后再无音信。

我偶尔会很怀念他，却已记不太清他的脸，只记得他是个穿着 M65、扎着马尾巴的胖子，爱写诗、爱啃羊蹄、会摔跤。他嗓音沙哑低回，好像大提琴，听他唱歌，鼻子会酸，眼里会进沙。

他叫二宝，是个胖子。

情义这东西，携手同行一程容易，难的是来日方长。

缘来则聚，缘尽则散，我不遗憾。

Beyond 三子后来分别上过我的节目，我有幸在不到三米的距离内听他们分别演唱过《海阔天空》。每一次我都费力地抑制住汹涌的情绪，谈笑风生地把节目顺畅录下来。

他们唱的是峥嵘的往昔，我听到的是漫天纷飞的大雪。

后来和 Beyond 三子中的叶世荣相交甚好，他喊我小兄弟，我喊他老大哥。

2011 年冬天，世荣哥大婚，邀我帮他主持婚礼，担任司仪。

婚礼的当天宾朋满座，满场的明星，却不见其他二子的身影。婚礼开场前，我帮他整理领口，忍不住悄悄地问他：人都到齐了吗？

他微微地摇了摇头。

他笑着，轻轻地叹息了一小下。

2013 年的某一天，我伫立在南方小镇的街头，一手抚着微微隆起的肚腩，一手拖着拉杆箱。

小店里传来的歌声带我再度回到多年前的纳木措雪夜：

"一刹那恍惚，若有所失的感觉，不知不觉已变淡，心里爱……"

我想起二宝的那句话：大冰，如果昨夜我们结伴摔死了，我是不会后悔的，你呢？

…………

我站在南方小镇午后的海风里，闪念间回想起多年前留在藏地的那个雪夜，止不住浮起一个潮湿的微笑。

我学着世荣哥的模样，微微摇了摇头。

笑着，轻轻地叹息了一小下。

二宝二宝，成子成子，我所有年少时、年轻时的江湖兄弟……闪念间重温那段癫狂的时光，我红了眼眶，鼻子发酸。

从昨天到今天，我又何曾后悔过？

是哦，你我皆凡人，哪儿来的那么多永远，比肩之后往往是擦肩。

该来的、该去的总会如约发生，就像闪电消失后，是倾城之雨洗涤天地人间。

就像烟蒂一样燃烧着的一年又一年，越来越少越来越短，急促促地把你催进中年。

但是我永远年轻的兄弟们，不论在风雨如晦中呛声大喊有多么难，不论在苦 ×
的日子里放声高歌有多么难，不论在纷繁的世界里维系清醒有多么难。

闪念之间你会发现，总有些东西，并不曾变淡。

我少年时的伙伴、青年时的兄弟、中年时的故人。

到死之前，我们都是需要发育的孩子，从未长大，也从未停止生长，就算改变不了这个世界，这个世界也别想将我们改变。

岁月带来皱纹、白发和肚腩。
但或许带不走你我心里的那个风马少年。

▷ 二宝的声音

▶ 《风马》吴俊德

每
一
个
瞬
间

現在是 2018 年 12 月 27 日凌晨四点，全世界都是睡着的，独留面前这灯盏。

从苍山上跑下来的风撼动着我的阁楼，我已在这个阁楼上闭关写作近三个月。

我写这篇文字时一直循环放着二宝的歌，此刻只有一点点的孤单。

《风马少年》成文于 2013 年，是我写过的最短的文章之一，应该也是最拙劣的之一。

不论措辞还是行文都太过用力，赤油浓酱，太多没有节制的感慨。

有时候事情就是这样子的，越是写的时候激情澎湃把自己感动得不行，多年后读来越是汗颜。

汗颜于行文，却并不汗颜于想抒发的那份情。

拙便拙吧，并不想否定当时的那份浓冽，故而，今朝再版，一字不改。

写过很多关于怀念的文字，大多与友情相关，《风马少年》即是其中一篇。

关于对友情的执念，其实可以追溯很远。

我算是第一茬独生子女，童年和少年时代生长在东部沿海的小城，大院里同龄子弟极少，没有玩伴。那是一个电视还不太普及的年代，什么娱乐项目也没有，印象里课业时间之外，最常去的是父母单位的图书馆，暑假寒假，一待一整天，自己开门自己锁门，除了我以外，一个活人都没有。

印象最深的一个片段是一个凄风苦雨的黄昏，十二岁的孩子读完了《块肉余生述》的最后一行字，趴在窗前看电闪雷鸣，恍恍惚惚间的那份怅然若失，仿佛刚刚走完了一生。

一整个青春期也都是孤孤单单的，走读生没有扎堆吃食堂的机会，放学后也是一个人骑自行车回家。如果轮胎没气了，也开不了口去借打气筒，自己推着走。

那时内向，在学校里也没朋友，没有过从亲密的小伙伴，这导致了我后来缺失了很多80年代初生人的必备技能——比如打群架，比如组团打电子游戏，比如组队踢足球打篮球……好像所有需要集体完成的有意思的事情，在我这都是一片空白。

一直到今天，我所有擅长的事情，都可归类为自己玩。

遥远的八九十年代，风气一度不好，常有人在校门口勒索霸凌，不给钱就揍。别的受欺负的人可以放狠话说会喊人来报仇，我不可以，我没朋友没帮手，只有一把手术刀，从我妈妈实验室里偷的，解剖兔子鸽子小白鼠锋利无比，刀片可替换的那种。

幸未酿成大祸，都是皮外伤，没刺伤过脏器没割穿过大动脉。这倒要拜图书馆所赐，那是医科院校的图书馆，一半都是医科书籍，莫名其妙地无比了解人体结构。

印象比较深的是，最后一次反击结束后，转身背向那些惊骇和呼喊，攥着冰凉的不锈钢刀柄往城外走，走啊走，一直走上小丘陵。

那是最初的悲伤，一个小孩独自看着落日如轮，手上鞋上裤子上点点的红。

我成年后一直都很能忍受孤独，也惯于独处，我知道源头。

我成年后求学、工作、漂泊游走，拜人生选择所赐，二十多岁时，终于有了许多的朋友。

关于友情，所有的欠缺仿佛一夜之间全都补齐了，于是我爱他们，我年轻时的那些朋友。

那些荒唐幼稚疯癫折腾，不论真假对错，不论后来看明白了还是看透了，都不会去否定。

他们给予了我很多，那些填满我心的每一个瞬间，都是那时的我从未拥有过的。

会惦念终生。

那个时期的朋友，还留到现在的寥寥无几，部分走散了，部分渐渐没了共同语言，因后来的人生轨迹不同，已互相跟不上对方的节奏。

于是越发珍视那些还能互相留住的，那些年轻时代的朋友……虽然我已日渐一日地重返孤独，并学会了将当下的这种孤独品味和享受。

2015年11月，失散多年后，和二宝重逢在呼和浩特。

我们就着羊腿喝了一夜的酒，搂着脖子各种自拍，清晨回到住处后，我发过一条微博，里面有我和他的两张照片（2015年11月17日，早上6点13分）。

一张是重逢后的合影，我留了小胡子，他年长于我，胡子已花白。

一张是当年那根拉垭口的合影，距离2015年，已整整十年。

当二宝把照片从怀里掏出来时，我俩都没有什么太大的感慨，只是一起笑着看着，说那时候多瘦哦，多苗条的身材……

我把送他的书翻开，给他看《风马少年》，还借着酒劲儿给他朗诵了一段儿。以为他会红眼圈，但是没有，二宝说：什么年纪做什么年纪该做的事，咱们只是完成了年轻时该完成的事……

……十年前的那张照片上，我抱着手鼓正在拍，成子一句歌刚唱完正在换气的瞬间，二宝脱掉了外套只穿着短袖，抱着吉他边弹边转圈。

如果没有记错，那时的气温应该是零下，高原的风呼啸，风马旗猎猎，海拔五千多米的垭口上白雪皑皑。却是不冷的，三个人的袖子都挽了起来，都刚推完车，都是满身大汗，都恣意张扬疯疯癫癫。

都一去不返永不再来。

二宝当年告别西藏后回了内蒙古，先做羊绒生意，后经营连锁健身房，地址分别是：

呼和浩特海亮广场6楼贝德堡健身。

呼和浩特摩尔城12楼贝德堡健身。

呼和浩特金川东方国际城，内蒙古贝德堡国际健身学院。

2015年重逢时，他已结了婚有了小孩，告诉我说，工作和家庭，这是他现在这个年纪该做的事情。他还告诉我，他依旧在写歌唱歌，也写诗，那夜他念给我听唱给我听。

北风呼啸在窗外，盘子里的羊油慢慢凝结变白，几曲终了，我不敢问他，我是不是这些年来他唯一的听众。

当夜他唱过的歌里有一首，几年后被很多人喜欢，叫《呼和浩特，我只欠你一首歌》：

这里还有湛蓝的天，清澈得像月光下你仰起的脸。

这里还有闪动的星空，像老人酒中的传说一样遥远。

春天的风卷着沙，穿过你的发梢和城北的阴山。

就在山的那一边，还是那片祖先的草原。

每次走过中山西路，总能想起天桥的那个夜晚，你在我的耳边呢喃，呼吸里那股橘子的酸甜。

你指着楼顶那匹向着南方的马，呆呆地说我们就骑着它走吧。

去一个只有陌生人的地方，也许那里也有紫色的丁香花。

你一直喜欢它刚刚烤熟的香味，却不再追问它为什么叫焙子。
哭着说幸福本来可以简单到，一座小城一个人，一个焙子一辈子。

小时候悄悄撕掉嘉宾的标签，装成塞北星喝出大人的表情。
在我心里它永远叫人民公园，这个名字才藏着六一的祈盼。

谁还在聊着新华广场原来的模样，那撒满欢笑和矫情的长廊。
谁还会想起尘烟中消失的少年宫，昔日的少年早已没了昔日的笑容。
谁还会从将军衙署走到望月楼，只为穿过这城市所谓的新旧。
谁还会幻想出塞曲大漠落雁的绝唱，幻想昭君墓到底葬着怎样的悲伤。

没了北门的北门，没了鼓楼的鼓楼，就像你，留下故事和偶尔的思愁。
百年桑烟的大召，千年孤独的白塔，注视着我们，渐渐远去，渐渐长大。

终于有一天去了曾经的远方。
带着满身的尘埃和空空的行囊。
终于想起回头的那一刻，才猛然懂得。
我只欠你一首歌，呼和浩特。
…………

二宝那时带我去呼和浩特的大召寺，说他其实一直没离开过大 zhao 寺附近，
不论是西藏，还是内蒙古。他详详细细地给我介绍呼和浩特，如数家珍，他
的家乡。
因为二宝，此后每当有人提起呼和浩特，我总觉得莫名亲切。
也是从那时候起，大冰的小屋一半的分舵都开始卖内蒙古"大窑嘉宾"——
二宝告诉我的，这种古老的汽水好喝，他小时候最爱喝。

他说他小时候没什么朋友，一般都是自己一个人喝，自己一个人抱着一个大瓶子坐在马路边，倒满两只杯子，这个杯子喝一点儿，那个杯子喝一点儿，假装是有人在和他一起喝。

他带我去他小时候经常坐的那个马路边，指给我看。

我懂，我懂，那种感觉我简直不要太懂……我什么也没有说，陪他在马路边站了许久。

那几天的重逢，他天天陪着我，像当年在拉萨时一样，习惯坐在我的左侧，可关于当年的拉萨时光，我们却几乎没去聊些什么。

二宝说：大冰，我不想和你老是一起回忆，回忆得多了，下次见面就不知道该聊什么了。

我说好，我也是这样想的，二宝，我可不想再把你给弄丢了。

二宝二宝，机场快到了，你再给我唱唱你的歌。

他就唱，摇下车窗大声唱，唱完了以后，说：我有空会去南方看你的，你有空了，也常来呼和浩特看看我。

我后来每次去内蒙古签售，都只去呼和浩特，因为他在那儿。

二宝后来专程飞了一整个中国来看过我们——成子和我，他扛了一整只羊过来。

当年的那根拉垭口三兄弟终于再度团圆，大碗的酒大块的肉，彻夜长谈也没有一丝疲倦，依旧一致的审美，依旧一致的三观。

那种感觉真好，不是怀旧，不用怀旧，只是团圆。那种感觉好似多年前无意买过一张彩票，今朝忽然兑奖提现，一沓一沓地摞在眼前，可劲儿造随便花……也花不完。

成子大醉，搂着我和二宝的脖子，说从没后悔过认识我们，觉得这会儿的自己一点儿也不老，一点儿也不孤单。

我亦有同感，就是这么回事儿，一点儿也不孤单……

我后来发起组织了百城百校音乐会，演出场次覆盖全国。

想着内蒙古地界二宝熟，拜托他不忙的时候也加入其中，和小屋歌手一起巡演。

他一丝犹豫也没有，马上暂停了手头的工作，背上吉他跑了一整个内蒙古，外加一整个东三省。

几年来，百城百校音乐会的内蒙古场次，基本都由二宝帮忙完成，基本都是十冬腊月，缤纷大雪中辛苦折腾，感着冒哑着嗓子，一首接一首唱歌。

几年来，我每次把音乐会的车马食宿费给他打过去，不论怎么说，他都打死不肯收，反倒一次次地给我邮寄锡林郭勒的羊头，让我写书的时候补补脑子多吃点肉。

他不让我谢他，不论音乐会还是羊肉。

也不让我专门发微博替他扬名，音乐会现场的自我介绍也只一句：

我是大冰年轻时候的朋友。

又说：我们以另外一种方式，继续年轻着。

二宝真名叫张涵，网易云音乐上有他的主页。

我最喜欢他的三首歌。

《呼和浩特，我只欠你一首歌》

《城市以北的春天》

《每一个瞬间》

现在是 2018 年 12 月 27 日凌晨四点，全世界都是睡着的，独留面前这灯盏。

从苍山上跑下来的风撼动着我的阁楼，我已在这个阁楼上离群索居闭关写作近三个月。

我写这篇文字时一直循环放着二宝的歌。

此刻只有一点点的孤单。

▶ 《每一个瞬间》张涵（二宝）

▶ 《呼和浩特》张涵（二宝）

听歌的人不许掉眼泪

◎　　有几年的时间，我偶尔也会在小屋唱起那首《乌兰巴托的夜》。 不论旁人如何不解，唱这首歌时我一定坚持要求关掉灯，全场保持安静，谁说话立马撵出去。我傲娇，怕惊扰了老朋友的聆听。

你曾历经过多少次别离？

上一次别离是在何年何月？谁先转的身？

离去的人是否曾回眸？是否曾最后一次深深地看看你？

说实话，你还在想他吗？

古人说：日暮酒醒人已远，满天风雨下西楼。

古人说：从此无心爱良夜，任他明月下西楼。

古人还说：无言独上西楼……

古人说的不是西楼，说的是离愁。

情不深不生娑婆，愁不浓不上西楼。黯然销魂者，唯别而已矣。

怨憎会、求不得、爱别离，每个人的每一世总要历经几回锥心断肠的别离。

每个人都有一座西楼。

我曾目睹过一场特殊的别离。

也曾路过一座特殊的西楼。

（一）

不要一提丽江就说艳遇。

那时的丽江地，还不是艳遇之都。

过了大石桥，走到小石桥，再往前走，一盏路灯都没有。

三角梅香透了半条街，老时光零零星星地堰塞在墙壁夹角处，再轻的脚步声
也听得见。

流浪狗蜷缩在屋檐下舔爪子，虎皮大猫撵耗子，嗖嗖跑在青石板路上画"之"字……远远的是一晃一晃的手电筒光圈，那是零星的游人在慢慢踱步。

整条五一街安安静静的，一家铺面都没有，一直安静到尽头的文明村。

我和路平都爱这份宁静，十几年前，我们来到这里，分别在这条路的尽头开了小火塘。

火塘是一种特殊的小酒吧，没有什么卡座，也没舞台，大家安安静静围坐在炭火旁，温热的青梅酒传来传去，沉甸甸的陶土碗。

木吉他也传来传去，轻轻淡淡地，弹的都是民谣，唱的都是原创。

寻常的游客是不会刻意寻到这里的，故而来的都是偶尔路过这条小巷的散客。他们行至巷子口，觅音而来，轻轻推开吱吱嘎嘎的老木头门，安安静静地坐下，安安静静地喝酒听歌。

那时候没有陌陌和微信，没人低头不停玩手机。

那时候四方街的酒吧流行一个泡妞的四不原则：不主动、不拒绝、不负责、不要脸。

火塘小酒吧也有个待客四不原则：不问职业，不问姓名，唱歌不聊天，聊天不唱歌。

这里不是四方街酒吧街，没人进门就开人头马，大部分客人是一碗青梅酒坐半个晚上，或者一瓶澜沧江矮炮坐一个通宵。他们消费能力普遍不强，我们却都喜欢这样的客人。

他们肯认真地听歌。

路平的小火塘叫 D 调，青石砖门楣。

我的，叫大冰的小屋，黄泥砖墙壁。

小屋里发生的故事，三本书也写不完。

数不清的散人和歌者在这里勒马驻足，李志在这里发过呆，张佺在这里拨过口弦，张智和吴俊德在这里弹起过冬不拉，万晓利在这里醉酒弹琴泣不成声，几十任守店义工在这里转折了自己的人生。

时无俗人论俗务，偶有游侠撒酒疯。

支教老师菜刀刘寅当年在小屋做义工时，曾写过一首歌。

《大冰的小屋》
月光慢慢升起，扔出一枚烟蒂，静静地呼吸
一个女人离去，留下落寞背影，碎碎的绣花裙
昏暗的灯光里，点上一支双喜，满地空酒瓶
一个男人闯进，穿件黑色风衣，背起满脸胡须
…………
人群都已散去，门环的撞击，清脆的声音
大冰的小屋，一切都很安静，你我沉默不语
大冰的小屋，一切都是安定，世界陪我一起
大冰的小屋，总有人离去，我们依然在这里
…………

时光荏苒，眨眼带走许多年，房租从四位数涨到六位数，丽江的民谣火塘日渐凋零，从当年的上百家到当下这唯一的一家。

小屋是最后一家民谣火塘，不用麦克风不用音响，只唱原创民谣。

曾经有人说：小屋是丽江的一面旗，不能倒。

当然不能倒。于我而言，它哪里仅是间小火塘，它是一个修行的道场，是我族人的国度，哪怕有一天我穷困潦倒捉襟见肘了，捐精卖血我也要保住这间小木头房子。

按理说，佛弟子不该执念于斯，可我有九个理由守住它、护持住它。

给你讲一个最遥远的理由。

就从歌里的那个穿绣花裙的女人说起吧。

那个女人叫兜兜，眉目如画，是我见过的最白的女子。
兜兜脸色白得透明，白得担待不起一丁点儿阴霾。手伸出来，根根是白玉一般的色泽。不知道她是长发还是短发，不论室内室外，她始终戴着帽子，从未见她摘下来过。

她说话细声慢语，笑笑的，一种自自然然的礼貌。
我那时酷爱呼麦，热衷唱蒙古语歌曲，她问我：这是什么歌？
我说：蒙古语版《乌兰巴托的夜》
她轻轻地挑一下眉毛，眯起眼睛说：真好听……有汉语版吗？

那时候兜兜歪坐在炭火旁，头倚在男人的肩头，火光给两个人镀上一道忽明忽暗的金边，她在他的手心里轻轻打着拍子。跟随着吉他的旋律，两个人都微微闭着眼睛。

············
来自旷野的风啊，慢些走
我用沉默告诉你，我醉了酒
飘向远方的云啊，慢些走
我用奔跑告诉你，我不回头
············

男人眼中泪光盈盈一闪，稍后又慢慢隐退。

兜兜喊他大树，听起来很像在喊大叔。他四十多岁的光景，新加坡人。

我和路平都对大树有种莫名的好感。

这是个听歌会动情的男人，有一张温暖的面孔和一双厚实的手。他好像一刻都离不开她的模样，要不然揽着她，要不然让她倚靠在自己身上，要不然把她的手搁在自己的手心里……好像她是只黄雀儿，须臾就会蹿上青云飞离他身边。

古人描述男女之情时，并不用"爱"字，而是用"怜惜"一词。

大树没有中年男人的矜持和城府，他对她的感情，分明是一种不做任何避讳的怜惜。

不论什么年纪的女人，被百般呵护宠溺时，难免言谈举止间带出点儿骄纵或刁蛮，兜兜却丁点儿都没有，她喜欢倚靠在他身上，好像他真的是棵大树，承担得住她所有的往昔和未来。

（二）

他们都爱小屋，经常一坐就是一个晚上。

十年前的小屋，一半是客人一半是歌手，经常是歌手比客人还多。

流浪歌手们背着吉他，踩着月色而来。有人随身带一点儿花生，有人怀里揣着半瓶鹤庆大麦。诗意和酒意都在六根弦上，琴弦一响，流水一样的民谣隔着门缝往外淌。

时而潺潺，时而叮咚，时而浩浩汤汤，时而跌宕。

靳松的歌最苦 ×，小植的歌最沧桑，菜刀的歌最奇怪，各种肾上腺素的味道。

那时候，菜刀已经开始在宁蒗山区的彝族山寨当支教老师。他在小屋当义工时基本的温饱有保障，去支教后却基本没有了经济来源，我让他每过几个星期回来一趟，把小屋的收入分他一部分当生活费。他知道小屋存在的意义，故而并不和我瞎矫情。

菜刀最初写歌是我撺掇的，我一直觉得他骨子里有一种很硬朗的东西，若能付诸音乐的话，会创作出很奇特的作品。他采纳了我的建议，边支教边写歌，后来制作了一张自己的民谣专辑，每次回丽江时，都站在街头卖唱、推销CD，打算用卖专辑CD挣来的钱给孩子们买肉吃。

他实在是没钱，手写的歌词单，封套也是自己用牛皮纸裁的，有的是正方形，有的是梯形，比盗版碟还要盗版，故而几乎没人愿意买。

一箱子碟卖不出一两肉钱，菜刀很受打击，一度有点儿沮丧。

有一天，菜刀从街头回到小屋后，情绪很低落，一个人躲在角落里闷着头。

我随口问他今天的销量如何，他用手比出一个"0"，然后苦笑了一下，很认真地问我：大冰哥，你觉得我真的适合唱歌吗？

我说：啊呸，不就是碟片卖不出去嘛，至于吗？

当着一屋子的客人的面，我不好多说什么，递给他一瓶风花雪月让他自己找酒起子。菜刀好酒，一看到啤酒眼里长星星，喝完一瓶后很自觉地又拿了一瓶，很快喝成了只醉猫。喝完酒的菜刀心情大好，他美滋滋地拿过吉他拨弹几下，高声说：接下来我给大家唱首原创民谣……

我说你省省吧，舌头都不在家了还唱什么唱。

他不听劝，非要唱，且满嘴醉话：今天晚上就算是我的原创音乐告别演出了……以后我再也不唱自己写的歌了，以后大家想听什么我就唱什么，我唱五月天去……我唱TWINS（香港女子歌唱团体）去……

他弹断了三弦，把自己的作品唱了两首半，剩下的半首还没唱完就抱着吉他睡着了，不一会儿，呼噜打得像小猪一样。

菜刀年轻，众人把他当孩子，没人见怪，大家该喝酒喝酒该唱歌唱歌。我起身把菜刀横到沙发上睡，喝醉的人重得像头熊，好半天才搞定，累得我呼哧呼哧直喘气。

正喘着呢，兜兜说：菜刀的 CD，我们要十张。

我吓了一跳：十张？

大树掏出钱夹子递过来，兜兜一边数钱一边悄悄说：别误会，我们是真觉得他的作品挺不错的，真的很好听，他不应该放弃。我们也不是什么有钱人……先买十张好吗？

她把钱塞进我手里，又说：明天等菜刀老师醒了，能麻烦他帮忙签上名吗？

菜刀老师趴在卡垫上一边打呼噜一边滴答口水，起球的海魂衫一股海鲜味，怎么瞅也不像是个给人签名的人。

那应该是菜刀第一次给人签名。

他借来一支马克笔，把自己的名字在报纸上练了半天，往 CD 上签名时他是闭着气的，力透纸背。

他搞得太隆重了，像是在签停战协议。

兜兜接过专辑时对他说：菜刀老师，我喜欢你的歌，虽然发音很怪，但你的歌里有情怀。加油哦。

在此之前没人这样夸过他，我们一干兄弟在一起时很难说出褒奖对方的话，这算是菜刀靠自己的音乐获得的第一份认可。

我在一旁看着这一幕直乐，菜刀老师像个得到表扬的小学生一样，耳朵红扑扑的。他努力调节面部的肌肉，想搞出一副淡定的模样，却怎么也合不拢嘴。没办法，菜刀老师的门牙太大了。

精神状态决定气场，此后菜刀的街头演唱充满了自信，虽然销量还是很差，但再没听他说过要放弃原创这一类的话。他把那种自信的气场保留了很多年，他曾站在《中国达人秀》的舞台上理直气壮地说：我写歌是为了给孩子们挣买肉吃的钱。也曾站在《中国梦想秀》的舞台上说：我是一个支教老师，但也是一个民谣歌者。

菜刀后来接连出了两张专辑，都是在支教工作的间隙写的。他的歌越写越好，第三张专辑和第一张相比有天壤之别。慢慢地，他有了一群忠实的音乐拥趸，也影响了不少后来的年轻人。

最初唆使菜刀写歌的人是我，最初帮他建筑起信心的人却是兜兜和大树。

兜兜和大树不会知道，若无他们当年种下的那一点儿因，不会结出当下的果。

有些时候，举手之劳的善意尤为弥足珍贵。

虽然我不确定他们当年买碟时，是否真的爱听菜刀的歌。

（三）

我忘了兜兜和大树在丽江盘桓了多久，好像有一个多月，他们从客人变为友人，每天到小屋来报到，大家相处得很融洽。

他们在丽江的最后一夜，兜兜拿出一支录音笔，擎在手上录歌。

过了一会儿，大树也伸出一只手，托住她的手和那支录音笔。

手心朝上，轻轻地托住。

这一幕小小地感动了我，于是唱结束曲时，再次为他们唱了一首《乌兰巴托的夜》，蒙古语版加赵涛版，没用吉他和手鼓，加了点儿呼麦，清唱了六分钟。

别林特里，苏不足喂，赛义何嘞

也则切，亚得啦，阿木森沉么

别奈唉，好噻一亚达，嗦啊嗦

安斯卡尔嗒嗒啊，沉得森沉么

乌兰巴特林屋德西，那木哈，那木哈

啊哦陈桑，郝一带木一带木西，唉度哈

…………

游荡异乡的人儿在哪里，我的肚子开始痛你可知道

穿越火焰的鸟儿啊不要走，你知今夜疯掉的啊不止一个人

乌兰巴托的夜，那么静，那么静

歌儿轻轻唱，风儿静静追

乌兰巴托的夜，那么静，那么静

听歌的人不许掉眼泪

…………

大树貌似在轻轻颤抖，他调整了一下坐姿，一支空酒瓶被碰倒，轻轻叮咚了一声。

这首歌是我的挚爱，那次演唱是状态最好的一回，故而留了邮箱号码，请他们回头把电子音频文件发给我。

兜兜微笑着点头，然后站起身来伸出双臂，说：能拥抱一下吗？

拥抱？

我愣了一下，还没来得及尴尬，已被她轻轻揽住。

她把下巴搁在我肩头，轻轻拍拍我的后脑勺，说：弟弟，谢谢你的小屋。

我说：客气什么呀……下次什么时候再来丽江？

兜兜轻轻笑了一声，没接我的话，自顾自地轻声说：多好的小屋哦，要一直开下去哦。

她没说再见，拉起大树的手，转身出门。她留给我的最后一个印象，是扑簌在夜风中的那一角碎碎的绣花裙。

一个月后我收到了载有音频文件的邮件，以及一封短信。

信很短，只有一句话：

音频文件在附件里，弟弟，真想再听你唱一次《乌兰巴托的夜》。

我懒，回信也只写一句话：文件收到，谢谢啦，有缘再聚，再见。

每个人是每个人的过客，和谁都不可能比肩同行一辈子，再见就再见吧。

我与兜兜自此再未见过面。

有一年，有客人从西安来，一进门就满屋子上蹿下跳地大呼小叫：额们西安有一家酒吧和你这家酒吧简直一模一样。

我说：你个瓜尿，踩碎我们家的接线板了。

我心下略略生疑，但没怎么当回事。

小屋的前身是老年间古城唯一一家花圈店，变身酒吧后被挖地三尺改成了个半地窖的模样，类似汉墓内室的棺椁模式，且四壁灰黄古旧，正宗的泥坯草砖干垒土墙……在整个丽江都是独一份，怎么可能在千里之外的西安会有个酒吧和我的小屋一模一样？

还有蜡烛塔。

你说的那家酒吧怎么可能有我们家这么大只的蜡烛塔？一尺半高呢，多少年来不知多少滴蜡泪生生堆积起的。

西安客人：真的真的，真的一模一样，墙也一样，蜡烛也一样，额没骗你……

我说：你乖，你喝你的啤酒吧，别哔哔了……

此后的一两年间，接二连三地有人跟我说同样的话，一水儿的西安客人，他们每个人都信誓旦旦地说：没错，那家酒吧和你的小屋一模一样。

一样就一样呗，未必我还要飞越半个中国去亲身验证。

我问他们那家酒吧的老板是谁，有人说是一对夫妻，也有人说只有老板，没有老板娘，老板好像是个新加坡人。

新加坡人，会是大树吗？

我很快推翻了这个猜测——若大树是老板，兜兜怎么可能不是老板娘？

此时的丽江已与数年前大不相同，五一街上酒吧越开越多，像兜兜和大树那样肯安安静静听歌的客人却越来越少。好几年不见了，忽然有一丁点儿想念他们，我翻出兜兜的邮箱地址给她发邮件：

新酿的青梅酒，当与故人共饮，和大树一起回小屋坐坐吧，我还欠你们一首《乌兰巴托的夜》。

点发送键时，我心想，这么久没联系，说不定人家早就不记得你了，这么冒昧地发一封邀请信，会不会有点儿自作多情了？

邮件发完后的第三天，一个男人推开小屋的门，他用新加坡口音的普通话说：

大冰，来一碗青梅酒吧。

我哈哈大笑着上前拥抱他，我说：大树！你是大树啊！

我拽他坐下，满碗的青梅酒双手递过去，我仔细端详他，老了，明显老了，鬓角白了。

我一边给自己倒酒，一边问他：大树，怎么只你自己来了，兜兜呢？

他端着酒碗，静静地看着我说：兜兜不在了。

（四）

兜兜和大树的那次丽江之旅，是她此生最后一次远游。

大树和兜兜最初是异地恋。

大树工作在广州，兜兜那时做独立撰稿人，居住在西安。

两个人的缘分始于一家征婚网站。

在旁人看来，故事的开端并不浪漫，他们并没在最好的年纪遇见彼此。

兜兜遇见大树时已近三十岁，大树已过不惑之年。

大树从小是家中的骄傲，在新加坡读完大学后，在美国拿了 MBA 硕士学位，之后辗转不同的国度当高级经理人，人到中年时受聘于广州一家知名外企，任财务总监。在遇见兜兜之前他把大部分的精力倾注在事业打拼上，生活基本围绕着工作展开。

二人都是情感晚熟的人，在遇到对方之前，两个人好像都在不约而同地等待，从年轻时一直宁缺毋滥到青春的尾端，直到对方的出现。

很多事情很难说清，比如一见钟情。有人在熙攘的人群里怦然心动，有人在街角巷尾四目相对，也有些人像兜兜和大树一样，在虚拟空间里一见钟情。其实世上哪儿有什么一见钟情，所谓的一见钟情，不过是你终于遇到了那个你一直想要的人而已。人海茫茫，遇之是幸，不遇是命。其实每个人都会遇到想要的人，可惜大多数人在遇到对方时，己身却并未做好准备，故而，往往遗憾地擦肩。

万幸，兜兜和大树的故事没有这样的遗憾。

二人迅速见面，迅速地老房子着火，火苗不大，焰心却炙热。

他们都已经不是小孩子了，也不是外貌协会成员，岁月已经教会了他们如何去包容和尊重，也教会了他们如何隔着皮囊去爱一个人的心灵，他们遇到的都是最好的自己。

这份感情好比煲汤，他们细火慢炖，一炖就是三年。

三年里虽然聚少离多，感情却与日俱增。

他爱她的知性和善良，她爱他的睿智淳厚，他们没吵过架，异地恋的后遗症在他们身上几乎不见踪影，这简直就是一个小奇迹。

很多情侣在年少时相恋，在摩擦和碰撞中彼此成长，他们不停地调整相处的模式，不停地适应对方的价值观，去悉心呵护一份感情，却总难免因为林林总总的琐碎矛盾而夭折。

也有些情侣就像兜兜和大树一样，心智成熟时方遇见，他们知道感情不是一味地迁就，也不是一味地依赖。岁月虽将容颜打折，却赋予他们积淀，他们明白自己爱的是什么，要的是什么，也懂得如何去对待这份爱。

兜兜和大树没有在最好的年纪相恋，他们在最适合的年纪彼此遇见。

兜兜那时蓄着一米的长发，背影如烟云，她写诗、画画、爱旅行，出版过自己的长篇小说，鹤立鸡群在世俗的生活中。和后来被段子手们冷嘲热讽的文艺女青年们不同，兜兜的文艺是一种脱凡的诗意和轻灵，腹有诗书气自华，她举手投足自有调性，和刻意表演出来的文艺范儿有着本质上的不同。

她如古书里的那些女子一般，身上的人间烟火气不浓。

上天怎会让这样剔透的女人常驻人间。

你是否曾隐约感觉到，在这个世界上有种癫狂的力量瞬间便可颠覆一切，主宰这种力量的不知是哪些促狭而伟大的神明。

古往今来无数的例证在揭示着这些神明有多么地善妒，他们见不得十全十美，也容不下完满的人生，他们在建筑和摧毁之间不停地挥动魔杖，前一秒还岁月静好，下一秒便海啸山崩。

有人把这种力量叫作命运。

2008 年 11 月 18 日，兜兜被确诊为癌症晚期。

疾病来得毫无征兆，发现得太晚，已是不治之症，从这一天起，她的生命进入倒计时。

兜兜没崩溃，独自静坐了一夜后，她坦然接受了这一现实。

她拨通了大树的电话，如实告知病情，她说：树，医生告诉我康复的概率已经为零，我认真考虑了一下……我们分手吧。

兜兜的态度很坚决，事已至此，她认命，但不想拖累别人，不想将大树的幸福毁在自己的手里。

隔着两千公里的距离，她的声音清晰而冷静。

她说：树，你已经不年轻了，不要把时间浪费在我身上……抱歉，不能陪着你了，谢谢你这辈子给过我爱情。

她尽量用平稳的语气讲完这一切，电话那头的大树已是泣不成声。

兜兜说：大树不哭。

兜兜说：我们面对现实好吗？长痛不如短痛……

说着说着，她自己反而掉出眼泪来。她狠心挂断电话，设置了黑名单。

与此同时的广州街头，路人惊讶地看着一个热泪纵横的中年男人，他孩子一样呜咽着，一遍又一遍拨打着电话。

11月的岭南潮湿温暖，路人匆匆，无人知晓刚刚有一场雪崩发生在这个男人面前。

六个小时后，大树飞抵西安。

眼前茫茫一片，恍惚，恍惚的楼宇，恍惚的人影晃动。

末秋初冬的天气，他只穿着一件短袖衫却完全感觉不到寒冷，心里只有一个信念：快点儿，再快点儿，快点儿去到她的身边。

大树敲门时，眼泪再次止不住，中年男人的眼泪一旦开闸，竟如此滂沱。他哭得说不出话，所有的力气都集中到了手上，他死命控制着自己敲门的力度，却怎么也控制不了节奏。

兜兜打开门，愣了几秒钟，又迅速把门关上。随着大门砰的一声响，她的坦然和冷静崩塌了，她不知该如何去面对他，只是一味用背抵着门板。

"树……你为什么要来？"

大树强止住哽咽，把嘴贴近门缝喊：兜兜开门吧，一切都会好起来的，有我在，你不要怕。

兜兜说：树，我不会好了……我自己可以面对的，你快走吧，忘了我吧，我们都不是孩子了，你不要犯傻……

声音隔着薄薄的一扇门传出来，却好似隔着整个天涯。

大树喊：兜兜开门吧，我等了四十多年才遇到你，没有什么比你更重要！

他用力地砸门，大声地喊，半跪在地上紧贴着门板不停地央求，几十年来从未有过的情绪失控让他变成了自己都不认识的陌生人。

门的背后，兜兜不停地重复着：……你不要犯傻，树，你不要犯傻……

几个小时过去了，十几个小时过去了，天亮了又黑，大树昏厥又醒来，临走时嗓子已经失声。

他没能敲开兜兜的门。

都说时间能改变一切，消解一切，埋葬一切。

兜兜相信时间的魔力，她祈求大树不要犯傻，唯愿他如常人一样在命运面前缄声，理智地止步，明智地离去，然后把一切交予时间。

"结局既已注定，那就早点儿忘记我，早点儿好起来吧。"

她时日无多，只剩这一种方式爱着他。

（五）

兜兜万万没想到，大树也只给自己剩下一种方式。

一个月后，大树辞掉了广州的工作，将全部家当打包搬到西安。

这是他事业上最黄金的时期，资历名望、社会地位、高收入……他统统不要了，不惑之年的男人疯狂起来，竟然比二十岁的男生还要一往无前，他只要她。

大树没有再去敲门，兜兜已经入院，他百般打听，来到她的病床前。

她装睡，不肯睁眼。

他说：兜兜，我们能心平气和地聊聊天吗？

他坐下，指尖掠过她的脸颊，他轻声说：我们在一起三年了，难道我会不知道你在担心什么吗？你放心好吗，我向你保证，我将来的生活我自己会处理好的……兜兜，我们的时间不多了，不要再撵我走了。

他捉住她的手：你在一天，我陪着你一天，陪你一辈子，不论这辈子你还剩下多少时间。

泪水渗出紧闭的眼，兜兜挣脱不开他的手，哭着说：树，你傻不傻……

大树却说：兜兜，我们结婚吧。

2009 年 6 月 28 日，两人在西安结婚。

事情变得简单起来了：死神给你指明了道路的终点，但爱人在身旁说：来，我陪你走完。

这条路好像忽然也没那么艰难了。

兜兜的身体状况越来越恶化，一天比一天苍白羸弱，遵医嘱，她开始住院静养，大树二十四小时陪着她。医院的生活单调，二人的话都不多，很多时候都是默默看着对方，看着看着，掩不住的笑意开在眉梢眼角。

她打针，他替她痛，医生叮嘱的每一句话他都当圣旨去遵守，比护士长还要护士长。

所有人都明白，不会有什么奇迹发生了，但大树认认真真地去做，就好像一切都还有希望。

有一天，大树帮她切水果，兜兜从背后揽住大树的腰，她说：树，趁我还走得动，我们旅行去吧。

她告诉大树，从 20 世纪 90 年代末起，自己一个人旅行过很多地方，漫长的旅行中，她曾遭遇过一个奇妙的小城，在那里人们放水洗街，围火打跳，零星的背包客拎着啤酒走在空旷的青石板路上，马帮的驼铃叮咚响，流浪歌手的吉他声在午后的街头会传得很远很远。

她说：树，你知道吗，从 2005 年我刚认识你的那一天起，我就梦想着有一天能和你定居在那个小城，安安静静地一直到老……这个梦今生是无法实现了，但我想和你一起去晒晒那里的月亮。

兜兜说：大树，你帮我去搞定医生好吗？

兜兜此生的最后一次旅行去的丽江。

她已经很虚弱了，坐久了会眩晕，稍微走快一点儿就会气喘。大树揽着她，给她倚靠的支点，两个人站在玉龙雪山前吹风，坐在民谣小火塘里听歌，烛火映红了每个人的面庞，唯独映不红她那一脸的苍白。

木吉他叮咚流淌的间隙，她附在他的耳畔说：真好听哦，树，这个世界上美好的东西真多。

她说：我们支持他们一下，买一些他们的专辑好吗？

临行前夜，她站在 2009 年的大冰的小屋里说：多好的小屋哦，要一直开下去哦。

她牵着大树的手走出小屋的门，踩着月亮溜达在青石板路上。

碎碎的绣花裙飘荡，她牵着他的手，甩来甩去甩来甩去……她轻轻说：树，我知道你一直盼着我好起来，我又何尝不想，但希望越大失望越大，我真的不想这样……听我的好吗，回西安后不要那么在意治疗效果了。

她停下脚步，扳过他的肩膀：

你说过，我走以后你会好好地生活，可是我希望你从现在开始就好好地生活，一直一直地好好生活，好吗？

她说：树，答应我，这个世界上美好的东西那么多，你要替我好好去体会哦。

重返西安后的兜兜接受了化疗，她失去了如瀑的长发，体重下降到七十斤。她开始服用泰勒宁，又名氨酚羟考酮片，适用于各种原因引起的中重度、急慢性疼痛，如重度癌痛。

剧痛的间隙，她攒着大树的手开玩笑说：在丽江还没事，一回来就痛成这样了，早知道就留在那里不回来了。

她和大树都明白，以她当下的状况，已不可能再度横穿大半个中国去往滇西北了。医生暗示过，癌细胞已经扩散，兜兜随时都会离去。

时间不多了，他们静静地四目相望，默默地看着对方。

大树忽然开口说：兜兜，那我们就造一个丽江。

辞职后的大树早就没有了高薪，高昂的治疗费用已将两个人的积蓄消耗了大半，他拿出剩余的积蓄盘下一间五十平方米的屋子，仿照大冰的小屋的模样，建起了一家火塘，命名为"那是丽江"。

一样的格局，一样的气场，一样的音乐，一样的墙壁和烛台。

门外是车水马龙的西安，门里是烛火摇曳的丽江。

兜兜最后的时光是在这间小火塘里度过的，最后的日子里，大树给了兜兜五十平方米的丽江。

（六）

大树独行丽江赴约后的几年间，我曾数次路过西安，每次都会去探望他。
每次都与他擦肩而过。

他们的店坐落于西安书院门旁的巷子里，招牌是倒着挂的。兜兜走后，大树悉心打理着那里的一切。
两个人的丽江，他一个人的西楼。
古人说：日暮酒醒人已远，满天风雨下西楼。
古人说：从此无心爱良夜，任他明月下西楼。
说的都是黯然销魂的离愁。
我却并未从大树脸上看到半分颓唐，有的只是坦然的思念。

大树本名叫严良树，新加坡人。
他留在了西安，直到今天，或者永远。
大树履行着诺言，好好地活着。
兜兜天上有知，一定始终在含笑看着他。

兜兜生前主动签署了遗体捐献书，陕西省自愿遗体捐赠第一人。
她在日记里说：我有癌症，身上可用的器官只有眼角膜。但我的身体可以捐赠给医学机构做研究。这样自己可以发挥点儿作用，比让人一把烧光更有意义。
兜兜毕业于西北大学新闻系，逝于 2010 年 10 月 22 日。

她真名叫路琳婕。

命运对她不公，她却始终用她的方式善待着身边的世界。

兜兜当年用录音笔录制的那首《乌兰巴托的夜》，网上已难寻，原始文件我一直保留，和当年一样，一刀未动，一帧未剪。第四分二十二秒，大树碰倒了一支空酒瓶，叮咚一声轻响。

有几年的时间，我偶尔也会在小屋唱起那首《乌兰巴托的夜》。

不论旁人如何不解，唱这首歌时我一定坚持要求关掉灯，全场保持安静，谁说话立马撵出去。

我傲娇，怕惊扰了老朋友的聆听。

兜兜，我知道你曾路过小屋，只不过阴阳两隔，我肉眼凡胎看不见，但你应该听得到我在唱歌吧。再路过小屋时进来坐坐吧，如果人多的话呢，咱们就挤一挤，这样暖和。咱们和当年一样，围起烛火弹老吉他，咱们轮流唱歌。

路平的孩子已经上小学了，靳松他们还是老样子，继续写歌，每年都有巡回演出。

菜刀还是穿着那件海魂衫，宁蒗的彝族小学之后，他又组织援建了德格的藏族小学。

我还是老样子，没出家，但后来终于去成了布宜诺斯艾利斯，秉性没改，脾气没改，讨厌我的人和喜欢我的人和以前一样多。

若非要说变化的话，只有一个：不知为何，越来越喜欢回味往事，哈，是快变老了吗？

我二十九岁那年，你曾给过我一个拥抱，轻轻地拍着我的后脑勺，喊过我一声：弟弟。

你说：多好的小屋哦，要一直开下去哦。

如今我三十九岁，这句话我一直记得。

兜兜，你去过的那个小屋没变呢，依旧是十三平方米，依旧泥巴墙水泥坑，
依旧没有麦克风。

从 2009 年到 2019 年，越来越多的人说丽江变了，更商业了。小屋也变了，
也开始收酒钱了，门口有排队等座的了，甚至在各地开分舵了。

辩者不善，我懒得解释也不想解释，也不允许各个分舵里像当年的菜刀一样
的歌手们去做任何解释。

没变的，丽江其实也没变。不管在游人眼中，当下的丽江有多么虚华浮躁，
人心有多么复杂，房租有多么天价……你我心里的丽江都从未改变过。

其实你我眷恋的真的是丽江吗？

或许只是一个叫作丽江的丽江而已吧，与世人眼中的那个丽江，或许并无
关系。

只是，年复一年，我越来越难遇到你那样的魂魄，晶莹透亮，简单干净。

是的，世间美好的东西，每个人都有责任恪尽本分去护持好它。

我懂的，我懂的，我会尽力留住那间小屋子的。

六道殊途，不管你如今浮沉在哪一方世界，这算是咱们之间的一个承诺吧。

虽然我已经告别丽江好几年了，以后也不会再怎么去。

虽然不久的将来，它会不再叫"大冰"的小屋。

兜兜、大树，大树、兜兜。我一边想着你们的模样，一边写下这些文字，一
边不自觉地哼唱起来了呢。

…………

乌兰巴托的夜，那么静，那么静
你远在天边却近在我眼前
…………
乌兰巴托的夜，那么静，那么静
听歌的人不许掉眼泪
…………
乌兰巴托的夜，那么静，那么静
唱歌的人不许掉眼泪
…………

好吧。
好的。
唱歌的人不许掉眼泪。

▷ 兜兜当年的录音

▶ 《愿》小屋大理分舵·王二狗

唱歌的人不许掉眼泪

◎　次日午后，他们辞行，没走多远，背后追来满脸通红的老妪。
　　她孩子一样嗫嚅半晌，一句话方问出口：你们这些唱歌的人，都
是靠什么活着的？
　　这个一生无缘踏出茫茫荒野的老人，鼓起全部的勇气发问。
　　她替已然年迈的自己问，替曾经年轻的自己问。
　　紧张地，疑惑地，胆怯地，仿佛问了一句多么大逆不道的话。

　　三五个汉子立在毒辣的日头底下，沉默不语，涕泪横流。
　　老人慌了，摆着手说：不哭不哭，好孩子……我不问了，不问了。

你我都明白，这从来就不是个公平的世界。

人们起点不同，路径不同，乃至遭遇不同，命运不同。

有人认命，有人顺命，有人抗命，有人玩命，希望和失望交错而生，倏尔一生。

是啊，不是所有的忍耐都会苦尽甘来，不是所有的努力都会换来成功。

他人随随便便就能获得的，于你而言或许只是个梦。

可是，谁说你无权做梦？

很多年前，我有几个音乐人朋友曾背着吉他、手鼓、冬不拉，一路唱游，深入西北腹地采风，路遇一老妪，歌喉吓人地漂亮。

做个不恰当的比喻：秒杀后来的各种"中国好声音"。

他们贪恋天籁，在土砖房子里借宿一晚，老妪烧土豆给他们吃。没有电视，没有收音机，连电灯也没有，大家围着柴火一首接一首地欢歌。老妪寡言，除了烧土豆就是唱歌给他们听，间隙，抚摸着他们的乐器不语，手是抖的。

老人独居，荒野上唱了一辈子的歌，第一次拥有这么多的听众，一整个晚上，激动得无所适从。

次日午后，他们辞行，没走多远，背后追来满脸通红的老妪。

她孩子一样嗫嚅半晌，一句话方问出口：你们这些唱歌的人，都是靠什么活着的？

这个一生无缘踏出茫茫荒野的老人，鼓起全部的勇气发问。

她替已然年迈的自己问，替曾经年轻的自己问。

紧张地，疑惑地，胆怯地，仿佛问了一句多么大逆不道的话。

三五个汉子立在毒辣的日头底下，沉默不语，涕泪横流。

老人慌了，摆着手说：不哭不哭，好孩子……我不问了，不问了。

走出很远，几次回头，老妪树一样立在原地，越来越小的一个黑点，倏尔不见。

他们把这个故事讲给我听，我又把这个故事讲给了许多歌手朋友听。
我问他们同一个问题：若当时在场的是你，你会如何去回答老人的那个问题？
"你们这些唱歌的人，都是靠什么活着的？"

一百个人有一百种回答。
个中有些在北京工人体育场开过个唱、拥有百万歌迷，有些登上过音乐节主舞台、办过全国巡演，有些驻唱在夜场酒吧，有些打拼在小乐队中，还有一些卖唱在地下通道里。

我有一次问这个问题时，得到的回答很特殊。
也就是今天要讲的这个故事。

（一）

临沧，滇西南的小城，位于北回归线上，此地亚热带气候，盛产茶叶、橡胶、甘蔗。
最后一个回答我那个问题的兄弟出生在那里。
他的父母文化程度不高，给他取名时并未引经据典，只是随口起了一个最常见的名字叫：
阿明。

短暂的童年里，阿明是个不怎么被父母疼爱的小孩儿。

没办法，世道艰辛，家境困难到无力抚养他。一岁时刚断奶，他便被寄养到了外婆家。

外公外婆对他疼爱有加，某种意义上，几乎代替了爸爸妈妈。

他在外婆家长到七岁，才回到自家村寨上小学，刚念了一个学期的书，家破了。

父亲嗜赌成性，输光了微薄的家产，母亲以死相挟，父亲死不悔改，家就这么散了。

他只上了半年小学便辍学了，甚至没来得及背熟拼音字母表，便被母亲再次送回了外婆家。

外公外婆已年迈，多恙，繁重的体力活儿干不了，仰仗着两个舅舅在田间地头操持，一家人勉强谋一个温饱。屋漏偏遭连夜雨，两个无知的舅舅穷极生胆铤而走险，犯了抢劫罪，锒铛入狱。

照料外公外婆的义务责无旁贷地落在了他身上，他当时刚刚高过桌子。

家里最重要的财产是一头牛、一头猪和十来只鸡鸭。

每天早上七八点钟起床，早饭后他会把牛赶到很远的山坡上去放，牛在山坡上四处觅草吃的时候，他钻到潮湿的山坳里寻找喂猪的野草。

家里养的鸡鸭不能吃，蛋也不能吃，要用来换油盐钱。他心疼外公外婆没肉吃，常常在打完猪草后跑到梯田里套水鸟。

套水鸟不麻烦，将马尾拴在木棍上制成一个小陷阱，放在水鸟经常出没的地方，待君入套即可。麻烦的是设置机关和寻找水鸟经常出没的路线，这常会耗去大半天的时间，往往直到天黑后才返家，常被外婆责骂，骂完了，外婆抱着他，一动不动的。

水鸟肉少，煺毛开膛后，能吃的不过是两根翅膀两只鸟腿，筷子夹来夹去，从外公外婆的碗里夹到他的碗里，又被夹回去。

昏黄的灯光下，三口人推来让去，不怎么说话。

家境很多年里都没有得到改善，他也再没回到学校。放牛、喂猪、打水鸟，时间一天一天过去，他一年一年长高，憨憨的，懵懵懂懂的。

山谷寂静，虫鸣鸟鸣，他没有玩伴，早早学会了自己和自己说话。

他自己给自己唱歌听，瞎哼哼，很多民间小调无师自通，越唱越大声。

野地无人，牛静静地吃草，是唯一的听众。他七唱八唱，唱出了一副好嗓子。

十五岁时，基本有了一米七的身高，他和外公外婆去帮寨子里一户农家插秧。傍晚收工时，第一次拿到了五元的工钱，旁人发给他的是成年人的工钱，不再把他当个孩子了。

他高兴之余，猛然意识到：终于长大了。

意识到这一点的还有赌鬼父亲，他来探亲，嘴里喊"儿子"，眼里看的是一个结结实实的劳动力。一番软磨硬泡后，他从外公外婆家被拽回了父亲的家。

他身量虽高，心智却小，进门后看着凋敝的四壁、破旧不堪的家具，心中一片迷茫，不知是该悲还是该喜。趴在地上写作业的弟弟抬起头来，陌生的兄弟俩盯着对方，沉默无语。

弟弟走过来，手伸进他衣服口袋里掏吃的东西，他傻站着，任凭他掏。

傍晚，一个灰头土脸的青年走进家里，是刚刚从工地下班回来的哥哥。

哥哥不用正眼看他，喊了一声他的名字，就再没什么话了。他使劲回忆，吓了一跳：哥哥的名字为何怎么也想不起来了？

一家人坐在一起吃饭，和外公外婆家不同，没人往他碗里夹菜，筷子伸得稍慢一点儿，菜盘子就见了底。想到自己离开后外公外婆再没水鸟肉吃，他心里狠狠被揉搓了一下。

席间，父亲一直和哥哥探讨着他工作的问题，他们不避讳，也不在乎他是否有选择的权利，理念朴素得很：你是这家的人，你既已长大，挣钱养家就是天经地义。

几天后，父亲和哥哥开始带着他到建筑工地干零活儿。搬砖筛沙不需要什么技术，只需要体力，他小，还没学会如何偷工省力，肯下力气，工资从一天五元涨到了十五元，一干就是半年，手上一层茧。

2000年元旦的夜里，建筑工地赶工，加班加点，他站在脚手架间迎来了新千年。哥哥和一群工友走过来，把嘴上叼着的烟摘下来递给他，说：过节了，新世纪了呢……

他只上过半年小学，并不明白什么叫作新世纪。

远处有礼花，有炸开的鞭炮在一明一暗，建筑工地上噪音大，远处的声音听不见。他忽然兴奋了起来，说：过节了，我给你们唱个歌吧。

工友们奇怪地看着他，没人搭腔，哥哥哂笑了一下，越过他，走开了。

他看着他们的背影，张嘴唱了一句，水泥车轰隆隆地响，迅速把他的声音吞没了。

他抬手，吞下一口烟，然后呛得扶不住手推车。

十五岁，第一次抽烟。

（二）

十五岁到十七岁，在建筑工地里从零工干到泥水匠。

一天，父亲说远处有一个工程给的工价很高，每天可以拿二十五到三十元的工钱。父亲说：你去吧，好好干。父亲帮他打包了行李，把他托付给工友，送他坐上汽车。

车开了整整两天后，停在了一个酷热无比的地方。

缅甸。

他们所在的工地位于缅甸东北部的一个地区，此地闻名于世。

人们叫它"金三角"。

这片地区属于佤邦，毗邻的还有掸邦和果敢。

他第一次出远门，去的不是繁华的都市，而是比家乡还要贫穷落后的地方。

那里的城镇不大，每过几个路口就会有一家小赌场，不管白天黑夜，赌场周围都会有一些站街的缅甸妇女，吆喝着过往的男人，她们喊：十元一次。

其中有人拽住他这个半大孩子的胳膊喊：五元也行……

刚到缅甸的时候，工头便告诫：佤邦的法律和中国的不一样，千万不能偷盗，此地约定俗成的规矩是小偷要么被囚禁一辈子，要么被就地击毙！

他一直以为这是危言耸听，直到后来，一个工友因为欠了小卖部两条烟的钱没能偿还，被当地武装分子荷枪实弹地抓走，活不见人死不见尸。

工头说，这次的工程是给佤邦政府修建一座军校，配套建筑包括宿舍、球场、食堂、教室、浴室、枪械库以及地牢。

军校的修建地址远在离小镇十多公里的深山，在小镇里停留了三天后，他挤在拖拉机上去往那个人迹罕至的地方。

时逢春季，路途中不时会看到一些鲜艳的花朵，红色、紫色、白色的花朵成群成片地镶嵌在深山之中，他忍不住伸手去摸，同车的人说：漂亮吧……罂粟花。

一阵风吹过，花香瞬间弥漫了整个山谷，他缩回手，屏着呼吸，心里打鼓一样地怦怦跳，想起在家乡见过吸食毒品的人，没一个人有好下场。

同车的人都笑他，他们都以为这个年轻人已经二十多岁了，没人知道他还未满十八岁。

搭完简易工棚后，紧锣密鼓的工程开始了。

缅甸酷热，下同样的力，比在国内时出的汗要多得多，人容易口渴，也容易饿，每天收工前的一两个小时是最难熬的，胃空的时候会自己消化自己，抽搐着痛。

一天收工吃晚饭时，桌子上多了一道野菜，好多工友都没见过这道野菜，不愿意下筷子。其中一个年长的工友带头夹了一筷子放到嘴里说：这不就是罂粟苗嘛！

他也试探性地夹了一点儿放到嘴里轻轻咀嚼，发现味道还不错。

年长的工友说：吃吧，没事。他比画着说：等长到这么高的时候，就不能吃了，有毒性了，会上瘾的。

他嚼着罂粟苗，心里不解：明明幼苗时是没毒的，为什么长大后却会那么害人呢？

佤邦的夏天是最难熬的，强烈的紫外线夹杂着原始森林的水蒸气笼罩着谷地，闷热得想让人撕下一层皮。

汗水浸透的衣服磨得身上煞痛，众人都脱光了衣服干活儿，到晚上冲凉时，个个后背刺痛难耐，这才发现背上的皮肤已被大块晒伤。这真是件怪事，阳光明明是从树叶间隙投射下来的，居然还这么毒辣。

睡觉前，大家互相咒骂着帮对方撕去烧伤的皮肤，接下来的好多个晚上，每个人都只能趴着或侧着睡觉，半夜忽然听到一声怪叫，指定是某人睡梦中翻身，碰着背部了。

刚修建完军校的地基，著名的缅甸雨季便像个喷嚏一样不期而至。

这里的雨风格诡异，一会儿一场暴雨，一会儿又艳阳高照，颠三倒四，变脸一样。

记忆里，那里的雨季无比漫长，因为没有事情做。

下雨时无法施工，工友们都聚在工棚里喝酒打扑克或赌博。他没钱赌博，更不喜欢在汗臭味里听那些黄色笑话，于是戴上斗笠，穿上蓑衣，独自到附近的森林里采摘一些山毛野菜，边采边和着雨声大声唱歌。

这里除了雨水、树木就是菌子，鬼影都没一个，没人笑话他的歌声。

雨季是野生菌生长的季节，佤邦的野生菌品种足有四五十种之多，但能食用的不过十多种。幸好放牛时的旷野生活教会了他识别各种野生菌，能食用的、可以入药的、含有剧毒的，他总能一眼辨出。

雨季的缅甸，让他莫名其妙地找回了童年时牧牛放歌的生活，他乐此不疲，渐渐养成了习惯，只要一下雨，立马迫不及待地出门。

他经常能采到足够整个工地的人吃一顿的野生菌，运气好的时候还能采到鸡枞。

鸡枞是野生菌中味道最鲜美的，贵得很，一斤鸡枞的价格等于三斤猪肉。

鸡枞的生长也是所有菌类中最具传奇色彩的，这一点，他从小就有体会。

七八月份，每个雷雨交加的夜晚都会让年幼时的他兴奋异常，次日天明，外公总会带着他上山找鸡枞。祖祖辈辈的传说里，鸡枞是依附雷电而生的精灵，只有在雷雨过后，才会从土里钻出来。

这真是一种浪漫的说法，天赐神授的一样。

但事实或许没有这么浪漫，确切地说，鸡枞是由白蚁种植出来的。

在每一片鸡枞下面的土层里都会有一个蚁巢，有经验的挖菌人在挖鸡枞时都会很小心地尽量不去伤到蚁巢，因为在下一场雷雨来临时，相同的地点上，鸡枞还会准时长出来。

外公和他总会记录下每一片鸡枞的生长日期和地点，慢慢积累得多了，他们每年都会因此而得到不少的收入。

外公常说：多挖点儿，换成钱攒起来，将来给你娶媳妇啊。

缅甸的鸡枞和云南的没有什么区别。

雨林里，他挖着鸡枞，唱着歌，想念着外公外婆，身上和心里都是湿漉漉的。

有时候他会停下来哭一会儿。

然后接着挖。

（三）

有时雨一下就是数天，天气怎么也没有要放晴的迹象，他便会步行十多公里去小镇上。

沿途的罂粟花有的还在盛开，有的已经结果，有的被风雨吹得东倒西歪。很长一段时间里，他搞不懂它们的花期到底有多长。

在连续大雨的浸泡下，简易公路早已泥泞不堪，时而山体滑坡，时而泥石流，除了坦克没有其他交通工具能在这里行驶。帆布鞋已糊上了厚厚的黄泥，每迈出一步都无比吃力，他把鞋脱了提在手上，光着脚走到小镇。

镇上有两千多户人家，有佤族人、傣族人、缅族人和一些到此谋生的华人。

佤族人和傣族人他不陌生，中国也有，缅族人则比较陌生，他们的肤色比佤族人还黑，说的语言完全搞不懂。

好玩的是，这里明明是外国，当地人却大多会用云南方言交流，汉语是官话，手机也能收到中国移动的信号，能拨打也能接通。

镇上有一所小学，汉语老师是从云南聘请过来的，据说小学文化的人就可以在这里当老师了，且颇受尊重。他遗憾地琢磨：可惜，我只念了半年小学。

小镇上还有几家诊所，也都是华人开的，都没什么医疗资质，主要医治伤风感冒之类的小毛病，但是他们必会的技能是医治一种当地叫"发摆"的常见病，热带雨林瘴气重，发病迅猛，分分钟要人命。他陪着工友来医治过一回，亲历过一遭人在鬼门关打转的情形。

镇上还有几家三五层楼的旅馆，主要接待过往的商人、赌客和嫖客。
长期住旅馆的妓女是极少的，她们大多住在赌场后面用石棉瓦搭建的简易房里，也在那里接客。个中不乏容颜姣好的华人女子，据说有些是被拐卖来的，也有些是因种种缘故欠赌场的赌资，被扣禁在此卖肉还债，不论哪种情况，她们的命运都已注定：接客接到死。

镇上还有三四家录像室，这是他徒步十公里的动力。
录像室主要播放港台枪战片和古装武侠连续剧，可容纳二三十个观众，门票两元。只要买了门票待在里面不出来，就可以从下午一直看到凌晨。
他光顾录像室，主要是为了听每部影片的插曲、片头曲和片尾曲，偶尔片子中间有大段的歌词配乐，他总是竖起耳朵睁大眼睛，聚精会神地听，一字一句地用心记下歌词。
偶尔，不耐烦的老板把片头片尾快进掉，他总会跑过去央求，老板奇怪地打量这个黑瘦的年轻人，搞不懂怎么会有人爱看演职员字幕表。
他陶醉在零星的音符片段里。世界上怎么会有那么多神奇的人，这些好听的曲调他们是怎么搞出来的，他们唱歌怎么都那么好听？他们一定都是上过学的吧，他们的父母家人一定都会在他们唱歌时，带着微笑倾听。
当年的录像大多已经开始有字幕，他一边看录像一边看字幕，莫名其妙地识了许多字，拜许多港台片所赐，他居然认识了大量的繁体字。
这个云南临沧的乡下孩子的基础语文教育，是在缅甸佤邦的录像室内进行的。

他的生理卫生教育，也是在这里完成的。

凌晨的录像室观众最多，因为这时老板会播放一些香港三级片，有时候也放毛片，痴汉电车东京热，都是日本的。

赶来看毛片的大多是在附近干苦活儿的工人，每个人都屏着呼吸捕捉屏幕上的每一声呻吟，有些人抻着脖子一动不动，有些人的手伸在裤裆里，一动一动。

看了一整天录像的他往往在这个时候沉沉睡去，有时候，有些三级片多插曲，他又从睡梦中睁开眼睛。

在佤邦待满一整年的时候，他获得了此生的第一份惊喜。

老天送了他一份礼物。

一天中午，干活儿时尿急，还没来得及洗去手上的水泥沙灰，便跑到一旁的草丛里撒尿。刚准备滋的时候，突然发现草丛里有一个醒目的东西，他一边滋尿一边走近，定睛一看，原来是个随身听。

四下举目一看，没什么人影，低头仔细端详，污渍斑斑，貌似已经躺在这里很久。

他把这个宝贝带回了工地，随身听里有一盘磁带，好神奇，连日的雨居然没让这台小机器失灵。他把随身听弄出声响，里面传出叽里咕噜的缅甸歌曲。

他猜想，这大概是一个缅甸哥们儿在附近瞎逛时把它遗失在了草丛里。

可奇怪的是，这种荒郊野岭，怎么会有人跑来闲逛？

工地太偏远，没有收音机信号，随身听的收音机功能基本作废，看来只能听磁带。他剪开自己最好的衣服缝了个装随身听的口袋，然后抱着这只从天而降的宝贝，徒步去小镇。

怀里抱着宝贝，脚下缩地成寸，不一会儿就到了。

正逢小镇赶集。

佤邦赶集的方式和老家一样，每隔五天，山民从四面八方汇集到这里交易。

交易的物品繁杂，各种山毛野菜，各种低廉的生活用品，水果、蔬菜以及猎人捕获的猎物。以前每逢赶集，他都会去看看猎人捕获的各种野生动物，有麂子、穿山甲、野鸡、蛇、猴子、鹦鹉，还有一些说不上名字的动物，但这次，他在集市里寻找的是那个卖录音机磁带的湖南人。

那个湖南人曾撵过他。

湖南人的摊位上有个大喇叭，放的是震耳欲聋的各种流行歌曲，他曾站在喇叭前一动不动地听了几个小时，湖南人吼他：不买就走远点儿，有点儿出息，别跑到我这里白听。

他赔笑：让我再听一会儿吧，你又不会损失什么东西。

湖南人走出来，抃着腰看他，伸手推了他一个趔趄。

不怪这个湖南人，背井离乡到此地的人，有几个真的过得舒心如意？

今时不同往日。

他蹲在地摊前选了一堆磁带，大陆校园民谣、台湾金歌劲曲、香港宝丽金……花光了身上所有的钱。

活到十八岁，这算是一生中最幸福的时刻了，他找不到人分享这份喜悦，抬头冲湖南人傻笑。

湖南人愣愣地看了他一会儿，送了他一副国产耳机。

自从有了随身听，他的生活不一样了。

每天回到工棚的第一件事就是听歌。随身听藏在枕头下面，揭开一层雨布，再揭开一层塑料布，随身听躺在衣服裁剪而成的布包里，擦拭得锃亮。

亟亟地插上耳机，音乐流淌的瞬间，全身的血液砰的一声加速，呼吸都停顿上几秒，太舒服了，工棚几乎变成了宫殿。

工棚是刚来时搭建的，山里砍来的野竹子砸扁后拿铁丝和钉子固定，这就是墙壁了，上面搭石棉瓦当屋顶。

竹子墙壁多缝隙，夏天穿堂风习习，倒也凉快，只不过风穿得过来，蚊子也穿得过来。缅甸的蚊子大得能吃人，天天咬得人气急败坏却又束手无策。人不能静，一静，蚊子就落上来。睡觉时也必须不停翻身，这里的蚊子作息很怪，白天晚上都不睡觉，作死地吸血。

他听磁带时很静，音乐一响，他就忘记了身上的痒痛。

他耳朵里插着耳机，腿上插满蚊子的尖嘴，两种不同的尖锐，轻轻针刺着他十八岁的人生。

歌曲太多情，他开始失眠。

午夜他捧着随身听站在竹窗前，极目所望，苍茫漆黑的森林，无边无际。

心情跟着耳中的歌词一起跌宕起伏，他已成年了，眼耳口鼻身意都健全，虽然没上过学、没读过书、没谈过恋爱、没交过好友，但别人该有的情绪情感他都有，且只多不少。

不知为何，一种无助感在黑夜里慢慢放大，让人想要放声痛哭。

他品味着随身听里凄苦的歌词，想想自己的当下，他拿在录像里看到的重罪犯人和自己比较，一个被发配到采石场搬运巨石，鞭痕累累，一个被桎梏在热带雨林里，从日出干到日落，晒得跟非洲鸡一样。

就这么和泥、搬砖、切钢筋过一辈子吗？

一辈子就只能这样了吗？

那些能把声音烙在磁带上的歌手，他们都是怎么活的？

多么美妙，把唱歌当工作，靠唱歌养活自己。

我要怎样去做，才能像他们一样，一辈子靠唱歌去生活？

工友们都已入睡，酸臭的体味阵阵，酣睡声中夹杂着蚊子的嗡嗡声。

一种夹杂着愤怒的动力在他心底翻滚。

他翻出磁带里面的歌词，咬牙切齿地对照着随身听里的歌声一字一句学习认字。没有课本和老师，磁带里的歌者就是课本和老师，石子划在竹子墙壁上，这就是纸和笔。

下一个雨季来临时，整整一面墙的竹子已被他由青划成白，经过无数次的书写强记，他已经可以不用听随身听就能把歌词读出来了，几十盘磁带，几百首歌词，读写无碍。

工友们漠然看着他的自习，该打牌的打牌，该赌博的赌博，该睡觉的睡觉，没人发表什么意见，像一片随风摇摆的芦苇在看一朵伶仃在半空中的蒲公英。

（四）

工程快接近尾声时，他被安排去修建地牢。

地牢修建在山坳最低处，四周悬崖，上面灌木茂密。

光地基就挖了一个多星期。采石队从远山炸来许多巨石，拖拉机运到这里，四人一组，拇指粗细的铁链捆住巨石一一抬到指定地点，磨破的肩膀长出了老茧，巨石让他自此一肩高、一肩略低。

耗时两个多月后，地牢初具规模。

他站在这个直径十米、深十五米的地牢里，抬头仰望天空，一种不寒而栗的感觉猛然袭来，四周墙壁光滑，空无一物，地底的暗河里透来阵阵寒流，小吼一声便会发出巨大回响。

真的有人将被终身囚禁于此？

他爬出地牢，一刻都不愿待在这里，打心里盼望工程早日结束，期望能领全工资然后早点儿离开。工头不放人，说工程还没完，他开玩笑吓唬人说：你要是现在跑了的话，就把你抓回来扔进去。

虽是玩笑，却让人心悸。

又用了一个来月的时间，地牢正上方修建了一座碉堡，碉堡很严实地将整个地牢隐藏在下面，通往地牢的入口不过是一个直径五十厘米左右的洞口，让人从外面无法察觉到地牢的存在，人烂在里面也不会有人知道。

终于结束了，也不知谁将被扔进去。

他领到了一部分工钱。

他已经很久没去过镇子上了，现在手上有钱了，他心急火燎地跑去买磁带。

湖南人不卖磁带了，他摊位上挂着三五把吉他出售。

阿明曾经见过吉他。外公外婆的寨子里有户殷实人家，他家里就有一把，寨子里的人都称之为"大葫芦瓢"。那户人家没人会弹，只是挂在墙上做装饰，不让人碰的。

吉他的声音不陌生，几十盘磁带的熏陶已经让他深爱上了吉他的音色。他当机立断买了人生中第一件乐器，国产广东红棉吉他，一百七十元钱，一个星期的工钱。

除了那个捡来的随身听，从小到大，这是他给自己置办的最值钱的一样家产。

湖南人收钱时莫名其妙地问了他一句：贵不贵？

他不觉得贵，怎么会贵呢，一百七十元钱买来个希望。

他发觉弹出来的声音和随身听里的完全不一样，破铁丝一样，难听得要死，纠结琢磨了好几天，也不知是什么原因。他怀疑湖南人卖给他一把坏了的琴，生气地扛着吉他去理论。

湖南人骂他：鸟你妈妈个 ×，你不知道吉他需要按和弦吗？你不知道吉他调弦后才能演奏吗？

湖南人调过弦后，他顺手一弹，喜形于色，这次和录音机里的音色一样了。

湖南人斥骂嘲讽了他半天，然后丢给他一本《民谣吉他入门教程》。

湖南人说：要么别练，要练就好好练，吃得苦，霸得蛮，将来你才能靠它吃饭。

他怎么知道我有这个野心？

呼吸不自觉地急促起来，靠音乐吃饭……就像那些磁带上的歌手一样吗？他抱紧吉他，像抱住一副登天的梯子。

湖南人不耐烦地撵走了他，没收书钱。

工程虽然结束了，但大部分工钱却被拖欠着没有结清。

边练琴，边等工钱，工钱迟迟不到，两个月后他加入了另一个工队，到了一个叫作富板的小镇，为那里的村庄接通电线。

富板有个叫作南亮的村子，确实"难亮"，道路崎岖，电缆很难架设，而且当地人都用一种排斥疑惑的态度相待，不怎么待见他们的工作。

村民不太清楚他们的来意，五十岁以上的老人都听不懂汉语，还好此行的司机是缅族人，沟通了好几天，村里人才放松了警惕。

这个村子有一两百户人家，依山而建，村前小河，河畔农田。

时已入秋，水稻已收割完毕，田间只剩一堆堆农户储存下来喂牛的草垛，几头水牛散放田间，不时有几只白鹭尾随着水牛，踱来踱去。

如此景致，颇能静心，适合操琴。

他工余时间坐在河畔练琴，教材捧在手上，吉他横在膝上，不知不觉就练到暮色昏沉，不知不觉就练到月朗星稀。水牛陪着他，白鹭飞走又飞来，并不怕他，偶有村人路过，驻足半天安静地听，也不过来聒噪打扰他。

基本的吉他和弦他差不多都掌握了，陪着叮咚的吉他声，他轻轻唱歌，水牛扫着尾巴，静静地听。水雾升起来，露水凝起来，衣衫是湿的。

这个村子有两三百年的历史，全村傣族，村子中央一座佛寺，住的地方就在佛寺边，是一间傣族传统竹楼，一楼堆放着僧人用的柴火，二楼原本是僧人摆放杂物的地方，现在腾出来给工人暂住。

他觉少，时常半夜爬起来，坐在竹楼边练琴。整个村子都是睡着的，只佛寺里有几点烛火，僧人的木鱼声有规律地响着，仿佛节拍器。

日间劳作，夜里练琴。

差不多三个月的时间，村子里每户人家都通上了电，村民早已抛去了成见，对待工人很客气。他的心里对这个村子生出些亲近，这种感觉和在雨林里的工地时不同，同修建地牢时可谓天差地远。

工程结束，临别时，村里的头人岩嘎领着一大群村民送来了自酿的水酒。从翻译口中得知，头人很感激工人们，问工队里有没有未婚的小伙儿，他愿意把村里的姑娘嫁给他们。

头人说：那个会唱歌的小伙子就不错。

头人岩嘎带领着全村男女老少在佛寺外的大榕树下为工人们送行，专门对他说：你不肯留下没关系，给我们留下一首歌吧。

这是他的第一次演出，几百个人双手合十，笑着看着他。

他紧张极了，半首歌还没弹完，就拨断了二弦。他尴尬地立着，红着脸承诺将来练好了吉他一定再来给大家唱歌。

头人和村民笑着鼓掌，他们说：类的、类的（好、好）。

在富板镇陆续做了一些电路维修工作，一个月后，回到了军校附近的那个小镇。

军校的工钱依然没有结到。弟弟因没考上初中，也来到了这里，阿明和弟弟断断续续地在这个小镇上干一些零活儿维持生计。

就这样，拖满了一年，军校的工钱终于结清了。

那一年金三角很不稳定，政府军和反政府武装频繁发生武装冲突，局势很严峻，当地武装开始从工人中软硬兼施吸纳兵员。已经习惯了佤邦生活的他不想扛枪杀人，背着吉他，揣着那个宝贝随身听，匆匆翻越国境线。

十七岁到十九岁，他挣了一份苦力钱，练了一手吉他，自学了数千个字，听烂了几百首歌，在金三角的缅甸佤邦待了整三年。

（五）

回国后找了一个在服装店卖衣服的工作，无他，唯有在这里，他可以一天到晚听音乐，而且可以想放什么歌就放什么歌。

先是卖衣服，后是卖鞋，同事都蛮畏惧他：这个年轻人怎么这么奇怪？除了卖东西就是坐在板凳上发呆，都不和人聊天开玩笑的。

他们并不知道，他沉默发呆时是在听歌，脑子唰唰地转着，每一句歌词每一个小节都被拆开了揉碎了仔细琢磨。

他在县城的一隅租了一间平房，下了班就回去练琴。县城实在太小，一家琴行都没有，红棉吉他每次弹断了琴弦，都要托人从临沧捎。他不再扫弦，开始仔细练习分解，古典弹法细腻，不容易弹断琴弦。

他开始知道了一些流派，知道了一些市场流行音乐之外的小众音乐人、一些殿堂级的摇滚人，明白了布鲁斯、雷鬼、蓝草以及民谣。

他喜欢民谣，不躁，耐听，像一种诉说。

既然是诉说，那说些什么呢？

无病呻吟的风花雪月，还是言之有物的思辨和观察？是感慨、感叹，还是真实的生活？

他开始尝试创作，自己作词作曲，自己写歌唱歌，没有观众，没有同修，没有表扬和批评，没有衡量标准和参照系，他拿不准自己的歌曲是否及格。

磁带上的那些歌手的生活依旧遥远，他过着朝九晚五的小店员生活，依旧没有找到靠音乐生活的门径。

在服装店里干了两年后的某一天，他辞去工作，决心去传说中的北上广阔世界。

在此之前，他先来到了中缅边境的一个小镇孟定，受雇于一个农场主，种香蕉。

没办法，外面的世界太陌生，他需要防身的积蓄，需要上路的盘缠，需要出发之前先曲线救国。

民工、店员，再到果农，他背着他的吉他，在自己的阶级属性框架里打转转，没有达官贵友可以提携，没有学历证书可以佐证，没有名师指路，也没有钱。

他跑去孟定挣钱。

他喜欢孟定，这里的居民以傣族人居多，让人亲近，其次是佤族人和汉族人。

中缅国境线划定时期，从缅甸迁回的大量华人华侨被安置在这里，他们开建了七个农场，主要种植橡胶和香蕉，他去的香蕉园位于华侨农场第三分场旁。

农场主很胖，有双狡黠的眼睛。他承租了两百多亩的农田种香蕉，然后将这两百多亩的香蕉地划分为四份，由四户人家代为管理。

他承诺收货时，以每公斤香蕉七毛钱的利润结算给每户香蕉管理者，种植期间首先每月向每户人家发放七百元生活费，待香蕉收获时再将其从结算的利润中扣除。

他怀着满心的憧憬接下了其中一份，五十来亩，两千多株香蕉树，如若丰收，这笔钱足够他冻不着、饿不着、出门闯荡上三年世界。

他高高兴兴地在合同上签名，老板探过脑袋来瞅瞅，说：你的字怎么这么丑，火柴棍一样。

孟定的气候条件十分适宜香蕉的成长，可想而知，这里的年平均气温非常高。刚到时，两百多亩的农田刚收获完水稻，拖拉机运来了上万株香蕉树苗，四五十个工人花了一个多星期时间，才把这些香蕉苗全部种在了地里。
接下来香蕉就完全交给他了，和当民工时一样，他还是住工棚。

香蕉树生长得很快，没到两个月的时间就长到齐腰高。
香蕉吃起来容易，种植起来却繁杂困难，必须每天为它们松土锄草，打药施肥，修剪枯叶，除去再生苗……每一株香蕉树都需要精心呵护，你稍微一偷懒敷衍了事，它立马死得干干脆脆的。
种香蕉比当建筑工人累多了，耗神耗力，琴是没工夫天天练了。他每天收工后抽时间、挤时间，确保自己不会手生，有时候太累，弹着弹着，抱着琴睡去。
他依旧独来独往，唯一的朋友是小强。

小强一家住在隔壁，他们家分管了另一片香蕉地。
这是一个复杂的家庭，倒霉到底了，复杂到电影也未必拍得清。小强的父亲好酒、懒惰、不务正业，曾娶过三个老婆。
第一个老婆眼看日子过不下去了，在生下小强的哥哥后与人私奔，远走他方。
第二个老婆是小强的妈妈，在小强七八岁时去世，太穷，没钱看病，死在自家床上。
第三个老婆是个缅甸女人，在生下小强的弟弟后跑回了缅甸，再也没有回来。

小强十四岁，个子不高，严重发育不良，没有上过一天学。他每天穿着一双破旧的人字拖，提着大塑料桶给香蕉施肥，桶大，他提不高，拖着走。

小强的父亲常醉酒误工，有时醉在田间地头不省人事，死猪一样拖也拖不动。他躺在自己的呕吐物里，蚂蚁爬了半身。小强的弟弟只有六七岁光景，还没懂事。哥哥二十多岁，整日里东游西逛不好好干活儿，所以这一家人的工作大半都落到了小强头上。

小强没的选，他认命，每天吃饭、睡觉、干活儿，忙得几乎没时间发育。

他在小强身上看到几分自己当年的影子，心中不忍，有时帮忙干干活儿。

小强没妈，没人教他感激人的话，只懂得龇着牙冲他笑，一来二去，两个人熟了许多。

一天晚上，他在屋里弹琴唱歌，小强推门进来蹲在一旁听得入神，一曲结束，用崇拜的眼神看着阿明，问学吉他难不难。

他说：这有什么难的？只要有手都能弹，我教你。

他把吉他递过去，小强却嗖地把双手背到身后。他用力拽出来，然后吃了一惊。这哪是一双十四岁小孩儿的手啊！

密布的老茧，厚得像脚后跟，粗笨的手指满是皲裂的口子，脏得看不出颜色的创可贴一头翘起，还不舍得撕掉，指甲盖抠在肉里，上面半个月牙印都没有。

小强不好意思地说：别把琴弄脏……我去洗个手。

他移开目光，沉默了一会儿，发现小强穿了一双极不匹配的大拖鞋。他转移话题，问这双鞋这么大是不是他父亲的。小强回答说这是上次赶集时自己买的，之所以买大的，是为了长大后还可以接着穿。

他不是没苦过，但怎么也忍不住眼泪。小强是面镜子，他不敢再往里看，也不知道该说些什么。

他低着头，一味地弹琴。

小强忽然开口：真想快点儿长大，长大后就可以干很多活儿，挣很多钱……

也不用再挨打。你看，你就已经长大了，真好……

他后来写了一首歌，叫《小强》：

他说他就有个梦想，想一夜就能长大
我问他为何那么想，他说他就想长大
云没有方向地飞，落叶不怕跌地落下
他说他很想长大
他说他只想长大……

他教了小强半年吉他。
香蕉树长到三米多高时，小强一家被撵出了这片香蕉地。原因很简单：父亲经常醉酒误工，疏于管理，严重影响了香蕉的长势，被农场主取消了管理资格。
后来有一天在赶集时，他在马路边遇到小强，小强说他在帮一户农家放养鸭子，两百多只，太累了，没有多余的时间来学习吉他。
临别，小强说：别人都说弹琴唱歌没用，不能养活人。
他下意识地反驳：能的，能养活！
小强看着他，龇着牙笑了一会儿，摆摆手，走了。

从此他再没见过小强，听说有人看到他在孟定的街道上捡垃圾，还有人说他在其他香蕉地里干一些杂活儿，还听到一种说法，他被送去了境外，扛枪当了炮灰兵。

（六）

香蕉终于开花了，碧绿的花苞探出枝头，一天一天往下垂。他的工作量也一点儿一点儿加大，三天一打药，五天一施肥，还要为每一株香蕉树安置三米多长手臂粗细的撑杆，防止香蕉树因为果实过重而侧倒或倾斜。

夜里弹琴的时候，偶尔会想起小强的话：弹吉他没用，不能养活人。

他开始烦躁，香蕉园像个笼子，囚着他，笼子的铁条看不见，却也掰不断。

工作越来越累，有时又累又烦，他会对着香蕉树胡踢乱打一番，或者跳进河里，闭目静泡，半天不愿出来。

他抱着脑袋想：这个世界上有那么多像我一样岁数的人，里面一定也有许多爱弹吉他唱歌的人吧，他们每个人都在过着这样的生活吗？他们都是怎么活的？

我是不是不配弹吉他，我是不是想要的东西太多了？

他想破了脑袋也想不明白，河水清凉，却冷却不了这颗发烧的脑袋。

对岸傣族人的西瓜地里也成片地开满了黄色小花，白天来小河里洗澡的傣族人也一天一天多了起来。小河三四米宽，清澈见底，河底全是细沙，间或散布着一些鹅卵石，河两岸长满了翠绿的凤尾竹。

当地的傣族人在这条河里洗澡的风俗已不知有多少年，天热时，集体沐浴的人上至五六十岁，下至五六岁，小孩儿全部光着屁股，成年男子穿着底裤，女人洗澡时则穿着傣族传统裙子。男女老少赤膊相见，光风霁月，他们搅碎水波嬉戏打闹，笑声飘得很远。

他停下手中的活计看着他们，看着看着就看呆了。他取出吉他拨弹，水声交融着吉他声，一时间让人如同入得三摩地。弹着弹着，他不自觉地吟唱起来，没有歌词，即兴吟唱，仿佛长长的叹息，又好似大声的呻吟。

一首歌唱完，心里好似松快了些许，他放下琴，继续干活儿。

当天夜里刚上床，忽然，六七辆摩托车的马达轰鸣声由远而近，停在了工棚门口，嘈杂的机械声夹杂着些许男女的对话让他茫然地坐起。

边民彪悍，与外来人员打架的事件时有发生，他不知何时得罪了人家，惴惴然推开门出去看个究竟。

刚出门，一个傣族小伙子迎上来，敞开的衣襟半遮着鼓鼓的肌肉。

他用生硬的普通话问：白天在河边唱歌的人是不是你？

他倒退一步：你们想干吗？

傣族小伙子的脸上哗的一下子堆满了笑意，逮住他的手，自我介绍说叫岩明，白天在河边洗澡时听到他的弹唱，很是喜欢，于是约了周围村寨的十个朋友一同来听歌。

他松了一口气，邀请他们进屋，十几个人男男女女都笑嘻嘻地看着阿明，他们还带来了一些傣族米酒和酸辣小吃。

三碗酒下肚，他敞开了心扉，吉他弹得如流水。

他忽然间多了一堆要好的朋友，之后的日子里，他们几乎每天晚上都会过来一起弹琴唱歌。他们喜欢他的弹唱，总是不停央求：再来一首，再来一首吧。

转眼泼水节到了，河对岸的西瓜也熟透了，傣族小伙子岩明邀请他去他们村做客。

中午，全村人汇聚在寺里的大榕树下，佛爷做完了祭祀仪式，男人们从佛寺的储存室里搬出一年才用一次的象脚鼓敲打起来，身着盛装的小仆少（傣族少女）跳起了孔雀舞。

泼水节正式开始了，人们互相泼水祝福，他是客人，第一个浑身湿透。他湿淋淋地抱着吉他，一首接一首地给大家唱歌，很快，吉他里也被灌了半箱水，声音奇怪地拐着弯。

太开心了，他忘了去担心吉他，他嘴合不上，眼睛和耳朵都不够用了，每个人都在冲着他笑，从童年到少年缺失的欢乐好像都在这一天里被补齐了，这是他第一次正儿八经地过节。

傍晚，岩明家的院子里聚满了亲朋好友，丰盛的傣味摆满长桌。

他从小没吃过超过四个菜的晚餐，在香蕉地的这些日子里，虽然有生活费，但习惯了简朴，每天吃的都是空心菜和莲花白，一日三餐随便打发，现在猛然看到这满桌丰盛的晚餐，眼睛立马拔不出来了。

他使劲掐自己的大腿，告诉自己不能丢人不能丢人……却怎么也咽不完口水。

待岩明的父亲说完祝福的话，他埋头开吃。他吃得太猛了，手不受控制地频频出击，一筷子菜还没咽下，一筷子菜又塞进嘴里。他不好意思看人，压低脑袋不停装填，仿佛想用这桌美食去填满心里的那些大大小小的空洞。

吃得正香，后背突然传来一道凉意。

他还不明所以，所有人都用异样的眼神看着他，然后笑了起来。

他的嘴巴塞得满满的，回过头，一个漂亮的傣家女孩捂着嘴笑，手上的竹瓢还在滴着水。岩明的父亲站起身，端杯祝酒道："小伙子，来喝一杯，你是今天最幸福的人啦！"

在这个傣族村子的传统里，在席间的众目睽睽下，女孩给男孩泼水，是表达爱慕的意思，男生若有意，当席喜结连理。

那个泼水的女孩面颊微红看着他，窄窄的筒裙，细细的腰。

阿明傻掉了，落荒而逃。

岩明用摩托车送他回工棚。

他在摩托后座上问岩明：我这么穷这么丑，她怎么会喜欢我？

岩明说：怎么会不喜欢你？你唱歌那么好听……

岩明咂咂嘴，叹口气说：可惜可惜，她浇完你水后，你应该浇回去才对，现在你跑了，错过了，不算数了，没戏了……这可是我们寨子里最好看的小仆少。

车又开了一会儿，岩明哈哈大笑着说：兄弟，我后背能感觉出你的心跳，咚咚咚的！哈哈，你这个傻瓜后悔了吧？

（七）

香蕉丰收，整车整车地被拉走，经过一个多月的忙碌，采摘告一段落。

一天晚上，农场主来到工棚结算工钱。

农场主赖皮，轻车熟路地浇下一盆凉水，理直气壮地说出了一些以前从未提及的苛刻条款。

譬如，生长期因虫害死去的香蕉树要赔偿，挂果期被大风刮倒的香蕉树要赔偿，所有人力不可抗拒的损失都要由阿明来赔偿……七算八算，工钱比预期中的少了几乎一半，而且还要到下一季香蕉成熟时才能一起结清。

他不满，想要离开，却又受缚于之前签订的合同，受制于农场主张嘴闭嘴打官司的威胁。他没的选，只能吞下委屈，继续当雇工留在香蕉园。

他长到二十多岁一直在中国边陲的底层世界讨生活，没人教他如何维权。

他能做的只有祈祷来年不要再有这么多天灾人祸，期待农场主能发点儿善心，不再刁难。

农场主象征性地留下了一些钱，拍拍屁股扬长而去，没有丝毫良心不安。

临走时，他指着屋角的吉他说：你还挺有闲情逸致……

他使劲咬紧后槽牙，听得见咯吱咯吱的响声。

香蕉在生长过程中会从根部长出很多再生苗，采摘完香蕉后，需要砍掉主株，只留下长势最好的那株再生苗，这样就不用再从幼苗开始种植，省去了一些麻烦。

他憋着火在香蕉林里砍主株时，正逢缅甸政府军和果敢特区彭家声部开战。

彭曾是当年金三角地区有名的"战神"，但那时已临耄耋之年，久未用兵，将庸兵懒，没几天，他的部队便被缅甸政府军打散，其本人也不知所终。

缅甸政府军搂草打兔子，顺势将兵力部署到了左近的佤邦地区，坦克开到了他当年修建军校的那个小镇。

佤邦军队和缅甸政府军在小镇对峙了好些时日，听说后来经过好多次谈判才使局势不再紧张。

他念起小镇上的集市、录像室，暗自庆幸自己已离开了那里。

战争开始后，难民仓皇逃到了中国边境。中国政府搭建了简易帐篷，把他们安置在指定区域。妇女绝望的眼神，小孩哭闹的声音，让人感到阵阵凄凉。

辗转得到一个消息：那个卖磁带和吉他的湖南人，已死于流弹。

湖南人当年赠他的那本《民谣吉他入门教程》他一直留着，扉页已翻烂，用透明胶勉强固定着。

那个耳机他也还留着，捡来的宝贝随身听早用坏了，耳机没地方插。

听说那个湖南人也曾是个弹唱歌手，在他的家乡一度小有名气，中年后不知何故沦落缅甸佤邦，靠卖磁带、卖琴维生。客死异国的人尸骨难还乡，应该已被草草掩埋在某一片罂粟田畔了吧。

他买来元宝、香烛，在香蕉园里祭奠那位湖南人，香蕉盛在盘子里，红棉吉他摆在一边。

那几句浓重的湖南腔他还记得呢：

鸟你妈妈个 ×，你不知道吉他需要按和弦吗？……

要么别练，要练就好好练，吃得苦，霸得蛮，将来你才能靠它吃饭。

…………

他第二天离开了孟定的香蕉园，临走时没去讨要工钱。

除了背上那把红棉吉他，他身无长物。

没回家乡，他一路向北流浪，边走边唱，一唱就是许多年。

（八）

某年某月某夜，云南大研古城五一街文治巷，大冰的小屋。

三杯两盏淡酒，老友们围坐在火塘边上，轻轻唱歌，轻轻聊天。

在座的有不少歌手，张智弹着冬不拉，正吟唱新曲给大家听。

张智唱的是后来被传唱一时的那首《流浪者》，他唱：

我从来都不认识你，就像我从来都不认识我自己

所以我不停地走，所以我不停地找啊

太阳升起来又落下去，爱人来了她又走了

所以我不停地走，所以我不停地找啊……

小屋的门外站着两个人，静静地听着，一曲终了才推门进来。

来者一位是大松的徒弟瓶罐，一位是个黑黝黝的长发披肩的精瘦男子。

我蛮喜欢瓶罐。他来自临沧乡下，是个朴实的年轻人，他那天的到来我并未
多想，后来才知道，瓶罐第二天即将赶赴南京入学，那次是临行前来看看我
们（瓶罐的故事，见《小孩》一书的《送你一棵树》）。

瓶罐介绍身旁那个黝黑的长发男子：这是我的老乡阿明，小时候我们一起在
建筑工地上干过活儿。他也是一个歌手，今天刚刚流浪到丽江，我领他来拜
拜码头。

小屋是流浪歌手的大本营，进了门就是自己人，酒随便喝歌随便唱。广庇寒
士的本事我没有，提供一个歇脚的小驿站而已，同道中人聚在一起取取暖。

我递给他一碗酒，问他要不要也来上一首歌。

他蛮谦逊，推辞了半天才抱起吉他，唱了一首自己的歌：

短暂的青春像是一根烟，不知何时不小心被点燃

美丽的青春就像一杯酒，喝醉再醒来我已经白头

但我没有后悔，我已展示过一回

我没理由后悔，谁也只能有一回

青春万岁，我愿意为你干杯；青春万岁，我愿意为你喝醉

青春万岁，我一直与你相随；青春万岁，再次回头看我也不会枯萎

…………

他唱完歌，半晌无人说话，我开口问他：是你的原创吗？

他腼腆地用云南话回答：野路子，我没读过书，瞎写的……

张智插话，就两个字：好听！

我用云南话说：兄弟，以后不论何时过来，都有你一碗酒喝。

很多时候，拉近彼此之间的距离一首歌即可，他客气地端起酒碗，环敬一圈，一饮而尽。

他在古城找了一份酒吧驻唱的工作，因作品和唱法异于常人，经常会让客人驻杯发愣，继而满面泪痕。

酒吧老板恭送他出门，说他的歌太沉重，不能让客人开心，太影响酒水销量。

他不说什么，继续去其他酒吧见工。

兜兜转转，偌大个古城八百家酒吧，最后只有一家叫38号的酒吧让他去容身。

38号酒吧离小屋不远，也是个奇葩的所在，老威和传说中的野哥在那里长期战斗过，一个鬼哭，箫声呜咽，一个痛饮，黯然销魂。现任老板阿泰也是

奇人一个，自称是画画的人里面唱歌最好的，唱歌的人里面画画最好的，喝醉了爱即兴作诗，不在自己酒吧念，专跑到我的小屋来念，起兴了还会脱了裤子念，大有魏晋竹林癫风。

阿泰识货，把他留在了 38 号酒吧，一待就是数年。有时我路过北门坡，他的歌声流淌过耳朵，夹杂在其他酒吧劲爆的 H 曲声中，安静又独特。

他每天凌晨一点下班，下班后有时会来大冰的小屋小坐，我递给他酒，他就安静地喝，我递给他吉他，他就缓缓地唱歌。

几年间，他每天都来，话不多，一般坐上半个小时左右，而后礼貌地告辞，踩着月色离去。

他花十块钱买了一条小土狗，取名飞鸿，他吃什么飞鸿就吃什么。飞鸿极通人性，长大后天天跟在他身旁，半夜他推门进小屋前，飞鸿会先进来，轻车熟路地跳到座位上，蜷着身子缩着尾巴。

他性格闷，朋友不多，极爱飞鸿，把它当兄弟和朋友。飞鸿和他一样闷，一副高冷范儿，但很护主。丽江午夜酒疯子蛮多，阿明常走夜路，有几次被人找碴儿找事，飞鸿冲上去张嘴就啃，骂阿明的，它啃脚脖子，敢动手的，它飞身照着喉咙下嘴，几次差点儿搞出人命。

狗如其名，整条街的狗没敢惹它的，风闻它身手的人们也都不敢惹它，它几乎成了阿明的护法，二十四小时跟着他。

一人一狗，一前一后走在古城，渐成一景。

有一天半夜，我问他：如果你将来离开这里了，飞鸿打算送给谁养？

他想也不想地回答：我去哪儿就带它去哪儿……将来去北京也会带着它。

我说：……志向不小啊，将来去北京打算干吗？还是唱歌吗？

他说：是啊，要唱就唱出个名堂来。

我说：有志气，加油加油，早日出大名挣大钱当大师。

他笑，说：我哪儿有那种命……能靠唱歌养活自己，能唱上一辈子歌，就很知足了。

我问：这是你的人生理想吗？

他很认真地点点头。

我心里一动，忍不住再度讲起了那个故事：

很多年前，我有几个音乐人朋友曾背着吉他、手鼓、冬不拉，一路唱游，深入西北腹地采风，路遇一老妪，歌喉吓人地漂亮，秒杀各种"中国好声音"。他们贪恋天籁，在土砖房子里借宿一晚，老妪烧土豆给他们吃。没有电视，没有收音机，连电灯也没有，大家围着柴火一首接一首地欢歌。老妪寡言，除了烧土豆就是唱歌给他们听，间隙，抚摸着他们的乐器不语，手是抖的。老人独居，荒野上唱了一辈子的歌，第一次拥有这么多的听众，一整个晚上，激动得无所适从。

次日午后，他们辞行，没走多远，背后追来满脸通红的老妪。

她孩子一样嗫嚅半晌，问：你们这些唱歌的人，都是靠什么活着的？

…………

我第一百次问出那个问题。

我问他：若当时当地换作是你，你会如何回答老人的那个问题？

他没有回答我的问题。

大冰的小屋安安静静，满地空酒瓶，飞鸿在睡觉，肚皮一起一伏，客人都走了，只剩我们两个人。他的脸上没有什么波澜，沉默了一会儿，缓缓地开口，给我讲述了另一个故事。

这是个未完待续的故事，里面有金三角的连绵雨水，孟定的香蕉园，新千年的建筑工地……

故事里有穷困窘迫、颠沛流离、渺茫的希望、忽晴忽雨的前路，还有一把红棉吉他和一个很想唱歌的孩子。

这个孩子最大的愿望，不过是想一辈子唱歌，同时靠唱歌养活自己。

他是否能达成愿望，还是一个未知数。

那天晚上，他讲完他的故事后，也留给我一个问题。

他的问题把我问难受了。

他腼腆地问我：冰哥，你觉得，像我这种唱歌的穷孩子，到底应该靠什么活着呢？

我又能说些什么呢……

酒斟满，弦调好。

天色尚早，再唱首歌吧。

▶ 《1994》小屋厦门分舵·谣牙子

▶ 《是否》小屋厦门分舵·谣牙子 + 吴奉旸

唱歌的人不许掉眼泪 （导读）

故事在五年前就讲完了，话还没说完。

增补千字，以为《唱歌的人不许掉眼泪》一文之导读。

五年过去，文中的主人公阿明业已完婚，妻子很高，孕中，若你是在 2019 年冬天读到的这段文字，或许这一刻他们的孩子刚刚降生。

我已很久没去过丽江，过去几年我们交际很少，作为一个普通朋友，关于他们的故事我所知不多，或许他会用他的方式写在他的歌词中。是的，还在弹唱为生，继续着他普普通通的人生。

曾经我希望他在这场普普通通里能有个机遇扶摇直上从而不再普通，进而彻底逆袭命运，跑赢人生。当下也是如此希望着的，但谈何容易呢，这样的时代、这样的土壤、这样的环境。

就算一个阿明跑出来了，其他的阿明呢？

何处又有属于他们的公平赛道和通坦路径？

长久以来，提及那些赛道和路径，人们习惯默认外因，热衷归内因，习惯对铩羽者说：归根到底是你自己不行。我也曾在意气风发的青年时代一度认可这样的说辞，认为人不成事大抵是因己身不够坚强、不够努力，奋斗得尚且不够，故而不值得同情，乃至恨其不争……那时的我信奉这样的政治正确，并未发觉这种正确的背后是冷血。

因信息不对称而导致的冷血，因没有感同身受而随意俯视的那种冷血。

这或许也是当初写下这篇文章的原因吧——当你拿出十余年的时间走入那些所谓的底层社会日复一日生活在其中，当你认识了一个又一个筋疲力尽的人、听完了一段又一段石缝下的人生，当你的幸运越发映射出他们的不幸，当你发现在这个你自以为非常了解的世界上，还有那么那么多个你曾经完全不了解也曾经完全懒得去了解的阿明。

于是你写下他的故事，通过一个个例，去对称或记叙一个缩影。

有人在这个故事里品出了苦修，有人在这个故事里读出了砥砺而行，有人在这个故事里品出了阶级固化，有人在这个故事里看到了自己曾经晦涩的人生。各花入各眼，一个故事讲完了，和作者的关系也就不大了，如何解读悉听尊便，于我这个说书人而言，只是描述和记录，并没有什么赞美和歌颂。

我写过许多低层普通人曾经的生长，书写他们那些或正在进行时的梦，或业已破碎的梦，原谅我无法给出一个大团圆式的美满结局。所谓团圆美满，总是罕见于真实的人生。

这从来就不是个公平的世界，人们起点不同，路径不同，乃至遭遇不同，命运不同。

有人认命，有人顺命，有人抗命，有人玩命，希望和失望交错而生，倏尔一生。

是啊，不是所有的忍耐都会苦尽甘来，不是所有的努力都会换来成功。有些人随随便便就能获得的，于另外一些人而言，或许只是个梦。

可是，谁说他们无权做梦？

当年写下这个故事，并非想塑造一个多么励志的典型。

我想你应该明白，故事中的人不过是芸芸众生里不小的一个基数的人群的缩影，不论是文中的阿明，或那位荒原上的老妪。

已经很了不起了，那样的固化里、那样的匮乏里，依旧有梦。

哪怕再渺小，哪怕再不起眼，哪怕只是一个问句："你们这些唱歌的人，都是靠什么活着的？"

……一定会有人把这个故事当成励志事例去接受，可我并不想激励谁鼓励谁，唯愿读完这故事的人能生一点儿悲悯——

哪怕沉默，也尽量别去打断歌声，别去戳破那些食草者的梦。

想说的话说完了，希望你懂。

其实自始至终只是在说一句：

唱歌的人不要掉眼泪，有人在听，哪怕再少，也有人听。

>> 这个世界上真的有人在过着你想要的生活。
而那些人大都曾隐忍过你尚未经历的挫折。

>> 你我都明白，这从来就不是个公平的世界。
人们起点不同，路径不同，乃至遭遇不同，命运不同。
有人认命，有人顺命，有人抗命，有人玩命，希望和失
望交错而生，倏尔一生。 ⟶

>>

是啊，不是所有的忍耐都会苦尽甘来，
不是所有的努力都会换来成功。
他人随随便便就能获得的，于你而言或许只是个梦。
可是，谁说你无权做梦？

>> 入世即俗人，但总有一些俗人，俗得和你我不太一样。

>> 爱一个人，若能有条不紊地说出一二三四个理由来，
那还叫爱吗？

>> 到死之前，我们都是需要发育的孩子，
从未长大，也从未停止生长，就算改变不了这个世界，
这个世界也别想将我们改变。

>> 这个世界上的大部分传奇，不过是普普通通的人们将
心意化作了行动而已。

>> 我们的人生轨迹，无外乎螺旋状抛物线式矢量前行，总有
人热衷教我们如何"正确"经营这条抛物线，可这世界哪
儿来那么多标准答案？那些约定俗成的正确路线、那些大
多数人的正确答案一定就适用于你吗？去他妈的"平淡是
真"吧，愿迤逦抛物线中的你饱经焦虑、迷茫、碰壁，饱
经欲扬先抑的成长。

▶ 《昨天》小屋拉萨分舵 · 西凉幡子

小因果

◎　　大人们不舍得叫醒他们，他们脸贴着脸，睡得太香了，美好得像一幅画。

那个九岁的男孩不会知道，二十四年后，身旁的这只小姑娘会成为他的妻子，陪他浪迹天涯。

因果。

因果最大。

因、缘、果。

因缘果报，因机缘果。

因无缘，则不果，机不投，因不果。

因，主因；缘，助缘；机，通积；果，结果。

因果相随，机缘自然，时机不到，因缘不生……如此使然。

世间之因果、出世间之因果、迷界之因果、悟界之因果……莫不如此。

看懂了没？

给看懂了的同学两个大嘴巴子，啪啪……

别装！如果真看懂了、参透了、想明白了因果的话，为何你还有那么多的烦恼执着？

果断给你再来个过肩摔，扑通……

给没懂的同学默默点赞。

乖，我也不懂啊哈。

真心懂了因果的话，不是早立地成佛去了吗，还在这里嘚啵嘚啵说什么说？

知识这东西，若只是嘴上说说，而不能转化为见识和胆识，那其实蛋用没有。

因果相续这东西也是一样儿一样儿的。

是不是有点儿糊涂了。

那我让你再更糊涂一点儿吧。

施主，施主请留步，施主别撕书……看你天赋异禀气度非凡，咱们结个善缘吧。

阿弥陀佛么么哒。

你往下看。

（一）

我做过许多不靠谱的工作，比如羊汤馆掌柜。

筒子骨大锅里熬汤，切成坨的鲜羊肉和羊杂一起丢进去咕嘟咕嘟地煮。

煮羊肉捞起来沥干切片，在滚开水里一氽，和着乳白的汤头稀里哗啦倒入大碗中，撒点儿葱花，加点儿香菜，爱加海椒面儿加海椒面儿，爱加花椒加花椒，孜然味精椒盐面儿一小勺一小勺地撒进去，然后你就搅吧，三搅两搅出浓香四溢，搅得口水滴滴答答，赶紧赶紧，酥软掉渣的烧饼赶紧拿过来先堵住嘴。

世人只道羊汤膻，不知全是多巴胺，我坚信一碗好的羊汤刺激出来的肾上腺素，应该和滚床单时是一样一样的，吃完后的那一身通透的大汗，也应该和那个什么是一样一样的才对。

我北方人，打小爱喝羊肉汤，奈何鲁地羊汤重汤不重肉，小脸盆一样的碗里勺子扫荡半天才能捞起来几小片羊肉，汤倒是管够，只要肉不吃完，汤可以一直加。

这是什么逻辑！凭什么不多加点儿肉？恨得人牙根痒……此恨绵绵30年，终于一朝扬眉吐气自己开了羊汤馆，羊肉终于可以想加多少加多少了。

故而开羊汤馆的那段时间，我天天抱着一只大海碗，半碗汤，半碗肉。

这么奢侈的珍馐，自己一个人吃多没劲儿，要吃就坐到门槛上面朝着大街吃，边吃边吧唧嘴，再一边欣赏路人们骇然的表情，哼哼，羡慕吧，没见过吧，馋死你们羡慕死你们。

店里的厨师和服务员劝不动我，每每我一往门槛上坐，他们立马在屋里把口罩戴上，说是怕丢不起这个人。我就奇了怪了，这有啥丢人的？

他们都是 90 后，大家有代沟，他们和我沟通了两遭发现无果，就给成子打小报告上眼药。

成子也是羊汤馆的掌柜，且是大股东，他在电话里嚷嚷：这还了得！然后急三火四地跑过来，一见面就指着我的鼻子冲我喊。

他喊：你往旁边挪挪！

成子也搞了一模一样的一个大碗，我俩并排蹲在门槛上喝羊汤，边吃边冲路人吧唧嘴，吃着吃着吃美了，彼此点头一笑，豪气面对万重浪。

我山东人，成子西北人，一个长得像光头强，另一个像大耳朵图图，一个生在黄河头，一个长在黄河尾，从小习惯了蹲着吃饭，从小骨子里就浸透着羊汤。

我扭头说：……再给我们拿两个大烧饼。

服务员快哭了，不肯给我们拿大烧饼。

她嫌我和成子的腚大，把街门堵上了一半，影响客人进门。她蛮委屈地说：冰叔，这是咱自己家的店好不好？

我俩一起抬头瞪她：多新鲜，这如果是别人家的店，我们哥俩儿还不坐门槛呢。

她阴沉着脸盯着我们看，半响，露出一丝天蝎座的微笑，说：如果你们再不起来，我就给豆儿打电话喽。

豆儿是老板娘，成子的娘子。

成子当机立断对我说：大冰，你先吃，我有点事儿先走了哈。

他端着碗跑了，一手还掐着半个烧饼。

做人不能没原则，我也很紧张，但也端着碗跟成子一起跑的话岂不是太没面子了？

我扭头冲着屋里喊：……你打呀，你打呀你打呀！

服务员小妹很温柔地说她已经打了，边说边冲我眨眼。

说时迟那时快，忽然一片阴影覆盖了我的碗，一个身高一米五五的人影挡住了滇西北中午十二点的阳光，横在了我的面前。

豆儿来了。

（二）

因为成子，我对豆儿一直很好奇。

关于成子往昔的故事，拙作《你坏》里有关于他的专属篇章。

简单摘要概述的话——

成子是我多年的江湖兄弟，我们曾结伴把最好的年华留在了雪域高原如意高地。

他少年时组织过罢课，青年时组织过罢工，混迹拉萨时组建过赫赫有名的大昭寺晒阳阳生产队。他爱户外旅行，差点儿被狼吃了，也差点儿被雪崩埋了，还差点儿和我一起从海拔5190米的那根拉垭口滚落悬崖。他曾在中建材做过销售主管，创下过三亿七千万元的业绩，也曾在短短一个月内散尽家产……总之，三十岁之前的成子逍遥又嚣张，没人比他更加肆意妄为天性解放。

三十岁之后的生活也没人比他更颠覆。

成子三十岁后急转弯，他把过往的种种抛之脑后，追随一个云游僧人，四处挂单，缘化四方。

僧人禅净双修，是位禅茶一味的大方家，万缘放下，独爱一杯茶，故而终年遍访名茶，游历天涯。

成子以俗家侍者弟子的身份追随他，他由茶入禅，随缘点化，举杯间三言两语化人戾气，调教得成子心生莲花……师徒二人踏遍名山，遍饮名泉，访茶农，寻野僧，如是数年。

一日，二人入川，巴蜀绵绵夜雨中，僧人躬身向成子打了个问讯，开口说了个偈子……偈子念罢，比丘襟袖飘飘，转身不告而别。

成子甩甩湿漉漉的头发，半乾坤袋的茶还在肩上。

僧人没教他读经，没给他讲法开示，只教他喝茶，喝光了嚣张跋扈的痞子成，喝踏实了一个宁静致远的茶人成子。

成子继续旅程，由川地入黔，自黔行至盛产普洱的彩云之南。

僧人曾带着他遍访过云南诸大茶山，带他认识过不少相熟的茶僧茶农。他一路借宿在山寨或寺庙，渐把他乡作故乡，淡了最后一点儿重返青海老家的念头，兜兜转转，最终驻足在丽江古城。

成子给小客栈当管家，也帮人打理打理小酒吧，还在丽江古城百岁桥的公共厕所附近开了一间小小茶社。他此时隐隐是爱茶人中的大家了。

他没做什么花哨唬人的招牌，只刨了一块松木板，上书二字：茶者。

小茶社窝在巷子深处，游人罕至，生意清淡，但足够糊口，重要的是方便人自由自在静心喝茶。成子从与师父相熟的茶农处进茶，有一搭没一搭地卖卖滇红、卖卖普洱，经常卖出去的没有他自己喝掉的多。

世俗的人们被成功学洗脑洗得厉害，大都认为他活得消极。我却不乐意这样去理解他，我曾在一条微博里感慨道：

浪荡天涯的孩子中，有人通过释放天性去博得成长的推力，有人靠历经生死去了悟成长的弥足珍贵。

天性终究逸不出人性的框架，对生死的感悟亦如此。我始终认为在某个层面上而言，个体人性的丰满和完善，即为成长。

这份认知，是以成子为代表的第三代拉漂们给予我的。成子癫狂叛逆的前半生几乎是一个时代的缩影，他刚刚起程的后半生几乎是一个传奇。

我觉得成子的成长履历貌似是异端个例，实则是一场关乎人性本我的修行，像个孩子一样在一套独特的价值体系里长大，而且活得有滋有味的。

OK，那问题来了。

这样的一个男人，什么样的女人居然能把他给收服了？

在我的印象里，成子来到云南时，豆儿就已经跟在他身旁了，但好像没人知道太多她过去的故事，也没人知道她和成子是如何摩擦出的火花，于何时何地。我对他和豆儿的故事蛮好奇，但当下的成子惜字如金，旁敲侧击半天，只憨笑着装傻说"喝茶喝茶"，逼问得狠了，他就搪塞我说：有机会你还是自己去问问豆儿吧。

鬼才敢主动问她呢！她气场那么瘆人……

我有点儿怕豆儿，半条街的人都有点儿怕她。

她较真儿，嘴上不饶人，专治各种不服。我目睹她较真儿过两次，每次都较得人心服口服的。

第一次是在"丽江之歌"开业的第二个月。

丽江之歌是我和靳松合伙开的小酒吧，彼时奇人扎堆，厨师会打手鼓，扫地的小妹会唱爵士，主唱歌手里有苦行者、有支教的老师，收银员擅写散文，吧台总管就是豆儿，一开始没人知道她之前的工作是干吗的。

她待人很和气，但凡事微笑着讲死理，吧台的人员事务被她管理得井井有条，活泼严肃紧张，像个高考冲刺班。她最初是来负责酒吧的财务，算起账来简直是在批改作业，账本到了她手里简直就是作业本，各种批注，还有红叉叉。我觉得蛮有趣的，开会时专门提出表扬，夸她有创意。

她笑眯眯的，不谦虚也不客气，语气平淡地说：咱们酒吧上个星期亏了两千元。

我咳嗽，王顾左右而言他。

她不受干扰，继续说：咱们酒吧这个星期亏了两千七百元。

我说：那个什么……没什么事儿就散会吧。

她笑眯眯地说：我核算了一下，如果没有新资金注入的话，咱们酒吧还能支撑五个星期。不过大家不要怕，我算了一下，如果到了第五个星期大家集体去卖一次血的话，我们还能再多支撑几个星期。

她说：老板，你别走，我话还没说完呢。

她跷起二郎腿，盯着我说：你既然把大家聚拢到一起组建这个大家庭，就该认真对待，随性归随性，但有必要事事都这么吊儿郎当吗？见人就免单，啥人都免单，到最后酒吧给你随性没了，你对得起自己吗？你对得起这帮跟着你的兄弟吗？什么时候该随性，什么时候该认真，你自己好好想想吧，想清楚了再说话！

一堆人悲悯地瞅着我，好像我刚刚赌钱赌输了被人扒光了衣服似的。

我说我错了……

她个天杀的不依不饶地继续问：你错在哪儿了？

她嘴角含笑，眉毛却是微微立起来的，眉宇间煞气嗖地一闪。

好了，我说，好了好了，我哪儿都错了好不好，从明天开始只打折不免单了好不好……豆儿，你之前到底是干吗的？

她笑眯眯地说：教导主任。

我跟跄跄三步才站稳身形。从此以后，再漂亮的姑娘来了也只打折不免单。

那个，这家酒吧后来还是倒闭了。

有一种说法是，很多客人一看到豆儿就不自觉地立正站好，都莫名其妙地觉得拘谨……

（酒吧倒闭后，靳松专心音乐创作至今，每年都会有巡回演出。

服务员渣渣回了贵阳，从事摄影，现已完婚，老公帅气惊人。

吉他手大勇出国，现定居新西兰，听说闲暇时的爱好是做木工。

歌手菜刀老师后操持翻建了数个希望小学，箪食瓢饮，始终坚持公益，偶尔会来小屋唱歌。

厨师志伟后赴拉萨，主理大冰小屋拉萨收容站事宜，具体经营项目是青旅，后小屋拉萨收容站倒闭关张，志伟开了自己的酒吧，名曰清醒纪，位于大昭寺旁丹杰林巷。）

第二次损人是在"茶者"。

茶者就是成子的那间小茶社，他天天窝在里面听佛经、喝普洱，自得其乐，做生意倒在其次，主要是为了那一口茶。成子是散人，时常一壶茶喝开心了牵着船长就出去遛弯儿，也不管店里是否还有客人，门都不锁。豆儿迁就他，从不扰了他这份雅兴。他只要一闪出门，她就默默顶上，铜壶煮三江，招待十六方，打理得像模像样。

说来也怪，茶者每天生意最好的时候，反而就是她代班的那两个小时。

成子的茶艺是跟着游方僧人学的，豆儿的茶艺是从成子身上学的，她聪慧，青出于蓝，一壶紫鹃十八泡也不改其回甘，而且颇会引经据典，常常是客人八道茶没喝完，就已经被她装了一肚皮茶知识。

我不懂茶，天真味能喝成圣妙香，但我爱喝茶，时不时去找成子喝茶，大家兄弟十年，反正又不用给钱，他泡什么我喝什么。

成子偏内向，话不多，公道杯一倾，只一个字：喝。我爱他的干脆利落，每回都陪他一起沉默地喝茶，顺便再把桌子上的茶点统统吃完。

成子不在就找豆儿泡茶，她兰花指翘得蛮好看，一起一落间蜜色茶汤配着雪白的手指，煞是惊艳。光看手，大家闺秀，可一旦惹着她了，立马堵得人心肌梗死。

惹她的不是我，是一帮江西客官。

那时候十八大还没开，那群人不知是什么来路，六大古茶山的茶采购起来眼都不带眨的。

照例，买完茶先不忙着交钱，店家招待客人先品茶。

头道茶无话，开片儿的小杯子排成一排自取自饮，关公巡城时，事儿来了。

坐中一人"哎哎哎"地喊了三声，一手指着居中一人，一边对豆儿说：别乱倒，先给我们领导倒……

其他人一连声地说：对对对，先给领导倒。被称作领导的那人不说话，嘴角一抹矜持的微笑。这一幕看得我有点儿傻眼，我悄悄问：敢问这位是？

立马有人接话茬儿说：这是我们院长。

我赶忙说：哎哟，失敬失敬。然后接着喝我的茶。

茶人有茶礼，不管在座嘉客是什么身份背景，一概顺时针绕着圈倒茶，公平公道，不分高低贵贱，这本是基本的礼节。奈何国人有些规矩比礼大，小小一张茶桌上也非要讲究个尊卑，也罢，开门做生意，客人最大，拂了人家院长的面子毕竟不好。

话说，也不知道是医院法院设计院敬老院还是美容院……

我瞥一眼豆儿，她不动声色，继续泡茶。

第二道茶泡好，将倒未倒时，豆儿忽然一抬眼，环览四座，朗声背书：

茶，表敬意、洗风尘、示情爱、叙友情、重俭朴、弃虚华，性洁不可污，为饮涤尘烦……诸位请教教我，这杯茶，该怎么倒？

旁边一群人听傻了。

豆儿那天穿了一身小棉袄，还戴着套袖，怎么看也不像是个咬文嚼字的人。卧虎藏龙啊！一刹那，我真真儿觉得她不是坐在茶案后，而是坐在讲台后，底下一大堆集体犯了错误的学生……这种感觉太有气场了。

没人敢再说话，那位院长的脸色绿中泛蓝，豆儿只当看不见，她擎着公道杯等了片刻，微笑着顺时针绕圈倒茶，倒完了还客客气气地问人家：要不要吃块儿茶点？

我忍了半天才没当着那帮人的面问豆儿，之前除了当过教导主任是不是还教过语文。

有此两遭前车之鉴，故而，当豆儿背着手站在我面前笑眯眯的时候，我缩在门槛上很紧张。

豆儿说：吃着呢？

我说：嗯啊……

她说：我们家成子呢？跑了？

我不敢接茬儿，装死狗，把脸埋进碗里假装稀里呼噜。

她笑眯眯地说：听说您老人家天天坐在门槛上喝羊肉汤，已经喝出了一道亮丽的风景线了是吧？差不多就行了，赶紧起来吧少爷。

服务员躲在屋里偷偷乐呢，现在起来多没面子，我决定装死狗到底，碗快空了，但稀里呼噜的声可打死也不能停。

豆儿说：成子和你……她伸出两根手指比画，你俩就是俩孩子。说完了还叹口气。她起身进屋搬来一个马扎子，抱着肩坐到我对面，来来往往的路人瞅瞅她，再瞅瞅我怀里的大碗。

豆儿笑眯眯地说：那你就别起来了，我陪你坐会儿，咱们聊聊天。

坏了，豆儿较真儿了，看这意思是要打持久战。

这种感觉好熟悉，小时候在老师办公室被罚站的感觉立马穿越三十年的光阴，扑通一声砸在面前。经验告诉我除了死扛，没有第二条路可以走，反正又不至于叫家长……

我梗着脖子说：那就聊呗……聊什么？

豆儿抱着肩膀说：你想聊点儿什么？

我精神一振，多好的机会！我说：豆儿豆儿，你和成子是怎么认识的？你们俩怎么会在一起的呢？

豆儿的目光骤然变得绵长，她扬起眉毛，轻轻地说：

我们是洗澡的时候认识的，他给我洗的澡……

我一口羊汤喷薄而出。

豆儿啊！太刺激啦！你赶紧说！赶紧地！

（三）

为更好地讲述这个故事，以下文字切换为豆儿的第一人称。
下文的"我"，即为豆儿。

我出生在广元，直到大学之前从未离开过四川，大学时的专业是师范类的。

故事要从大三那年说起，2008 年。

"5·12"地震时，我在宿舍看书，地震的一瞬间，我手一抖，书掉到地上，我坐起来愣愣地看着舍友，她们也坐起来看着我。

这时，门口就响起了敲门声，隔壁寝室的同学在喊：地震了，快跑！

我们寝室在六楼，我邻铺的那个女孩脸都白了，腿是软的，大家把她拖下来，架着她先冲出去了。我当时也不知道怎么想的，先把穿的衣服拿着、包包拿着，还拿了几个苹果和两瓶水。在做这些动作的时候，楼房还是晃着的。

我那时候想的是，跑下去还要很长时间，而且楼梯之间最容易塌下来，还不如把吃的喝的准备好，就算楼房真的塌了，六楼是最高层，也应该是最好得救的，这些吃的应该能坚持好几天。

摇晃的间隙我下的楼，同学们瞬间都没影了，楼道里一个人没有，楼板吱吱嘎嘎地响着，墙皮噼里啪啦往下掉，我边哭边跑，还拿着收音机，它是我上大学时，爷爷送给我的礼物。

前一秒跑出楼门，后一秒楼就歪了。

楼门前的空地上，哭成一片，有只穿内衣的，有裹着浴巾的，有人蹲在地上哭，有人跑来跑去，反正什么样子的都有，所有人都是边哭边发抖……

关于"5·12"的回忆不想多说了……很多事情不能回忆，太难过。

我想说的是，那天从六楼上哭着往下跑的时候，我就知道有一个意识夯实在我接下来的人生里：生命真的就是一下子的事情，我要抓紧时间好好活着。

我们这一届没有毕业典礼。

虽然早就考到了教师证，但毕业后的一整年，我没找固定工作，只辗转了几所学校代代课什么的。

好尴尬的年纪，自己都不知道自己是否长大了，我不想这么快就把自己拴死了，我想好好活，想为自己做点儿事情，却又不清楚该如何去做，想来想去，最终决定去支教。

那时不知为什么，就想去一个最远、最艰苦的地方支教。

由于家里人反对，我没能报上国家支教的名额，只好在网上找到一个以私人名义组织的支教组织，计划去青海玉树支教一个月。怕家里人担心，我只说想去青海、西藏、新疆旅游一圈。

妈妈离开得早，爷爷把我带大，我从小没出过远门，他不放心我，于是翻了半宿的通讯录，给了我好几个紧急联系人的号码。

我心里非常不以为然，新疆和西藏我本来就不会去，青海的紧急联系人在我看来也意义不大：据说是个远房亲戚家的小哥哥，小时候还抱过我，他家人当年出差来四川时，带着他在我家里借宿过一个月，那个时候他九岁，我才刚两岁。

我说：爷爷啊，这不是开玩笑吗？二十多年没见过的远房亲戚，又没什么感情基础，怎么好意思去麻烦人家？

爷爷说：咋个没的感情基础？你不记得了而已哦，你当年可喜欢那个小哥哥了，天天拽着人家的衣角跑来跑去，晚上睡觉都搂着他。他也喜欢你喜欢得不得了，不是背着你就是抱着你，吃饭的时候也是他喂你……后来他走的时候，你们俩差点儿哭死过去，生离死别噻……

爷爷说的事情我完全没印象，他老了，不能让他太担心，我假装很听话地当着爷爷的面儿把那张纸收好，扭头就扔了。当然不能联系喽，暴露了我此行的真实目的怎么办？

万事俱备，支教的组织者让我去西安找他会合，再一起去青海。

我给爷爷奶奶做了一顿饭，去和妈妈告别，然后一路坐火车到了西安。

我在回民街和那个组织者见的面，我们边吃饭边互相了解。

组织者叫老刘，当时他介绍说，他是以个人名义在青海玉树囊谦县的一些学校支教，并给我看了照片，说我和他要先到西宁去，住一家青年旅社，在那里休整，据说那里还有几个准老师在等着他，一起进囊谦。

这位老刘很热情、很能说，但他越说我越将信将疑。

或许是我阅历太浅吧，虽然他告诉我他的事迹被不少媒体报道过，但我怎么也感觉不出这是一个在山区里艰辛支教了很久的人，他点菜什么的很讲究，这个不吃、那个不吃的，对服务员的态度很不客气，不是很尊重人。

一个人的本性往往在最细节的地方展露无遗，我实在是没办法把面前这个人和心目中的支教志愿者形象重叠到一起，一个有情怀、有情操的人可以不拘小节，但总应该是个尊重他人的人吧。

但我觉得老刘应该不是个骗子吧，哪里有当骗子这么不注意细节的？我试探着和他聊了聊孩子们的事……应该不是骗子吧，因为他把孩子们的窘困情况描述得那么详细，还不停地强调孩子们有接受更好教育的权利，而我们应该做的，是给孩子们提供一个改变人生轨迹的机会。

老刘的慷慨陈词打消了我当时的一丝疑虑，我决定不动摇了，和他一起去青海。

就这样，我们当天就一路火车，从西安到了西宁。

到西宁市时，天还没黑，他没带我坐公共汽车去青旅，而是打了一辆出租车。我心里开始有点儿不乐意，不是说孩子们的境况很窘迫吗？为什么还乱花钱？

那种隐隐不安的感觉又回来了。

打车到了青旅后，这种感觉越发明显，老刘很热络地和人打招呼，一看就是在这里住过很久……但那些和他打过招呼的人都意味深长地看我一眼，我年轻，不明白那些眼神是什么意思，但觉得浑身不自在。

他支我去沙发旁边看行李，自己去吧台办手续。

我从小听力好，隔着很远，隐约听见他和前台说：是一起支教的老师……后面又说了些什么，但声音很低我听不清。过了一会儿，他拿着一把钥匙过来说：带独立卫生间的只剩一个标间了，咱们只好挤一挤喽。

他用的是那种很自然的口气，好像男生女生住一个房间是很正常的事情。

我心头噌地烧起一把火，自己都能听到自己咯吱咯吱的咬牙声，但从小接受的教育是再生气也要笑着说话，于是我强笑着说：不至于吧，别开玩笑了。

老刘可能看我脸色不对，就一边打哈哈一边说：这已经是不错的条件了，比学校好多了，学校只有一间老师宿舍，等去了以后所有的老师不管男女都是吃住在一间房子里的。

他顿了顿，又说：你就当是提前适应适应吧。

我笑着说：你说得没错，是应该提前适应适应。

我拎着行李走去前台，要了一个女生多人间的床位。老刘没说什么，只是和我说话的态度一下子冷淡了许多。

原计划的出发日期延迟了，拖后了有四五天，老刘说因为还有人没到，据说是某个媒体的记者，要跟着去体验生活。对此我没发表什么异议，毕竟他是组织者，或许如他说的那样，要认可宣传报道的意义。

其余几个准支教老师我也看见了，其中一个男生很奇葩，一直在赖床，三天内除了吃饭就是躺在床上玩游戏；另一个准女老师更奇怪，随身一本书没带，却带了一堆镜头、昂贵的单反相机以及一个三脚架，让人搞不清楚她到底是去教书的，还是去搞摄影创作的。

我尝试和他们交流，一问才发现全是在校大学生，他们当中最短的只去支教一个星期，最长的差不多一个暑假，除了我以外，都没有教师证，而且全都不是师范类专业的。当然，不是说非师范类专业就不能教书，预先备好课、掌握一点儿教育心理学即可，但一问方知，他们几乎没有备课的概念，每个人都说：到了学校以后拿过学生的课本看看就行了，大学生还教不了小学生吗？

这不是误人子弟嘛！

我跑去和那个组织者老刘沟通，让他组织大家备课，并合理分配好每个人的教学方向，因为好像每个人都认为自己适合教语文，那谁教数学呢，谁教美术呢……

老刘却说：这个不是现在该操心的事，到了学校后大家再商量。另外，支教靠的是热情，你最好别打击旁人的热情，大家牺牲了暑假出来吃苦，可不是为了听人数落的。

我有些糊涂了，这和我想象中的支教太不一样了，我不明白支教靠的是热情度还是责任感，但毕竟学了四年的师范专业，对书该怎么教还是有自己的认知底线的。

我说：不好意思，我需要考虑一下是否继续留在你们这个组织里。

老刘却斩钉截铁地说不行，他说报名了就不能退出，这样会影响其他人的情绪，等于破坏支教。

我不想破坏支教，但这种境况实在让人心里堵得厉害，我当时年轻，涉世不深，觉得天都暗了。我一个人盘腿坐在青旅的客厅里生闷气，生着生着生出眼泪来，忽然很想爷爷，也忽然觉得自己很笨，眼泪一淌出来就止不住了，委屈得要命。

正哭着呢，有一个叔叔丢了包纸巾到我怀里。

这个叔叔我认识，他话不多，大家一起在厨房做过饭，我还借过他的打火机，他好像不是青旅的住客，但每天都会来青旅坐一会儿，有时候带本书过来，有时候带着笔记本电脑噼里啪啦敲上半天。

这个叔叔长得像大耳朵图图，憨憨的，很实在的样子，不知道为什么，我抬头看了他一眼后，哭得更止不住了。

他也不说话，自己忙着敲电脑，一直等到我哭累了告一段落了，才扭头问我：说说吧，你出什么事儿了？

我一边抽搭，一边一五一十地把前因后果说了一遍。

叔叔一边听一边吧嗒吧嗒抽烟，他问了我一个问题：你是四川人，经历过"5·12"，应该知道救灾志愿者和灾难旅行者的区别吧？

我说：知道啊，前者主要是去救人、帮人、献爱心，后者除了献爱心外，顺便参观，开辆车，装上几箱矿泉水，在危房前，甚至在一些遇难者身边拍上几张照片，录上几段视频。即使帮忙搬几块水泥板，也不忘了拍照留念，其中的个别人美其名曰救灾，但其实是在添乱。

叔叔说：那是一小部分人的行为，咱们先不去讨论他们是对是错，我再问你一个问题，你觉得支教志愿者和支教旅行者的区别是什么？

我一愣：支教旅行者？

他又点了一根烟，慢慢地说：我觉得，你应该对"支教志愿者"这几个字有个清醒的认知。扪心自问一下，你真的是去帮助那些孩子的吗，还是去给自己的人生攒故事？或者是去寻找一份自我感动？支教是种责任和义务，是去付出，而不仅仅是去寻找，是一份服务于他人的工作，而不仅仅是一次服务于自我的旅行。真正负责任的支教志愿者，不应该是一个只有热情的支教旅行者。

他接着说：我不反对你们的支教行为，但是如果可以的话，沉下心来在那些学校最起码教满一个学期如何？只去蜻蜓点水地待上一两个星期或一个假期，你和孩子们谁的收获更大？你倒是完成了一件有意义的事情了，人生得到升华了，可那些孩子呢？他们收获了什么？你匆匆来匆匆走，他们的感受会如何？在"支教"这个词里，主角应该是孩子们才对哦，他们没有必要去做你某段人生故事的配角，也没有义务去当你某段旅程中的景点。话说得重一点儿，你有权利去锻炼自己，但没权利拿边远穷少地区的孩子们当器材道具。

我分辩说：组织者说，不论我们去的时间长短，都能改变孩子们的人生轨迹……

他笑了，点着头说：没错，这话没错，但诚实点儿讲，改变孩子们的人生轨迹是你们的主要目的吗？在你心里，改变他们的人生轨迹和丰富自己的人生轨迹，哪个排序更靠前？

再者说，如若真的想良性地影响他们的人生轨迹，那一定是一件系统而严谨的事情，想用十天半个月的支教去改变一个孩子的人生，或许是有可能的，但你确保这种蜻蜓点水是负责任的吗？这一点可否谨慎思考一下？

那个叔叔最后说：是的，无论如何，不论是长期支教还是支教旅行，都是在献爱心，值得认可，但一个真正的支教志愿者不会盲目地去寻求一种道德上的优越感，也不会居高临下地去关怀。真正的献爱心不仅仅是去成全自己，更不是去作秀或施恩，你说对吧？

这位叔叔的话让我失眠了，第二天吃饭的时候，我当着众人的面把他的话复述了一遍，我说：我觉得我自己目前的状态和心态都调整得不太对，等我准备好了以后，我会去支教的。

还没等我明确说出要退出此次支教，老刘勃然大怒，他吼：本来订的活动计划就是三男三女，记者明天就到了，你让我怎么和人家解释？！你现在退出让我上哪儿找人去！

他拽着我胳膊吼：一颗老鼠屎坏了一锅汤！

老刘暴跳如雷，他当场扣了我的行李不让我走，并拽着我去找那个叔叔要个说法。青旅的客厅里呼啦啦围起来一堆人看热闹。老刘指着那个叔叔的鼻子张嘴就骂：你算哪一路神仙，轮到你娃多管闲事了吗？！我们爱怎么支教是我们的自由，轮到你这种只会放屁不会干活儿的人胡说八道吗？！

那个叔叔很稳，别人骂他，他却不生气，只是不紧不慢地操作着电脑，头也不抬地说：听豆儿说，你们要去的是囊谦的那所学校。

他拨开那根伸到鼻子前面的手指头，说：第一，那所学校的校舍是我和我的朋友们援建的，不算多管闲事。就算你们去的不是我们援建的学校，有些话我该说还是会说。

第二，你是真支教还是假支教自己心里清楚，不用我挑明，你给我想清楚了再说话。

第三，你再冲我吼一句，我立马揍你。

他合上笔记本，正色说：你扛揍吗？

这个叔叔看起来很老实的样子，可一厉害起来煞气逼人，好像很能打、很不好惹的样子，总之太爷们儿了，相比之下，老刘弱爆了。

架没打起来，老刘当天就搬出了青旅，其他人都散了，只有一个准支教老师跟着他走了，就是那个一身摄影器材的女孩子。后来在天涯社区里看见过那个女孩子发的帖子，她好像吃了蛮大的亏。

我的支教计划就此搁浅，在青旅里又住了两天。

我不想回去上班，觉得那种朝九晚五的生活不是我想要的，说实话，接下来的路该怎么走，还是没有想明白，于是去问那个叔叔的意见。

他很坚决地建议我回四川上班，他说：你才多大，干吗这么早就去谈放弃？

没有任何一种生活方式是天生带原罪的，你还没正经体会过那种生活，就匆忙说放弃，这对自己不是一种负责任的态度。

他说：你可以在西宁玩一下，可以去去青海湖，然后回家去找份工作，拿出几年时间来认真体会一下那种生活方式后，再决定是否放弃。

不知道为什么，我特别愿意信赖他说的话，于是很开心地在青海玩了十天左右，然后打道回府去上班。

临行前和叔叔告别，他很开心我听了他的话，请我喝送行酒。

我记得很清楚，和他是在西宁的旋转餐厅里吃的饭，是西宁的最高层，我记得他点了牛排、甜点、开胃菜等等，他切牛排的样子，很细心、很爱干净。

他很尊重我，并不因为我年龄小就乱讲话，几乎礼貌得有点儿客套了，一副绅士做派。

我对他的身份很好奇，他在央企做管理工作，但言谈举止明显很有个性，也很有思想，不太像是体制内的人。他貌似经历很丰富的样子，我问及他的过去，他只泛泛讲了一些他在西藏生活时的故事，就把话题转到了窗外的西宁城市建筑，那顿饭我吃得很开心。

那顿饭还闹了个笑话，我一直以为他已经四十多岁了，于是老“叔叔叔叔”地喊他，他神情古怪，又欲言又止，后来实在忍不住，说他才刚满三十岁。

我大惊失色，这也太显老了吧，怎么会有人年纪轻轻却长得这么“资深”的？

后来琢磨，可能是他在藏地生活了很多年，脸被风化得比较严重吧。

我们临别的时候没留电话，只留了 QQ 号，他让我喊他“成子哥哥”，我没问他的真名，他也没问我的，大家是萍水相逢的普通朋友而已。

回到四川后，我进了一家私立学校，按照成子哥哥的建议，开始努力工作，认真体会这种朝九晚五的生活方式。

（四）

人真的是很奇怪的动物，相处的时候没什么异样，一分开就不行了，一个月后我居然想他想得不行了。

我惊讶地发现我喜欢上他了，这怎么可能？！他长得像大耳朵图图一样，又显老，我怎么可能喜欢上他？可是，如果并非喜欢上了他，我怎么会满脑子都是他？

睡着了想的也是他，睡醒了想的也是他……

在我二十几岁的人生里，第一次遇到这样棘手的问题，我没办法去问妈妈，也不好意思向爷爷奶奶开口求教，言情小说和偶像剧没有教过我如何去应对这样的情况，我有些傻眼了。

我不清楚自己到底喜欢他什么，或许是他身上那种独特的成熟吧，让人忍不住微微仰视。

不对，这种解释好像又不成立，他给我一种莫名的熟悉感和亲密感，好像我们很久之前就曾相识相恋过一场一样。

说来也奇怪，一旦发现自己开始喜欢上他了，他的模样在自己心里好像也没那么老了，甚至有一点儿帅了。

我忍不住联系他，在 QQ 上给他留言，和他聊我的工作，他细心地给我建议。

我把我对社会的一些疑惑向他和盘托出，他也是有问必答。

但当我尝试着把话题往情感上迁时，他却并不接茬儿。

看来，在他心里我没什么特别的，他或许只把我当个普通的小朋友对待吧，这种感觉让人蛮失落的，我长得又不难看，他怎么就没想法呢？

我有一点点生气，故意在 QQ 上聊天聊一半就闪人，但好像我不主动和他说话，他就不主动和我说话，我拿他一点儿办法都没有。我是个女孩子啊，怎么可能主动表明好感？但我又不舍得不和他聊天讲话，于是这种 QQ 聊天断断续续地持续了好久。

这种聊天唯一的好处，就是对他的了解越来越多了。他过往的人生经历无比丰富，曾穷得掉渣也曾经历过数次生死，他现在的生活好像也和其他人不太一样，事业貌似很成功，但工作之余并非天天应酬、酒局不断，他经常出门溜达，有时候去寺庙里住，有时候去爬雪山。他好像很喜欢一个人独处，去哪里都是一个人行动。

我觉得我和成子哥哥的人生价值取向是不同的，他活得很自我，好像很明白自己要的是什么。我不羡慕他的生活方式，但很羡慕他能有属于自己的价值体系。

明白自己人生方向的人，多让人羡慕哦。

喜欢上一个人了，难免患得患失，他有段时间常常往佑宁寺跑。有一次，他无意中向我描述了僧人的生活，言辞间满是向往，这可把我吓坏了，可千万别出家啊，我还没来得及告白呢。

还有一次，他去雪山，消失了快一个星期，我联系不上他，急得嘴上起疱。一个星期后才知道他在雪山里面遇到了狼，他在电脑那头很随意地提了一句，却让我气得打哆嗦……真恨不得把他拴到裤腰带上了。

更令人生气的是，我这么担心他，他却一点儿都不知道，我又没办法开口对他说，心里面像堵满了石头子儿一样，难受死了。

终于，我忍不了了，攒了年假去西宁，却不敢挑明是去看他，只说是想再去一次青海湖。

我去探望了妈妈，又给爷爷奶奶做了一顿饭，然后揣着一颗两百摄氏度的心冲上火车。时逢铁路提速，但我觉得慢，恨不得下一站就是西宁。

就像张爱玲说的那样：我从诸暨丽水来……及在船上望得见温州城了，想你就在那里，这温州城就像含有珠宝在放光。

西宁，西宁，一想到这个地名就让人高兴得发慌，它也仿佛含着珠宝一样，熠熠地发着光。

我没想到西宁不仅会放光，还会打雷刮风下雨闪电……

这次西宁之行可把我哭惨了。

我并不知道我到西宁时，成子哥哥已经散尽家产，即将跟随一位老僧人出门游方。

上次他请我吃的牛排，这次是牛肉面，他隔着两碗热气腾腾的牛肉面告诉了我这一消息，语气淡定得好似在说别人的事。

我立马傻了：完了！他要当和尚去了！

出什么事了？不正是事业的黄金期吗？多少人羡慕不已的收入，怎么说放就放下了……你是不是得什么绝症了？干吗要走这一步？！

我急得直拍桌子，他却哈哈大笑起来。他说：你太小，说你也不明白，不是说一定要受了什么打击才要走这一步，只是想去做而已，就这么简单。不要担心不要担心，我好着呢。

你好，我可不好！我手冰凉，胃痛得直抽搐，真想把桌上的一碗面扣在他头上，一想到这颗脑袋将变成光头，我心都快碎了。

用了一吨的力量才按捺住脸上的表情，我挤出一副好奇的样子央求成子哥哥带我去见见那位僧人，他爽快地答应了，带我挤公交车去见僧人。我坐在公交车上晃来晃去，难过极了，他这是把自己的后路都给绝了呀，连自己的车都送人了。

僧人在喝茶，给我也沏了一杯，就是一个普通的老头子而已啊，完全看不出有什么神奇之处，而且话极少，脸上木木的没有一点儿表情。他和我寒暄，问我哪里人，我说我是四川人，他说四川好啊，好地方哦……

寒暄完毕，僧人默默地烧水，小铁壶坐在小炉子上咕嘟咕嘟的，他不再说话。

我脑子不够用了，礼貌什么的抛到脑后，不客气地开口问道：师父，我不懂佛法，但我觉得如果人人都像成子哥哥这样抛家舍业，那不消极吗？

僧人木木地点点头说：唔，人人……

真想把他的胡子都揪下来！

我接着问：您干吗不带别人，非要带成子去游方？！佛家不是讲六根清净吗？他今天中午还吃肉了呢！他尘缘了了吗，就去信佛？

僧人木木地：唔，尘缘……

成子哥哥觉察出我话语间的火药味儿，开口道：豆儿，话不是这么说的，吃过肉不见得不能信佛哦，总要一点一滴去做。再说，信佛这回事，是累世劫种的因，这辈子得的果，缘分如此，坦然受之罢了。

很多话再不说就晚了，我不敢看成子，看着茶杯说：那你和我的缘分呢？我们之间就没有因果吗？！

我没敢看他，不知道他是什么表情，天啊，好尴尬好尴尬，气都喘不上来，给我一个洞让我躲起来吧。

成子一声不吭，该死的，你倒是说话啊，你和我就一定没缘分吗？

僧人忽然呵呵地笑起来，满脸皱褶，刀刻的一样，他抬眼看看我又看看成子……眼睛好亮。

他笑着冲我点点头，我死死地盯着他那被胡子埋住的嘴巴。

他却只是说：唔……

成子哥哥和僧人飘然离去，临走什么也没说，我从青海一路哭回四川。

我不能去找闺密或同事诉苦，人家没义务给我当垃圾桶，我也不能去找爷爷奶奶哭，他们年纪大了，不能让他们着急。我去探望妈妈，却在见到她之前把眼泪生生憋了回去……我已经是个大人了，不能让妈妈觉得我没出息。

可这种感觉太难受了，没有排水口，没有泄洪口，满满当当地淤在身体里，闷痛闷痛的。我心说这算什么啊，这连失恋都算不上啊，我到最后连人家喜不喜欢我都不知道……他万贯家财都不要了怎么可能要我啊？摆明了没缘分啊！

我告诉自己他有什么好的啊，长得又不帅，行为又这么奇怪，赶紧忘了吧，赶紧忘了吧……没想到一忘就是两年。

两年也没能忘得了他。

（五）

人就是这么贱，越是得不到的越是觉得好。

我不舍得和成子哥哥失去联系，两年间我一直在 QQ 上联系他，但不多，基本是每过几十天才说一两次话，我问，他说。

我想给自己留点儿脸，关于情感话题只字不谈，只问他云游到了何方，身体可好。他看来不经常上网，没有一次是即时回复的，有时隔了一个月才回复留言，寥寥的几个字又客气又礼貌。

恨得人牙根痒痒。

成子给我邮寄过一次茶叶，上好的金骏眉，我煮了茶叶蛋。

边煮边心痛得要命。

我把两年的时间通通放在工作上，工作上谁也没有我亡命，塞翁失马，居然当上了那所私立学校的教导主任，全地区最年轻的教导主任。人人都说我前途无量，人人都畏我三分，没人介绍我相亲，他们私下里说我严厉得不像个女人，没人知道我喜欢的人跟着和尚跑了。

一想到成子哥哥或许已经剃头出家，我就受不了了。

有人化悲痛为食量，有人化悲痛为工作量。

我化悲痛为工作狂，天天加班，逢会必到，管理和教学都参与，工作笔记和备课笔记积攒了厚厚一摞。或许有很多人很享受这种以工作为轴心的生活，但说实话，不包括我。有时候在课间操的间隙，盯着操场上整齐划一的动作，我常常愣上半天，我清楚地知道自己忙忙碌碌忙忙碌碌，有了温饱体面的生活，学生家长和学校领导都爱我，但我不快乐。

我都已经二十好几了，触碰过的世界却只有眼前这一个，这个就是最好的吗？

时逢暑假，我开始认真盘算假期后是否继续和学校续约。

成子哥哥曾告诉我不能盲目放弃，先去好好工作，认真体会了这种大多数人秉行的常规生活后，再决定如何去选择，那我这算是认真体会过了吗？那我接下来该如何去选择？我的选项又在哪里呢？

我上 QQ，打了长长的一段话，然后又删除了，两年来的客气寒暄仿佛一层隔膜，很多话不知以何种语气措辞开口和他说。

我犹豫了半天，还是决定和往常一样，给他留言说：现在漂到哪里了？在干吗呢？一切可好？

万万没想到，一分钟不到，他回复留言了：挺好的，现在在成都，在一家网吧躲雨呢。

我擦！龟儿子在成都嘞！

我火速打字问地址，约他见一面，手在键盘上乱成螃蟹腿儿，短短的一行留言打错了四五个字，我想都没想就发了出去，好像只要晚了一秒钟他就跑了、飞了、不见了，被雨冲进下水道流到长江里再也找不着了。

我要给那位僧人立生祠牌位。

我见到成子哥哥后的第三分钟，就在心里发誓要这么干。

成子和僧人云游两年后行至成都，锦官夜雨中，僧人毫无征兆地向成子辞行，他留下一个偈子和半乾坤袋的茶，然后飘然离去。

僧人就这么走了，神仙一样。

我要给那位大师立牌位，天天上香！他把成子借走了两年，然后给我还回来了！

……话说他怎么知道我在成都？说不定是尊八地菩萨吧，掐指一算什么都明明白白的！好了，不管那么多了，成子哥哥一头乌青的板寸，穿的是美特斯·邦威的 T 恤，而不是僧袍袈裟……太好了，他没出家。

他跟着僧人喝了两年的茶，好像年轻了不少的样子啊，虽然穿的是"美邦"，但整个人精精神神的、土帅土帅的。

我请他吃红油抄手，他吃起来眼睛都不带眨的，他还是吃肉的啊啊啊。既然他不排斥吃肉，那么应该也不排斥其他了……我念及自己人类灵魂工程师的身份，忍住了没在抄手店里把他推倒。

但情况不容乐观，这家伙摆明了没有联系我的意思，如果不是今天心血来潮给他留言，他绝对灯下黑了，绝对一个人悄悄跑掉了。

吃完这顿抄手，他未必不会悄悄跑掉。

我恨不得找根绳子拴在他脖子上，但毕竟不是过去那个不谙世事的小姑娘了，不能蛮干。这两年的校园风云里，姑娘我磨炼出一身的胆识和手段，在与学生的屡次战役中我深知强攻不如智取。

于是智取。

我不动声色地和他聊了很久，套出了他接下来的行程。他计划四天后由川入滇去盘桓几年，继续他的茶人之旅。

那天，我边和他吃抄手，边暗自做了个决定，算是这一生中最大胆的决定吧：我要跟他一起走，不管他去哪儿，我要牵紧他的衣角去他的世界。

我用了半天的时间搞定了工作交接，接下来整整两天半的时间，我全部用在和爷爷奶奶的沟通上，他们年纪大了，万事求稳，好说歹说才勉强认同我的决定。他们和一般的家长略有不同：虽然非常希望我一辈子风平浪静，但更希望我活得高兴。

最后一个半天，我去探望妈妈，把心绪话与她知，并和她告别。

和往常一样，妈妈什么也没说……我知道不论我做出什么决定，只要我是在认真地生活，她都会理解我的。

四天后，我背着行李站到成子哥哥面前说：包太沉，你帮我抬到行李架上好吗？

他很吃惊地问我要干什么去。

真好玩儿，一直以来他在我心里的模样都是睿智淡定的，他居然也会吃惊，吃惊的样子像极了大耳朵图图，怎么这么可爱？

我说：和你一起去体验一下不同的人生呀，反正我还小嘛。

话音刚落，车开了，心里这叫一个美呀，掐着时间上车的好不好！

我说：你有你的信仰，有你自己追求的生活，我也想找到我想要的生活，我带着我的教师证呢，不论去哪儿我都可以凭本事吃饭，不会拖累你的。

他劝了我半天见劝不动，就退了一步，允许我先跟着他走两个月，只当是出门玩儿一趟，暑假一结束就必须回去上班。我每天不知道要训导多少个调皮的学生，早耳濡目染了一身 00 后的智慧，于是假装很真诚地做了保证。他拿我没办法，皱着眉头拿手指关节敲桌子。敲吧敲吧，无论如何，初战告捷，终于从路人变成了同路人。

火车渐渐离开了熟悉的家乡，我忽然忍不住哭起来，不是难过，不清楚是种什么情绪，就是想哭，一边哭，心里一边开始轻松，从未有过的轻松。

搞笑的是，我哭得太凶，把乘警招过来了，问他是不是人贩子。我赶忙解释说是哥哥，乘警不太相信，说我那么白，他那么黑，怎么可能是兄妹？

我又哭又笑满脸带泡泡，就算他真的是个人贩子，我也跟定他了。

（六）

自此，伴君行天涯。

从四川到贵州再到云南，我跟着他去了很多地方，一个个村寨，一座座茶山，有时落脚在茶农家，有时搭伙在小庙里。成子和我兄妹相持，以礼相待，有时荒村野店只觅得一间房，他就跏趺打坐，或和衣而眠，我有时整宿整宿地看着他的背影，难以名状的一种安全感。

他缄默得很，偶尔大家聊聊天，谈的也大都是茶。

我跟着他不知饮下多少担山泉水，品了多少味生茶、熟茶。

除了饮茶，他是个物质需求极低的人，却从没在衣食上委屈了我。我初饮茶时低血糖，他搞来马口铁的罐头盒子，里面变着花样的茶点全是给我准备的。

我有时嘴里含着点心，眼里心里反反复复地揣摩着：他是否有那么一点点喜欢我呢？

一旁的成子面无表情地泡茶喝茶，和他师父一个德行。

我说：喂喂喂……

他抬头说：嗯？

一张老脸上竟有三分温柔，是的没错，稍纵即逝的温柔，水汽一蒸就没了。

我慢慢习惯了喝茶，茶苦，却静欲清心，越喝越上瘾，身旁这个曾经沧海的男人，也让人越来越上瘾。

古人说"宁搅千江水，莫动道人心"，他是俗家皈依弟子，算不上是道人吧，我越来越确定我就是他那未了的尘缘。

这浑水我搅定了！

他若是茶，那就让我来当滚开水吧，我就不信我泡不开他！

就这样，兜兜转转，一路迤逦而行至滇西北。

抵达丽江时，暑假结束了，成子开始旁敲侧击提醒我回家，我只装傻，一边装傻一边心里小难过：坏东西，当真要我走吗？在我心里早已没你不行了好不好？你拿着刀砍、拿着斧子劈也分不开我们呀。

我决定先发制人，都说男人在黄昏时分心比较软，我选在黄昏时分的文明村菜地旁和他摊牌。

他爱吃萝卜，我掏出一个洗得干干净净的大白萝卜请他吃，趁他吃得专心的时候问他：成子哥哥，我给你添麻烦了吗？

他一愣，摇摇头。

那你很讨厌我跟着你吗？

他立马明白我的意图了，嘴里含着萝卜道：你要对自己负责任，不能一时冲动，你要想清楚你想要什么样的生活……

我运了半天的气，说：我喜欢你，我要和你在一起，我想要有你的生活。

好吧，这就是我的表白，在夕阳西下的丽江古城文明村菜地旁，身边的老男人手里还握着半个大萝卜。

成子皱着眉头看我，皱着眉头的大耳朵图图，他几次张嘴却没说出话来，脸红得要命，那么黑的一张脸，胡子拉碴的，却红得和酱肉一样。

我说：你要是讨厌我不喜欢我对我完全没感觉……就把萝卜还给我。

半晌，他不说话，也没把萝卜还给我，萝卜快被他攥出水来了。

我试探着问：……那就是喜欢我了？

他说：喜不喜欢你，和你过什么样的生活没关系。你还太年轻，不应该这么仓促去做选择。听话，明天回去吧。

他还是把我当个孩子看！

他凭什么一直把我当个孩子看？！

我怒了：你真的狠心撵我走是吧！你真就这么狠？……你一个信佛的人要跟我比谁狠是吧？！

他梗起脖子说：是！

我双手一击掌，哈地笑了一声，大声说：好！

浑身的血都上头了，我感觉自己的头发像超级赛亚人一样全都竖了起来，浑身的关节都在嘎巴嘎巴响，好像即将变身的狼人一样。当时也不知道自己怎么想的，正好旁边是个建筑工地，我拿起一块板砖扬手就往自己脑袋上砸。还没等他反应过来，板砖就碎了，半截落在脚前，半截飞到身后。

他"啊呀"一声大喊。我被紧紧抱住了，勒死我了，砖头没砸死我，却差点儿被他勒死。

我一点儿事也没有，郑重声明一点，我真的没练过脑袋开砖，但不知为什么脑袋连个包包都没起。后来咨询过一个拳师，人家说豆儿你很有可能那一瞬间气贯全身、三花聚顶，金钟罩铁布衫了……

成子把我抱得那么紧，隔着衣服能感觉到他肌肉僵硬得像石头一样，他的脸贴在我的太阳穴上，我能清晰地感觉到他的脸扭曲变了形。他倒抽着冷气，好像挨了一板砖的人不是我而是他。

叫你再淡定，叫你再稳重，叫你再撵我走。

我努力地扭过脸，毛刷子一样的胡子蹭着我的鼻子，我不觉得扎，蹭着我的嘴唇，我不觉得扎……

然后……

然后……当天晚上该干吗就干吗去了。

（编者按：此处尺度略大，删去 1000 字。）

（七）

至此，我们驻足在了丽江。

成子时常说一句话：我心安处即为家。我心想，那就把你的心安在我这里吧，我要和你好好过日子，我就是你的家。

寻常的游人只被丽江的艳遇故事遮住了眼睛，以为在这个小城只有 One-night stand（一夜情），没有真爱，其实丽江有那么特殊吗？驻足在这里的人就一定要被污名化吗？不论家乡还是异乡，只要认认真真地去生活，丽江和其他地方又有什么区别呢？

在我心里，这个地方没什么特殊的，唯一特殊的，是我和成子在这里安了一个家。

我和成子一起刷墙，把租来的房子粉刷得像个雪洞一样，枕套上绣着花，窗台上摆着花。没有床，我们睡在床垫上，桌子是我们自己做的，椅子有两把，盆子有三个———一个用来和面，一个用来洗脸，一个给他泡脚。他泡脚的时候，我也搬个小马扎坐在旁边，把脚也伸进去，踩在他的脚上。他脚上有毛，我撮起脚指头去钳他的毛，疼得他直瞪眼。他用熊掌一样的大脚把我的脚摁在水底下，滚烫滚烫的热水，烫得人脚心酥酥麻麻的，心都要化了。

我背起小竹篓和他一起到忠义市场买菜，他背着手在前面走，我在后面跟着，竹篓在背上一摇一晃的，土豆和黄瓜在里面滚来滚去。他走得快，偶尔停下来回头看看我，轻轻地喊：豆儿……

他笑眯眯的，笑眯眯的大耳朵图图。

和我在一起后，他有了些明显的变化，沉稳归沉稳，但很多时候不经意的一个表情，却像个孩子一样。他有一天像个孩子一样眨巴着眼睛向我请示：咱们养条小狗好吗？

我在心里面暗笑，暴露了暴露了，孩子气的一面暴露出来了。男人哦，不论年龄多大，经历过什么，总会保留几分孩子气的，听说这种孩子气只会在他们爱的人面前时隐时现。

我说：好啊，养！

我们去忠义市场，从刀下救了一条小哈士奇，取名船长。

不论未来的生活会多么动荡摇曳，我会和成子守在同一条船上。

预想中的动荡却并未到来。

驻留丽江后，成子找了一个客栈当管家，他曾做过中建材的地方业务主管，事业黄金期曾创下过几个亿的业绩，管理起客栈来如烹小鲜。他养气功夫也足，待人接物颇受客人们喜欢，于是一年间被猎头找过两次，好几家大连锁客栈抢着挖他。

我去教书，但是受户口限制，只能去教幼儿园，偶尔也去小学或初中代课，顺便当当家教，日子过得满满当当。

我们买了一辆电动车，成子每天骑车接送我，我个子小，习惯侧着坐，他骑车时经常反手摸一摸，说：没掉下去吧……

我说：还在呢，没掉下去。

他说：唔……

我在后座上乐得前仰后合的，然后掉下去了。

一年后，我们用积攒的钱开了一家小茶舍。

成子知茶懂茶，是真爱茶的人。店开在百岁桥公厕旁的巷子里，虽小，却倾倒了不少茶客，慕名来喝茶的人里有孙冕老爷子，也有陈坤。

孙冕给小茶舍题字"茶者"，是为店名。陈坤从别处了解到成子惊心动魄的藏地生涯，邀他参加过"行走的力量"，成子去走了半程就回来了，他给我的理由是：高原烧不开水，没法泡茶喝。

我好生奇怪，问：那你当年在西藏是怎么过的？

他说：那时还不嗜普洱，只喝甜茶。

我没去过西藏，不知道甜茶是什么滋味的，他搞来红茶和奶粉专门给我煮一锅，边煮边给我讲了讲大昭寺晒阳阳生产队、磕长头的阿尼，以及生死一场的地狱之路聂拉木。

成子说，甜茶和酥油茶一样，不仅能为身体提供热量，还能给人提供一种独特的胆气和能量。

和摩卡咖啡一样颜色的甜茶香香滑滑的，我一边喝一边琢磨，若我早生几年该多好，就可以介入他的往昔，陪着他一起经历那些如藏地甜茶一般浓稠的生活了。

后来慢慢知道，成子中途退出这次"行走的力量"，实际情况并不仅仅因为一杯茶。

进珠峰东坡嘎玛沟 C4 营地的第四天晚上，陈坤决定了下撤人员的名单。

当天晚上，有两个媒体记者是名单上的下撤人员，他们知道陈坤与成子交好，于是找到成子，希望他去和陈坤说情，让他们可以继续行走。

后续继续行走的名额有严格的控制，成子念及这些人可能一辈子只有一次亲临雪山的机会，爽快地答应相助。

他懒得说情，直接把自己的名额让出去了。

陈坤当然不同意，他诧异极了。

成子解释说，自己在西藏生活过很多年，过去和将来接触雪山的机会都很多，不如让出这次的名额，以成人之美。

他又强调说：下撤人员的安全蛮重要的，我的山地经验还算丰富，不如让我来护送他们好了。

当时董洁的膝盖受伤，下撤中女孩子又占大多数，确实需要人来保证安全。

陈坤替成子遗憾，但斟酌再三，还是同意了成子的请求。

冥冥中很多事情真的很难说清，万幸，成子参与了下撤！

下撤途中，一个女队员高原反应强烈，人几近休克，成子和一个向导一路把她从海拔 5800 米的 C4 营地背到海拔 3200 米的 C3 营地。

两人轮流背着生命垂危的女队员，在崎岖险峭的山路上争分夺秒地和死神竞速。

从 C3 到 C4 营地，上山时，"行走的力量"团队走了近十个小时，而下撤时，成子和向导只用了三个半小时，两人都是资深雪山小达人，他们几乎跑出了一辆山地摩托车的速度。

我后来感慨地说，这真是个奇妙的因果，如若没有成子的主动下撤，那位女队员的命说不定就留在珠穆朗玛峰东坡上了。

成子却说：是那两个记者的名额求助救了女队员的一条命，这个善因其实是种在他们那里才对。

我问成子：佛家不是讲种福田积福报吗？行善积德、救人危难不是大功德吗？既然是功德，干吗不认，干吗不自己积累起来呢？

他说：善根功德莫独享，法界众生常回向。大乘弟子修的是一颗菩萨心，持咒念经不论念多少遍，每每念完都还要回向给众生呢，况且这一点点微末善行。再说，学佛只是为了功德吗？

见我听不懂，他便指着茶壶说：喝茶，喝的仅仅是茶叶吗？

成子说他陪师父四海游方时，有时囊中羞涩，壶里没茶，只有白开水，可师父偏偏喝得有滋有味，还会把他叫来一起品尝。

一老一少，喝得陶陶然。

既然说到茶，那就说说我们的茶舍吧。

大多买茶的人都认为贵的、少的，就是好的。成子卖茶时，却总是跟客人说，只要你觉得好喝即可，不一定要追求过高的价格。

很多来喝茶的人爱点评茶，有时会说：嗯……有兰花香。

茶才两泡而已，哪里有什么兰花香？普洱千变万化，总要喝个十来泡再发言才是行家。成子却从不戳穿那些假行家，他任他们说，有时还点头附和。

一度有很多人跑来找我们斗茶。

斗茶，唐代称"茗战"，是以比赛的形式品评茶质优劣的一种风俗，古来就有，兴于唐，盛于宋。而今的斗茶之风慢慢复兴，不少爱茶之人都爱在一个"茶"字上较个高低。

同行是冤家，不少人自带茶叶，要和我们家同款的茶叶比着喝。一般这样的要求，我都会满足，可能我还没有那么平和吧。我对自家的茶叶很自信，很多茶都是成子亲自去收的，在茶山时就挑选比较过很久，基本上来斗茶的都赢不了，我很开心。

成子对我的开心很不以为然，他一般遇到来斗茶的人，总会拿出最一般的茶叶冲泡，他觉得斗茶没意思，宁可输。

我不服，实事求是难道不好吗？又不是咱们主动挑起竞争的。

成子却说：让人家高兴一下又何妨呢？

（关于茶者茶舍的斗茶事宜，请参见《好吗好的》一书中的《斗茶》一文）

（八）

在丽江住得久了，朋友也多起来了。

因为我一直是喊成子为哥哥，故而很多朋友都认为他是和我有血缘关系的哥哥，由此闹出了不小的笑话。

当时有一个很不错的朋友，蛮喜欢我的，他是广东人，说娶媳妇就要娶我这样的，还说他现在虽比较漂泊，但在三年之内，肯定会稳定下来，到时候一定向我求婚。

一开始我当他是开玩笑，后来发现不对了，这朋友开始给我送花。

我婉转地拒绝他，说：抱歉，我已经有成子哥哥了。

他说：那你也不能跟着你哥哥跟一辈子啊。

我不跟成子一辈子那跟谁一辈子？！

我哭笑不得，这人太纯良实在了，不论怎么旁敲侧击地说，他都听不明白，只当成子是我表兄或堂兄，且认为成子与我兄妹情深，压根儿不觉得我们是两口子。

好吧，怪只怪成子长得实在是太老相了，和我的性格反差也大，没人相信我这样的小姑娘肯跟他。

我怕拖得久了误会更大，就督促成子去摊牌。成子挠了半天头，约了那位朋友去酒吧喝酒。

那位朋友高兴坏了，一见面张嘴闭嘴"大舅子，大舅子"地喊，还拍成子的大腿。成子捻着胡子直哑巴嘴，斟词酌句地开口解释。我没进门，躲在窗外看着，眼睁睁地看见那位朋友的表情从兴奋到吃惊，再到失落。

几天后，基本所有的朋友都知道了，大家集体震了一个跟头。

后来成子给我讲，很多朋友怎么也想不明白，我到底看上成子的什么。

爱一个人，若能有条不紊地说出一二三四个理由来，那还叫爱吗？

我只知道他身上的每一种特质我都接受，他所有的行为我都认可。他喝茶我就陪他喝茶；他打坐我就陪着他打坐；他开羊汤馆我就当老板娘；他赶去彝良地震现场当志愿者，我就守在佛前念阿弥陀佛；他采购了一卡车的军大衣送去给香格里拉大火的灾民应急，我就陪着他一起押车。

其实，除了朋友们，家人也不是很明白我所谓何求。

我从小跟着爷爷长大，他疼我，怕我吃亏受委屈，给我打电话说：孩子，你辞去高薪的工作我不怪你，你背井离乡去生活我也能接受，只要你过得高兴，能过上好日子就行哦……你觉得你跟的这个男人他能让你过上好日子吗？

我对爷爷说：爷爷您知道吗，好日子不是别人单方面给的，我既然真爱他，就不能单方面地指望他、倚靠他、向他索取。他照顾我，我也要照顾他，两个人都认真地付出，才有好日子。

我说：爷爷放心好吗，我喜欢现在的生活，知道自己在做什么，我不仅要和他过好，我还要把您和奶奶从四川接过来，和你们一起过好日子。

我打电话的时候，成子在一旁泡茶，余光瞟瞟他，耳朵是支棱起来的。

我挂了电话，他开口说：这个……

我说：成子哥哥，您老人家有什么意见吗？

他咳嗽了一下，说：这个……凡事还是名正言顺的好哦。

我不明白，拿眼睛瞪他。

他端着一杯茶，抿一口，说：回头爷爷来了，咱总不能当着他的面儿非法同居吧。豆儿，咱们领个证去吧。

我心怦地跳了一下：天啊，这算求婚吗？这个家伙端着一杯普洱茶就这么求婚了？！

我说：做梦！先订婚，再领证，再拜天地，然后生孩子……按照程序来，哪一样也不能给我落下！

我的订婚仪式和别人不一样。

我不需要靠鲜花、钻戒、宾朋满座来营造存在感，也不需要像开发布会一样
向全世界去宣布和证明，朋友们的祝福一句话一条信息即可，就不必走那些
个形式了。

我的生活是过给我自己的，编剧是我，导演是我，主演是我，观众还是我，
不是过给别人看的。

我知道，于成子而言，也是一样的。

其实对于每一个人而言，这不都应该是事情本来该是的样子吗？

在征得成子的同意后，我和他一起回到四川，下了车，直接带着他去见妈妈。

如果说真的需要见证和祝福，我只希望得到妈妈的祝福。

妈妈的。

从小到大，不论是开心或难过，我都会坐到妈妈的旁边，我陪着她，她陪着
我，不需要多说什么，心里就平静下来了。

妈妈，是我们订婚仪式唯一的见证人。

（九）

妈妈年轻时是单位里出名的大美女，当年她是最年轻的科长，爸爸是最帅气
的电报员，是她追的爸爸，轰轰烈烈的。

据家里人说，当年爸爸和妈妈是旅行结婚，新潮得很，而且是想到哪儿就去
哪儿，从四川一直跑到了遥远的东北。那个年代的人们还有一点点封建，爸
爸宝贝妈妈，出门是一路搂着她的，路人指指点点笑话他们，妈妈摁低爸爸

的脑袋，当着满街的人吻他。

她搂着爸爸的脖子说：不睬他们，跟他们有半毛钱关系。

妈妈做事有自己的方法和原则，爸爸经常出差，她太漂亮，难免被单位里的闲人传闲话，换作别人或许就忍了，她却直接找到那户人家，敲开门二话不说就是一巴掌。

她不骂人，嘴里只一句话：这一巴掌，是替我们家男人打的。

家里人常说，我继承了妈妈的脾气性格，遇事较真儿，凡事只要开了头就从不退缩。

这个说法我无从印证。

妈妈是在生完我十八天后过世的。

我出生在寒冬腊月，妈妈的娘家人爱干净，见她身上血污实在太多，就给她简单擦了擦身，没承想导致伤风发烧，且迅速恶化，医生想尽办法让妈妈出汗，但是根本出不来。

因为怕我被伤风传染，妈妈一直强忍着不见我，第十七天时，妈妈让爸爸把我抱了过来，说想最后看看我。

她已经虚弱得翻不动身了，却挣扎着去解衣扣，要喂我一次奶。

旁人劝阻，她回答说：让我给女儿留点儿东西吧……

听说妈妈当时一边喂我，一边轻点着我的鼻子说：小姑娘，要勇敢一点儿哦……妈妈把福气和运气都留给你吧……要好好地长大哦，妈妈会一直看着你的。

妈妈走的时候二十六岁，我只喝过妈妈一次奶，她只亲口和我说过这一句话。

剩下的时间，她是沉默的。

从小到大，我曾无数次独自坐到她身旁，让沉默的她看看慢慢长大的我。

妈妈一直守着我呢，妈妈最爱我了。

我和成子跪到了妈妈的坟前。

我挽着成子，说：妈妈你看到了吗？这是我男人，我要结婚了。

成子抬起手掌给我擦眼泪，不知为什么，泪水越擦越多。

我哭着说：妈妈，你留给我的福气和运气我都用着呢……妈妈，我终于长大了。妈妈，我好像找到我想要的生活了……妈妈，你高兴吗？

我们在妈妈坟前跪了好久，返程时我脚麻了，成子背着我慢慢地走路。

我揽着成子的脖子，脸贴在他颈窝里说：我不耽误你下辈子去当和尚，下辈子我不打算嫁给你，我只想这辈子和你把尘缘了了，你去哪儿，我就跟着你去哪儿，天涯海角我都去，水里火里我都去。

我感慨道：不知为什么，我老觉得咱们这一辈子的缘分，就像是命中注定的一样。

成子笑，他说：豆儿，你知道吗，我的那位僧人师父曾对我说，世上没有什么命中注定，所谓命中注定，都基于你过去和当下有意无意的选择。

选择种善因，自得善果，果上又生因，因上又生果。

万法皆空，唯因果不空，因果最大，但因果也是种选择。

其实不论出世入世，行事处事，只要心是定的，每种选择都是命中注定的好因果。

我说：唔……

（十）

碗底的羊汤早凉透了，一层油花。

豆儿的故事讲了整个下午，我的屁股在门槛上坐麻了，她不让我起来，非要我一次坐个够。

我说：豆儿，我服了，你够狠，我没见过比你更较真儿的女人，我错了，我以后再也不坐门槛了，你饶了我吧，让我起来吧，好吗好的……

豆儿笑眯眯地说：大冰冰，你乖乖坐好，不要着急，这才刚讲到订婚而已哦，我还没开始讲我和成子一百元钱的婚宴呢，还没讲我们中彩票一样的蜜月旅行呢，还没讲我们结婚后的生活呢……你知道吗，我们现在正在搞"希望工程"，普洱茶能调节体内的酸碱平衡，男人多喝，女人不喝，就能生女儿；女人多喝，男人不喝，就能生儿子，你猜我们打算要女儿还是儿子……

我屁股痛，我要哭了。

我打岔说：你给我讲的故事有漏洞！……你一开始不是说你和成子第一次见面的时候，他给你洗的澡吗？但后来你又说你们是在西宁的青旅里认识的！

豆儿笑而不语，她掏出手机，给成子打电话：……你跑到哪里去了呀？快点儿回来吧，咱们回家做饭去……

实话实说，豆儿温柔起来还是蛮窝心的，和热腾腾的羊汤一样窝心。

她挂了电话，笑眯眯地回答我的问题：……订婚后，我带成子回家见爷爷，他们俩见面后聊了不到十分钟就都蹦起来了，爷爷薅着成子的袖子激动得差点儿脑梗死……不停地念叨着：天意啊，天意啊。

…………

豆儿两岁时的一天，被爷爷放在大木盆里洗澡。那天有太阳，爷爷连人带盆把她晒在太阳底下。这时，家里来了客人，是从西北远道而来的远房亲戚，随行的还有一个九岁的小哥哥。

大人们忙着沏茶倒水、寒暄叙旧，嘱咐那个小哥哥去照顾豆儿，小哥哥很听话地给豆儿洗了澡，然后包好浴巾抱到了沙发上。

他很喜欢豆儿，搂着豆儿哄她睡觉，哄着哄着，自己也睡着了。

大人们不舍得叫醒他们，他们脸贴着脸，睡得太香了，美好得像一幅画。

那个九岁的男孩不会知道，二十四年后，身旁的这只小姑娘会成为他的妻子，陪他浪迹天涯。

▶ 《走过我的身边》靳松

▷ 豆儿的声音

舍不得

明知不可逆，明知是执念，明知会肝肠断，就是舍不得，偏偏舍不得。
只求牵着的手晚一点儿松开。
只求时间走慢些，再慢一些。

舍得舍得，有舍才有得……理是正理，却总觉得在和命运做买卖似的。

人间道何处无漏，哪儿有圆满？就算不去舍，也不会常驻的，不是吗？

得什么得呢，得个镜花泡影如露亦如电？娑婆大梦，一切世间所得终是短暂。

该如何面对这些主动或被动的舍呢？该如何去接受世间这一切的短暂？

逆流而上还是随遇而安？精进自律还是放浪形骸？

该如何去和诸般遗憾共处？

那么那么多的遗憾……

坦然了，接受了，消化了，舍得了，就是正确的，就是智慧的，就是升华的？

那舍不得呢？

我说的是：每个人都要经历的那种不舍，亘古就有、自来就有的那种安排。

明知不可逆，明知是执念，明知会肝肠断，就是舍不得，偏偏舍不得。

只求牵着的手晚一点儿松开。

只求时间走慢些，再慢一些。

（一）

父母每年都会和我一起住上几个月，大多是从秋末起，到过完春节。

我在四川就把他们接到四川，我在云南就把他们接到云南。这些年我常居大理，常陪他们散步在苍山洱海间，有时也去爬爬鸡足山。

很多朋友到了我家都很诧异，一水儿的胡桃木色，家具款式都是八九十年代的，咋装修这么老气？没的办法嘞，老头老太太都七十上下的人了，接受不了太多时尚和创意，把房子装修成山东老家的模样风格，他们住得才惬意。

话说却是不惬意，他们每次在大理都住得不安生，住上个十天半个月就意马心猿，总惦记着到两小时车程外的丽江去玩耍去。

和很多朋友一样，我已离开丽江很多年，一两年才去一次，因身体已难适应那里的海拔和轻寒。父母的身体未必比我好，每次去了却总是流连忘返，七八个电话才能给催回来。

好吧，他们喜欢去丽江的原因倒也简单——豆儿在那边。

我一度很纳闷儿，我们家老头老太太咋会那么喜欢豆儿，亲姑娘一般地惦念，每次来云南时都大包小包的——胶东大馒头、威海小喜饼、蟛子虾酱、炸带鱼、大扇贝丁、海蛎子干……我伸手从花馉馉上抠个枣儿吃，老太太当真跟我急，拿巴掌抡我后脑勺子，说都是给豆儿带的，抠了不好看。

我提醒她说我是亲生的，她说：给我滚一边去赶紧……

……我就抠个枣吃而已，她一个当妈的让我滚一边去？！

她一个退休老教授，用的还是倒装句。

连着几年，老太太大年初一就嚷嚷着要去看豆儿，说要给豆儿送压岁钱，还有成子。

我提醒她我的那份儿她还没给，她诧异地反问我：都快四十了还有脸要压岁钱？你？

大年下的，我默默地端着饺子碗蹲到门口，默默地啃着蒜，默默地看着苍山……

老太太手头没现金，给豆儿的压岁钱还是从我这儿拿的！

拿的时候还挑挑拣拣，这张太皱巴，那张不够新……新的还能下崽儿不成？

烦不烦人！

豆儿也烦人，我每次都要和她交涉好几次才肯把老头老太太放回来。
我说：喂，你把我妈给放了！
她总说：不急不急，再过两天……唉你催什么催？！

每次老头老太太从豆儿那回来，第一件事儿就是打电话，刚分开几个小时而已，距离不过几百公里而已，各种表达思念各种不舍，语音里都带呜咽，着实令人难以理解。
喂，豆儿啊，你卖茶的时候别老陪客人喝那么多茶，容易低血糖，你把小点心什么的多备着点儿，别老不舍得花钱……
喂，豆儿啊，你们敞着门做生意，屋里透风不暖和，阿姨明天去买点儿毛线打个围巾给你戴，脖子不凉，人就暖和……
喂，豆儿啊，你们睡的那个阁楼就那么薄薄一层板，还是多铺层垫子才比较保暖，十冬腊月的，多凉瘆啊，阿姨回头做床厚棉花的给你邮过来……

咋不给我也做床棉花裤子？
咋不说给我也打个毛围脖？……打个毛线内裤我都穿好吗？！
知道豆儿对他们好，每次他们去了都从早陪到晚，变着法儿地带他们吃带他们玩儿，可豆儿做的难道我没做吗？合着我白孝顺了？我忙活的就不值钱吗老太太？

老太太说：不一样，豆儿怪招人心疼的，瞅着就让人心疼，就想多心疼她一点儿……
在我们老家话里，心疼有好几层含义，不仅仅是喜爱，不仅仅是怜爱。
得了得了，我说，豆儿有成子心疼呢，好着呢。

老太太就叹气，小小地发了一会儿呆，冷不丁的，用山东传统倒装句问我：你知道多大岁数了吗……豆儿她爷爷？

（二）

豆儿和爷爷的事儿，要从落草时讲起。

豆儿只吃过妈妈一次奶。

那时旁人劝阻，妈妈的回答是：让我给女儿留点儿东西吧……

妈妈一边喂豆儿，一边轻点着豆儿的鼻子说：小姑娘，要勇敢一点儿哦……

妈妈把福气和运气都留给你吧……要好好地长大哦，妈妈会一直看着你的。

然后妈妈走了，豆儿出生后的第十八天。

此后的十八年，抚养豆儿长大的，是奶奶和爷爷。

其实不像是孙女儿，更像是小女儿，爷爷更多的是充当了父亲的角色，无法言说的疼爱，从小到大，点点滴滴。

爷爷是 20 世纪 30 年代生人，大半个世纪的物资匮乏，带来吃穿用度上毕生的节俭，对豆儿却未亏欠过半点儿。豆儿小时候爱吃苹果，爷爷天天给她买，削好皮，一小块一小块喂她，他自己是不舍得吃的，只把剩下苹果核啃一啃，表情享受极了。豆儿一直以为爷爷爱吃苹果核来着，爷爷的口味真奇怪，那么涩、那么酸……

小孩子懵懂，好被骗，但都有忽然懂事的那一天。

有天豆儿在家翻照片，有一张爷爷低头坐着的照片，穿着洗得干干净净的工装蓝。

她问奶奶：这是在哪儿拍的呀，爷爷在做什么？

奶奶逗她：那是你爷爷在开会，你看他低着头，捡苹果核呢。

她看了一会儿，莫名其妙哭了出来，谁哄都不好使，后来很长一段时间都不能听"苹果核"三个字，一听就哭，也不能听"捡"字，一听就闭着眼睛摇头：爷爷不要捡，爷爷不要捡……

眼泪鼻涕乱飞，小小的一颗心里，说不清道不明的，又涩又酸。

爷爷哄她，搂住她毛茸茸的小脑袋。她贴着爷爷抽抽搭搭，哭累了就睡，醒过来时爷爷保持着的姿势未曾变，手在她背上，一直在拍。

她拿不好主意，是继续哭呢，还是继续睡呢……

后来还是睡了，很舒服呢，爷爷搂着她的脑袋。

爷爷哄人真是一把好手，豆儿哭得最凶的那次，也是被他哄睡着的。

那时夏天傍晚，蜀中酷热，出不了门的那种热，也没啥娱乐活动，小姑姑把豆儿捉过来，非要给她讲故事，可她只会讲鬼故事，绿色骷髅头、红色绣花鞋……

一点儿技术含量都没有的鬼故事，却足以吓得一个小孩子魂飞魄散，豆儿哇哇大叫到处躲，边哭边跑边咳，几乎是歇斯底里了。

爷爷瞬间出现，他不是在隔壁的隔壁家和人谈事吗？也不知道他是怎么听到的，冲回来的爷爷把小姑姑直接撵出了家门，又拉过来一个小凳子，抱住豆儿说：不哭了，不哭了，爷爷给你讲不吓人的故事。

爷爷也不是个会讲故事的人……爷爷讲的是他们车间的故事，枯燥乏味且唠叨，却让豆儿暂停了哭泣，打出了哈欠。边抹眼泪边打哈欠的豆儿靠在爷爷怀里抽搭，说：换一个……

后来换成了牛郎织女的故事，难为爷爷了，搜肠刮肚只挤出了这一个。

效果起初不错，豆儿听得入了迷，末了又哭了，说织女好可怜啊。

然后就睡着了，睡得抽抽搭搭的。

再醒来的时候，看到小姑姑的脑袋从门边探出半个，正在问：爹，我能进屋了吗？我快被蚊子吃完了……

爷爷也哭过，是被吓哭的，也有可怜，对豆儿。

那时候豆儿刚对"电"有概念，知道有电才会亮灯，于是生了一个想法：要是我的两根手指充当插销，插进插座里边，那我会不会也亮了呢？

她不是母乳喂大的，身形小，手也比同龄人小得多，细细的像两尖葱叶，老式插座的孔勉强能插进去，于是趁着爷爷睡午觉，插了进去。

豆儿后来回忆，她听到了一种鸟类生物才能发出的呐喊，应该是她自己发出的，整个人伴着那尖叫声弹翻出去，咕咚一声磕在床板上。

迅速做了个梦，梦见自己的弹落并未停止，依旧不停往下坠，四周忽然开始下雨，雨点扑扑簌簌落在脸上，热热的，痒痒的。

醒来后才知道是爷爷的眼泪，她一睁眼，爷爷就号啕了，贴着她的脸用力搂她：不得行啊，吓死爷爷喽，吓死爷爷喽……

爷爷没打她没骂她，后来明白是不舍得，觉得她遭了那么大的罪，舍不得。

爷爷只对她说：可长记性了啊妮……可不敢了啊,不然你可让爷爷怎么活……

他噼里啪啦地掉眼泪：我答应过你妈妈的哦，答应过的……

印象里爷爷自责了很久，从那时起他很久没再午睡过，硬撑着，在豆儿旁边守着。

（三）

爸爸组建了新的家庭，爷爷不放豆儿去，怕她受委屈，怕被欺负了。

也好，反正那个家也不多热烈欢迎豆儿去，于是若干年里，爷爷完全代替了爸爸的角色。

爷爷常和豆儿说，虽然妈妈只见了你一面，但你不能忘记妈妈，他说：咱们豆儿和别的孩子没啥不一样，也是有妈妈的，妈妈可喜欢豆儿了。

他和豆儿讲过好多关于妈妈的事，记不清楚的地方就让奶奶帮忙讲，让小姑姑讲，从小讲到大，好让豆儿能记着。

爷爷说，妈妈在怀豆儿的时候，还在楼上楼下搬东西，擦玻璃。他和奶奶使劲拦她，不让她干，她总说没有关系，说爷爷奶奶岁数大了，而她年轻。

她说：宝宝生出来了我自己带就行，你们两个老人不要受累，不要操心。

爷爷说，妈妈没有太多新衣服，也不爱打扮，才二十多岁就已是机关单位里的骨干，却没有任何官气，任何人提到她都是夸赞，说她不仅有前途而且顾家又贤惠，爷爷奶奶有这样的儿媳妇是多难得的福气。

小姑姑常说，妈妈非常漂亮。

豆儿问：比你还漂亮吗？

小姑姑说：比不了呢，你妈妈就像是挂历里的人，睫毛那叫一个长，扑闪闪的像小刷子一样。那时候不流行化妆，一堆人里第一个就能看见她，经常有陌生人第一次看到她被吓一跳，以为挂历活了。

小姑姑把妈妈唤作大嫂，她和妈妈见面时才十几岁，正在读书的年纪，妈妈一度是她的偶像。妈妈不仅长得漂亮，且待她特别细心周到，比她两个哥哥加在一起都要强。当年妈妈因工作调动要远行，给小姑姑写过一封长信，叮嘱如果学习上有任何不明白的地方都标记好，她回来后，会一条条帮忙辅导。那信的语气比她素日里的亲昵稍稍正式一点儿，带着一点儿真正的姐姐才有的那种小小严厉。

小姑姑说，妈妈快要生产的时候，需要离开老屋搬到新房。新房和老家距离有点儿远，当时小姑姑要在老家上学，不能跟着一起去。但那时她特别不想让妈妈走，似乎有种预感一样，感觉好像再也见不到了。
那确实是小姑姑和妈妈见的最后一面。

奶奶说妈妈弥留之际仍然一顿不落地吃饭，其实根本已经吃不下饭了，但她总觉得按时吃饭，身边的人才会放心，会少一点儿难过。
奶奶跟豆儿说，妈妈临走前，除了给豆儿喂过一次奶，说过一句话，不再多说别的，也未曾有过任何叮嘱或托孤。众人都懂，她怕一旁的老人难过伤心……

善良的妈妈，懂事的妈妈，一点一滴在心里勾勒出的妈妈，二十六岁就离去了的妈妈。
豆儿从小到大，从未对妈妈陌生过，她偶尔会去看妈妈，坐在她的坟前，和她说说话。
妈妈妈妈，你知道吗，爷爷多喜欢我啊。
妈妈，我也多喜欢爷爷呀。
妈妈，我还喜欢奶奶还喜欢姑姑，还喜欢你……我知道妈妈能听见我，对吧？

她说：妈妈，我上小学了，爷爷说我笨呢……

她说：老师留作业，给图画书上面的图案涂上颜色，可我涂着涂着就急了，怎么还没涂完？气急了就用画笔在书上乱画，画完了擦不掉，我就哭，坐在地上哭，生气呀……

然后爷爷就跑来帮我涂，很快就涂好了，但他跟奶奶说：咱妮好笨啊。

奶奶还跟着他一起笑来着。

她跟妈妈说：

妈妈，我上初中了，前几天离家出走了呢……

爷爷逼着我写数学作业，我不想写，我说要离家出走。爷爷说不相信我能干出这事，那好，我就走给他看……

爷爷以为我出门了，其实我真的出门了，但是我也没敢走太远，过了一会儿，我就偷偷溜回家了。我躲在客房门背后，躲了很久，我听见他们在屋里讨论：这孩子真走了呀，不会不回来了吧……

爷爷给我同学家里打电话，但是我没有在同学家。爷爷已经很担心了，在屋子里面转圈圈，像拉磨，我在门背后偷看到了，高兴极了……

我躲了好几个小时，实在是饿了，但是我想我坚决不能跟这个老头妥协。

可我担心我养的宠物荷兰猪没有人喂，它饿死了怎么办？

我悄悄爬到厨房，拿一个馒头，自己咽了半个，喂了我的荷兰猪半个。我们两个都吃得很快，都快被噎死了……

我回到门背后时，多了一杯水你知道吗？

我听见爷爷在另外一个房间里吭哧吭哧地笑，像在咳嗽一样……

好吧，爷爷赢了，我确实是真没有离家出走的胆子。

…………

她说：妈妈，我很久没来了，你还好吗？

她说：我替爷爷奶奶来和你报个平安，我们都还好着呢。

她说：妈妈，我大学快毕业了，5月的时候地震了，我特别担心在老家的爷爷奶奶……等我回去的时候，他们都住在军用帐篷里。

周围有好多家的帐篷，大家都住在一起。我刚找到我们家的帐篷，就发现和别人家的不一样。

那时候天气很热，爷爷奶奶知道我回去，专门在帐篷里隔出来一个相对大一点儿的地方，给我铺了一张床，还在我的床上搭上蚊帐，旁边摆了台灯、风扇……就跟我原来的房间一模一样。

她说：别人家的帐篷都是对付着随便住一住，临时安置点，早晚要回去的，只有咱们家不一样，大帐篷里还有个小房间，布置得充满少女感……

妈妈，你知道吗？爷爷还在我的床铺旁边垒了一个小堤坝，他说这样就不会有水冒上来……

她说：妈妈，爷爷始终保护着我呢，已经整整二十一年了。

她说：我知道妈妈也一直守着我呢，妈妈也最爱我了……

…………

她说：妈妈，我辞去了工作，这两年我去了很多地方……没能来看你，你不怪我吧。

她说：妈妈，你看到了吗？这是我男人，我要结婚了。

她说：妈妈留给我的福气和运气我都用着呢……妈妈，我终于长大了。妈妈，我好像找到我想要的生活了……妈妈你高兴吗？

她说：妈妈，你不要因为我长大了就不管我了啊……我也不想让爷爷不管我，你们都继续守着我一直陪着我好吗？

她哭着说：妈妈，其实我可坚强了，什么我都不怕，我唯一怕的就是你们都走了，都不要我了……

豆儿的订婚仪式是在妈妈的坟前，只有她和成子两个人。

成子后来说，豆儿那天哭得脱力，下山时他背着她，走得缓慢，路也坎坷。

他说他细想了想，不矮的一个山包，也不知道小时候的豆儿是怎样一次次爬上去的。

他说，豆儿说了，下辈子不打算嫁给他了，只想这辈子好好和他把尘缘了了，他去哪儿她就跟着他去哪儿，天涯海角她都去，水里火里她都去……那一路上，他们聊了好多。

他说，走到山下时已近黄昏，袅袅的炊烟，稀疏的灯火，两个人静静地看着，直到万物笼上沉沉的暮色。

他说豆儿那时又开始流起了眼泪，她说：……可是成子，我舍不得爷爷。

（四）

也难怪我母亲叹息，细算算，豆儿的爷爷若是 30 年代生人，而今应是快九十岁的人了。

母亲说：豆儿这孩子和你们不一样……怪让人心疼的。你知道你和成子是兄弟，豆儿是兄弟媳妇儿，她看在你的面子上把我们接待得尽心，其实她是把我们……

她说：唉，怪让人心疼的，心里难受得慌，算了，不叨叨了。

我姥姥也是九十多岁的人了，快一百岁了，不肯搬进城里，一直住在莱州乡下的一个小村庄。母亲每年除了和我住上几个月，还会去到姥姥身边伺候好几个月，她们姊妹几个轮换。

都是六七十岁的老太太了，那里条件一般，怕老太太们遭罪，我数次说想花钱雇个尽心的护工，她总是拒绝，说自己的娘，还是自己照顾比较放心。

姥姥早已老糊涂了，能清醒认人的时候不多，经常不认识小姨小舅，但这个大女儿却总记着。母亲每次来找我住时，都会一下飞机就打电话回去报平安，说姥姥只要知道她坐飞机，就不吃不喝地等着，非要等到平安落地的消息才不担心了。

母亲说，姥姥早就不记得我了，所以她不让我回去看姥姥。

她的解释是：万一你去了，姥姥忽然想起你来了，认出你来了，一高兴过了头，会提前走了的。

她说：想想就让人心慌……九十多岁的人了，每天都当最后一天在过，说走就走了。

她说：所以，你们都不懂豆儿……只有我懂她。

她说：你知道为什么豆儿和成子不舍得租房子吗？你知道为什么他们一直住在茶舍的阁楼上吗？你知道为什么豆儿这么多年一个化妆品都没有，一件体面衣服都不买吗？

她说：你自以为写过他们的好几个故事，对他们很了解，可你只知道从你的角度去理解他们，认为他们是不在乎物质，享受二人世界清贫之乐……你其实并不懂豆儿哦。

不是很服气，那毕竟是我的朋友，未必您对他们的了解就一定比我多，难不成，很多别的事情他们没和我说，而只和您说？

她说：他们什么都不用和我说，我这个岁数的人，什么事情看不出来呢？

她抹了抹眼睛：豆儿和成子，那是多好的两个孩子啊。

（五）

豆儿和成子人好，这个我当然知道。

待朋友好，待朋友的父母好，待陌生的人也好，很多慈善项目他们都有去做，量力而为那种。

他们过得一直节俭且清贫，这个我也知道。我还知道茶者茶舍的生意还算稳定，盈余自然是有的，只是人家不愿意痛快花在自己的吃穿住上，那是基于人家的价值观和金钱观而来的选择。

印象里，他们大手笔花钱只有一次，好几年之前的事情了。那次他们把半个豪华客栈包了下来，整整半个月，用以接待豆儿的爷爷。

那次好像全家都来了，爷爷奶奶年纪大了，坐飞机不适应，是姑姑姑父、叔叔婶婶开着车把他们带过来的。后来听成子说，豆儿那天打了快有几十个电话，从出发开始，过一会儿就打一个，问路况，问天气，问晕不晕车。

她那天像个乒乓球一样蹦来蹦去，紧张坏了，屋里头一天已经打扫干净了非要再打扫一遍，地板后来干净得直接能用舌头舔，还逼着成子洗了好几次脸，明明是干净的，非说又出油了，会给爷爷留下不好的印象……

这么说倒是有点儿道理，爷爷对成子的印象确实不咋的。虽然两岁时成子就抱过豆儿，爷爷也默认了这份天意，但谁让他把自己亲孙女给拐跑了呢？爷爷经常在电话里和豆儿说：……没欺负你吧？敢欺负你的话，爷爷去云南打死他。

自然是不敢欺负，但成子和我探讨过这个话题，都分析不出一个九十上下的老人会采取何种手段打死他。

爷爷来的那天，成子差点儿被豆儿掐死，胳膊攥在豆儿手里，车一露头，他胳膊就紫了。豆儿紧张地再次叮嘱他：千万别说漏了嘴，就说客栈是朋友借给咱的，千万别说花了钱。

直到姑姑搀着爷爷奶奶下车的那一瞬间，豆儿才饶了他，扔了他的胳膊跑上前去挽住爷爷的胳膊，再也不肯放下来了。

成子说，她一挽住爷爷，立马感觉变回了个小女孩，乖乖的，还没长大的。

成子和豆儿依旧住在茶舍的阁楼，没舍得住那客栈，每天早起会买好菜去客栈里给家人做饭。成子生火、烧水、切菜、抻面，姑姑和婶婶帮忙，弟弟们在院子里嬉闹，爷爷奶奶晒着太阳，豆儿依偎在他们腿边，黏糊极了，腻歪极了，好似不搂着挽着贴着靠着就无以抒发她的情感。

豆儿给爷爷看厚相册，每年成子去茶山做茶的，他们在家试茶品饮的，逢年过节的聚餐，朋友过生日的庆祝……爷爷看一张笑一张，嘴一直没合上，他最满意的是照片里的成子和豆儿一年比一年胖一点儿，这充分地说明了过得挺好，于是他心安。

唯一不安的是关于下榻的这家客栈，老人反复确认真的是朋友借的没花钱。那为什么你们不一起住过来？哦哦，住在店里防小偷……真的会有小偷偷茶叶？

他说他年轻的时候，有几次去省里开表彰会，住的也是这么好的宾馆，也是这么大的浴缸，这么白的床单。

爷爷是不肯去饭店吃饭的，怕花钱，好在成子手艺不错，丰丰富富的一日三餐。白天的时候，他们带家人们遛弯，慢慢地踩青石板，走累了去到茶者茶舍。

爷爷第一次喝到普洱茶，新奇极了，茶还可以喝得这么讲究？他和成子聊自己以前喝茶的大缸子，半壶热水一把高碎，搁在车间的窗台上，偶尔也用来去食堂盛小炒，都是稀罕的肉菜，带回家好给豆儿解馋。

他随口问了正在品用的茶的价位。成子迟疑一下，抹掉一个零，再打了五折报出来，他马上摁住成子的手不让他再泡了，一连声地说糟践了糟践了，可不敢为了他而浪费钱。

他伸手去抢水壶，说喝白水就挺好的，他不懂茶，喝不出好坏，不要浪费钱。

豆儿不说话，削一个苹果给爷爷，切成一块一块的，递到他嘴边。

爷爷下意识地躲闪：你吃，你先吃。

她泪汪汪地看着爷爷，什么话也不说，只是擎着胳膊，把苹果递在他嘴边。

…………

十几天一晃而过，临别前，叔叔姑姑轮流跟成子谈话，表达感谢：照顾得很好，我们住得很开心，看到你们过得好，我们也都心安。

最后谈话的是爷爷，他抓着成子的手，让其他人都先去门外。

隔着门缝，豆儿隐隐约约听到他说了好些话……茶叶好喝呀，茶叶店打理得井井有条呀，船长养得好呀，你和豆儿好好过呀，爷爷这次来可算放了心了……

说着说着，老人突然哽咽了一下：

爷爷岁数大了，以后出不了这么远的门了……

他摸摸成子的手：好孩子，豆儿以后就交给你了，好吗？

（六）

他们以为是接爷爷来度假，可某种意义上讲，爷爷肯来，是来和他们道别的。

他过来亲眼看了，心安了，终于肯放心把豆儿托付给成子。

那一年豆儿满三十岁，可在爷爷眼里，她依旧是个小孩。

有时想想，也是心酸，再长久的守候陪伴，终会离散。

世间一切情，段段皆短暂，于是乎最重要的课题横在眼前——该当如何惜缘。

……我妈曾说：

你知道为什么豆儿和成子不舍得租房子吗？

你知道为什么他们一直住在茶舍的阁楼上吗？

你自以为写过他们的好几个故事，对他们很了解，可你只知道从你的角度去理解他们，认为他们是不在乎物质，享受二人世界清贫之乐……你其实并不懂豆儿哦。

她说：……豆儿和成子，那是多好的两个孩子啊。

我妈几年前的这些话，我一直到今年（2018）秋天才真正明白。

秋天的时候，路过成都，恰好成子也在，这倒也不奇怪，这些年他和豆儿常回四川广元老家看望爷爷，有时一起去，有时分别去，可那天晚饭时成子灰头土脸的，明显不像是刚看完老人回来。

他说他从装修工地上来，快了快了，最晚后天就可以全部打扫干净。

唔，在成都买房了？投资？哪儿来的钱？中彩票了？

他笑而不语，于是我懒得多问，几十岁的人了终于有了窝，我自然是替他们高兴，喊服务员加了菜，开了酒。

成子也高兴，那晚我们喝了点儿。喝到微醺的时候，他开始心疼老婆，说其实茶叶薄利，为了攒钱，豆儿这些年起早贪黑辛苦坏了，房子也不舍得租，天天睡阁楼，他看着就心疼，现在好了，新房终于买了，这么些年的愿望终于完成，接下来她终于可以轻松一点儿了，不用再那么累……

我说：是啊，也该享受享受了。

他说：是啊，爷爷奶奶也该享受享受了，广元老家是四十多年的老筒子楼，地震后有了各种裂纹。虽然能住但看着闹心，而且人老了，爬不动楼梯……

他说他和豆儿这些年攒下的钱，刚好够贷款买下成都这套房子，就在武侯区红牌楼，电梯洋房呢，四楼。爷爷他们搬过来后，去超市和医院都很方便，离姑姑和叔叔也近……

最重要的是有直达航班啊，只要爷爷想豆儿了，他们当天就能飞来成都给爷爷做顿饭。

我算是听明白了，合着房子是买给爷爷的？！

努力了这么多年，节俭了这么多年，攒下的所有身家，是为了送给爷爷一套房子……

瞒得够久啊你，啥时候开始做的这个决定？

是爷爷来看你们的那次吗？是爷爷把豆儿托付给你的那天吗？

他说：比那早……很多年前就做好了这个决定了。

他笑：跟谁都没说过，这是只属于我和豆儿两个人的决定。

（七）

七年前的一天，成子和豆儿在豆儿的妈妈坟前订了婚，成子背着豆儿走下山坡。

时近黄昏，袅袅的炊烟，稀疏的灯火，两个人静静地站在山脚下看着，直到万物笼上沉沉的暮色。

豆儿趴在他背上说：成子你知道吗，我舍不得爷爷。

成子帮她擦去眼泪：……嗯，豆儿啊，我知道了。

▶《沿窗》小屋江南分舵·张怀森

木头和毛毛

◎　关于毛毛和木头相恋的故事一直是个谜。

我认识毛毛的时候，他身旁就有木头了，他们秤不离砣，糖粘豆一样。没人知道他们从哪里来，之前是干吗的，只知道他们驻足滇西北后没多久就开了火塘，取名"毛屋"。

毛毛负责唱歌，木头负责开酒、收银。毛毛的歌声太刷心，常有人听着听着哭成王八蛋。木头默默地递过去手帕，有时候客人哭得太凶，她还帮人擤鼻涕。

不是纸巾，是手帕，木头自己做的。

2007 年夏天，你在厦门吗？

你在高崎机场遇到过一个奇怪的女人没？

你在厦大白城的海边遇到过一个奇怪的男人没？

女人是斯斯文文大家闺秀那一类。

男人是凶神恶煞戴大金链子那种。

（一）

马鞍山的午夜，街边的大排档。

毛毛捏着木头的手，对我说：……五年前的一天，我陪她逛街，我鞋带松了，她发现了，自自然然地蹲下来帮我系上……我吓了一跳，扭头看看四周，此时此刻这个世界没有人在关注我们，我们不过是两个最普通的男人和女人……我对自己说，就是她了，娶她娶她！

木头哎哟一声轻喊，她嘟着嘴说：毛毛，你捏痛我了。

毛毛不撒手，他已经喝得有点儿多，眉开眼笑地指着木头对我说：我老婆！我的！

我说：你的你的，没人和你抢。

他眼睛立马瞪起来了，大着舌头，左右睃着眼睛喊：谁敢抢我砸死谁！

我说：砸砸砸砸砸……

在我一干老友中，毛毛是比较特殊的一个。

他的社会标签定位一句话两句话说不清，也开酒店，也做服装，也开酒吧，也弹吉他，也弹冬不拉，也玩儿自驾，也玩儿自助游……我的标签就不算少了，他的比我只多不少，总之，蛮神秘的一个人。

不仅神秘，而且长得坏坏的。

他是个圆寸宽肩膀的金链汉子，煞气重，走起路来像洪兴大飞哥，笑起来像孙红雷饰演的反派。

由于形象问题，很多人不敢确定他是否是个好人，纷纷对他敬而远之。

他自己却不自知，和我聊天时常说：咱们文艺青年……

我心说求求你了，你老人家摘了金链子再文艺好吗好的。

我婉转地跟毛毛说：咱们这种三十大几的江湖客就别自称文艺青年了，"文青"这个词已经被网上的段子手们给解构得一塌糊涂了，现在喊人文青和骂人是一样一样的。

他皱着眉头问我：那我就是喜欢文艺怎么办？

我默默咽下一口血，道：那就自称文氓好了，不是盲，是氓……氓，民也，多谦虚啊。

他点头称是，转头遇见新朋友，指着我跟人家介绍说：这是大冰，著名文氓。
…………
我终于知道他们南京人为什么骂人"呆B"了。

除了有点儿文艺癖，毛毛其他方面都挺正常的。

他蛮仗义，江湖救急时现身第一，有钱出钱，有人出人，不遗余力，事了拂身去，不肯给人还人情的机会。

2013 年下半年，我履行承诺自费跑遍中国，去了百城做读书会，行至上海站时辎重太多，需要在当地找辆车并配套个司机。我抠，懒得花钱去租赁公司包车，就在微信朋友圈发消息，还好还好，人缘不错，短短半天就有八九个当地的朋友要借车给我。遗憾的是只有车没有司机——大家都忙，不可能放下手头的事情专门来伺候我。

我左手残疾，开不了车，正为难着呢，毛毛的电话打过来了，他讲话素来干脆，劈头盖脸两句话电话就挂了：把其他朋友的安排都推掉吧，我带车去找你，你一会儿把明天接头地点发给我，接头时间也发给我，好了，挂了哈。

毛毛和人说话素来有点儿发号施令的味道，不容拒绝。我也乐得接受，于是转天优哉游哉地去找他会合。

一见面吓了我一跳，我说：毛毛，你的车怎么这么脏？

他咕嘟咕嘟喝着红牛，淡定地说：从厦门出发时遇见下雨，进上海前遇见刮风，怕耽误和你会合的时间，没来得及洗车。

正是台风季节，整整 1000 公里，他顶风冒雨，生生开过来了。

这是古人才能干出来的事儿啊，一诺千金，千里赴约。

事儿还没完，上海之后，他又陪我去了杭州。

我的盘缠紧张，他替我省钱，说他开车拉我的话能省下些路费。于是，从上海到杭州，杭州到宁波，宁波到南京，南京到成都，成都到重庆……

毛毛驱车万里，拉着我跑了大半个月，一毛钱油钱都不让我出。

有时候我想抢着付个过路费什么的，他胳膊一胡噜，说：省下，你又没什么钱。

都是兄弟，感激的话无须说出口，钱倒是其次，只是耽误了他这么多的时间，心中着实过意不去。

毛毛说：时间是干吗用的？——用来做有意义的事情呗。你说，咱们现在做的事情没意义吗？

我说：或许有吧……

他说：这不就结了吗？我又不图你的，你又不欠我的，所以你矫情个屁啊，有意义不就行了！

我：……

我白当了十几年主持人，居然说不过他，逻辑推衍能力在他面前完败。

从上海到重庆，毛毛时有惊人之举，都是关于"意义"的。

我不想让毛毛只给我当司机，每场演讲的尾声都邀他上台来给大家唱歌。他本是个出色的弹唱歌手，不仅不怯场，且颇能引导场上气氛。复旦大学那场是他初次上场，他一上来就说：我上来唱两首歌，让大冰歇歇嗓子而已，大家不用鼓掌。

又说：我电焊工出身，没念过大学，能到这么高端的地方唱歌是我的荣幸，要唱就唱些有意义的歌，我好好唱……你们也好好听，这才有意义。

众人笑，饶有兴趣地看着他。

他一扫琴弦，张嘴是周云蓬的歌：

为了证明他们的铁石心肠……

毛毛的声线独特，沙哑低沉，像把软毛刷子，刷在人心上，不知不觉就刷忧郁了。

从上海刷到南京，从华东刷到巴蜀，《中国孩子》《煮豆燃豆萁》……这都是他必唱的歌。

毛毛和我的审美品位接近，都喜欢意韵厚重又有灵性的词曲，民谣离不开诗性，我最爱的诗集是《藏地诗篇》《阿克塞系列组诗》，诗人叫张子选，是我仰之弥高的此生挚爱。

好东西要和好朋友一起分享，数年前我曾推荐毛毛读张子选的诗。他一读就爱上了，并把张子选的《牧羊姑娘》由诗变曲。2013年的那场漫游中，他把这压箱底儿的玩意儿搬出来，数次现场演绎。

每次唱之前，他都不忘了嘚啵嘚啵介绍一下作者。我悬着一颗心，生怕他把人家张子选也介绍成文氓。

毛毛普通话真心不好，浓重的南京口音，他不自觉自知，介绍完作者后还要先把诗念一遍。

怎么办，青海青，人间有我用坏的时光；

怎么办，黄河黄，天下有你乱放的歌唱。

怎么办，日月山上夜菩萨默默端庄；

怎么办，你把我的轮回摆的不是地方！

怎么办，知道你在牧羊，不知你在哪座山上；

怎么办，知道你在世上，不知你在哪条路上。

怎么办，三江源头好日子白白流淌；

怎么办，我与你何时重遇在人世上……

然后开唱。

唱得真好，大家给他鼓掌，他蛮得意地笑，不掩饰。

笑完了还不忘画龙点睛，他冲着场下说：……唱得好吧，你们应该多听听这种有意义的诗歌。

我汗都快下来了，我去年买了个表的，你这个呆 B 真不客气。

一般毛毛演唱的时候，我会让全场灯光调暗，让在座的每个人开启手机的手电筒功能。

大家都蛮配合，埋头调手机，一开始是几只萤火虫，接着是停满点点渔火的避风塘。

渐渐地，偌大的礼堂化为茫茫星野，壮观得一塌糊涂。

怎么办，青海青。

舞台上有你乱放的歌唱，人世间有我用坏的时光。

（二）

我的身份标签多，因为懒得被单一标签定义，故而演讲时结合不同的身份展
开不同的话题，有时候也会聊到旅行，但并不苟同当下流行的许多旅行观。
我不否认旅行的魅力。

旅行是维生素，每个人都需要，但旅行绝不是包治百病的万能金丹，靠旅行
来逃避现实，是无法从根本上解决现实问题的。

盲目地说走就走，盲目地辞职，退学去旅行，我是坚决反对的。

一门心思地浪迹天涯和一门心思地朝九晚五，又有什么区别呢？真牛 × 的
话，去平衡好工作和旅行的关系，多元的生活方式永远好过狗熊掰棒子。

可惜，有些读者被市面上的旅行攻略文学洗脑太甚，不接受我的这套理论，
在演讲互动环节中颇愿意和我争执一番。

我颇自得于己之辩才，社会场合演讲时很乐意针锋相对、剥笋抽丝一番，但
大学演讲时碍于场合场地，实在是难以开口和这些小我十几岁的同学辩论。

善者不辩，辩者不善，顾忌一多，往往让自己为难。

有一场有个同学举手发言：大冰叔叔，你说的多元中的平衡，我觉得这是个
不现实的假设，根本不可能有这样的实例。每个人的能力和精力都有限，生
活压力这么大，怎么可能平衡好工作和旅行的关系？我觉得不如说走就走，
先走了再说，我年轻，我有这个资本！

我捏着话筒苦笑，亲爱的，你一门心思地走了，之后靠什么再回来？

正琢磨着该怎么婉转地回答呢，话筒被人摘走了，扭头一看，是毛毛。

他皱着眉头看着那个同学，说：你个熊孩子怎么这么不懂事儿？

全场都愣了，他大马金刀地立在台上，侃侃而谈：

你年轻，你有资本，有资本就要乱用吗？能合理理财干吗要乱花乱造？鸡蛋非要放到一个篮子里吗？非要辞职退学了去流浪才叫旅行吗？我告诉你，一门心思去旅行，别的不管不顾，到最后除了空虚你什么也获得不了。

他指着自己的鼻子说：我就是个例子！
一堆人瞪大眼睛等着听他的现身说法与反面教材。

他却说：你不是说没人能平衡好工作和旅行的关系吗？我今年三十多岁了，过去十来年，每年都拿出三分之一的时间在旅行，其余的时间我玩命工作。我盖了自己的厂子，创出了自己的服装品牌，搞了属于自己的饭店，我还娶了个漂亮得要死的老婆。我还在厦门、南京都分别有自己的房产……别那么狭隘，不要以为你做不到的，别人也就做不到。

当着两千多人的面，他就这么大言不惭地炫富，愁死我了。
毛毛力气大，话筒我抢不过来。

他接着说：……我不是富二代，钱都是自己一手一脚挣出来的，我的旅行从来没影响到我的工作，同样，工作也没影响我的旅行。旅行是什么？是和工作一样的东西，是和吃饭、睡觉、拉屎一样的东西，是能给你提高幸福指数的东西而已，你非要把它搞得那么极端干吗……
他忽然伸手指着我问众人：你们觉得大冰是个牛 × 的旅行者吗？
众人点头，我慌了一下，怎么绕到我身上了？要拿我当反面教材？

毛毛说：你们问问大冰，他当主持人、当酒吧老板、当歌手、当作家，他的哪项工作影响过他的旅行了？他旅行了这么多年，他什么时候辞职了？什么时候一门心思地流浪了？总之，世界上达成目的的手段有很多，你要是真爱旅行，干吗不去负责任地旅行，干吗不先去尝试平衡……

毛毛那天在台上讲了十来分钟才刹住车，带着浓重的南京口音。

散场时，我留心听学生们的议论，差点儿吐血。

一个小女生说：讲得真好，常年旅行的人就是有内涵，咱们也去旅行吧。

另一个说：就是就是，咱也去旅行，咱才不退学呢……下周什么课？咱翘
课吧。

还有人说：原来这个大冰不是写旅行文学的啊。

另一个说：那他们干吗在台上唠叨了那么多关于旅行的话题？

（三）

2013 年的漫游是我和毛毛相处最久的一段时光。

与毛毛的结伴同行是件乐事，他说话一愣一愣的，煞是有趣。

他有个习惯，每次停车打尖或加油时，都会给他老婆打电话，他一愣一愣地
说：老婆，我到 ××× 了，平安到达。

然后挂电话。

他报平安的地点，很多时候只是个服务站而已……

每场演讲完毕后，亦是如此，言简意赅的一句话：老婆，今天的演讲结束了，
我们要回去休息了，我今天唱得可好了，大冰讲得也还算有意义。

然后嘿嘿哈哈地笑几声，然后嗖的一声挂断了电话。

我好奇极了，他是多害怕老婆查房，这么积极主动地汇报行踪，一天几乎要
打上十来个。

毛毛蛮贱，明知我光棍，却经常挂了电话后充满幸福感地叹气，然后意气风发地感慨：这个人啊，还是有个知冷知热的伴儿好……

我说：打住打住，吃饱了偷偷打嗝没人骂你，当众剔牙就是你的不对了。

他很悲悯地看我一眼，然后指指自己的上衣又指指自己的裤子，说：……都是我老婆亲手给我做的，多省心，多好看。

他又指指我的衣服，说：淘宝的吧……

至于吗？至于膨胀成这样吗？你和我比这个干吗？又不是幼儿园里比谁领到的果果更大。世界上有老婆的人多了去了，怎么没见别人天天挂在嘴上献宝？

毛毛说：不一样，我老婆和别人老婆不是一个品种。

你老婆有三头六臂八条腿儿？你老婆贤良淑德、妻中楷模？

这句话我又咽回去了，斗嘴也不能胡呲，说实话，毛毛的老婆确实不错。

毛毛的老婆叫木头，厦门人，客家姑娘，大家闺秀范儿，海归资深服装设计师，进得厂房、入得厨房，又能干又贤惠，德智体美劳全面发展，模样和脾气一样好，属于媒人踩烂门槛、打死用不着相亲的那类精品抢手女人。

总之，挑不出什么毛病来。

总之，和毛毛的反差太大了，不是一个世界的人。

如果非要说品种的话，一个是纯血良驹，一个是藏北野驴。

我勒个去，这么悬殊的两个人是怎么走到一起去的？

有一次，越野车疾驰在高速公路上，听腻了电台广播，听腻了CD，正是人困马乏的时候。

我说：毛毛，咱聊聊天儿呗，聊点儿有意义的事儿。

他说：好，聊点儿有意义的……聊什么？

我说：聊聊你和你老婆吧，我一直奇怪你是怎么追到她的。

他坏笑一声，不接茬儿，脸上的表情美滋滋的。

他很牛×地说：我老婆追的我。

我说：扯淡……

他踩了一下刹车，我脑袋差点儿在风挡玻璃上磕出包来。

我一边系安全带一边喊：这也有意义吗？！

关于毛毛和木头相恋的故事一直是个谜。

我认识毛毛的时候，他身旁就有木头了，他们秤不离砣，糖粘豆一样。

毛毛和木头是从天而降的。没人知道他们从哪里来，之前是干吗的，只知道他们驻足滇西北后没多久就开了火塘，取名"毛屋"。

毛屋和大冰的小屋颇有渊源，故而我习惯把毛屋戏称为茅房。

茅房比大冰的小屋还要小，规矩却比小屋还要重，浓墨写就的大白纸条贴在最显眼的位置：说话不唱歌，唱歌不说话。

客人都小心翼翼地端着酒碗，大气不敢出地听歌。毛毛负责唱歌，木头负责开酒、收银。毛毛的歌声太刷心，常有人听着听着哭成王八蛋。木头默默地递过去手帕，有时候客人哭得太凶，她还帮人擤鼻涕。

不是纸巾，是手帕，木头自己做的。

她厉害得很，当时在毛屋火塘旁边开了一家小服装店，专门卖自己设计制作的衣服。款式飘逸得很，不是纯棉就是亚麻，再肥美健硕的女人穿上身，也都轻灵飘逸得和三毛似的。

毛毛当时老喜欢唱海子的《九月》，她就把店名起为"木头马尾"。

《九月》里有一句歌词是：一个叫马头，一个叫马尾……

马尾正好也算是一种毛毛，颇应景。

毛毛江湖气重，经常给投缘的人免单酒钱，也送人衣服。他白天时常常拿着琴坐在店门口唱歌，常常对客人说：你要是真喜欢，这衣服就送给你……

客人真敢要，他也真敢送，有时候一下午能送出去半货架子的衣服。

他真送，送再多，木头也不心疼，奇怪得很，不仅不心疼，貌似还蛮欣赏他的这股子劲头。

毛毛和木头与我初相识时，也送过我一件自己设计的唐装。

木头一边帮我扣扣子，一边说：毛毛既然和你做兄弟，那就该给你俩做两件一样款式的衣服才对。木头的口音很温柔，说得人心里暖暖的。

我容光焕发地照镜子，不知为何立马想到了《水浒传》里的桥段，不论草莽或豪杰，相见甚欢时也是张罗着给对方做衣服。

有意思，此举大有古风，另一种意义上的袍泽弟兄。

那件唐装我不舍得穿，一直挂在济南家中的衣柜里。

就这一件衣服是手工特制的。

好吧，其他全是淘宝的。

（四）

那时，毛毛经常背着吉他来我的小屋唱歌，我时常背起手鼓去他的毛屋打配合。大家在音乐上心有灵犀，琴声和鼓声水乳交融，一拍都不会错。

大冰的小屋和毛毛的毛屋是古城里最后两家原创民谣火塘酒吧。人以群分，同类之间的相处总是愉快而融洽的。

只是可惜，每年大家只能聚会一两个月。

毛毛、木头两口子和其他在古城开店的人不太一样，并不常驻，每次逗留的时间比一个普通的长假长不到哪里去。

然后就没影了。

我觉得我就已经算够不靠谱的掌柜了，他们两口子比我还不靠谱。木头马尾和毛屋开门营业的时间比大冰的小屋还少。虽说少，却不见赔本，尤其是木头马尾的生意，不少人等着盼着他们家开门，一开门就进去扫货，一般开门不到一周，货架上就空了，羡慕得隔壁服装店老板直嗫牙花子。

隔壁老板和我抱怨：违背市场规律，严重违背市场规律。

他说：他们家衣服到底有什么好的？没轮廓没装饰，清汤寡水的大裙子小褂子，怎么就卖得那么好？

我没法和隔壁老板解释什么叫品位、什么叫设计感，隔壁老板家靠批发义乌花披肩起家，店铺里花花绿绿的像摆满了颜料罐。

古城曾经一度花披肩泛滥，只要是个女游客都喜欢披上一条花花绿绿的化纤披肩，好像只要一披上身立马就玛丽苏了。我印象里花披肩好像流行快七八年了，直到木头马尾素雅登场，才一洗古城女游客们的集体风貌。

木头说这是件好事，她说：这代表着大家的整体审美在提高。

我对这个看法不置可否，审美不仅是穿衣戴帽那么简单吧，她们披花披肩时听的是《滴答》《一瞬间》，为什么穿木头马尾时听的还是《滴答》和《一瞬间》？

我和毛毛探讨这个话题。

毛毛说：什么审美不审美的，那些又不是我老婆，我关心那些干吗？

他又说：你又没老婆，你关心那些干吗？

没老婆是我的错吗？没老婆就没审美吗？悲愤……好吧好吧，是的是的，我关心那些干吗？那我关心关心你们两口子一年中的其他时间都干吗去了？

毛毛回答得很干脆：带老婆玩儿去了。

我问：去哪儿玩了？

他说哪儿都去，然后拨拉着指头挨个儿数地名，从东北数到台北，有自驾有背包……

我悄悄问：天天和老婆待在一起不腻歪啊……

他缺心眼儿，立马喊过木头来，把她的手捏在自己怀里，贱兮兮地说：如果会腻歪，一定不是心爱的，心爱的，就是永远不会腻歪的。

木头问：谁说咱俩腻歪了？抽他！

我说：打住，你们两口子光玩儿啊，指着什么吃啊？

木头说：我们俩都有自己的工作啊，只不过都不是需要坐班的那种而已。另外，我们不是一直在开店吗？遇到喜欢的地方就停下来开个小店，安个小家，这几年也就在五六个地方置办了七八家产业吧。每个地方住一段时间，打理打理生意，工作上一段时间，然后再一路玩儿着去往下一个地方，每年边玩儿边干，顺便就把中国给"吃"上一遍了。

毛毛歪头和木头说话：大冰这家伙真傻，他是不是以为我们是光玩儿不工作的？

木头一脸温柔地说：就是，一点儿都不知道我老公有多努力多辛苦，抽他！

毛毛很受用地点头，说：咱们又不是活给别人看的，咱们平衡好咱们的工作和生活，走咱们自己的路，让别人爱说什么就说去吧。

这个"别人"是指我吗？

我说什么了我？我招谁惹谁啦？

我服了，拱手抱拳。

后来方知木头所言不虚，其他的不论，单说木头马尾这一项产业就远比旁人眼中看到的要出乎意料得多。我以为他们只开了滇西北这一家店，没想到连周庄都有他们的店。

其他的分店地址不多介绍了，我傲娇，没必要打广告拿提成，诸位看官自行百度吧。

如果对他们家衣服的款式感兴趣，可以顺便百度一下央吉玛，她参赛时穿的那几身演出服，好像也是木头店里的日常装。

我和毛毛漫游开读书会时，木头马尾正在筹备又一家新店。毛毛应该是扔下了手头的工作来帮我开车的，我应该耽误了他不少时间。

但他并未在嘴上对我卖过这个人情。

所以，我领情。

后来获悉，毛毛来帮我，是得到木头大力支持的。最初看到那条朋友圈信息的是木头，她对毛毛说：大冰现在需要帮助，你们既然是兄弟，如果你想去帮他的话，那就赶快去吧。

她只叮嘱了毛毛一句话，顺便让毛毛也捎给我：你俩好好玩儿，别打架。

俩爷们儿加起来都七十几岁的人了，打架？你哄孩子逗小朋友呢啊？

我也是三十大几的人了，眼里看到的、耳朵里听到的夫妻相处之道不算少了，各种故事都了解过，唯独没有遇见过这么奇葩的夫妻。

木头是个好老婆，她对"空间"这个词的解读，异于常人。

要是结婚后都能这么过日子，每个妻子都这么和老公说话，那谁他妈不乐意结婚啊？！谁他妈乐意天天一个人儿上淘宝，连双袜子都要自己跑到淘宝上买啊？

好吧，我承认，当毛毛因为木头的存在而自我膨胀时，我是有点儿羡慕的。

不多，一点点。

我猜毛毛和木头的故事一定有一个神奇的契机，我对那个契机好奇得无以复加。

漫游读书会结束后，我去马鞍山找毛毛两口子喝酒。我使劲儿灌毛毛酒想套话，他和他老婆乱七八糟给我讲了一大堆成长故事，就是不肯讲他们相恋的契机。

我一直喝到失忆，也没搞明白两个反差这么大的人，到底是因为什么走到一起的。

毛毛只是不停地说：我们的结合很有意义。

你倒是给我说清楚到底有什么意义啊？具体哪方面的意义啊？

毛毛卖关子不说。

木头也不说。

（五）

毛毛少年时有过三次离家出走的经历。

他生于长江边的小县城枞阳，兵工厂的工人老大哥家庭里长大，调皮捣蛋时，父亲只会一种教育方式：吊起来打。

真吊、真打、真专政。

父母没有受过太多的教育，不太懂得育子之道，夫妻间吵架从不避讳孩子，他是在父母不断的争吵中长大的。

一切孩子的教育问题，归根到底都是父母教育方式的问题。

在这样一个家庭环境下成长的孩子大多脾气古怪，自尊心极强。毛毛太小，没办法自我调节对家庭的愤怒与不满，他只有一个想法：快快长大，早点儿离开这个总是争吵的家。

毛毛第一次离家出走，是在十岁。争吵后的父母先后摔门离去。他偷偷从母亲的衣袋里拿了五十元钱，爬上了一辆不知道开往何处的汽车，沿着长江大堤一路颠簸。

第一个晚上住在安庆市公共汽车站。

因为害怕，他蜷缩在一个不起眼的角落，那五十元钱偷偷藏在球鞋里。他累坏了，睡得很沉，第二天醒来时，发现球鞋还在，可是藏在鞋里的五十元钱已经不见踪影。

作为一个第一次来到大城市的孩子，他吓坏了，正站在车站门口惶恐时，耳朵被匆匆赶来的母亲揪住。

毛毛是被揪着耳朵拖回家的。

第二次出走则发生在一个夏天，他流浪了几天后，走到了一个叫莲花湖的
地方。

好多人在游泳，他眼馋，但没有救生圈，随手捡了一块泡沫塑料就下水了……
醒来时，一对小情侣正在扇着他的脸，着急地呼唤着他，旁边许多人在围观。
好险，差一点儿就淹死了。他再次吓坏了，想回家，揣着一颗心逃票回了家。
暴跳如雷的父亲没有给他任何解释的余地，他被吊在梯子上一顿暴打。

第三次离家出走时，他干脆直接从安庆坐船到了江西的彭泽县。

他在那里碰见了几个年轻人，他们说愿意给毛毛介绍一份工作，并带他去见
老板。

老板反复检查着毛毛的手，对着旁边的人小声说道：这是个好苗子。

他们端来热水和肥皂，要和毛毛玩儿水中夹肥皂的游戏。

机灵的毛毛借口上厕所，绕过屋后小菜地，淋着小雨连跑带爬了十多里路，
才混上了回安庆的轮船。弦一松，又累又饿的毛毛昏倒在船舱过道的板凳上。
一位好心的老奶奶用一枚五分钱的硬币在他的背上刮，刮了无数道红印才救
醒了他。很多年后，他才知道那种方法叫刮痧。

他没成为小偷，也没稀里糊涂地死在客轮上，灰溜溜地回了家。

又是一顿暴打，吊起来打，瘀痕鼓起一指高。

毛毛一次一次离家出走，一次一次被吊起来打的时候，有一个叫木头的小姑
娘在千里之外过着和他截然不同的生活。

木头比同龄的伙伴们幸福得多，父母疼爱她，她在爱里长大，懂事乖巧，很
小的时候开始也学着去疼人。她每周末去探望奶奶，从书包里拿出自己储存

了一周的好吃的，捧到奶奶面前说：这是妈妈让我带给您吃的……

从小学开始，每晚爸爸都陪着她一起学习，妈妈坐在一旁打着毛衣，妈妈也教她打毛衣，不停地夸她打得好。母女俩齐心合力给爸爸设计毛衣，一人一只袖子，烦琐复杂的花纹。

爸爸妈妈没当着她的面红过脸。

在一个暑假的傍晚，爸爸妈妈在房间里关起门说了很久的话，门推开后，两个人都对木头说：没事没事，爸爸妈妈聊聊天哦……

长大后她才知道，原来是有同事带孩子去单位玩儿，小孩子太皮，撞到妈妈的毛衣针上弄瞎了一只眼睛，家里赔了一大笔钱。

高三那年，爸爸问木头：是不是想考军校啊？当然是了，那是她小时候的梦想，穿上军装那该多帅啊。

体检、考试，折腾了大半年，市里最后只批下一个名额，市长千金拿到了录取通知书。

木头抱着已经发下来的军装在房间哭了一整天，妈妈再怎么耐心地劝说都没有用，这是她第一次受伤害，难过得走不出来。妈妈关上门，搂着她的腰，附在耳边悄悄说：不哭了好不好？不然爸爸会自责自己没本事的，咱们不要让他也难过好吗……

木头一下子就止住眼泪了，她去找爸爸，靠在爸爸的肩头说：爸爸，我想明白了，上不了军校没关系，我还可以考大学。

爸爸说：咱们家木头怎么这么懂事儿？

妈妈笑眯眯地说：就是，咱们木头最乖了。

第二年的暑假，木头接到了北京服装学院和湖南财经学院的录取通知书。爸爸妈妈一起送她去北京报到，爸爸专门带了毛衣过去，见人就说：你看，我们家木头从小就会做衣服。

木头考上大学的时候，毛毛刚从技工学校毕业。

和平年代不用打仗，国家解散了很多兵工企业，他跟随着父母从枞阳小城搬迁到另一个小城马鞍山。他不招人喜欢，个子很小却很好斗，犯错后父亲还是会动手，好像直接斥责才是他们认为最行之有效的交流方式。没人和他沟通，他就自己和自己沟通，他开始玩木吉他。音乐是寂寞孩子最好的伙伴，他的伙伴是他的吉他。

孤僻的毛毛在技校读的是电焊专业，父亲的意思很简单：学个手艺，当个工人踏踏实实地捧着铁饭碗过一辈子就很好了。

身处那样一个男孩堆似的学校和班级里，他是不被别人注意的，直到学校的一次晚会上，这个平日里大家眼角都不太能扫到的少年，抱着木吉他唱完沈庆的《青春》。

掌声太热烈，毛毛第一次获得了一份满足感和存在感。他高兴坏了，跑回家想宣布自己的成功，又在话开口前生生咽了回去。

父亲的脸色冷峻，他不知道该怎么开口诉说。

父亲问：你跑回来干吗？又惹什么祸了？……学个电焊都学不好吗？！

仿佛被火热的焊条打到了背部，他暗下决心，熬到毕业证到手，这样的日子打死都要结束了。

很快，十八岁的毛毛从技校毕业。

拿到毕业证的那一天，他狠狠地将电焊枪扔出去老远，痛快地喊道：老子不伺候了！

一起扔掉的还有当时学校分配的铁饭碗。

时逢毛毛十八岁生日，当晚，他手里攥着十块钱，孤零零一个人来到一家街边排档。

炒了一盘三块钱的青椒干丝，要了一瓶七块钱的啤酒，他坐在路灯下，对着自己的影子边喝边痛哭流涕。

家人找到他，拖他回家，一边拖一边问：你哭什么哭，你有什么脸哭？！

他挣扎，借着酒劲儿大吼：别管我，我不回家，我没有家，我不要家！

毛毛起初在当地的一家酒吧当服务生，后来兼职当驻场歌手，有抽奖节目时也客串一下主持人，每月三百块。睡觉的地方是在酒吧的储物间，吃饭在街边摊，他认为自己已经成年了，不肯回家。

他唱出来一点儿名堂，夜场主持的经验也积累了一点儿，开始给来走穴的人配戏，继而自己也开始走穴。数年间几经辗转，1999 年，毛毛走穴到了厦门。厦门的夜场多，为稻粱谋，他扎根下来。

他的出租房窄小逼仄，一栋摩天大厦挡在窗前，日光晒不进来。

他不知道，一个正在那栋摩天大厦里上班的白领姑娘，会在八年后成为他的妻子。

（六）

1999 年，木头大学毕业，供职于厦门 FL 国际贸易进出口有限公司。

公司位于厦门最黄金地段的银行中心，可以看着海景上班。

设计部刚刚成立，那时服装出口贸易缺乏专业人才，木头姑娘一个人挑大梁，负责所有专业上的业务问题，年轻有为，前途无量。

远航船刚出港，一切顺风顺水。

她遇到了一个贵人——日本著名设计师佐佐木住江。

佐佐木对她说：中国的服装市场不能总是抄袭，必须首先解决人才问题，需要建立亚洲人自己的人体模型。2002 年，木头下定决心按佐佐木的指引，去日本进修培训，费用自己承担。

公司正是用人之际，不肯放手这样一个优秀的人才，部门领导一直不肯接受她的辞呈。

老板惜才，专门找她谈话，他讲了一个变通的方案：让公司的贸易客户日本大阪田东贸易公司接纳木头培训三年的请求，并且是半天上班，半天学日语。条件只有一个，不要跳槽，学成后继续回公司效力。

木头被当成重点人才对待，厦门公司给予的出国出差工资待遇，是厦门工资的三倍，日本公司负责吃住，半天工作的内容就是对接厦门公司及日本公司所有的业务问题，出订单，安排出货，解决面料色差。

公司不仅担保了她出国的所有事项，并且还让她在出国前在公司无偿贷款十万元付买房的首付款。木头的工作年限还不够资格享受这个待遇，这在公司内部引起了不小的争议。老天爷不会白给人便宜占，木头明白，老板的一切决定就是想让她能回来。

因为她是人才。

木头去了大阪。深秋淅沥的小雨中，在迷宫般的小巷里找到町京公寓。她开心地给爸爸打电话，一点儿孤单的感觉都没有，上天厚待她，一切都顺利得无以复加。

她开开心心地去上课。第一堂课老师问了一个问题：正确地做事与做正确的事，你愿意选择哪个？她举手问：只要正确地做事，做的不就是正确的事吗？

老师点点头，说：扫得斯奈（是这样的），这是做事的原则，也是人生的道理啊。

五年的日本生活，木头过得开心极了。

厦门公司因为木头在日本的原因，进行了全方位业务拓展，涉及服装、海鲜、冷冻产品及陶瓷等出口贸易，木头也完成了带领日本团队为中国企业服务的转换。

这时候，她在东京已经成为一名崭露头角的新锐设计师，有高薪水，有专车，甚至有了为自己定制服装的专属日本师傅。

一直到 2007 年，木头才返回中国。

从 2000 年到 2007 年，毛毛的生活始终波涛汹涌。

他在夜场当主持人，最初每场六百块钱。

每场演出过程中，需要主持人自费买一些暖场的小奖品，可到了第二场的时候，毛毛身上的钱就不够了，于是向走穴的公司预支了三百块。

一个叫郭总的人随手给了毛毛三百块。

演出结束结账时，不知情的财务错给了他一千八百块的红包，不仅没扣除借款，还多算了。毛毛来到办公室准备还钱，却碰到身着白色中式服装的郭总正疾言厉色地骂员工。

毛毛插话：郭总，您好！我的报酬算错了……

郭总不等他说完就开始斥责，骂毛毛这种新人就会借机涨价。

毛毛表明来意后，一身白色的郭总甚是尴尬，他向身边的人训话，指着毛毛说：让他接着再演两场！

夜场嘉宾不好当，走穴的演员除了顶级的人物外，一般不会多过三场，而毛毛却因为三百块钱的诚实演了五场，几乎是罕见的好运了。故乡枞阳没给他这样的好运，马鞍山没给过他这样的好运，在人生地不熟的厦门，居然行运了。

毛毛半夜来到厦大白城的海边，站在那块与台湾隔海相望的礁石上，大喊：厦门，我一定要留下来！

海边没有回声，他自己震痛了自己的耳膜。

来到厦门后，毛毛才知道什么是真正的娱乐夜场。

礼炮轰鸣中，台上数百位美女在花海里身着华服来回走秀，台下是黑压压的一片跟着音乐攒动的人头，与点点跳动的杯影。

他的主持如鱼得水，虽然口音重，但在此地被解读为别有风味。

他那时瘦，酷似陈小春，这副形象倒也颇受欢迎。

但鹤立是非场，难免招人嫉。一次，毛毛在舞台上还没说完话，调音师就把音乐给掐了，两个人三言两语的争论演变为针尖对麦芒。

厦门当时相对有点儿规模的夜总会都拥有属于自己的舞美、调音等配套人员，相当于编制内人士，而毛毛等流动性较大的工作人员属于外聘，二者起了冲突，走人的自然是毛毛。

他在合租的房子里闷了几个星期，几乎快揭不开锅的时候，才被引荐到了一家新酒吧。

厦门果真是个福地，新酒吧的老板心血来潮亲自面试的他，给出的待遇是每个月七千元!

七千元! 想都不敢想的数字。

老板说：小伙子，你眼里有股子劲头，你会成为个好主持人的。

当天晚上，毛毛再次跳上当初那块礁石，对着辽阔的海面呐喊：厦门，我要努力成为一个优秀的主持人。那家酒吧叫老树林，据说在当年的厦门蛮有名的，毛毛后来是那里的金牌主持。

毛毛第三次来到海边是在 2004 年，还是那块礁石，还是那种音量，他这次喊的是：我要当一名优秀的舞台总监。然后，他成为"埃及艳后"酒吧的舞台总监。此时，他已然跻身高薪一族的阶层，不再为房租和衣食发愁，甚至还培养了几个爱好，比如旅行。

2005 年，他喊的是：我要当经理。

然后他跳槽成为厦门本地一家娱乐集团里最年轻的项目总经理，跟着他跳槽的有几百人。他有了自己的车，除了自助背包旅行，亦可以自驾旅行。

毛毛几乎每年都会去厦大白城喊上一喊，一直喊到 2007 年。

2007 年也是木头从东京回到厦门的时候。

完了，结束了，木头和毛毛的故事，我就知道这么多。

木头为什么放弃东京的一切回来？毛毛为什么放弃了娱乐产业，接二连三地干起了其他行当？毛毛和木头到底是怎么相识，怎样相恋的？他们俩是如何把生活和生计平衡得水乳交融的？

以上问题，我一概不知。

我猜不出他们的故事，也不想瞎编。依据以上这些零星的片段，我实在无法在脑海中把这一男一女的人生无缝捆绑到一起。

他们到底是怎么走到一起的？他们到底是靠什么一起走下去的？

一定有一个神奇的契机。

一定有。

（七）

马鞍山的午夜，街边的大排档，我和毛毛喝酒，杀敌一千，自损八百。

一箱酒没了，又一箱酒没了。

我说：毛毛，你卖什么关子啊？你要是懒得讲、不方便讲，你和我说一声就好，我他妈不问了还不行吗？！

毛毛嗤笑，他指着我，对木头说：你看你看，没结过婚的就是沉不住气……

我要掀桌子，他劲儿大，把桌子摁得死死的，他说：你别闹，我说我说。

毛毛说：2007那年，我和木头是怎么认识的，发生过什么惊天动地的故事……我还不能告诉你，因为时候未到，现在就说……太早。

他说：我快进到 2009 年说起……

我说：为什么？

他瞪着眼说：因为 2009 年更有意义！

毛毛捏着木头的手，对我说：2009年……五年了吧……五年前的一天，我陪她逛街，我鞋带松了，她发现了，自自然然地蹲下来帮我系上……我吓了一跳，扭头看看四周，此时此刻这个世界没有人在关注我们，我们不过是两个最普通的男人和女人……

我对自己说：就是她了，娶她娶她！

木头哎哟一声轻喊，她嘟着嘴说：毛毛，你捏痛我了。

毛毛不撒手，他已经喝得有点儿多，眉开眼笑地指着木头对我说：我老婆！我的！

我说：你的你的，没人和你抢。

他眼睛立马瞪起来了，大着舌头，左右睃着眼睛喊：谁敢抢我砸死谁！

我说：砸砸砸砸砸……

毛毛摇晃着脑袋问我：你说……人生是场旅行吧？

我说：是是是，你说是就是。

他问：那旅行的意义是什么？是遇见、发现，还是经历？

我说：你说什么就是什么。

他傻笑着，噘着嘴去亲了木头一口。

亲完后，他又傻笑了一会儿，然后一脑袋栽在桌子上，睡过去了。

木头怜惜地胡撸着毛毛的脑袋，一下一下地，蛮温柔，像在抚慰一个孩子。

一个叫木头，一个叫马尾。

一个叫木头，一个叫马尾……

等等。

我到底不知道你们2007年相识时，究竟发生了些什么。

自动挡的爱情

毛毛指着车钥匙忘情地说：

这辆是我的未来……等到四十五岁左右，我和木头按计划退休了，我会开着这辆大皮卡带着她去走天涯，后斗里面装上她的缝纫机和我的吉他，国内走遍了就去欧洲去非洲，我摆个摊儿卖唱，她在旁边做衣服……这车斗大，我给我们家木头再带上个沙发！

关于木头和毛毛的 2007 年，我后来写过一篇专门的文章《厦门爱情故事》，收录于后来的书中，来龙去脉尽在其中，敬请查阅，此不赘述。

后来的不赘述，当初的却需增补。

我写文章，一泻千里那种，基本每个一稿都是长篇累牍，待到二稿时再大段删，直到删出个水落石出的三稿，边删边在心里哭。

饶是如此，这些年刊出的大部分文章依旧长，有种说法是短篇故事的阅读极限是五千字，我却几乎没有哪篇短于一万字，动辄三四万字，最长的五万五。

却也不是啰里啰唆凑字数，只因写的大都是熟悉的身旁人，故而太多的话想说，太多的桥段想去描述，毕竟挤牙膏和拧开水龙头是两码事。

当年因行文节奏和篇幅长度故，木头和毛毛的故事删去了近七千字，当然，另外一个删去的缘故是担心如果保留某些桥段，会让人对他们产生误解，误以为木头是个傻白甜，毛毛是个爱炫富的暴发户……

五年后重新审视那些删去的文字，感觉还是专门开个小篇补上的好，实在不必因主观上的瞻前顾后，而去把读者的接受能力低估。

希望此番增补，能让读者对他们有更加立体的感知。

当然，除了部分补遗，亦有新的增减处。

如下。

神烦别人在我面前刷存在感的。

都是朋友刷什么刷，你厉害你厉害你最厉害了行不行，别动不动就炫车炫房炫资产，空不空虚俗不俗？

但毛毛例外，他每次炫的时候，我基本都选择忍着……一来人家炫得挺充实；二来此君从里到外每个细胞都俗，属于本色演出。

毛毛的炫，一般先从车开始，惯例是先炫他的四缸铃木吉姆尼，重度改装的。

他把酒杯端起来，用马鞍山口音先饱含深情地感慨一声：我的乖乖……

然后道：……一脚油门杵着四驱大轮，就往河里蹚，往树林子里钻，这才刺激啊，满脸都是肾上腺素！

没等我想明白肾上腺素和脸有什么关系，他咔嚓把车钥匙拍上了茶几：

我这车，牧马人能去的地方我都能去，牧马人不能去的地方，我也能去！

反正越是野外越皮实，蹚河不进水，钻树不挂枝，在市区爬花坛爬台阶也是噌噌的，反正小身材大作用……我平时开着去买菜也很方便。

我认真地消化此等场面，上一秒钟越野，下一秒钟买菜？一脸肾上腺素去买菜？

另外，你闲得没事开着车爬花坛子干吗去？嫌警察叔叔好惹呢还是嫌十二分太多呢？

啪的一声，又一把车钥匙拍上茶几，他一饮而尽，跷着二郎腿挥斥方遒：

至于这辆六缸途锐，工作用途居多，我认为哈，一辆高品质的 SUV 必须既要拥有轿车的舒适性，又要兼顾越野车的通过性能！而空气悬挂系统是实现这目标的最佳选择。我跟你说，我这辆车的珍贵在于它是途锐在 3·15 事件前出的最后限量款，3.0 机械增压，解决了油门响应滞后的问题……仅存的桃木款内饰，不空前但基本绝后。

一句话来说，就是低调中的经典！

我看看他跷着的脚上的那双老北京布鞋，又看着他把第三把车钥匙拍上了茶几。

第三辆车我坐过，八缸丰田坦途皮卡 1794 版，5.7 升 V8 马力，八缸，气浪声，基本上算是 C 证能开的最大限度的皮卡。

三把钥匙一字排开，三辆车就停在窗外，依次是 XL、L、M。

毛毛指着三把钥匙，瞪着眼睛问我：……说说你的感觉。

我能说啥，我说：唔……感觉你挺有钱的。

于是他就很感动，频频点头，用看知己的眼神看我，双手撑住茶几，脸贴过来，认认真真地感慨道：还是你了解我……都是我自己赚来的！

好的，于是我就明白了，他今朝要炫的其实不是车，而是感慨人生。

果不其然，毛毛道：这三辆车子见证了我的人生！

他指着途锐的车钥匙动情地说：

这辆车见证了我的过去，一直跟着我工作，它知道我这些年事业上有多努力，它看着木头马尾越做越大，分店越开越多，我和木头的日子越过越好了……

又指着坦途的车钥匙忘情地说：

而这辆是我的未来……等到四十五岁左右，我和木头按计划退休了，我会开着这辆大皮卡带着她去走天涯，后斗里面装上她的缝纫机和我的吉他，国内走遍了就去欧洲去非洲，我摆个摊儿卖唱，她在旁边做衣服……这车斗大，我给我们家木头再带上个沙发！

又指着吉姆尼的车钥匙深情地说：

这就是我的现在，我开着它出去越野玩儿，也开着它去陪木头买菜、过日子……我开着它回马鞍山，开回我们皖南山区里，开在有许多分支的小河流里，一口气在水流里逆向开上几十公里，听山里溪间的鸟叫虫鸣。累了就直接把车停水里，在岸边摆上后备厢里藏的小瓦斯炉，生个火，烤上几片肉，小风扇吹起来……我的乖乖，还有谁比我过得更好的吗？我就坐在车顶上拿着吉他唱个歌，跟对面漂流过来的游人们吼一声 Hello。

他说：

这十年，车子开开换换，从外观性能到性价比，各种精挑细选……最后只留下了现在身边的三辆车，我叫它们终极大宝贝。不管什么情况，我都会让它们一直陪在我和木头身边，到我老了，它们也开不动了的那一天，我照样每天把它们擦得锃亮的……

他貌似感动坏了，手开始轻轻抚摩那些钥匙，鼻孔放大又缩小，好几个来回。

他说：唉，可惜，木头开车不行，技术差得要命……

他挥着拳头吆吆喝喝：

我和木头一起跑了这么多地方，多数时间都是我开车。我不在的时候坚决不允许她开，必须在我在场的情况下才能开车，不然木头太危险……

木头为什么叫木头？我的乖乖，因为一根筋！开车是一件需要眼观六路、耳听八方的事，木头开起车来比个木头还要木头，她以前常年住在日本那种不管干什么都规规矩矩的地方，做的又是专注匠人精神的设计工作，导致做什么事都特别专注，脑子不会转弯儿……专心在了方向盘上就忘了脚下的刹车是哪一片儿铁。

不过说实话，她开直线的时候还是开得挺好的，前提是前面没车，后面也没车，不能下雨，也不能是黑夜……

木头现在只在两种情况下开车，一是我坐在她身边，我会守着她，时刻提醒，不会让她出任何问题；二是开长途的时候，我真的开累了，才会让木头替手开一下。

当年我们经济很一般的时候，开了六年的国产哈飞赛马（手动挡），二手车。

我开长途累得实在不行了，就跟木头说：姑娘，没记错的话，你是有驾照的吧？

木头认真脸：有证的，C1呢！

我：那你敢不敢替我开一会儿？

木头就很开心，说为了我什么都敢，我就说：那你敢个十五分钟就行，我十五分钟之内快速地睡好起来。

事实上，我坐到副驾驶闭上眼睛，就听到了轰炸机起飞的声音……嗯，踩了油门没松刹车，对于木头而言，这种神操作不是第一次了，不算稀罕。

然后她就表现得很可怜，说：老公，你不许凶我。

我凶什么凶，哪儿有劲儿凶，我都困成狗了好吗我的乖乖……

刚睡着没多大一会儿，木头温柔而急促地喊醒了我。

她说：老公，手动挡的车怎么停车？我马上要拐完这个弯儿了，马上就要进到加油站，你如果不快点儿告诉我的话，咱们很可能就……

我的脑袋轰一声地就炸了，狂喊：先踩离合，再踩刹车，退到空挡，再停车！

她停好车以后伸手过来摸摸我的脑袋，感慨地说：不许怪我哈，要怪怪离合器，谁设计的这东西啊可真麻烦……

她后来碎碎念了很久，什么……道路千万条，安全第一条，珍爱美好生活，远离手动挡。

从那以后，我们家只要买车，全是自动挡！
我一个这么热爱驾车乐趣的人，为了迁就老婆，从此没有离合器可以踩。

毛毛叹了口气，慢慢地给自己倒酒，语气忽然变得温柔了一点儿：
乐趣也是有的，你知道，我们家木头小小的个人儿，所以开大皮卡时就特别可爱，光看她爬上驾驶座就够我乐半天……
还有她睡觉的时候，木头睡觉的时候蜷缩得像个小树懒一样，脸永远朝着我这边。她一坐上副驾，咚的一声倒头就能睡着。以前大丽高速还没有开通的时候，要开好几个小时的盘山公路到丽江，有时候雨季路滑，我常开得自己一手心汗，木头却总是很放心地在一旁呼呼大睡。我就很生气，把她戳醒，问她为什么不醒过来和我同生共死，她的回答是——这是她最爱的男人在开车，她坚信这个男人是不会让她受伤的，当然可以安心睡大觉。
然后她就撇嘴，说可惜不能像在家里床上时一样枕着我胳膊睡搂着我脖子睡……
毛毛描述得绘声绘色的，边说边比画着搂着人脖子睡觉的姿势，动作幅度之大，差点儿把酒瓶子碰翻。
好的，于是我就明白了，他刚刚也不仅是感慨人生，而是撒狗粮给我吃。

我咳嗽一声，提醒毛毛：不是在说车吗，咋说着说着成了说老婆？
他说：哦，对哈，说车说车……
然后他说车说得差不多了，还是说琴吧。除了车外，吉他对于他而言，也绝对是不能丢的宝贝，以前经济条件不太好的时候，开着二手破车弹着个几百元钱的入门琴，而今当下他不只有三辆终极宝贝车，还有三把情人一样的琴！

据毛毛的介绍，第一把是泰勒七系古典琴；第二把是来自捷克的手工琴；最厉害的是第三把，美国带回来的马丁琴，民谣钢丝弦，1996 年产的，二十多年历史的琴，是他最爱的小情人。

他把小情人抱了出来，当真是漂亮。我也想抱抱来着，他并不肯递过来，自顾自地调弦弄音，边忙活边感慨：
每一把琴都是不一样的，不同的琴也有不同的故事，好的琴除了材质上的区别，还有灵魂，弹起来的时候你能感受琴弦回弹时，那种情感上的共鸣。像我这种不是科班学音乐的人，如果没有情感，是唱不好歌的，一把好琴可以让我真正感受到人琴合一。

他抱着琴一边拨弹一边说：
就像一个好女人，当你和她的情感越来越深的时候，你也会变成一个越来越好的人……
他说：就像我和木头……我觉得支持我们一路走到现在，爱情是必需的，因为爱情是最坚实的依靠！还有很重要的一点，是因为我们是同类人，就算生活方式上有许多的不同，但只要本质是一样的，深刻在骨子里的东西是一样的，所以幸福自然就会叠加。你看，我和木头差异这么大却这么幸福，没有一致的三观怎么可能？

好的，又拐到老婆身上了，行吧，说吧你。

毛毛说：
……我特别庆幸找的老婆跟我是一类人，我蛮自豪这一点。我老婆是个很有魅力的女性，就算容颜易老，但灵魂还是很有趣的。虽然我们年纪都不小了，但我能感觉她在我面前还是跟个小孩一样。

……我就喜欢看她跟我撒娇！她要是两三天没撒娇我都难受！有次我们跟朋友一块聚会聊天的时候，木头就冲着我撒娇了。朋友打趣木头，这都多大人了，还撒娇啊？我一边回应着木头一边跟朋友说，这就是我们平日里最真实的状态，你还没见过我们怎么互相撒娇的呢，来，老婆咱们舌吻一个，求求你嘛……

木头有一次撒娇，让我差点儿哭了。那时候，我们在家看一个悲伤的电影，木头认真地跟我说：老公，如果真到了我要死的时候，我一定要死在你怀里，你一定紧紧抱着我，因为那样我不会害怕……
傻女人，说话老是这么傻里傻气的！你先死了，我还能活吗？我还指望死在你怀里呢！

……我总觉得木头一直傻乎乎的，所以，跟我这么聪明的人在一起对她来说应该是件特别有意思的事，我一直是这么骄傲地认为着的。
我俩的生活现在是一个很有默契的状态，生活分工合理，我管三餐，她管餐后水果，其余时间各忙各的。我们每次回厦门的时候，木头每天早餐后会先去健身房健健身跑跑步，下午上插花课画油画，偶尔还去游个泳……还考瑜伽证和教师证，还学古琴。她弹古琴的时候，我也跟着品，边品边琢磨晚饭喂她吃点儿什么。

木头喜欢的生活方式，是可以自由选择季节，OK，她喜欢哪儿，我们就在哪儿开一家"木头马尾"服装店，这样又可以工作又可以生活。春暖花开的三四月我们在厦门，春末夏初的五六月就回江南陪陪父母，夏天最热的三个月去云南……反正天热就找最凉快的地避暑，冬天就找最适合窝着的地方烤火。
这些年里，我们选择的生活方式，也许是很多人想过但没办法实现的，原因可能是很多人没有木头与我之间的那种默契配合吧。

木头很多时候工作比我要忙，当我感觉到她过限的时候，会拉她一下。

当她觉得我工作上有些松懈了的时候也会推我一下，这就是一个平衡的点。

我觉得我俩特别好的一个状态，就是一直跟吸铁石似的，平日里各忙各的，各出各的差，但分开一定不超过一个星期，一旦超过了就啥都不对了！我觉都睡不踏实，饭也吃不香，动不动还想发脾气，各种想她。所以我们结婚这么多年几乎很少分开超过一个星期……到现在都是互相搂着睡，要么我搂着她，要么她搂着我，有时候我夹住她，有时候她盘住我……

狗粮吃得已经足够饱了，再吃就该撑着了，我唰唰挠头皮：这个这个……不是聊琴吗，咋又开始聊老婆？

他就笑：对哈，聊琴聊琴。

又说：现在不想聊琴了，想继续聊一聊车。

我……

毛毛端起杯子瞪着我，说：

路怒症你知道吗？木头帮我治好的。

有一次，我和木头开车在路上，旁边的车子突然变道超车，差点儿撞到我们的车。红绿灯路口的时候，木头没拦住我，我拉起手刹打开车门下了车，打算去找司机要个说法，结果走近一看发现是个一脸紧张的女司机，车的后门都没关好，后座还坐一小孩。

载着孩子呢，怎么能这么不注意？！我一时没忍住就给她上了一通安全驾驶的课，让她要好好开车，还拿旁边的木头摆事实举例子，说得那女士心服口服的，小孩也没被吓哭……

回来后，刚一坐好，木头扑上来抱着我亲了一口，说：这才是我的毛毛！

我觉得骄傲极了：哈，看来我处理得不错，我老婆夸我呢。

那我以后也当个讲理的毛毛好了。

他好像有点儿喝高了，傻笑了一会儿，又小小地发了一会儿呆。

表情忽然有点儿沉重了呢，不知道他在想些什么，咱也不敢问，咱也不敢说。

良久，他慢慢地开口：

……其实我有点儿幽闭空间恐惧症，不喜欢待在封闭的小空间里，不到万不得已，坚决不坐飞机，所以我们这些年不论去哪儿基本都是开车。

刚去西南创业的时候，有一次从南宁回广州的路上，因为赶时间，一开就是几百公里不停歇。凌晨五点多时终于进了广州绕城高速，我和木头已经是眼皮打架到需要牙签撑住的那种状态，车子一拐进高速口的休息站，立马找停车区合眼去了。

那次我和木头睡在车里，因为怕把自己闷死，也怕随身的货款现金被窃，我把窗留了个小缝透气，然后就睡得昏死过去了。

醒来的时候，木头满脸满胳膊的蚊子包，她是醒着的，手里捏着块手绢儿，帮我扇风赶蚊子……我身上一个蚊子包都没有，一个都没有……

我想骂她，一张嘴却是想哭出来的那种感觉，你知道吗那种感觉，眼睛鼻子都酸得要死，喉咙里滚烫的……

我欠身过去，把她用力揽过来摁在肩膀上。她没有挣扎的力气，很快就睡着了。我低着头看了她很久，数她肩膀上手臂上的蚊子包，越数眼睛越酸，呼吸怎么也均匀不下来……

创业的时候，有过许多个这样艰苦的夜晚和早晨，木头一声也没吭过。

我去哪儿，这个大小姐出身的女人都安静地跟着，一起创业一起睡在车上，一起浪迹天涯。

她是我最好的朋友、最好的工作伙伴、最好的灵魂伴侣，既是情人也是老婆。和她在一起，我从来没有不开心过，我们没有经历过什么大风大浪，她给我的都是和风细雨……有这么好的女人肯无怨无悔地跟着我，我这些年每天都是知足的。

只有过一个小遗憾……

木头身体弱，我们努力过，曾经有过一个小生命，刚来，就走了。

但一个朋友告诉我们说：其实并不是你们去选择孩子，而是由孩子来选择你们。也许正是因为你们的感情太好，他／她不愿意来打扰你，所以就让一切顺应天意，而不是让适用于所有人的标准来衡量他／她是否该来了。

对啊，上天留出了时间和空间让我和木头完整地拥有彼此呢，所以，哪来的什么遗憾？！

所以我努力工作，我认真赚钱，我要在能力范围内买最好的车、买最好的琴。我会永远给她当司机，我永远是她的吉他手，每一首歌都是唱给她听的！

夜已深，细雨在落，屋檐上沙沙的，四下里静悄悄的。

毛毛伸手抹脸，从上到下，眼泪鼻涕一起抹。

他嚷嚷：不喝了不喝了，明天还要赶路回厦门去看老婆，不喝了。

他拍我大腿：抱歉哈兄弟，听我唠叨了这么多……

他说：理解一下哈……快一个星期没见到木头了，我想她想得要命啊。

▷ 毛毛和木头结婚十周年纪念日对话

毛毛和木头

► 《一头名叫我爱你的鲸鱼》小屋阳朔分舵·蠢子

椰子姑娘漂流记

◎　她和他懂得彼此等待、彼此栽种、彼此付出，她和他爱的都不仅仅是自己。

他们用普通的方式守护了一场普通的爱情，守来守去，守成了一段小小的传奇。

…………

或许当你翻开这本书，读到这篇文字的时候，西太平洋温润的风正吹过如雪的沙滩、彩色的珊瑚礁，吹过死火山上的菖蒲，吹过这本《乖，摸摸头》的扉页……吹在椰子姑娘的面纱上。

白色婚纱裙角飞扬。

她或许正微笑着回答：Yes, I do!

是啊，你我都是普通人，知事、定性、追梦、历劫、遇人、择城、静心、认命……嗖嗖嗖，一辈子普普通通地过去。

普通人就没机会成为传奇吗？

你想不想用普通人的方式活成一个传奇？

不是所有的绝世武功都必须照搬武林秘籍，真实的故事自有万钧之力。

我讲一个普通又真实的故事送给你。

祝你有缘有分有朝一日得获属于你自己的传奇。

（一）

我在江湖游历多年，朋友一箩筐，个中不乏奇葩，其中有个红颜三剑客：可笑妹妹、月月老妞、椰子姑娘。

月月是北京妞，因家庭变故，少时独行，足迹遍布大半个中国。从 1999 年起她游学海外，浪迹欧美大陆，十几年来独自旅居过二十多个国家、一百多座城，而后回归北京，供职过国家大剧院，从事过音乐产业经济，后开了一家小小的服装店，箪食瓢饮在市井小巷。

从北回归线到南回归线，月月的故事散落在大半个地球上，若有人爱读小故事，她的经历是可以写一套系列丛书的，若开笔，可以秒杀一货架的旅行文学。但她不肯写，别人羡慕不已的经年远行，于她而言貌似是再自然不过的日常生活。她不会刻意去渲染标榜什么，已然进入一种无心常入俗、悟道不留痕的境界中。

我曾在拙作《你坏》中记述过月月老妞的故事，我浪费了她的两个第一次：

她第一次给男人下跪，以及她人生中第一次穿婚纱……因为我而穿婚纱。

这两个第一次都发生在同一个小时里。

我们认识的第一个小时……

很多人爱那个故事，尤其爱月月的人生态度：欲扬先抑的成长。

月月后来结婚，我是司仪，我后来借住在他们家中，借住过很久。

在《你坏》一书中，我还记叙过月月对我的照顾，在我最艰难的岁月，最落魄的日子……不多说了，都在那篇叫《谢谢你》的文章中了，此不赘述。

可笑妹妹是个暖宝宝，她在嘉兴烟雨楼畔长大，原汁原味原厂出品的江南女子，软软糯糯，和五芳斋的粽子有一拼。没人比她的脾气更好，没人比她人缘更好，没人比她更知书达理。

她长得和蒋雯丽简直一模一样。

我二十五岁那年，在成都宽巷子的龙堂青旅门前初见她，惊为天人。

那时，她每年有一半的时间在杭州开马场，骑马、养马，自己驯马，再烈的马到了她手里都乖得跟骡子似的。我去内蒙古时被马踢过，差点儿蛋碎在锡林郭勒草原上，故而对她肃然起敬，不敢动半分歪脑筋。日子久了，大家性情相投，扎扎实实做了十年老友。

我一直觉得可笑蛮神秘的，像古龙笔下的女子。

她后来混过滇西北，开过客栈，每个房间一种不同的香氛。我爱桂花，她常年把桂花味的房间留给我住，桂花味道的床单铺得平平整整，桂花味儿的枕巾上印满小鱼儿，床头摆上一只樱木花道的玩具公仔，也是桂花味道的。

她知道我喜欢樱木花道，专门淘宝来的。

可笑人缘极好，她爱听歌，当年古城没有一家民谣酒吧肯收她的钱。大家都爱她，昔年烟火气日隆的古城，她是很多人心中不可亵玩焉的女神。

彼时我也在古城，晚上开酒吧，白天街头卖唱，日子过得丰盈。

一干流浪歌手在街头卖唱时，可笑妹妹常来帮忙卖碟。歌手们卖碟的套路一般是：您好，这是我们的原创民谣，欢迎听一下。

她不按套路出牌，兰花指拈起一张碟片，另外一根兰花指虚虚地往街心一点，笑着说：过来一下好吗？

她笑得太温暖，被点中的路人大鹅一样，傻呵呵地踱过来。

她把碟片轻轻塞到人家手中，压低声音悄悄地说：……我跟你讲哦，这些音乐很好听哦。

然后就卖出去了！

就卖出去了！

她不去售楼真可惜。

可笑后来结婚，我是司仪；可笑后来离婚，笑着给我打过电话通知消息；再后来可笑重新恋爱有了宝宝，却依旧是一副少女模样，谁见了谁都不信是个当了妈的人。

月月是大御姐范儿，风味独特，像只嘎嘣脆的大苹果。可笑是女神软妹子，清香宜人，像个粉嫩粉嫩的大桃子。

每个女人都是一种水果，富含的维生素各不相同，大鸭梨、小白杏、车厘子、红毛丹、西瓜、葡萄干……

还有椰子。

你见过椰子没？

圆圆的一个，高高地挂在树上，壳硬得可以砸死人，你去啃它的外皮，苦死你涩死你，牙给你硌掉。别来硬的，想办法抠开一个小口子往里看——水波荡漾，淡牛乳一样的内心。

吸管插进去，嗫吧，吧唧着嘴嗫。

不是很甜，却有一种奇妙的回甘，可以咂嘴细品，也可以咕嘟咕嘟地大口吞咽。一点儿都不腻。

椰子还有一个神奇之处，它可以扑通一声掉进海中，随风逐浪上千公里，若遇见一个可心的小岛，就停下来靠岸，落地生根。

铺垫了这么多，终于轮到椰子姑娘登场了。

（二）

椰子姑娘的原产地不是海南，是川南，她的家乡最出名的特产有三样：恐龙、井盐、郭敬明。

她是典型的蜀地美女，白齿红唇、大眼生生，走起路来风风火火，齐肩发甩来甩去，高跟鞋咯噔咯噔响成一串儿……看起来很不好惹的模样。

确实不好惹。

月月一般习惯喊我：大冰冰儿。京腔京韵，亲昵又中听。

可笑一般喊我：大——冰——童鞋。吴侬软语，温温柔柔的，蛮受用。

我最头痛椰子姑娘喊我，她一张嘴，我就想给她缝起来，她直截了当地喊：大 B ！

据说他们那个地方的人说话从来不卷舌头，听起来像骂人。

B 什么 B，B 你妹啊！后面那个 ing 呢？

好烦啊，我不搭腔，给她看白眼球，她自己完全不觉得自己的"川普"有问题，很奇怪地看着我，然后接着喊大 B。

有一回，她喊了四声，我没搭理她。她烦了，搓着手走到我面前，一手扶正我肩膀，一手捏了个拳头，一个直拳捣在我肋骨下面。

…………

后来她怎么喊我，我都应声。

椰子姑娘不是个女流氓，她那个时候已是业界知名的广告人，在电影植入广告方面颇有建树，电影《非诚勿扰》什么的都是她在做植入广告的策划执行。执行力强的人往往是工作狂，我路过深圳时，曾去她的公司玩过一天，深深被震撼了。这分明是个战地火线指挥官，排兵布阵，雷厉风行，挥斥方遒间杀气毕现。

将强强一帮，整间办公室里没有人在走路，所有人都是抱着文件小跑着的，电话铃声此起彼伏，打印机嗡嗡直响，一屋子肾上腺素的味道。

中午，她只有半小时的工作餐时间，她嗒嗒嗒地踩着高跟鞋，领着我抢电梯，进了茶餐厅只点牛肉面。我蛮委屈，说：我要吃葱油鳜鱼，我要吃铁板牛肉！

她说：不行，太慢，还是面条比较快。

我说：我是客人好不好，你就给客人吃碗面条啊。

她立马扭头喊服务生：给这个先生的面上加个蛋。

我说：我、不、吃！

她瞅我一眼，搓搓手，然后一手扶正我肩膀，一手捏了个拳头。

我说：……哎呀，牛肉面是吧？牛肉面可好吃了！其实我很喜欢吃牛肉面的呢……

电话铃声丁零零地响起来，她压低声音接电话：喂……好，冇得问题，我十五分钟后赶到噻。

我心里一哆嗦，问：还吃吗？

她捧起腮帮子，冲我堆出满脸的笑，一扭头，麻利地弹了个响指：服务员，面条打包带走。

十五分钟后，椰子姑娘坐在深圳华侨城的露天咖啡座上和客户开起了会。
我坐在隔壁的桌上吃我的牛肉面。
好尴尬，旁边都是喝茶喝咖啡的，就我一个人在吸溜吸溜地吃面条。
走得太匆忙，我的面上没有蛋。

椰子姑娘这样的职场女汉子，北上广每栋写字楼里都能找到雷同的模板，都市米贵，居之不易，体面的生存是场持久战，职场女人先是进化成男人，接着是铁人，然后是超人。
成千上万的女超人把工作当成最重要的轴心，一年到头围绕着这个轴心公转。不论是衣食住行、饮食男女……都或多或少地要兼顾这一轴心，轴心比天大，工作最重要，社交不过是工作的预热准备、售后服务或附属品，生活不过是工作的卫星。

椰子姑娘也是个女超人，但她这个超人好像和其他超人不太一样。
那天中午的牛肉面吃得我好委屈，但毕竟客随主便，她工作那么忙，不能给人家添乱，于是我忍，并且做好了心理准备晚饭再吃一次牛肉面，加蛋就行。
结果晚饭没有牛肉面。

快六点的时候，办公室里依旧是热火朝天。我歪在沙发上打瞌睡，椰子姑娘坐在旁边的工位里和人开碰头会，貌似在处理一个蛮棘手的执行方案，一堆人眉头紧锁，头冒青烟。
完了完了，我心说这是要加班加点的节奏啊，猴年马月才能吃上晚饭啊，看来是个未知数了。

我很懂事地爬起来去翻椰子姑娘的办公桌，翻出来一包饼干，又翻出一包饼干，然后很懂事地自己蹲到角落里去默默地啃饼干。

我很为自己的行为感动，做朋友就应该这样，要多换位思考，不能给人添乱。

话说这饼干怎么这么好吃……

正啃着呢，一双高跟鞋忽然停在我眼前，其中一只画出一道漂亮的弧线，踢到了我膝盖上。

椰子姑娘恶狠狠地把我拎起来：你怎么把我们的拍摄样品给吃了！

奶奶的，我怎么知道我吃的饼干是拍摄样品！

委屈死我了，我怎么知道你几点下班？我自己垫点儿食儿吃还不行？

我一激动，满嘴的饼干渣子飞得有点儿凶。椰子姑娘像黄飞鸿一样跳到左边又跳到右边，各种躲避。她伸出一根手指敲自己的手表，恶狠狠地说：现在是五点五十九，再过一分钟下班，一分钟你都等不了吗？

她居然不加班？

我坐在车上直纳闷儿，刚刚还看到一堆人焦虑得头冒青烟，现在就放羊了？

那没干完的工作怎么办？

椰子姑娘说：你瞎操什么心？我有我的工作计划和工作进度，谁说必须加班才能做好工作？

我说：你怎么这么抵触加班哦，怎么一点儿奉献精神都没有？

她一边开车一边反问我：大B，你觉得奉献精神和契约精神哪个更重要？

我说：我说不好，但是我觉得吧，应该一分为二辩证地去看待这个……

她说：你拉倒吧，听我说。

她换了一下挡，车窗外的高楼大厦纷纷倒退，她说：

公司发我薪水，那我就应该对得起这份薪水，这是一种必然的责任。但我在工作时间内履行这份责任就好，没必要搭上我的私人时间，否则就是对自己的不负责任。我觉得最负责任的做法就是，上班认真工作，下班认真生活，二者谁都不要侵占对方的时间，这样才能保证质量。所以，姑娘我不加班。

我深不以为然：椰子姑娘你说得轻巧，但现实世界中，哪个领导乐意有这样的员工？对待工作的态度明显不够热情嘛。

椰子姑娘轻踩油门，笑着瞥我一眼，说：热情和责任，哪个更持久？靠热情去维持的工作不见得能长久，靠契约精神去履行自己的责任才是王道。

我不服，我也是上了好些年班的人了。在我的经验中，领导都喜欢热爱加班、热爱奉献、勤勤恳恳、任劳任怨、懂得付出、乐意牺牲自我的下属，无一例外。

椰子姑娘说：No，No，No，此言差矣，聪明的领导喜欢的都是有效率、有质量的工作成效，而不是面儿上的努力认真。

她诋毁了全中国成千上万的领导，是可忍，孰不可忍……于是我给她鼓了会儿掌。

但我还有个小小的疑问，既然她坚持主张工作时间和私人时间彼此不影响，那干吗中午连一碗面的时间都不给自己留？这不是自相矛盾吗？

椰子姑娘一边开车一边说：没文化真可怕。她问：中午那顿饭叫什么？

我说中午肯定叫中午饭喽，或者叫午餐，英语叫 lunch。

她说：错！咱们中午那顿饭，英语叫 working lunch。

中文叫工、作、餐。

椰子姑娘把车一直开穿了深南大道，我们吃了美味的石斑鱼和烤生蚝，主食是炒河粉。我要求加一个蛋，被拒绝了，据说没有蛋。

我吃撑着了，但作为一个合格的朋友，我没有拒绝几个小时后的夜宵。我们喝了潮汕虾粥，吃了皮皮虾和一吨扇贝……没有蛋。

第二天是周末，她一早砸开我酒店的房门，拖我去喝早茶，喂我吃了莲蓉包、叉烧包、马蹄糕、虾饺、菜包、卤凤爪……

午饭吃的是肥牛火锅，下午茶吃的是芝士饼。晚饭时，她开车载我去大鹏古城吃私房菜，一推开门，满桌子足斤足两的客家菜。

我抠着门框不撒手。

我说：椰子姑娘，求求你饶了我吧。

我说：给我一碗面再加一个蛋就行了好吗……

椰子姑娘后来和可笑妹妹数落我说：吃饭不积极，脑子有问题。

（三）

可笑妹妹和椰子姑娘情比金坚。

有哲人曾说过，一个女人最大的同性对手不是婆婆，而是闺密。

这句话在可笑妹妹和椰子姑娘面前貌似不成立。

很多的闺密二十岁的时候就已经开始惦记着对方男朋友了，她俩三十岁的时候还手拉着手在街上走，像俩小姑娘一样，一点儿都不怕羞。

大部分的闺密都是从发小、同学、同事中发展而来的，偶尔也有对客户的逆袭，可笑和椰子不属于上述的任何一种。椰子是可笑从大街上捡的，拉萨是个福地，她俩在那里相识的。

有个很奇妙的现象，旅行中结识的朋友，往往关系维系得最持久，远长于其他模式的友情。

我和椰子姑娘也相识在多年前的拉萨，当时我是拉萨"浮游吧"的掌柜，她是个自助旅行的过客。

第一面的印象很和谐，她给了我一瓶啤酒和狠狠的一巴掌。

我那时刚刚经历完一场漫长旅途：

某天深夜在酒吧唱歌时，唱哭了一个女孩，然后因为一句玩笑，陪着这个女孩一步一步走去珠峰。出发时，我只背了一只手鼓，那个女孩身上只有一串钥匙、一本护照和一台卡片相机，我俩身上都没什么钱。

路费是边走边挣出来的。

风餐露宿、饥寒交迫，一路卖唱，从拉萨的北京东路浮游吧里走到了喜马拉雅山的珠穆朗玛峰前。从珠峰下来后，女孩和我分别在定日县城，她道了声"再见"，孤身一人去了尼泊尔的方向，我沿着尚未修好的中尼公路一路卖唱回拉萨。

那个女孩不用手机，我没再见过她。

从拉萨出发时，我没关酒吧门，也没来得及和众人打招呼，导致民怨颇深，一回来就被揪斗了。大家半开玩笑半认真地让我罚站，一边罚站一边坦白从宽。酒吧里那天还有两桌客人，面子丢到家了。

我把过程坦白了一遍后，发现捅了马蜂窝。

一堆人拍着桌子、拍着大腿开始指责我：那姑娘身上一分钱都没有，万一饿死了怎么办？你一路卖唱把人家姑娘带到了珠峰，怎么就没能把人带回来？你怎么就能放心让她独自上路？

我说：唉，没事的，没事的，真的没事的。

众人封住我的话头，继续数落我。

我知道大家都是好心，但有些话我实在不愿挑明，还有些话实在懒得说出口……我有点儿烦了。

当时年轻，倔得很，我青着脸不再说话，推门出去，坐在台阶上抽烟。

一根烟没抽完，一杯啤酒递到了我面前。

抬头一看……不认识，是个陌生人。

我接过啤酒，问：你谁啊？

陌生人操着一口川普说：兄弟伙，你往旁边坐坐，给我挪点儿地方噻。

陌生人坐下后，先是和我碰了一下杯，然后啪的一巴掌拍在我背上，大声说道：做得好！

我吓了一跳，问：你干吗？

陌生人不接话茬儿，一脸严肃地看着我说：那个女孩子，她不会有事的……因为她已经不想死了。

然后又说：那个女孩子，需要独自去夯实一些东西。

我扭头盯着这陌生人看，好聪明的一双眼睛。

一屋子的人都把这个故事解读成了艳遇，只有这个陌生的客人敏锐地发现了一些东西。

那个女孩和过往的世界切断了一切联系，不用手机，她那夜来到我的酒吧时，身无分文。

随便一首老歌就引得她泪水决堤……

她心中一定郁积了莫大的悲伤，很多的征兆指向同一个答案：那天晚上，她已然打算放弃自己。

她心里应该全湿透了，只剩最后一丁点儿火苗。

她泪眼婆娑地开着玩笑，守着最后那一丁点儿火苗无力地反抗着自己，她站在悬崖边对我说：带我出去走走吧，去一个比拉萨再远一点儿的地方。

旁人听来不过一句玩笑，或许是她最后的一根稻草，换作是你，你会拒绝吗？

然后是两个陌生人的一段漫长旅途。

漫长的旅途结束时，她站在珠峰大本营的玛尼堆上对我说：你把在拉萨时唱哭我的那首歌再唱一次吧，这次我不会再哭了。

…………

是哦，珠峰的那一刻，当她话一出口，我便知道她不想死了。

我参与的不是一次旅行，而是一场修行，女主角最终重新找回了内心强大的力量，自己拯救了自己。

在这个故事中，我不过是个配角，戏份既已杀青，又何必狗尾续貂？

接下来的故事，她不需要旁人的陪伴了，单身上路就好，就像这个陌生人说的那样：这个不用手机的女孩需要独自去夯实一些东西。

世界太大，难得遇到几个懂你的人，当浮一大白。

我坐在酒吧台阶上和那个陌生人喝掉了整一箱的拉萨啤酒，然后迄今为止做了十几年的朋友。

那个陌生人叫椰子姑娘。

后来，我动笔把《不用手机的女孩》的故事记录下来，《你坏》（曾用名《他们最幸福》）一书中有。

除了原原本本地描述了和那个女孩分别的过程，也援引了椰子当年说过的话：……那个女孩子，需要独自去夯实一些东西。

我把初稿发给椰子姑娘看，她是那篇文章的第一个读者。

出人意料的是，她在回复我的邮件中帮我删改了故事的结尾，去掉了我和不用手机的女孩最后的分别，以及她曾说过的那句话。

我不解，打电话给她。

彼时，椰子姑娘坐在地球另一端的清晨里问我：如果今天的你重回当年，你依旧会选择分别吗？还是会选择继续陪着那个姑娘走下去？

我说：这个故事和爱情无关……

椰子姑娘说：不用解释给我听，去解释给自己听吧。

我说：我擦，当年你可不是这么说的。

她说：当年的我和当年的你，都远比今天年轻。

我说：闭嘴，杀死你。

我挂断电话，忆起珠峰脚下的岔路口，那个不用手机的女孩站在我面前，微笑着对我说：……就在这里分开吧。

我说：哦，那拜拜喽。

我独自走啊走啊走，面前一条尘土飞扬的路。

没有回头，没有走出百米后的转身相望，没有背景音乐蒙太奇长镜头。

没人告诉过我，很多人一辈子只能遇见一次，擦肩而过就是杳然一生。

椰子姑娘删掉的结尾，我没再加回去。

《不用手机的女孩》的故事，止于珠峰上的那一刻。

她站在猎猎风马旗下，微笑着对我说：再给我唱一次《冬季怎么过》吧。

她孩子一样背着手，对我说：这次我不会再哭了。

…………

你一直到现在都还不用手机吗？

我一直不知晓你的真实姓名。

中尼公路早就修好了，听说现在拉萨到珠峰只需要一天。这条路我后来不止一次地坐车经过，每过一个垭口，都迎风抛撒一把龙达……想起与你的同行，总觉得如同一场大梦。

我背的那只手鼓早就已经丢了。

很多年过去了，那个头花你现在还留着吗？

你知道的哦，我不爱你，真的，咱俩真谈不上爱，连喜欢也算不上吧。

我想，你我之间的关系比陌生人多一点儿，比好朋友少一点儿，比擦肩而过复杂点儿，比萍水相逢简单点儿……

像秋天里两片落下的树叶，

在空中交错片刻，

然后一片落入水中随波逐流，一片飘在风里浪荡天涯。

我再没遇见过你这样的女孩。

我把书邮寄了一本给椰子姑娘，在扉页上签了名，并很矫情地赠言：得之坦然，失之淡然，顺其自然，与大椰子同学共勉。

她把我的书翻到《不用手机的女孩》那一篇，拍照发了朋友圈，就一句话，大意是，多年前的故事，今天画上句号了。

好吧，椰子，我的故事画上句号了，你的故事呢？

（四）

椰子姑娘有一段十三年的漂流故事，这个故事至今尚未画上句号。

1997 年香港回归，1998 年椰子姑娘背井离乡漂到深圳，她从事销售，一干就是三年。

2001 年的时候，她遇见了他。

他是西北人，内向，腼腆，身材瘦削，顶着一个圆寸。圆寸是检验帅哥的不二法门，走在街上常有路过的女生摘下墨镜。

他那时搞建筑设计，崇尚极简，衣着非棉即麻、非黑即白，图一个舒适方便，剪圆寸也是为了图个方便。

吃东西也只图方便，他爱吃比萨，天天光顾华强北的一家比萨店。

2001 年的一天，他坐在比萨店角落里，看着一个穿黄色裙子的姑娘，姑娘点单时，零钱撒了一地，正蹲在地上一枚一枚地捡。

他被耀得睁不开眼了。

阳光透过大玻璃窗铺洒在姑娘的身上，明黄明黄的裙摆，白皙的胳膊和白皙的腿……整个人像是会发光，鼻尖和下巴简直就是透明的，像玻璃一样。

满地硬币，满地闪闪的光……这哪里是在捡钱，分明是在捡星星。

怎么会这么好看？

他忘记了吃东西，目瞪口呆地直视着。

姑娘捡硬币的速度渐渐放缓，她抿着嘴，眉头越皱越深，忽然一挺腰站起身，大踏步迈了过来。

她一只手叉在腰上，另一只手点着他的鼻子，恶声恶气地问：你看什么看？！

他下意识地回答：……你好看。

姑娘愣了一下，勃然大怒道：好看也不能多看，再看，戳你眼睛，你信不信！

她比出两根手指，往前探了一下，指甲尖尖，白得像春笋芽尖。

这个小仙女的脾气这么冲，他意识到自己的失礼，慌忙站起来道歉，手撑进盘子里，笨手笨脚地蘸了一掌的番茄酱。

第二天，同样的地点，同样的情景上演。

姑娘的小脑貌似不是很发达，硬币叮叮当当又掉了一地。

她今天穿的是水红色的裙子，整个人像一根刚洗干净的小水萝卜一样。他舍不得拔开眼睛，心里反复滚屏着一句字幕：怎么这么好看？怎么这么好看？……

姑娘捡完硬币，好像不经意间扫了他一眼。

他条件反射一样喊出声来：我没看！

喊完之后，他发现自己两只手擎在耳畔，摆出的是一副投降的姿态，怎么搞的，怎么会这么紧张？

姑娘眯起眼，抉着腰慢慢走过来，淡定地坐到他面前，很认真地问：你是刚当完兵回来吗？

他说：……我上班好几年了。

姑娘立马切换回恶声恶气模式，说：你没见过女人啊！

他快哭出来了，好紧张啊，脚和手都在哆嗦，怎么会紧张成这样？

姑娘说：气死我了，你看得我浑身不自在，不行，我要吃你块儿比萨。

她把手伸进他盘子里，一次拿走了两块。

第三天，姑娘没有出现，他在盘子里莫名其妙地剩下了两块比萨，自己都不知道是为什么。

第四天，姑娘推门进来，扫了他一眼，象征性地挥了挥手，算是打招呼，她说：奇怪咧，你怎么天天吃比萨？

然后就这么认识了。

他成了椰子姑娘生活中一个略显奇怪的熟人。

椰子姑娘不常去比萨店，他们偶尔遇见，偶尔聊聊天。他发现椰子姑娘远没有她自己表现出来的那么凶，而且近距离看，她的皮肤好得要命，当真会发光。他和椰子姑娘面对面时，还是会紧张。他养成了一个习惯，只要椰子姑娘一出现，立马把双手抄进裤子口袋，而不是摆放在桌面上，需要端杯子或拿东西时，就快速地伸出一只手，然后快速地缩回裤兜。

椰子姑娘那时年轻，是条汉子，她缺乏一般小女生的敏感，一直不曾发现他的紧张。

椰子姑娘打趣过他一次：你练的这是什么拳？有掌风哦。

他呵呵地笑，手插在口袋深处，潮潮的半掌汗。

日子久了，慢慢处成朋友，偶尔一起吃顿饭，喝杯下午茶；偶尔分享一点儿彼此的生活。她的语速快而密集，他尽力跟上节奏并予以简短回答。

这对他来说不是一件容易的事，他自幼习惯文字表达，语言表达反而不熟练，键盘上洋洋洒洒倚马千言，落在唇齿间却往往只剩几个字。

这点反而让椰子姑娘十分欣赏。

她夸他：我这么多朋友里，数你最懂得倾听、最有涵养，那个老话是怎么说的来着……敏于行，而讷于言。

他暗自苦笑，她太闪耀，他眯着眼看。

椰子姑娘不像别的女人，她好像对自己的性别认知极度不敏感，天生就不懂娇憨，聊天的内容皆与风月无关，有时兴之所至，小手一挥就拍桌子，她也不觉着痛。

他替她痛，但不好说什么。

于是一个负责话痨，一个负责倾听，一来二去，一两年过去了。

他对现状很满意，虽然他们只是一对还算聊得来的普通朋友。

他手机里有了椰子姑娘的号码，排在通讯录的最前面，却从未轻易去触动。

偶尔逢年过节时，椰子姑娘发来祝福短信，他礼貌地回复，用的也是群发格式的措辞。

椰子姑娘热爱工作也热爱生活，常背起大包独行天涯。他从不是送行的那个人，但经常是接机的那一位。他不露痕迹，永远喊了相熟的朋友一起，打着接风洗尘的名义。

他准点儿去接机，不迟到也不提前，见面后并不主动帮她背包、拎箱子、开车门，世俗的殷勤他不是不懂，只是懒得去表演。

他只主动给椰子姑娘打过一次电话，当时是 2003 年，非典。

灾难就像一个喷嚏，打得人措手不及，深圳骤然成了 SARS 重灾区。他给她打电话，用最平和的口吻和她聊天，讲了一堆自己所了解的防护措施，并旁敲侧击地叮嘱她戴口罩。

椰子姑娘奇怪又好笑，她那时旅行到了后藏的阿里，举目四望茫茫的无人区，她说：颠倒了吧，应该是我慰问你才对。

他在电话那头笑，说：可能是我自己太紧张了吧。

椰子姑娘朋友多，常在现实中穿行，他内向腼腆，常在自己的世界里穿行，二人分属不同的次元。

他喜欢她，但没人知道他喜欢她。

他没追她，很多话他从未说出口。

她一直单身，他也就一直单身。

转眼六年。

（五）

六年的光阴说长不长说短不短，却足以让大部分人修成正果，造出幸福的结晶，或者结束一个故事再开始一个故事。

可在他这儿，故事一直停留在第一页，并未翻篇。

圆寸变成长发，他深沉了许多，眼瞅着步入而立之年。

他不是个消费主义者，处世之道依旧极简，朋友圈简单而精练，平日里没什么太繁杂的应酬交际，工作之余的大量时间用来阅读和写作，尝试着用建筑学和美学的理论来进行哲学思辨。

源静则流清，本固则丰茂，一个人精神能力的范围决定了他领略高级快乐的能力。旁人眼中，他是随和淡定的路人甲，很少有人了解他自我建筑起来的那些乐趣，及其内心的丰盈。

敬身有道在修身，一千万人口的深圳，他是个中隐于市的修身者。

修身是个大课题。

今人与古人大不同，格物、致知、诚意、正心的修身理论不见得适用于当下的世界，但"知行合一"这四个字适用于任何时代。

有一天，他做了一个决定：带着未完成的书稿去长途旅行。

要走就走遍中国每一座城。

边走边求证，边走边修改，边走边充盈，边走边开辟一方实践人生的新环境。

那就走吧，这座城市于他没什么牵绊……除了椰子姑娘。

椰子姑娘已经是个大龄未婚单身女青年了，看起来却一点儿都不像，她是典型地活在当下型选手，工作狂，玩儿得也疯，心无挂碍无有恐怖，依旧是六年前的模样。

六年来，她几乎停止了生长，走在马路上，人人以为她还是个大学刚毕业的文科生，岁月偏心，不肯将她的容颜打折，反而偷偷削去了她的婴儿肥，把她定格在了九十斤。

她变成了个锁骨迷人系美女，腰肢也纤细，甚至瘦出了四块腹肌。

这是椰子姑娘二十多年来身材最苗条的时期，也是经济上最苗条的时期。

大凡年轻时代的打拼，免不了三起三落，经受点儿波折。椰子姑娘落得有点儿狠，先是理财投资失败，个人资产伤筋动骨，紧接着受行业大环境的影响，事业受挫，不得不重新择业。

屋漏偏逢连夜雨，咳嗽又遇大姨妈，没了事业，没了积蓄，连住的地儿也没了。

奥运年将至，深圳楼价狂飙，房东黑心又傲娇，没和她打招呼就卖掉了房子，却不肯退房租。纠纷尚未解决，新房主又过来撵人，椰子姑娘雨夜搬家。

房价飙升，租房价钱也跟着起哄，五年前一百二十平方米房子的租金如今只能租个六十平方米的公寓。椰子姑娘摆得下沙发，摆不下床，把好好一张公主床白送了搬家公司。

换了别的女人早疯了。

她是奇葩，不仅没抓狂，反而乐呵呵地给朋友们挨个儿打电话，组局吃搬家饭。众人怕椰子姑娘是在强颜欢笑，席间举杯都不积极，怕她喝多了以后勾出辛酸泪。

她急了，拍桌子骂人，瞪着眼说：你们看看我这积极向上的精神状态，哪一点儿像是扛不起撑不住的样子！有什么大不了的啊，说不定明天就触底反弹了呢……都给我喝！

众人放了心，酒喝干又斟满。椰子姑娘酒胆大过酒量，三杯辣酒入口就烧红了脸。

有人借酒兴请椰子姑娘发表乔迁感言，她一手擎着筷子一手擎着杯子，麻利地站到了椅子上，她喊：天、要、绝、我、我、绝、天……我命由我不由天！窗外咔嚓一道闪电……

他坐在离她最远的位置，安静地看着她。

他要出行的消息，椰子姑娘是知晓的，她给了他半张 A4 纸的电话号码，是她各地的旅友名单。她说：你路过这些城市时，记得打电话，朋友多了路好走。她只知他要出行，却并不知他要出行多久。

此去经年，有些话是说还是不说呢？

他什么也没说，也没有敬酒，只是安静地吃菜，偶尔看她一会儿，然后在目光交错之前先行别开。

椰子姑娘乔迁之喜后的第四天，是他出发的日子。

他一大清早忽然跑来找她，椰子姑娘穿着睡衣来开门，半张脸上横着沙发留下的皮印。

椰子姑娘奇怪地问：唔，你不是今天早上的火车吗？怎么跑到我这儿来了？

他笑，取出一串钥匙和一张门禁卡：江湖救急，帮我个忙吧，家里的植物需要浇水……

椰子姑娘爽快地说：OK，没问题，不就浇个水嘛。

他说：……需要天天浇水，所以，能不能麻烦你搬到我那里去住……谢谢啦。

椰子姑娘没反应过来。

他这是要干什么？

钥匙和门禁卡被硬塞到她手里，他已站在楼梯拐角处了。

麻烦你了！他笑着挥手，谢谢啦！

（六）

小区里绿树成荫，椰子姑娘深入虎穴。

打开门，惊着了。

这哪里是一个单身男人的家，单身男人会有这么整洁有序的家？

每一扇玻璃都是透净的，每一寸地板都是反光的，黑色的巴塞罗那椅，白色的窗纱和白色的墙壁。书房里的书直通天花板，每一层都静谧，每一层都整齐。

植物呢？

椰子姑娘找植物。找来找去找来找去……窗台上有两个塞满腐殖土的花盆，半片叶子都没有，植物呢？

椰子姑娘找到厨房，饮水机是满的，明显是新换的，灶台擦得一滴油花儿也看不见，白底蓝花的围裙叠成方块儿搭在旁边，女式的。

冰箱里倒是有植物：芥蓝、苹果、番茄和卷心菜。

冰箱里还冰着啤酒，她最爱喝的那个牌子。

椰子姑娘一头雾水地坐到餐桌旁，手旁有张裁成正方形的卡纸，上面密密麻麻全是字，她拈起来念。

他写给她的，抬头用很正式的措辞写道：椰子台启……

台启？她乐了一下，接着往下读。

他提到了植物。他写道：红色花盆里埋着满天星的种子，黑色的花盆是三叶草，喜欢哪种就往哪个花盆里浇水吧。

…………

他写道：衣柜已经为你腾出了一半的空间，新的牙具放在新杯子里，白色窗帘如果不喜欢，抽屉里有黄色的窗帘，都是新洗的，碟片的类型和位置已摆好在电视柜暗格中，遥控器换好了电池，也放在里面……

这是一张类似酒店注意事项的东西，手写的。

按照顺序，他逐条写下她在使用中可能会碰到的问题和解决办法，由门锁、炉灶、热水器的使用到网络密码、开关位置……以及各种维修人员的联系方式。

看得出来，为了让她能够看清楚，他尽量在改正以往字迹过于潦草的习惯，二十厘米见方的纸片上整整齐齐地布满了方块，他居然用铅笔在纸上浅浅地打了格子。

卡片末尾处有几句话。

"我能力有限，能为你做的事也有限，安心住下，不要拒绝，听话。"

听话？这语气这口吻……这两个字好似锥子，飞快地挑开了一层薄膜。

椰子姑娘的心怦怦跳起来。

相识六年，她以为他们只能做普通朋友，万万没想到他竟对她如此怜惜，比一个爱人还要体贴。

椰子姑娘捂着心口问自己：他一直在喜欢我？

怎么可能，他那么内向我这么疯癫，他怎么可能喜欢我？如果他是喜欢我的，为何这么多年来从未听他说起过……

椰子姑娘努力回忆，怎么也觅不到端倪，除了最初的那一句"你好看"，六年来他老老实实地做朋友，并无半分逾越。

她心说：哈哈，是我自己想多了吧，椰子啊椰子，这个世界上幸运的姑娘那么多，哪里轮得到你这个走霉运的家伙来当偶像剧女主角？

她站起身来满屋子里溜达，手抟在腰上，自嘲地哈哈大笑，一颗心却扑通扑通跳个不停。

她忽然发现自己对他始终是有好感的。

……怎么可能没有好感，一开始就有好感好不好，不然当年干吗拿走他的两块比萨，不然后来干吗老是见面聊天、喝茶吃饭？在他面前永远可以肆无忌惮地说话，每次只要是他来接机，总会有种隐隐的心安。

可六年来习惯了朋友式的相伴，这份隐隐的好感并未有机会明确成喜欢……

纸片上"听话"那两个字戳着她，他从未用这么温柔的口吻对她说过话，她拿不准这到底算什么。

心跳得厉害，她开冰箱取苹果，边啃边溜达到卧室门口，门是半掩着的，她随手推开。

椰子姑娘在 2007 年的夏日午后发出一声尖叫。

她扔掉手中的苹果，一个虎扑，把自己拍在了卧室的床上。

她喊：公主床！我的公主床！

她把自己伸成一个"大"字，努力抱住整张床，她喊：……你不是丢给搬家公司了吗，怎么跑到这里来了？！

他是个魔法师吗？这简直是个奇迹。

椰子姑娘久久地趴在公主床上，久违的松软，久违的心安。

这座城市是个战场，一直以来她习惯了孤军奋战，未曾察觉背后有双眼睛一直在默默陪伴。

这种感觉奇怪又新鲜，芥末一样猛地轰上脑门，顶得人头皮发麻、鼻子发酸。

眼泪不知不觉地来了，好委屈啊……

椰子姑娘的脑子不够用了，真没出息，怎么会这么委屈？为何发觉自己是被人心疼着时，竟会委屈成这样？

她抽抽搭搭地哭了起来。

独自摔倒的孩子不会哭喊，往往是家人在身边时才哭花了脸。

在此之前，椰子姑娘打掉了牙往肚子里咽，砸肿了脚指头自己用创可贴缠，现在忽然冒出来一片树荫，一转身就是一份触手可及的安全感。

椰子姑娘虽是条汉子，但很多事情在不经意间慢慢发生改变，接下来的一整年，她惊恐地发现自己耐受打击的能力仿佛忽然变弱。

是因为察觉到树荫的存在了吗？

她给他打过电话，在她实在撑不住的时候，当时他正在北海涠洲岛的海滩上散步。

她开始诉说越来越恶化的现状、内心的失重感、对明天的恐惧……语无伦次，语速越来越快。

她没有向人诉苦的经验，嘴里一直在重复：

我好难受，我心好慌。

我说不出来，我真的说不出来。

海潮声从听筒那头隐隐传过来。

她说：你在听吗？对不起，对不起，我不是想找你当垃圾桶……我也不知道我在做什么。

海潮声不见了，电话那头是他平静的呼吸。他淡淡地说：放心吧，有我呢……这是他思虑许久后想要说出的话。

他说：如果需要，我马上出现。

他说话的口气很认真，仿佛和她只隔着半条马路，只要她一招手，他就会沿着斑马线走到她的红灯下。

电话的那头，椰子姑娘突然清醒了。

该怎么接话？该怎么回答？……天啊，我到底是想要什么，我到底是想干什么？

长长的一段沉默，椰子姑娘逐渐冷静了下来。

她说：没事了，我好了，谢谢你听我说了这么多废话。

挂了电话，她想抽自己嘴巴，她跑到浴室指着镜子里的自己骂：椰子！你就这点儿出息吗？！

椰子姑娘第二天重新搬回了六十平方米的小公寓。

她在那套房子里住了十一个月零三天，蔷薇花开满了窗台。

公主床她没搬。

故事再次暂停。

（七）

真实的生活不是电视剧，他们的故事龟速爬行，拖到第七年也并没有什么进展。

他和之前一样，并不主动联系她，两人只是在逢年过节时互发一段问候，用的都是群发的措辞。

莫名其妙地，他俩没再通电话。

椰子姑娘用了一年的时间东山再起，未果。

她离开了深圳，拖着箱子坐火车去杭州，住在可笑妹妹的家，一起吃饭一起睡觉，一起做进出口贸易，做服装生意……忙忙碌碌又是一年，终于，二度创业初见成效，实现了基本的经济自由。

可笑妹妹劝她在杭州买房安家，看完了楼盘，二人去逛家装商场，卧具区的一张公主床映入眼帘，白色的床柱，雕花的纹饰，粉色的帷幔……椰子姑娘挪不动腿，呆立床前良久。

她掏出手机打电话订机票，一边对可笑妹妹说：走了走了，我想要回深圳了，今晚咱们吃散伙饭。

可笑妹妹不解：那座城市不是你的伤心地吗？干吗还要再折腾回去？杭州不好吗？

她抱着可笑妹妹说：亲爱的，杭州好得要死……但深圳有我的公主床。

宝安机场，她下飞机后给他发短信，问他现在漫游到了何方，旅行何时结束，打算什么时间回深圳。椰子姑娘措辞平和，用的是朋友之间最正常的语气。

没想到他迅速地回复了：我就不到门口接你了，直接来停车场吧。

他在深圳！他来接她的机？

椰子姑娘哑然失笑，这个家伙……神出鬼没的，他什么时候回来的，他怎么知道我坐哪班飞机？

长长的中插广告后，男女主角重逢在正片剧集中。

遮光板的角度刚刚好，安全带的松紧也刚刚好，椰子姑娘坐在副驾驶位上玩儿手指，偶尔侧头端详端详他……老了，异乡的阳光黝黑了他的脸庞，长须过颈，当年腼腆的圆寸少年如今俨然已是一副大叔范儿。

椰子姑娘心头一酸，又一甜。

这是他们相识的第九年。

他走了整整三年，足迹遍布中国。

并不按照背包客们的传统线路矢量前行，他也不是背包客，只是身随心动，漫行无边。

从阿里到新疆，从北京到南京，从遵义到赤水，从镇远到铁溪，从宝鸡过太白到汉中，从万州到宜宾，从济南到山海关，从八百里秦川到八百里洞庭，天龙古镇，台儿庄古城，婺源春光，褒斜栈道，庐山嵩山高黎贡山，青田文昌凤凰，章江和贡江交汇处的波浪滔滔……

椰子姑娘曾去过的地方，他全去过了；椰子姑娘没去过的地方，他也全去了。

和寻常的旅行不同，他的旅途更像是一次田野调查。

漫长的一路，边走边看边思考，他写日记：

……都说这里贫瘠，是否历来这里就如此，还是我们判断的标准不同以往？一体化发展的进程，加大了流动和交流，其结果是地区间不应出现太多差异才对，然而对于缺乏规模和脆弱内质的少数团体来说，此种改变带来的文化灭绝的可能大于重生。当文化离开生活被放在博物馆的时候，就已然只是历史，而断了延续的可能。而往往，历史就是这样被不断书写。发展是硬道理，谈的是改善生活，提高生活质量，选择不一定全来自内部需求，而是大势所趋……以前，只看到同类的相似，现在，则看到的是不同类的差异，家庭如此，地区如此，国家亦如此。眼界大了，自然提倡国际化、全球化了，有意思呀……

他们俩坐在了华强北的那家比萨店里。

他给椰子姑娘看他的日记和书稿，太多了，整整一个背包，不是什么攻略，字里行间也没有什么风花雪月的慨叹，他本是个出色的建筑设计师，行文以建筑学为支点，辐射民生、民俗、对历史的反思。他又把旅途中吸收的宗教观念和自身掌握的自然科学结合，连篇累牍的现象学思辨。

他所触碰到的很多东西，扎实又新鲜，这哪里是日记，简直是跨界论文集。

头一回触碰这样丰满的旅行记录，大部分的文字椰子姑娘读不太懂，她惊讶于他的积淀，这个男人像是一块浸满了营养液的海绵……不，不仅仅是一块海绵，他更像是一块超级容量的移动硬盘。

知识赋予男人魅力，这个如今胡子拉碴的男人简直让人眩晕。

她激动起来，问他打算什么时候出书。

他却淡然地回答说：书不是很想出了。

他说：初上路时带着手稿，是打算增补后出版的，本想边游历边修改，没想到走得越远改得越多，到最后全盘推翻乃至另起炉灶——真实的世界不是书房里敲敲键盘就能表述清楚的，越书写，越发现有很多东西仰之弥高，越对自己当下的文字持怀疑态度。有些东西积累了就好，出书，就算了吧。

他拈起一块儿比萨，咬了一口，顿了顿，看着她的眼睛说：走得太久了，想宅一宅了……过一过正常人的生活。

正常人的生活？

椰子姑娘愣着神，品味着他的话，脸红了一下，瞬间又激动了起来。

她伸手把他嘴边的比萨夺了下来，大声喊：不行！必须出书！

她一瞬间变回了九年前比萨店里那个凶巴巴的小姑娘：这么好的文字，这么多的心血，干吗要自己把自己给埋没了？！我跟你说，你，必须出书！不出不行！

他吓了一跳，仿佛又有一把硬币叮叮当当掉了一地，恍如昨日重现。

太久没有见过她凶巴巴的样子了，好凶哦……凶得人心底一颤，再一软。

他听到自己轻声地回答：好了，比萨还给我……你说了算。

（八）

在椰子姑娘的胁迫下，他开始了隐居式地写作，从一个漂泊了一千多天的散人骤然变成一个骨灰级宅男。

一宅，又是两年。

这是他遇见椰子姑娘后的第十年、第十一年。

他每天只做五件事：吃饭、睡觉、排泄、锻炼、写书。

文字整理工作充满了痛苦，每一段文字都被再次删改或推翻，当自己成为自己的旁观者时，视角再度发生改变，落笔愈难。

高楼林立的深圳森林中，他是个执着在个人世界里与自己搏斗的人，一旦捏紧了拳头，便会执着得难以抽身。

但这场搏斗并不孤独，轮到椰子姑娘来体贴他了。

椰子姑娘总是在他搏斗疲惫时及时出现，她每天掐着点儿给他打电话，每次都恰好是他写累了中场休息的时间。

她从不会问他"现在到哪里了""写得怎么样了"等诸如此类的问题，只是在电话那头轻松地说：来吧少年，换换脑子，咱俩扯会儿淡。

每写完一篇文章，椰子姑娘总是第一个读者。他问她读后感，她的发言却谨慎得要死，从不随意点评，生怕会干涉他的思路。

对于他辛苦锤炼好的文章，椰子姑娘只坚持一点：备份。

她买来大大小小的 U 盘，要求他做好文件备份以防万一，并且定期检查，一旦发现备份不及时，立马一脸凶巴巴的，但她不骂人，怕的是扰了他的心境，进而扰了他的文思。

和之前不同，他们之间见面的机会倍增。

每过上几天，她就悄悄地溜进他房子里一次。她蹑手蹑脚地走着，以为他不会发现，手里拎来大大小小的袋子，再拎走他需换洗的衣物。门背后出现了臂力器和哑铃，椅背上出现过护腰垫，垃圾桶永远是空的，冰箱永远是满的，他甚至不用自己出门买烟，桌子上永远摆着香烟、开水瓶还有风油精……

椰子姑娘变身田螺姑娘，一变就是两年。

椰子姑娘片面地认为写书的人脑力消耗太大，应该大量补充蛋白质和维生素，于是不时接他出去改善生活。她不许他点菜，自己一个人抱着菜单，荤素搭配研究半天，吃烤肉和火锅时她会习惯性地把肉烤好、涮好全夹给他，不用吭声，汤盛满，饭盛满。

她说：你多吃点儿。

他多吃，吃得勤勤恳恳。

她慢慢习惯了去照顾一个人，他默默地接受这种照顾，两人像配合默契的舞伴，进退自如地挪动着步伐。

故事变得很温馨，也很奇怪，这看起来不像是爱情，更像是一种亲情。他们之间不曾有亲昵的举止，很多话依旧是未说出口，老派得像传说中夏目漱石对 I love you 的诠释，不过一句：今晚夜色很美。

椰子姑娘从杭州回到深圳后，生活充实得要死。

她把注意力只放在两件事情上：他的书，自己的工作。

她之前是落荒而逃的，如今回马枪，颇具三分杀气腾腾与锐不可当。她选择投身竞争激烈的广告行业，兢兢业业地用这两年的时间拼成了公司的地区负责人。

这应该是她出行的次数最少的两年，和老友们的联络也少。

她有一个叫大冰的朋友很想念她，给她打电话，好多次她接电话时干净利索地喊：我在上班，不方便接私人电话，挂了挂了，赶紧挂了。

等到下班时联系她，她又压低了音量小小声地回答：我旁边有人在写东西，咱小点儿声说话，别吵到他。

可笑妹妹也想她，也享受到了同等待遇，于是杀到深圳来看她。两人住在她新租的大房子里，同睡一张榻榻米软床。可笑妹妹半夜搂着她说私房话，问她：你的公主床呢？

椰子姑娘说：你讨厌啦……

她用被子蒙起脑袋咯咯地笑，害羞得像个小女生。

可笑妹妹没怎么见过她扮鹌鹑，吓出了一身鸡皮疙瘩。

公主床一直在他家，没搬回来。椰子姑娘不说，他也不提。他一个胡子拉碴的大老爷们儿天天睡在那张粉红色的公主床上。

每每想到这一幕，椰子姑娘的心跳总会瞬间加快几秒。

他们相识有十一年了吧，没打过啵儿，甚至未曾手拉过手，真他妈奇葩得一塌糊涂。

可笑妹妹的深圳之行收获颇丰，不仅帮大家打探到了椰子姑娘不为人知的隐情，而且离开时顺便把椰子姑娘一起打包托运带回来了。

可笑妹妹大婚，椰子姑娘去当伴娘。

婚礼是他们共同的朋友大冰主持的，此人当时尚未发胖只有一百三十斤，英俊潇洒帅气逼人，会唱歌，会画画，也会写书，不仅口才极佳，而且颇有眼力见儿。婚礼上，大冰指挥诸位来宾把新郎扔进了水里，然后指挥未婚人士排队，接新娘的花球。

古老相传，下一位接到花球的人即下一位结婚的人士。

可笑姑娘冲着人群瞄准了半天奋力一丢……

花球飞过来的那一刻，排队的十几个人心照不宣，集体缩手闪身，这份幸运结结实实地砸在了椰子姑娘 A 罩杯的胸上，咚的一声响。

椰子姑娘被砸愣了，并未伸手去接，不承想，A 罩杯有 A 罩杯的弹性，花球弹了一下，自己蹦到了月月的怀里。

北京大妞月月当时就疯了，挥舞着花球来找司仪大冰拼命。她嚷嚷：你整的这是哪一出啊？！姑娘我还没过够单身的瘾呢，你让我嫁给谁去啊？！

半年后，月月遇到一个理工男，被一杯热气腾腾的白开水俘获了心，速度闪婚。

月月结婚时的司仪还是大冰，他人好，很热心，积极踊跃地协助朋友们完成终身大事，这么优秀的男青年至今没结过婚真是没天理。

月月的婚礼花球被一个 G 号妹子夹住，这场婚礼椰子姑娘没能来参加，彼时她在深圳陪着一个隐居了两年的男人做最后的冲刺。

（九）

书终于写完了，两年，两本。

真金白银的东西自有方家识货，迅速地签约出版社，迅速地出版了。

新书上市前，恰逢他生日前夕，椰子姑娘拎着一瓶白兰地来祝贺他，两个人盘腿坐在木地板上推杯换盏。

喝了一会儿，椰子姑娘起身去冰箱处拿下酒菜，她随口问：你想吃点儿什么？芝士片还是火腿片儿？

他笑着说：华强北的比萨。

厚厚的冰箱门挡着椰子姑娘的脸，她一边在冰箱里翻翻拣拣，一边随口说：拉倒吧，你吃不到了，那家店上个月已经关门大吉了。

说完这句话，人忽然定住了，眼泪像珠子一样噼里啪啦地掉了下来。

隔着厚厚的冰箱门，椰子姑娘捂住了眼泪，却捂不住嘴边冒出的一句话。

她说：妈的，眨眼我们都不年轻了。

他起身，慢慢地走过来。

椰子姑娘说：我没事儿我没事儿，你别过来……不要说话，求求你了什么都不要说!

两人隔着半个房间的距离静静地站着。

良久，椰子姑娘憋回了眼泪，调整好了呼吸。她拽他坐下，眼睛不看他，自顾自地说话。

她说：你走了三年，隐居了两年，是时候该回来了……你不应该被这个世界埋没，也不应该和这个世界脱节，听我的，你需要平衡好接下来的生活。

他点头，微笑地看着她，问：……然后呢?

椰子姑娘一时语塞，转瞬抬眼瞪他，脸上是他熟悉的那一副凶巴巴的表情。

她说：然后……你当务之急是重新找到一份平衡，明天起重新融入这个现实世界，再晚就来不及了!

她的酒杯搁在地板上，他的端在手中。

他把酒杯伸过来，轻碰一下杯，叮的一声脆响。

他用答应她下楼去逛逛菜市场买棵白菜的口气，轻松地说：听你的，你说了算。

真正牛 × 的人，无论在哪个领域，都能施展自己的天赋，并将天赋全然绽放。

他在建筑设计圈几乎消失了五年，重返业界后，却在短短几个月的时间内震惊了众人。

三年的游历、两年的思辨，赋予他一套独特的审美体系以及神秘而强大的气场，折射在图样上，体现在工作中，所有人都惊叹于他思维的睿智、行事的缜密成熟。

一直以来，人们习惯于将自我世界和现实世界对立看待，并或多或少地把前者赋予一点儿原罪，仿佛你若太自我，必是偏执和极端的。

五年前，大多数人把他认知为一个自我的人，说他太内向、太自娱，缺乏生活智慧。总之，太年轻。五年过去了，如今没人否认他是个自我的人，但人人都承认他是个把自我世界和现实世界协调得恰到好处的人。他迅速地迎来了事业上的盛夏，职业半径辐射出深圳，从珠三角地区一直跨越到长三角。

椰子姑娘不再每天一个电话，也没有再像他写书时那样去嘘寒问暖，他们恢复了之前的模式，每过一两个星期才见上一面。

这是他和椰子姑娘相识的第十二年，故事爬得依旧像蜗牛一样缓慢。

这看起来很让人着急。

作为为数不多知晓椰子姑娘故事的朋友，可笑妹妹和那个优秀的大冰同学曾经有过一番辩论争执。

大冰同学不是文青，是文氓，流氓的氓。

他十分不解这两个人为什么拖了十二年还没滚过床单，到底是太被动、太含蓄，还是压根儿就爱得不够深，不敢把生米煮成熟饭？

可笑妹妹很文艺，从一个文艺女青年进化到一个文艺少妇，进化出一套独特的爱情观。

她说：每个人对爱的理解各不相同，所具备的爱的能力也不同。或许，椰子姑娘所理解和能够给予的爱，是在最大程度上成就对方，支持以及帮助他达到生命所能企及的最高处。

大冰同学说：这也太老派了吧，这两个人是对古董吗？人年轻的时候就那么几年，很多东西能抓住多少就要赶紧抓住多少哦，莫等花谢空折枝懂不懂？

一而再再而三地放弃临门一脚，拖着拖着，整场比赛结束了怎么办？

可笑妹妹说：是的，很多人把爱情当作战场、卖场或赛场，但也有很多人的爱情是块慢慢栽种的田……

她又说：再者，你怎知晚开的花儿就不好看？

大冰同学从概率层面估摸了一下，说了声：切！

可笑妹妹和大冰同学谁也没能说服谁，旁人的解读终归是旁人的旁白。

椰子姑娘的故事始终缓慢，不咸不淡，不增不减，谁都不知道何日方是花开的那一天。

（十）

驶入快车道后的司机，往往不会主动轻踩刹车。

有时是因身不由己，有时是因一时图快，觉得没有必要。有时是习惯了某一种节奏，往往不自觉地被惯性推动，无心去顾及其他。

随着事业的节节攀升，他变得越来越忙，大量的时间出差在外，航班的起起落落间，偶尔想起椰子姑娘曾说过的话：你不应该被埋没，也不应该脱节……你需要找到一种平衡。

他抬起遮阳板，地面上的楼宇和街道早已模糊，极目所望，大平原一样的云层无边。

很久没有见到椰子姑娘了吧，最近一直在长江流域飞来飞去，上次见到她还是四个星期以前的事情。好奇怪，这四个星期她并没有打来电话，自己给她发信息也没有回复。

自己很忙，看来她也很忙。

他在万米高空静坐良久，然后取出设计图纸，打开笔记本电脑，却怎么也静不下心来。

飞机落地上海，等行李的间隙，他打开手机编辑微信：可好？忽然很想念你。

传送带呼呼隆隆地响，大大小小的箱子鱼贯在身旁。

这么多年，这算是一条比较越界的信息了，一直以来他们之间的短信语境都节制而礼貌，像"很想念"这样的词是不会用的。

他想删了重写，晚了一步，已经发送了。

一分钟不到，手机叮叮地响起来，是椰子姑娘发来的。

他忽然犹豫了片刻，点开图标。

先是一个笑脸，然后是一个短句：

我记得你曾说过，如果需要，你会马上出现。

他迅速回复：这句话永远有效。

隔着 1500 公里的距离，椰子姑娘回复说：那马上出现吧，马上。

他拎起箱子就跑，去他妈的今天的会议、明天的会议，那条信息仿佛一声发令枪响，眼前瞬间铺陈出一条赛道，赛道两旁的熙熙攘攘与他无关，赛道尽头是椰子姑娘。

他不知道椰子姑娘需要他做什么，椰子姑娘是条汉子，依她的性格，再棘手的事儿也是自个儿一肩挑，这么隆重而急迫地召唤他出现，一定是有天大的事情发生。

他用最快的速度重新买机票、过安检……手心里满是汗，怎么擦也擦不干，竟然体会到了一种多年未曾有过的紧张。

她出什么事了？他不敢打电话过去详问，也不敢想象。

越急越添乱，航班延误了四个小时，等他抵达深圳、拖着箱子站到她的小区门前时已是清晨。他发信息，没人回；打电话，椰子姑娘关机。

他敲门，坚硬的防盗门硌得手指关节痛，半天敲不开。

人一下子就慌了，多年来积累的淡定和涵养一瞬间荡然无存，他隔着门缝大声地喊她的名字，吓坏了出门晨练的邻居。

上午十点的时候才联系上椰子姑娘。

她说：对不起哦，昨天太累了，睡死过去了，手机忘记充电了。

他松了半口气，另外半口气等着接受她告知的意外情况，她那么急迫地召唤他，自然是个重大的意外情况。

确实很意外……椰子姑娘约他在家装建材城见面。

一见面，还没等他开口盘问意外情况，椰子姑娘先气场强大地封住了他的嘴。

她手一挥，就四个字：陪我逛街！

于是他彻夜未眠飞了1500公里后开始陪她逛街，拖着旅行箱，逛的是家装建材商场。

椰子姑娘重回深圳的这几年打拼得不错，三个星期前心血来潮自己按揭买了房。

她本是个执行力超群的女超人，买房的第二天就着手张罗着装修事宜。家装操心，好在她买的是精装房，找个好点儿的设计师兼顾好软装即可。

别人是毛坯房装修，装一次扒一层皮。她不过是室内软装修，装一次却把设计师的皮扒下来三层。在中国搞家装，往往是设计师把客户玩儿得团团转，椰子姑娘例外，她是4A广告界女超人出身，搞设计的人哪里是搞广告的人的对手，搞来搞去把设计师给吓跑了。

没了设计师没关系，椰子姑娘自己操刀上阵，于是他这个建筑设计师作为一条神龙被隆重地召唤出来，在家庭装修设计领域江湖救急。

除非……

他转身看她……没有什么异常的一张瓜子脸，栗色的长发齐肩。

她还是那么好看，他在心底小声地感叹。大家都是三十多岁的人了，怎么她还是驻留着二十多岁的容颜，虽多了几分干练，却丝毫不影响质感。

他下意识地抬手摸了摸自己的腰带，到岁数了，小腹微微隆起了一点儿，撑圆了内扎腰的衬衫，不知不觉中已初显中年人的腰身。

他吸腹，继续陪着她逛街。

家装琐事多，一逛就是一整天，但越逛，越有一种说不清道不明的东西弥漫在身边。

他有些恍惚，好像不是在陪着一个老朋友，而是在陪着一个结发多年的妻子逛街，而自己是在本本分分地扮演着一个丈夫的角色。更让人恍惚的是，这种感觉是那么自然，好似二人已悲欢离合了半辈子，好似这一幕已经上演过无数次一样，一点儿也不新奇和新鲜。

有好几次，在并肩走路时，他不自觉地抬起手想揽在她的肩头，每一次都把自己吓了一跳。他把手抄回裤兜里，努力摆脱这种夫妻多年的感觉，怕一不小心闹出笑话来惹她不开心。

他暗自好笑，心想，或许是一夜未眠脑子短路了吧，毕竟岁数不饶人……

大部分硬件家具都订购得七七八八了，最后来到的是卧具区。

椰子姑娘停在一张巨大的床前仔细地端量，是张公主床。

白底粉花，两米长、两米宽，椰子姑娘根深蒂固的公主情结瞬间泛滥，她挪不动腿了，手攥着床柱，小声地惊叫着，慢慢地坐下，又慢慢地倒下舒展开两臂。

她趴在床上，脸埋在被单里，声音闷闷地传出来：

你觉得呢？好不好看？

他下意识地说：太大了，这是张双人床。

整整一天她都在参考他的意见，他不认可的她坚决 pass，唯独这一次她没有吭声。

他发现有些不对劲儿，于是补上一句：你如果喜欢公主床，把留在我那儿的那张取走就好，那张床小一点儿。

椰子姑娘就那么一动不动地趴着。

半晌，她好像下了很大的决心，满脸潮红地慢慢抬起脸，恶狠狠地说：

……要的就是双人床，偏买！

忽然间，十三年前的那个小姑娘重现在他眼前，比萨饼的香味，叮叮当当的硬币声，铺天盖地的阳光铺天盖地而来。

他一下子睁不开眼，咚咚咚的心跳声中，只听见自己在回答说：你说了算。

他慢慢地走过来，短短的几步路好似有十三年那么漫长，他坐下，趴到她旁边。

松软的床单遮住了她的脸，他伸手拨下来一点儿，她没躲，两个人脸对着脸。

她手攥着床单，眼睛睁得又大又圆，彼此的呼吸声也清晰可辨。

他说：喂，这张床分我一半。

（十一）

2014 年的某一天，大冰同学的手机叮叮乱响。

椰子姑娘发来四条微信，分别是一个定位地址、一个日期、一张图片和一句话。

地址是：北纬 13° 30′、东经 144° 45′。太平洋上的关岛。

日期是：10 月 1 日。

那句话是这么写的：路费自理，食宿自理，请穿正装，你是司仪，婚礼结束后不许把我老公扔进水里。

太好了，都老公长老公短的了，她到底没把自己砸在手里。

娘家人大冰同学按捺住心中的欣喜，点开那张图片的大图，本以为是张电子请柬，没想到是座矗立在悬崖边的白色小教堂。

大冰同学心想，这就是他俩拜天地的地方吧，真他妈漂亮，白色的教堂，黑色的椰子树，青色的悬崖，大果冻一样颤颤巍巍的太平洋……漂亮得和画儿一样。

当时他就决定了：椰子姑娘的老公不跳次海对得起谁啊！

光把人扔进海里还无法完全表达这份深深的祝福。

大冰同学决定动笔，把她和他少年到中年的十三年长跑写成书，作为新婚贺礼。

或许当你翻开这本书，读这篇文字读到这一段这一句的这一刻，西太平洋温润的风正吹过如雪的沙滩、彩色的珊瑚礁，吹过死火山上的菖蒲，吹过这本《乖，摸摸头》的扉页……吹在椰子姑娘的面纱上。

白色婚纱裙角飞扬。

她或许正微笑着回答：Yes, I do！

（十二）

人人都希望在平凡的人生里捕获惊喜和壮丽，为此，人们一而再再而三地做着多项选择，且马不停蹄。

可许多人臆想中的惊天动地，大都不过是烟花一样仓促收场的自我感动而已，想得到一份传奇，没那么容易。

事情为什么会是这个样子的呢？

或许是因为很多人只收集，不栽种；或许是因为他们还没学会去平衡好索取与付出之间的关系；或许是因为很多人最在意的，其实只有自己。

于是失落、自嘲、消极、抱怨命运不公、恨人有恨己无。

可他们并不愿意检讨自己，甚至不肯承认大多数慌慌张张的多项选择，不过是狗熊掰玉米。

他们归罪于选择的多样性，把多项选择踩在脚底，把单一模式的生存样态奉为正朔，然后亦步亦趋。

脚走偏了，反而去骂鞋，再换八百双鞋又能怎样？

我不相信他们不会再度失望，也不喜欢去旁观他们掏出自我感动去给旁人演戏。

我是个游荡江湖的野孩子，虽谈不上阅人无数，却也见闻了不知多少故事，个中不乏复杂的感人肺腑，也不乏震撼心灵的惊天动地。说实话，椰子姑娘的故事在其中并不算太特殊。我却很喜欢椰子姑娘这个单调又普通的爱情故事，并乐意付诸万言去记叙，原因很简单：

这是一个普通人的传奇。

十三年的长跑后，当下他们遇到的对方，都是最好的自己。

她和他懂得彼此等待、彼此栽种、彼此付出，她和他爱的都不仅仅是自己。

越是美好的东西，越需要安静的力量去守护。

他们用普通的方式守护了一场普通的爱情，守来守去，守成了一段小小的传奇。

其实这个世界上的大部分传奇，不过是普普通通的人们将心意化作了行动而已。

不论驻守还是漂流，不论是多项选择还是单项选择。

心若诚一点儿，自然会成为传奇。

椰子姑娘婚礼照片

▷ 椰子姑娘的声音

► 《最美的阳光》靳松

稻子先生私塾记

有时候想想，或许这个时代还没有烂到底。尚有一些先生驻世，或小隐，或籍籍，以己微光，以映众生心。

我笔下的每一个故事都不是过去完成时。

每一个，都是正在进行时，与你的时空并轨进行。

岁月赋予你的一切，也在赋予着他们。那些鲜活的人和事，并非完结于昔年某一篇文章的结尾句点处，他们自自然然地生长着，抽出新的枝丫，结出崭新的悲欢或传奇。

所以我从不认为我是个总结者，我想我只是也只应该是个记叙人。

在不同的节点记叙那些正在进行的故事，记叙那些普通人的步履。

那些普普通通的人还在路上。

那些普普通通的故事还在继续。

（一）

犹豫再三，还是整理完了这篇文章。

预先声明，这个故事不同于以往，从故事性角度而言乏善可陈，若干过于抽象的概念浸渍其中，读起来或会非常枯燥。

不过，看在我费了牛劲才解读完毕的分儿上，请尽量读完二分之一可好？

读不完也没关系，果断弃稿，留待他年再说。

他年若你离群厌世对一切都索然无味时，再请续读剩下的篇章，或会是几点荧光。

……有时候想想，或许这个时代还没有烂到底。

尚有一些先生驻世，或小隐，或籍籍，以己微光，以映众生心。

书从前文，先交代《椰子姑娘漂流记》之后续。

2014 年 10 月 1 日，椰子姑娘新婚大喜。

司仪不是我，我没能去成关岛，美签被拒。

怪我，我嘴欠，当签证官问我去关岛的事由时，我应该惜字如金地只说去主持婚礼，何苦还缀上一句：嘿嘿嘿我打算号召大家把她老公扔到海里去……

被撵走之前，我问他来着，美剧里的人不都挺幽默的吗？您怎么这么不解风情？

他面无表情地告诉我说什么国土什么安全考虑……

签证费也没退给我！

一千好几百呢！

懊恼和愧疚塞满心，我打电话给椰子姑娘致以深深的歉意：唉，这次是去不成了，下次吧下次吧，等你下次结婚我一定出席你的婚礼……

椰子姑娘表示很理解我的无奈，同时表示，她很期待尽快参加我的葬礼。

关于椰子姑娘婚礼的盛况图片，我于她的婚礼后发过微博，感兴趣的可以翻翻去。

那是椰子姑娘一生中最美丽的一天，明媚动人，娇艳欲滴，自自然然地挽着身旁那个他。十三年的爱情长跑终究不是白绕的，两人新婚宴尔，却默契如老夫老妻。

从那时到现在，五年过去，《乖，摸摸头》亦成书五载，以销量计，起码有三四百万人读过其中的《椰子姑娘漂流记》，或感慨或感动，或从中汲取过心力，乃至于重新审视自己的婚姻或爱情。

可我意外地发现，五年来，不论是微博留言还是读书会现场的读者提问，举凡涉及椰子姑娘的故事，大家更感兴趣的反而是关于那个没有提及过名字的他的信息。

他都设计过哪些建筑呢？

他的名字到底叫什么啊？

他出过的那本书叫什么？

他和椰子的后来如何了？

他到底是个怎样的人？

OK，依次作答。

首先，他的建筑设计作品图片，请参见（P464右页）插图页。

需要备注的是，在建筑设计行业，他是有鲜明的独特性的，但因为不混圈子、不愿社交，故而非著名，也不具备世俗意义上的影响力，当然，他自己始终也不是很在乎那些东西。

其次，他出过的那本书叫《行走于我》，发行了两万余册，现已售罄绝版，经他允许并授权，特摘抄其中一篇，赘于文后，赠予诸君。

需要备注的是，实话实说，以我的思维能力，阅读起来颇有些吃力，若你不吃力，那么，钦佩＋恭喜。

对于自己的文字创作，他的自述是：

主要呈现了感知体验最后的表达，纯粹是个人的写作。因为我是围绕自我的存在和感知体验来展开阅读，所以纯粹的、系统的、长期的理论研习并不是我的长项，文字部分中个人体验和各种思想碎片是混杂在一起的，所以不同时期思考的内容、实践体验出的内容反映在前后文章上（比如两本书和现在的文字）还是有不小差别的。拿现象学来说，更多的时候，其思想的某个碎片只是引子，在其后又混杂了自己的文化传统、历史阶段以及其他哲学家、诗人的影响。

他在他那本书上的署名是稻子，不如我们干脆就这样喊他——稻子先生。

菁华内藏、隐于市井的稻子先生。

寡语讷言、言之有物的稻子先生。

椰子姑娘的稻子先生。

椰子和稻子的后来，出乎所有人的意料。

在他们婚后没多久，这俩人就一起疯了。

疯得很有逻辑、很有理性。

（二）

椰子姑娘婚后迅速发疯，她做了一个决定——辞职。

她在事业巅峰期辞职，辞去的是中国最大的内容营销平台的深圳公司总经理职位，年薪快七位数的那种。

辞职后，她并未回归家庭当全职主妇，反之拎起行李箱一路北上，选择了一个新平台，应聘了一个极其费脑的岗位，计划拿出个五六七八年的时间去从头打拼，听说薪酬比之前低。

听说稻子先生对她的这一决定并未给予反对，没吵架、没拌嘴，高高兴兴送她去了机场，仿佛椰子姑娘只是去度个短假过个五一。

刚结婚就异地？一两个月才能见一遭？几十岁的人了，凭地那么一拍脑袋就要孩子气。

我隔空劝椰子姑娘，替她操心：

这位妇女请注意，你目前已非单身，聚少离多的长期异地将令婚后感情何以为继？不要因为有了十三年的爱情长跑资历就有恃无恐，须知当下身为一个妻子，你身上的责任和义务已不同于往昔，如果你真的爱他，请谋定而后动，谨慎思考。

椰子姑娘回答：就是因为爱他，才会做出这个决定。
她说她爱他的方式不该是腻腻歪歪地耳鬓厮磨，她对他的义务也不应只是日复一日地举案齐眉，她说她如果真的爱他，那这份爱就永不会是依附和寄生，而是始终保持自我的独立，独立的事业、独立的经济，乃至于基于这独立之上的那个更好的自己。

她说：我想让一个更好的我去爱他，就这么简单！

好吧，算你说得有道理，可何必一定要辞职换工作呢？
继续你之前轻车熟路的工作难道就不算独立了？多好的薪酬，多少人羡慕的岗位……
她说：那是另外一个话题。人一旦习惯了舒适区，自觉不自觉地就会放弃生长和学习，开始不停地重复自己，于是也就老了……
她说：没什么比路径依赖更催老的了，我不想路径依赖而已。

我说：这样的话，感觉好像和大部分人不太一样……
我们嘿嘿呵呵地一起笑：哈，干吗要和别人一样？

于是我不再瞎操心，开始觉得有点儿荣幸，荣幸能有椰子姑娘这样勤于升级的朋友。
人就是这样，趋光，身旁有人打了个样儿，总会对你带来些影响，椰子姑娘为我带来了不少关于路径依赖的思索，于是很多得失错漏，拿或放，也就变得越发简单和明朗。

椰子姑娘后来令我们一干朋友都很荣幸，更换路径后的短短数年间她建树颇多，干得简直不要太好。

辛苦是自然的，但她辛苦得心甘情愿，于是获得的也就自自然然。话说身为一个广告人，她插手的项目还真不少，国产电影有《私人订制》《绝世高手》《心花路放》《何以笙箫默》等十几部，好莱坞电影有《蓝精灵 2》《钢铁侠》……荣誉也拿了不少，第六届新远奖金奖、娱乐营销 5S 最具口碑传播力大奖，太多个专业论坛的圆桌嘉宾……

其实荣幸的不仅是她的事业成就，而且是她在事业和家庭上的平衡。这个个子小小的女人完美地粉碎了事业和家庭二元对立论，也不知她是咋办到的，几年下来她和稻子的感情越发之好，不仅没亮红灯，反而充满了爱的粉红泡泡……

和别人不同，他们的异地恋并未带来什么猜忌和隔阂，反而让两个人都越发珍惜小别胜新婚的时光，架是不吵的，没吵过，不舍得吵。

说起这些，椰子姑娘就笑，说不知怎么搞的，自己的眼界和能力提升的同时，和稻子先生也越来越有的聊，聊社会学、聊现象学，严肃议题里掺杂儿女情长，越聊越对等，越发对等地聊。

她说：越聊，越爱他了。

我甚为诧异：稻子先生居然是愿意聊天的人？那为何每次小聚时，亲切归亲切，但和我话很少？

椰子姑娘说：真的，能真正懂他的人，很少很少……

她接下来的话很伤人，她说：可能他觉得他愿意去开口的话题，你够呛能听得懂吧……

我大怒，再度痛斥了拒签我的那个签证官。

如果当年不拒签我，让我当年就有机会把稻子扔进太平洋里该多带劲！

（三）

（诸位注意，从此处起，下文并无任何波澜起伏的戏剧性，多的是对某些抽象概念之探讨的记叙，若只想读故事，可于此处弃稿打住了。）

我自负完整地记叙过椰子姑娘和稻子先生的十三年爱情长跑，于斯人所知不可谓浅。

可在他们婚后的第二年，我忽然发现对稻子先生解读不了了。

他那时开始谋划一件很难用言语描述清楚的事情，性质和意义都极抽象，某种意义上讲，背道而驰于这个时代，乍看之下，莫名其妙。

反正对他这个年纪的人来说，挺疯的。

那是件非营利的事情，甚至于钱会赔掉不少，若真上马，将耗去他接下来人生中的大量精气神和小宇宙，却显而易见地并不能造成多大的影响换来多大的收益。

初闻那个消息时，我费解了半天，不知他所谓何求。

若是想实现自我价值，那著书立说岂不更善巧方便？何必如此大费周章？

他虽是个现象学学者，但本职工作是建筑设计，他谋划的那件事却和他的本职一点儿关系都没有，可椰子姑娘却说，其实关系很密切，是另外一种意义上的建筑。

像当初稻子先生支持她另辟路径从头再来一样，椰子姑娘对于稻子先生的那个想法百分百认可加支持，为此她甚至开始计划收缩蒸蒸日上的新事业战线，腾出精力和时间，方便加油打气、辅佐和照料。

她甚至为那个想法做好一份赔钱企划书，规划好了如何合理而科学地帮稻子先生把钱赔掉。

总之是一个正常人家的媳妇儿干不出来的事儿，她干得兴致勃勃的。

知道她所做的一切都是在爱他，对于她的这种爱的方式，我费了很大的劲才勉强能消化得了。

椰子姑娘说，稻子先生谋划的事情，叫"旅行私塾"，与他一直以来所致力的"感知体验"有关。这个私塾非营利性质，他想用所知所学去帮助一小部分人，以对得起自己的所知所学……

啥私塾？啥叫感知体验？有啥用？

非营利？做善事呢？言传身教是很耗费心力和精力的事情呢，不会影响建筑设计师工作吗？

稻子先生说：评估过了，会有影响，但从鸟瞰这场人生的角度去分析的话，是很值得去做的。

椰子姑娘说：简直太值得了，多有意思的事情啊！

先前也没发现他们有这么理想主义的倾向哦……

窗外是灯火璀璨、车水马龙的深圳，邻桌是各种谈生意经的人们，面前的两口子自自然然地看着我，两张自自然然的面庞，于是我糊涂极了。

他们说：算了算了，不聊这个了，吃菜吃菜……

知道是拿我当朋友才和我分享，我可不想他们因为我的理解力和接受力而失望，饭桌终不是对谈的好地方，为解惑故，约好了笔谈，断断续续在网上聊了很久，最终我把问答整理提炼了一下，我和稻子先生的。

椰子姑娘曾说过：可能他觉得他愿意去开口的话题，你够呛能听得懂吧……

她说中了……

确实有些够呛……

但那又如何，我又没必要一定和他心意相通，我又不是他老婆，我只是个记叙者，听不太明白，但可以记得明白不就好了，自有能明白的。

问答如下，老鼻子长……

大冰：稻子，这个旅行私塾会以怎样形式运展？

稻子先生：每次私塾 8 ~ 10 人，每次私塾至少两周。

分为三个阶段：放下（进入状态，2 ~ 3 天）、穿越（活动体验，7 ~ 8 天）、停留（活动总结，2 天）。反季节，反人群，初步计划选择西北地区线路，每天每人各自散开走，徒步至少十公里，每日记录自己的感知体验并集体分享。

活动强调感知体验的内容，不训练觉察力和思辨力，不涉及心理学方面的内容讨论，个别欠缺觉察能力和思辨能力的成员会额外单独辅导。

大冰：每天徒步的这个形式，有象征意义在其中吗？

稻子先生：想认识世界就请先迈出步子，不偷懒，不要小聪明，不走马观花，放慢自己的速度和节奏，用你身体的全部知觉系统去感知世界的细微之处。

大冰：太着眼细微之处，会让人掉进小情、小调、小文艺的节奏里吧？

稻子先生：我们是从细微之处去发现一些事物、现象之间的联系，但不代表我们体验到的就是一些小情、小调。首先是带着真诚的心，其次发现的是和切身产生共鸣的，最后是有思考延伸的，不是简单的情绪抒发，不是简单的联想和想象，不是辞藻粉饰，而是想推进到更深刻的认知自我和世界联系的层面。

如果说文艺，我们做的是真文艺，是发自内心的、不断磨砺过的东西。

对本质问题从小处着手进行碎片化的、切身的感知体验，在过程中搁置本质问题，只强调感知过程中的得到，不提倡对本质问题进行快速回应和答案获取。

大冰：为什么刻意"反季节""反人群"？

稻子先生：一般的旅行是目的地旅行，是以风景为主题的，我们不是。因为我们在意的是自己，是自己和风景的互动，所以如何激发出这种互动是我们活动选择时间和地点的主旨。进而我们提出"反季节""反人群"的原则。也会有人说，激发互动有很多的方式，那为什么选这种呢？这个主要源于我个人的感知体验经历。换个视角看自己和世界，更容易看清楚，这也来源于个人经验。

大冰：每天都分享什么内容呢？为什么关注点是日常？

稻子先生：我们强调个人的切身体验，我们的分享是从自己每天的一些有意味、有思考的细小碎片中出发。我们不讲故事，不提倡空谈如人生之类的大话题，也不提倡依赖讨论去获得认知。

关注日常是因为日常离你最近，想关注随时都可以。这样你就不会找借口，不用过多地借助自己的假想和推理来掩盖你判断里的空虚了。另外，大家在听你分享的时候也不会陌生，会更多地交流和启发。

大冰：这样的私塾针对或服务于何种人群，有什么样的门槛呢？

稻子先生：适合于关注自我生命存在的过程，在意用自己的眼睛看世界，愿意学习和实践，想自信存在的人群。

成员不分职业和年龄，需有一定的觉察力、思辨力；思维发散，开放性好；不娇气，喜欢践行，不扯淡；喜欢思考，不极端，有开放性；不为交朋识友、不拼颜值、不打酱油；重自悟、轻灌输，重体验、轻空谈；守纪律、有体力、肯动脑子。

大冰：为什么活动不为交朋识友、不拼颜值、不打酱油？

稻子先生：活动的主旨是成员自己要行动起来，去和世界建立联系。既不是你围着别人转，也不是别人围着你转。

活动更不是来学知识、学套路、玩套路的。

听别人讲故事，认识一些有趣的人，只冲风景去，看美女帅哥、当美女帅哥……这些想法不适合这个活动。

大冰：那成员可以分享人、人生这些话题吗？

稻子先生：活动的主旨是人与环境之间生发的感知体验，单纯的地点并不重要。

在感知体验上，人、人生等话题不再是我们活动的主题。

我们的活动提倡摆脱以往个人的经验和观点来重新认识外界，不是在既有经验上的延伸。我们希望由此生成的感知体验不只停留在直觉和简单的联想和想象上。过程中的发现要有分享的可能而不是个人抒情。分享的内容有些特别的趣味和思考。

大冰：恕我直言，这个私塾缺少开放性！

稻子先生：这个私塾的开放性基于我们活动理念下感知体验的多样性和丰富性。我们不提倡宽泛的感受和认知惯性。我们的目的是打破惯性，把感知推进到更深入的层面。

大冰：觉得门槛高了，符合条件的人会很少。

稻子先生：这个活动是个小众的活动，之所以说小众是因为这样的活动主旨不在主流逻辑内。现在是"知识经济""财富人生"，主战场往往是使用知识的能力而不会是"知识从哪里来"。

相比于时下的主题旅行而言，我们的活动听上去有点儿虚。我们似乎没有更为具体的内容，不是掌握某个技能或者知识那样简单，我也不是教授知识，活动主旨的实现完全依赖于成员自我付出极大的参与性才可以，这对很多人而言是脱离经验之外的，是难理解的，况且也没有固定的套路和方法。

的确是有门槛的，不过一点儿都不高，其实符合的人很多。

1. 人简单、真诚、善良。

2. 为人平和，愿意沟通，愿意尝试。

3. 理解活动，专注于活动本身，不轻思骄慢，不带社会习气。

这三点满足就够了。前两点都是人最基本的品质。第三点只要你有问题，我就耐心回答；只要你在做，我就一直在你身边。况且我们不论学历，不论年龄，不论经验。

大冰：如果私塾成员有具体困惑，会如何解决？

稻子先生：不解决具体问题，只提供解决问题的另一种视角或者说可能性，并让大家习惯并掌握。因为换个角度，很多问题可能就不是问题了。

还有种情况是依然困惑着，这很正常，因为很多问题答案很多，选择很多，一辈子未必都能想清楚，你只要比以往多了切身的感知体验，略清晰、略坚定那就是收获。剩下的就是去做，一定记住，空谈误国，更误自己。

大冰：唔，我觉得此刻也是空谈，做起来是很有难度的。

稻子先生：我知道有难度，我自己就是这样一路走过来的。所以，活动中我会一直强调体验过程远大于结果，鼓励大家要敢于试错，不要担心浪费了时间，质变是需要积淀的。我欣赏那些能认真琢磨我们活动理念，又安心于持续尝试的人。哪怕他（她）们走得很慢。

大冰：概述的话，这个私塾能让人学到什么？

稻子先生：一种方法，一次训练。首先是增加了获取知识的渠道（体验），调整了知识应用的路径。把自我体验和自我存在融入获取知识、应用知识的过程之中。（我发一张图给你，会比较直观一些。）这其中包括可以帮助大家获得新的视野和认知以及提升认知和体验能力。有可能会改变看待世界和自我的方式，视角、视野的变化也可能为日后的工作和生活提供现实帮助。在活动过程中，通过大家每日分享内容本身的比较可以反观自我，比如自我的敏感点，自我的长处、短处，自我的习惯，等等。

大冰：搞这个私塾的意义是什么？

稻子先生：以旅行＋思考分享的方式引导成员找到感知外界的自我入口。

大冰：我是说，你搞这个私塾的目的是什么？

稻子先生：当下，人们获取知识的目的和途径越来越功利和固化，也越来越脱离自己的感知体验。这种概念化的方式让人们对自身的需求实现变得片面和单一，人们对自身及自身之外近在咫尺的许多存在缺少关注的兴趣。

我想通过这个活动，提倡人和外界之间建立全面的直接关联和敏感度，想从这种更丰富和自由的关联中找到自己视角中世界的样子，并推进到深度思考的层面。同时，也想参与者们把自己的感知体验经历分享给更多需要的人。

大冰：……我是想知道，你搞这个私塾的动力是什么？

稻子先生："你的世界远比你想象的多"——这是我给这个私塾拟定的口号。

关于"想象"

首先，是我们的知觉系统和大脑与外界的互动为我们的脑袋里的想象提供了素材和引子。如果想象本身的基数有限，想象也会是有限的。这就是常说的

"坐井观天，闭门造车"的情况。还有一些口号，诸如"想象无极限"，重点则是在强调想象本身的魅力，但不是否定想象的来源。

也有人说不是有"运筹帷幄，秀才不出门便知天下事"的说法吗？这几句话强调的重点是一些人对规律的把握能力，既不是规律本身，也不是说否定实践本身。

我们活动口号的重点强调的是互动，也就是我们常说的：

不是关注知识本身，而是关注知识从哪里来的话题。

其次，我们提倡对世界的认知不是停留在想象的层面，而是在实际的感知体验中去认知。

即便是搭建自己的世界也不是非要依赖自己的想象来搭建。

不是常听说"某某一生都是沉浸在自己的世界里创造了某些东西"吗？这没有矛盾。某某肯定不是只停留在想象个人世界的层面，某某肯定会不断地丰满那个想象中的世界，某某肯定是和其世界里的内容持续地进行着互动实践。

多说几句，我们不提倡着急地去完成一些东西，比如定义自己的世界。

个人世界的搭建就像盖房子是需要一步步来坚实和丰满的，是自己不断在认知中自然形成的。即便着急定义也希望有开放性，要有调整、推翻、大修的思想准备。

关于"多"

有人说为什么最后一个字是"多"不是"大"呢？"多"是偏数量，"大"是偏范围。选择"多"只是强调了选择可能性的增加，但不强调归属关系，在此表达的是对个人行为选择和判断的尊重。

关于"一"和"多"

有人说,你们提倡"一个人,一个世界",怎么我看还有"一个人,多个世界"呢?

前一个是强调"一个人"是和"一个世界"的对应关系。

后一个源于人的复杂性所带来的人的多重性,"多"强调的是人的多向度,也是不同纬度下对自己世界的更进一步分类。

…………

大冰:可以这样理解吗——是在强调关注人、外界和知识之间的关系?

稻子先生:现在多数情况下,我们脑袋里的知识往往是靠书本和外界传授,"学到""拿来"的多,而靠自己动脑子、自己去体验获得的太少了。正因如此,大家都习惯走捷径,讲实用,拿点儿结论性的知识做格言,再去出售给他人。活得像个机器,说的都是套话,自己生命的活泛和敏感被遮蔽了。如果在社会上混得不错,还挺得意,不知道自己实际上还是在井底。

没有人愿意当机器,自我的生命历程只能是自己关注。所以想提供这样一次机会,希望能播下人对自我生命的独特性和自我心灵活泛关注的种子,让自我的内心更多一些自信和肯定,也让人在吃饱喝足之外对自我有更高的要求。现在还有一种情况就是批评社会现状的多,给别人当导师的多,而自己做得少,都是些吃瓜群众。我们是希望大家能动起来,不要隔岸观火,先从自己开始,自己的事自己做。

大冰:这个私塾里所说的"放下"是什么呢?

稻子先生:主要是放下你在城市里、人群中的一套逻辑和标准(这套逻辑和标准是什么呢?你自己也可以想想)。不是让你扔掉,而是先把这套逻辑和标准搁置起来。

到大自然,面对的是风景,人也少,原有的那套在这里未必适用。至少这里不拼聪明和速度，也不要好胜心强。

大冰：关于"放下"这个话题，再说得立体一点儿吧。

稻子先生：好，先说说为什么要"放下"吧。因为拿原有的逻辑和标准来延伸你的旅行是换汤不换药，环境换了，脑袋没换，视角没换。和在家看电视没区别，还特别依赖导游或者主持人，把你想知道的都说给你。常听人说旅行中总是找不到感觉，那是被这些东西禁锢了，这里也包括关于旅行本身的一些逻辑和标准。

至于能不能"放下"，当然一下子做不到，也不需要。脑子里每天乱七八糟的念头很多，需要时间去平复和梳理。我们鼓励大家尽量地去做，而不是想"既然做不到那做它干吗呢"。

我们希望你有空间和精力装点你在路上的发现，同时也可以通过这个观察自己。

至于怎么"放下"，脑袋里不要有太多存货，带着点儿赤子之心，花时间和精力主动去观察和体验身边的日常。自己一定要有耐心，没有人要和你比，所以一切慢慢来。

一定不要指望靠旅行的风景去转移你的注意力，这种方式有些被动，也是最常见的目的地旅行的模式。激发和触动可以从你的主动观察去引发。

每次旅行听到的、见到的、想到的内容不会少，也不用奢望所有的都要装在脑袋里，放下一部分，让另一部分多点儿空间也是我们这次活动的目的。

大冰：还有其他的办法吗？

稻子先生：有一种极端的办法，把你觉得放不下的都说出来，大家一起听，包括你的悲欢离合、光辉岁月。

你一直说，直到没有话说了，一说到自己都恶心的时候。

···········

和稻子先生的聊天持续了很久，仅采撷二三，余不赘述。

文字聊天是个好东西，笔谈胜过面谈，若是枯坐硬聊，或不会有这般的消化和吸收。

我不敢说懂了他，但折服于他的知行。

于是不再去追问发心，所谓发心，应就在那番自度度人的理论背后。

问过椰子姑娘：椰子椰子，事儿是好事儿，但理论是理论，执行是执行，确定能干成吗？

椰子姑娘回我：亏你还写过我和他的故事……一个能等了我十三年的男人，啥子事情干不成？

也对，你们两口子都是狠人儿……

我当时和椰子姑娘说来着：俺能给稻子先生帮点儿啥忙？但讲无妨。

椰子姑娘的回答是：

有我呢，不用！

（四）

用不用的，我心里自有秤，既然当朋友，当然要发挥主观能动性。

2016年4月旅行私塾的招募期，我自作主张发了微博，替稻子先生摇摇旗做做宣传推广，免得没人报名，当时@了他，他的微博是@稻子X视角。

后来据椰子姑娘说，这个倒忙帮得不错……

我的节外生枝极大地增加了前期筛选的工作量，真有兴趣参与活动的人很少，吃瓜的简直不要太多……但她表示理解，说明白好心帮倒忙是我一贯的风格。

我在电话那头嘿嘿乐，听从她的建议删除了微博，讪讪地问她首届的旅行私塾的开展地定在哪里，她说：沙漠。

所以，稻子先生的旅行私塾的处女航，始于 2016 年 5 月的巴丹吉林沙漠。胡杨吐新绿，骆驼翻沙山，在这苍凉而又不乏生机的环境里自由地穿行，成员们每天都很开心，对稻子的安排也很配合。因为是第一次做私塾，他亦是摸索前进着的，当时的底线是无论感知体验进展得如何，这至少是一次旅行。稻子后来说，相比于其他届，第一届成员的感觉会更宽松，收获也更宽泛，但感性抒情多了，理性的感知体验深度练习少了。

同年 11 月，他再度率队出发，领着学员们去了青海湖，经祁连到贵德。天空透亮，湖水湛蓝。从这届活动起，稻子先生开始有意识地把一些与活动主题相关的练习加了进去。比如让大家分开走，不要聚在一起闲聊，逐渐进入到个人的世界和体验中，分享时多些思考，少点儿抒情、联想和批判社会等。这次对活动主题提出了基本的要求和练习方式，对放下、发现、思考、表达有了明确的指引。也是从这届开始，参与的成员们开始写下自己每天的收获。小插曲也有，其间曾有个成员的分享几次被点评方向不对，结果一赌气打算回去，经耐心沟通缓解了他的紧张和不满，他也就打消了回去的念头，还继续参加了第三届。

第三届活动是 2017 年 7 月的新疆独库公路，那时已看了不少成员回顾，个中颇有几篇让人看了跃跃欲试的，我也想参加这个私塾来着，想去玩，但椰子姑娘后来说，我落选的原因是不太符合基本要求，不能为了我一个人而降低招募标准……
好吧，其实稻子先生的原话是：
我畅想的场景是大家沉醉于自己的世界来进行对周边的感知体验，这有点儿修行自然的感觉。现实中，这样的人的确不多；自我感觉良好的人，感兴趣但仅浅浅尝试下不坚持的人，不愿打破自己习惯的人，流连于美景和闲谈的人多。这样看来，活动的确是有不低的门槛……

流连于美景和闲谈这句话挺扎心的，奶奶的，话说他看人还是挺厉害的……
话说，能把这个完全不营利的活动坚持四年，他也是挺厉害的……
至于成效，为客观呈现，我想，不如看看成员们的部分回顾。
以下文字，分别来自历届稻子私塾中的 90 后、80 后、70 后。

何文兵，重庆人，1990 年初生人，旅行私塾第一届成员，代号"小荷"。

初次看到微博里稻子所发的"稻子旅行私塾：知己之旅"，当时我把这个主题拆解为四个关键词：
"旅行"（一个能脱离固有城市的远方），"徒步"（旅行的主要方式），"知·己"（认识自我），"私塾"（小学堂）
串联起来，大致这样理解：在远方有个小学堂以徒步的方式来认识或找回自己。

我平时本就爱独来独往折腾，喜欢徒步，第六感告诉我，三三两两的一群来自各个不同城市的人，没有标签，这是一次有魅力的挑战或尝试。

投简历报名，面试筛选，奇妙地等待与期盼，紧张感完全 KO 职业的面试。
出发站广州中转包头（坐在广场手握一本书等待与人群中的大师兄偶遇），包头至额济纳旗（隔着手机屏幕各自汇报彼此在哪节车厢，雀涌鱼跃的车厢见面仪式），就这样，我从中国的最南端迁徙到这大西北。
稻子并没有想象中的严肃，但和那一个人在店里吃比萨的样子感觉还是很符合，一顶户外帽、一副可深可浅的变色中框眼镜、橘红色的冲锋衣、有点儿拉碴的胡子（这就是那个独自在中国徒步穿越了两年的男人）。

其实到了额济纳旗的我，对这次迁徙还是有点儿迷茫的，知道主题，但是不太清楚具体的承载形式。稻子告诉我们，没有确切的承载形式，也没有必须达到怎样的目的，随心出发，用心去看走过的路（石头、植被、昆虫、水等），去观察，去表达，每天大致十公里的徒步行程，可结伴，可独行，速度可快、可慢，自己把握，碰到自己感兴趣的，停下来多留意一会儿（第二届开始应该是取消了三两结伴同行的徒步方式，结伴徒步时的确容易相互闲谈聊天，玩儿兴高，不易于进入活动主题所说的用心观察和发现，也不易回到自己安心体验的状态）。

在活动过程中，记得有一次分享了堆石头的体验：看到山坡上有很多石头，就想搬来堆个自己想要的样子。跑上山顶，发现已有人堆了石头。虽然不是我想要的样子，但碰到有一样想法的举动，还是很开心。然后，我就在那里捡了大概四十分钟的石头。

在堆石头之前，我不知道能堆成什么样子，没有构思，也无法预测。于是我先跑到山下去捡石头，捡完之后觉得哪一块石头合适，我就堆上去。堆完之后，它是这里最高的，在最上面我还加了块儿喜欢的木头。堆石头的时候没多大收获，只是自己有点儿成就感。当你专注于完成一件事后，静下来回想时，你会发现很多你意想不到的收获。有时候想东西呢，想得再多不如你先去做，就是你一直去做就行了，不去想行不行。我需要什么样的石头这不是重点，重点是你捡石头回来堆就行了。在你堆的过程中，你会很自然地专注起来，每一块石头造型不一样，它是平的或凸的或者各种形状，但它总有适合它的位置，只要你愿意帮它找到合适它的位置。

当你非常专注地做完一件事后，你会发现一切是这么美好。平时我就是个执行力比较强的人，这几天我每天都会给自己一个主题，从堆石头本身这样一件事上看，实际上映射出的也是我自己的一些特质吧。

说到印象深刻的事儿，我补充一个好玩儿的小插曲：

记得在前往黑城的戈壁掺杂沙漠的路上，小梁、Echo、高高、我，不约而同地走在了一起，有点儿师徒四人取经的意思。粗犷的戈壁里，参差不齐的沙石被炎日烧烤着，我们则是这沙石上移动着的肉串。

小梁、Echo突发奇想地脱掉鞋，感受大自然对脚掌的按摩。我充当取经里的沙僧，担负着鞋。

高高指着远处喊道："骆驼群！"土生土长在南方的我，先是兴奋（第一次看到几百头以上的群居骆驼），再是惊讶，它们在戈壁的移动并不是随意随性的，它们竖着S形移动，首领是头长白胡须，特别形象的智者与老者的象征，在不停地低声呵斥，好像重复说："保持队形。"年长的骆驼听着号令总是把乱窜不更事儿的小骆驼赶在队伍中间，夹着走。

小梁架起了无人机，俯瞰整个骆驼群。我们跟着移动奔跑，看着它们渐行渐远。太阳已悄然地移动到天空的顶端，疲惫的我们找个树荫洼地，补充能量及稍作休息，看着无信号的手机，好像有点儿不知方向了。四目相对，彼此自我安慰鼓了鼓气，确定了方向，开始忐忑地极速赶路，行戈壁，翻越沙丘，越走越没底气，每翻越一座沙丘，就暗示自己这是最后一个沙丘了，目的地就在沙丘背后，可站在山顶，前面还是没有尽头的沙丘，内心里有恐惧和绝望，但我们依然勉励着自己，前面就要到了。

路途中，我们有偶遇"锁阳"，只怪我们不识此物，匆匆离去，遗忘了路上的植被、石头、昆虫等，填充眼里的只有翻越不完的沙丘和渴望快点儿触摸安全的舒适区。翻过最后一座沙丘时，我们长长吐了一口气，释然了，躺在地上享受风的抚慰，回顾前一刻的心理变化历程，面面相觑地笑了笑。

没告诉稻子我们迷路了，绕了很大的一个圈，没心没肺地撒了个谎说："午休睡过头了。"稻子黑色镜片后的眼睛眯成了一条线，笑着回应："我知道。"心领神会地没戳穿我们。

这个小插曲让我体验了一把对大自然的向往和对大自然的敬畏，那届知己之旅，可能我还是没完全放下玩儿的习惯、话痨的习惯，脑子里的知识和经验还是留得多了些，最终也没有更深入地感知体验，但我心里的确已经埋下了一颗种子（试着去观察、试着去体验、试着去专注、试着去表达），待我去培育萌芽。

……另外有三个想说的问题。

第一：有人问这个活动和内容对我有什么用？

活动只是介质，活动里的内容是自己本身，稻子私塾不是要向你灌输或说教，让你达到怎样的目的。

第二：有人问活动具体有多好玩，活动里如何保障自己的需求？

有吃喝玩乐这种肉身体验的玩儿，也有思维尝试，精神上的玩儿，就看你主观上想怎么玩，只有参与了才晓得。怎么玩？好不好玩？活动中自己的需求，在不违背活动原则上，你是自由的。

第三：不符合时下的商业逻辑，需要重新调整主题。

这是一个公益活动，稻子私塾没有明确每个人在活动中要达到怎样的目的。选择一段路，几个人反季节性地在那里徒步，我们去尝试，去观察、体验、专注、表达，首先是在这个过程里埋下一颗种子，是否能发芽或茁壮，还需看你在以后的路上怎样去培育。至少是很符合当下朝九晚五的我呢。

徐潇，旅行私塾第一届成员，现已研究生毕业。

我是 2016 年 4 月报名第一届稻子旅行私塾的，然后很幸运地被选入，当时是一名大四学生；现在是 2019 年，我研究生马上毕业，距离第一届稻子旅行私塾正好三年了。

如何知道了稻子 X 视角：

是从大冰的微博上知道的（2016 年 4 月初）。之前有被他书中的故事感动，挺相信他的。然后恰好看到微博，因为相信和向往，就及时地报名了。

参加活动的初衷：
1.看到稻子 X 视角的官宣"稻子带队，公益，沙漠，找到自我"等主题后，我就开始向往，因为信任，免费，沙漠没去过，自己有困惑，就直接报名了。
2.为了实现自己毕业旅行的愿望。
3.我当时心里有个疑惑就是：去不去读研究生？当时已经考上了，一直在纠结。希望能够通过这次私塾找到自己的答案。

我在活动中的收获：
1.知道了一种叫作"感知体验"的认知世界的方式：即放下自己的固有认知，独自与自然环境相处。其间用眼睛、耳朵、身体等去看，去听，去触碰，调动自己的感知能力，寻找自己感兴趣的事物，尝试描述它，思考它为什么吸引自己，从而展开自我对兴趣的讨论。
2.一次有趣的旅行。做了很多以前没有做过的事情（比如在沙漠里捡废瓶子，第一次摸大黑狗的头，抱着碗去厕所吃午饭等）。
3.自此以后，心里一直有"感知体验"的概念，经意与不经意，总会想起。

活动后我对活动的再理解：
现阶段，人们获取知识的方式比较固化，大多是从"知识输出端"直接传播到"知识接口端"。其间只有接受或不接受，很少有其他选择。这种传播方式缺少个体本身经历、感受、思考、内化的过程，使其只能被动地接受，从而忽略了发现、尝试、探索的权利，造成个体坚守的飘忽不定，缺少自己的独立见解。
因此，活动提倡以自我为主体，以自己的感官知觉为工具，亲身去听、去看、去触碰大自然，怀着孩子一样的心专心地去看，放下个体对过往的认知，于每天种种的经历中，寻找一个自己感兴趣的地方，继而描述、思考。其实，自我与世界间的联系，就是自己在自然中感兴趣点的发现。
汇集很多自己感兴趣的点后，把这些点联系起来，重新审视和思考它们与自己的关系，然后去总结和得到属于自己的知识。

活动中让我深有感触的事儿：
1.跟着队友一起捡沙漠里的废瓶子
私塾旅行的第一天，我们一行人在戈壁滩里走着。这时我看到一个女生，蹲下身捡起了一个遗落在沙土里的废弃饮料瓶，然后放到了自己随身的袋子里，继续往前走。
看到这个举动的我，心里挺震惊的。我没有随手丢垃圾的习惯，也没有高尚到捡废弃瓶子的行为。然后我的心里就很纠结，我是捡呢，还是不捡？捡了的话，这里有好多好多，捡不完啊！不捡的话，这些垃圾在这里很难被大自然消化，况且同伴已经动手了，我要坐视不管？我于内心深处无比纠结，而于行动上伫立不前。这个问题又持续不断地困惑着我，无限地内耗了自己。

最后，我也捡起了几个瓶子，放到了自己随身的口袋里，甚至遇到在地平面以下的瓶子还跳进去捡起来带走。接下来，更纠结的事情发生了，我一路走，一路捡，可是我的袋子真的快塞不下了，手也没有地方拿了，我看到了很深的洞里有很多瓶子，可我如果跳进去捡的话就出不来了。

一路上，瓶子占据了我的袋子和双手。我一边带着它们，一边跟着同伴继续前进，一边又为路上没捡的瓶子而自我羞愧着。同时我还不得不继续走，因为同伴已经甩我很远了。我走一步，纠结一步，看到一个废弃的瓶子，自己难受一次，但又不得不继续走着。整个过程中，占据我主要情感的并不是捡垃圾的些许自豪，而是没全部捡下去的羞愧。

现在的我看那时的自己，已经不会再为类似的事情纠结了，想做就去做，力所能及就行，也不会自己给自己带来负担。

2. 在厕所里吃午饭

第二天，我们一行人从早上出发，徒步走了很远。走了一个上午后，终于到了一个可以休息的地方，就是公共厕所旁边的亭子里。

大家各自打开自己的干粮，准备吃午饭。饿了好久的我也打开了速食自动加热的大米饭。可毕竟身处沙漠的空旷地带，有风，沙子随风飞来飞去，刮到脸上疼一疼也就算了，刮到饭里不能吃就太可怜了。

我看了看周围，只有一个大型建筑物——公共厕所。自我开始懂事以来，厕所和吃饭都不能同时提起，所以我努力尝试着在亭子里找个风小的地方吃，可沙子还是被刮到了餐具里。

我悻悻地左手端着碗，右手护着碗，小心翼翼地跑到了厕所里。泡好了以后，看着它自动升温，热气缭绕，然后心甘情愿地完成了我的午饭。最后感觉，其实也没有想象的那么排斥。

3. 第一次摸大黑狗

我怕狗，也怕别的动物，我也不知道为什么，反正就是害怕，怕它们对着我叫，更怕它们跟着我叫，我一度看见狗都是绕着它走或者让它先走的。

我们到了巴丹吉林的沙漠里后，就有一只大黑狗慢慢地跑过来，蹲在我脚边。我立马僵住，不敢动一步。

我的同伴却不害怕，他蹲下身后伸手摸了摸它的头，甚至跟它一起完成了一个拥抱。我一边看着一边想它什么时候离开。然后它很可爱地又走到我身边，伸出舌头抬头看看我，摇摇尾巴。我拼命鼓起勇气，低下头摸一摸它，在它要伸舌头舔我的时候，我吓得急忙缩起手。然后，它没动，还是看着我。我心想，应该没事吧。于是又弯下身，摸摸它的头，它也蹭蹭我。自此，我就和它认识了。
那晚星空璀璨，我们一行人坐在轮胎上，对着天空唱着歌。大黑狗也悄悄地跑
过来凑热闹，我弯下身抱抱它，它很可爱地钻来钻去，活跃着气氛，实在惹人
喜爱。

在我即将离开那里的中午，我看到它坐在院子中间，在摇尾巴，我走近再次抱
抱它，摸摸它的头，跟它说我走了，我记住你了，你是第一个对我这么好的狗……
离开它的日子里，我依旧怕狗，依旧躲着走，也总会想起它。

4. 摔跤
让我深有感触的事情中，这是感触最深的了。

5月10日的下午一点左右，我们走完了额日布盖大峡谷，开始收队返程。同
伴们都走在峡谷下的栈道上。我却执意偏离了栈道，在峡谷顶上爬上爬下。我
清晰地记得，只要一低头，就能够看见他们，还依稀能听到稻子和其他同伴让
我回到峡谷下走，上面危险的喊声。

……（我也不知道这里发生了什么）

当我再次睁开眼时，队友们全部围着我，喊着我的名字，我不知道发生了什么事，
总感觉自己浑身疼，想喝水，他们一个个焦急地看着我，我隐约听到"救护车"
这三个字。

后来我就被抬到担架上，拉去了阿拉善医院。接着他们带着我做了全身的检查，
我明显感觉右脚有伤，特意照了一下右脚。结果出来了，我也忘了怎么说的，
简单概括下，全是皮外伤。

接着，我被带去门诊室上药，消毒杀菌，然后出院，回去休息了。

我心里一直萦绕着一个问题，发生了什么？

可当我问及，稻子示意我不要提及，安安静静地休息。

分别的前一天，大家一起吃了饭，喝了酒，唱完歌走在回酒店的路上。一个同
伴走过来对我说：你真该感谢稻子。当时，你从上面滑倒摔下来的时候，我们
所有人都吓坏了，幸亏稻子反应快，是他飞快地跑过去接住了你。

她还说：你醒了以后叫了每个人的名字，唯独没有叫我的名字。不过看到你没
什么事，也就算了。

我确实想不起来发生了什么事，就好像她说的一样，我摔了一跤，滑下来了。
其实在这期间，我心里一直纠结一个问题，我该怎么回报稻子？
电视里讲的都是给钱，给多少呢，这又是一个问题，我想问问他我该怎么报答他，
又不好意思张口，可又不得不张口问。我想我得跟我爸打电话说一下，该给他
多少钱？唉，这个问题好难啊，困扰了我好久好久。快分开了，我找到稻子，
我忘了我跟他说的什么，只记住他跟我说了四个字："忘了它吧。"
这个语气就好像两个人擦肩而过，一个说声"对不起"，另一个说一声"没关系"。

最后分别，我们各自打车离开，我拥抱了稻子，他跟我说："你以后不要冒进了啊。"那个拥抱的瞬间，我一直记着的。

自此以后，在我力所能及的范围里，我帮过很多陌生人的忙，同时也轻轻地对他们说一句"没关系"。

一一，目前在上海从事广告设计的工作，旅行私塾第二届、第三届成员。

参加活动的初衷：

1. 我是一个喜欢大自然、喜欢阅读哲学类书籍的人，爬山时更喜欢流水、不好走的路、植物、山、夜里的黑暗和天上星星，不喜欢打卡某个观景台。招募介绍里的不注重风景、注重自我发现的方式和我喜欢的旅行方式是一样的。

2. 看过一些写自然的诗、经典摄影作品、经典画作。

不知何时开始喜欢一个词：new balance，新平衡。仿佛有种不断流动的生命力，觉得画面里的一个元素和另一个元素之间是有关联的、有张力的。总觉得哲学、艺术、禅宗和生命都有某种关联，思考这些觉得很有意思，也希望自己有更多的想法。

在11月寒冷的西宁，终于见到了稻子和小伙伴们。

和一群未曾谋面的小伙伴一起旅行，大家互相关心，吃饭时说说自己的事，很有趣。

那段时间：

走呀走，想呀想，现在回想起来，是一种很舒服的状态。

思考最多的是关系。由关系延伸到了距离、空间。有时候在车上，有时候在柏油路，有时候在沙丘，有时候在长排的树林，有时候在结冰的河，有时候在晚上住的房子，和在不同地方、不同时间、不同距离看到的不一样的青海湖，以及其他的细枝末节。

想想类似一些习以为常不会去想的事情，或者观察一个东西的形态、状态，觉得是一种放空、轻松。

收获了许多：

想了很多，想一件事物，然后想它的相关属性、特点，这时候会把它和另一种东西放在一起想，与它相似的、相反的等，在这个过程中不知不觉会产生一些想法。一个事物能和另一个事物产生联系，有无数种可能，和不可能的事物的关系，也有关系，比如"不可能"这种关系。

这些关系随时空的变化不断变化，即使是恒久远的钻石，它所处的位置和时间也是不断变化的。

观察、发现、思考城市与自然的事物。

下面是当时分享的一点儿文字：

一、两车同行

车开始穿过草原，前面还有一辆车，车里都是熟悉的人。

前面车的存在，与我们的车产生了张力，让我们的车与草原之间的关系稳固——对方的存在扩大了我们的世界。

二、闯荡天涯

渐渐习惯了草原上的行驶，也开始享受前面没有车，空旷，闯天涯的状态。

重新开始思考前后车辆的关系，以及如果只有一辆车，呈现出的状态。

我们会一直需要另一辆车的陪伴吗？

在前面的，是限制，还是牵引？在身后的，是牵挂，还是牵绊？

都有吧。

刚开始很需要陪伴，成长后，也能独自前行，我们总有一天会别离。

2017 年 7 月我又报名参加了第三届。

在大自然中，没有边界；设计中，破框；摄影中，故意切掉部分元素，实际上也不可能拍下所谓的完整画面；地球上，山海陆彼此相连，没有尽头。

想得更多的是弧线，树林、山峰的顶端是弧线，石头、溪流、花草……大自然大大小小的东西都是由弧线构成的。小鸡啄米，头运动的是一个弧线。

走路手臂摆动、脚的运动轨迹是弧线，登山杖的轨迹也是弧线。联想到生活中的任何一个动作都是弧线——手拿东西，走一步，投篮姿势，球进筐的轨迹。

由弧线的发现延伸了另一段分享：接受。

回想着自己在群山之中上上下下，于山底山顶之间走走停停，随着光移影动，眼前的大自然高低起伏，不断变化，路有两个方向，一个是我前行的方向，一个是路本身存在的上上下下的方向。

在平地上走，也是不断变化的，并没有所谓的直路。

想到在我接受人、事、物往自己希望的方向发展时，也要接受它原有的、自己本身存在的方向。

既经历它本身存在的必经历的过程，也享受自己的力量创造的结果。

在我们欣然看着自己所理解的东西过程中，一定会有不理解的事情，去接受那些不理解的东西，与它们共存。

……在新疆的草原里到处找，也没有找到直线。

后来听说了一个建筑师高迪，他也认为大自然里面没有直线，感觉好神奇，我竟然和建筑大师有一样的发现。

而"接受"这段文字，后来有一天发现和尼采的一段文字有共思的感觉。写那段文字时并没有看过尼采的书。尼采在《查拉图斯特拉如是说》里说：一切美好的失去都是曲折地接近自己的目标，一切笔直的都是骗人的，所有的真理都是弯曲的，时间本身就是一个圆圈。

……在城市和自然里想的东西不一样，后来读一些描述自然的诗的时候想，城市里的诗人是怎样写诗的呢？通过观察和感知，我更理解了艺术家、诗人、哲学家们从大自然、从平凡的事物中汲取到的不平凡——或者说他们创造出来的不平凡，是来自这些平凡事物的美丽，以及世界之大，还有很多美丽的平凡等着我去发现：城市的、自然的。

对旅行私塾的理解：
跳脱原来的生活环境，建立对人、事、物多角度的观察，增强自己的敏感度，从大自然中寻找生活的灵感。

对稻子的评价：
觉得稻子是一个喜欢笑，但有诗人气质和哲学气质的建筑师，带我们做了一件很有趣的事。

老周，70 后。

看到稻子旅行私塾招募函的时候，我正跟家人在峨眉山金顶度假，据说那天的云海特别美，但我真的没什么印象了。从手机上看到招募信息后就一直在想着怎么准备简历给稻子，去荒漠该准备哪些个人物品……后面几天的游玩也是在心神不宁中度过的。归家后就赶紧准备了简历，记得点发送的那一刻心情如同第一次找工作时般忐忑。作为一个早已而立的男人，不禁哑然失笑。

在很多朋友们的眼中，我应该算是工薪阶层中最幸福的那一类。年薪四十万，工作轻松自如受人尊重，房子、车子、妻子、孩子样样不差，每年都可以和家人一起出去度几个大假。作为一个平凡人，生活如此夫复何求？但人是精神的动物，只有自己最清楚自己内心的状态与渴求。如果生命是一团火，我的小火苗却在这个正当年的季节慢慢地变弱甚至濒临熄灭。

生命热情的消失，就是因为与这个世界及周围的一切慢慢地断开了关系，要么是因为司空见惯从而视而不见，要么是凭经验武断地认为那些新生事物会一如既往地无趣而充耳不闻。日常生活的重复让人非常烦闷，想到自己后面的岁月会一概如此，简直令人绝望，然后就慢慢对所有的一切都失去了兴致，人变得呆滞而麻木。

我无法找到自己问题的根源，更无法解决自己的问题。看到稻子的招募文案，我大概明白了也许需要找到与这个世界更多的接口，通过某种方式或渠道，重新接触、认识和感受这个世界，重新找到生命的活力，最终找到一个新的自己。

其实报名后我还是很自信自己能够入选的。因为是稻子老师的第一次私塾活动，成员样本肯定是范围越广越好，包括我这种非典型 70 后吧。
私塾活动是在稻子老师的精心安排和指导下有条不紊地完成的，每日劳筋骨而炼心志，白天大都奔波在戈壁滩的碎石和沙漠无尽的沙土中，在单调的环境里放空自己去感受每一个细小的发现；傍晚伙伴们聚在一起分享所见所想，然后由稻子老师点评解析。虽然每天面对着枯燥的环境，但心情一直处在一种莫名的亢奋之中，生命之火在慢慢地绽放，活力和年轻又来了。

最难忘的是进入巴丹吉林沙漠的第一天，刚去牧民家，不管是大藏獒还是小土狗、小羊羔都对陌生人格外亲近，在那个远离家人、朋友、没有手机信号的沙漠中心，感受到了世界是如此亲近和美好。我其实一直都不怎么喜欢小动物，小时候被猫挠过、被狗咬过留下的后遗症。但那天看到那只脏兮兮的藏獒摇着尾巴憨笑着凑到跟前，就是想抱抱它，像是失散了许久的朋友再次相见一样。感谢稻子老师用手机留下了那个宝贵的时刻——一张我和藏獒朋友的合影。
那一天，一直压抑着一些激动，就像一个新生儿喝到了母亲的第一口乳汁，又像一个迷了路委屈地走了很久很久的孩子看到了找自己的父亲……我想我是回家了。我那天的分享是距离，已经忘了自己原话说了些什么，大意是城市里人口密度大，宠物也多，虽然人与人比人与动物的距离相对近，但总是相互提防着什么，心的距离、感情的距离其实非常远。而沙漠里人和动物都很少，距离远，可一旦遇到了就像亲人一样，毫无保留地去相信和亲近对方。所以到底什么是近？什么是远？

私塾活动不仅让我收获了一群志趣相投的小伙伴，收获了与这个世界重新建立联结的敏感力，从而带着好奇心来审视身边的一切，世界远比想象的多！我是个从农村出来的孩子，比较喜欢亲近大自然，待在城市多少有些不爽快。私塾之后，很干脆地参与了几个农业小项目，满足了自己"当农民"的愿望，工作和爱好两不误。
遗憾也有，也许是尘念太深难以放空，回归后的感知体验一直做得不算好，经验的影子常常笼罩着感知，还要经常跟稻子老师讨教学习才行。

这里不得不多几句话说说稻子其人。
见他第一眼感觉就是个典型的工科男（确实也是非常优秀的建筑设计师），

戴副眼镜看着有些木讷，但是看他文字和听他说话时总能感到挡不住的睿智。很佩服他搞这个旅行私塾，不一心一意专注地做自己的设计公司，每年非要浪费自己宝贵的一个月跑出来瞎累，远离家人既烧钱又烧时间，时而还会遇到风言风语，图个啥。我总想着一个字：轴。还好，他是轴而不杠，多年游走中国及海外的阅历加上他工科生的理性，总是能处理好各种情况。

私塾活动已经进行好几年了，稻子老师的坚持有时让我很感慨，他执着地传递的是一种稍显特别的能力，这种能力可以让我们与外界建立更直接和本质的关联，从而打破固有认知却坚守初始，进而引发更深层面的思考和发现。一个公益的师者，一个引路人，这就是他。

感谢的话曾经说过很多，不再赘述。再一次祝福稻子，坚持自己喜欢的事，成为自己，一人一世界。其实很多时候，如果真正地回归了初心，有些问题的答案就会豁然而出。

张霖，机械设计师，妈妈。

了解到稻子老师是从大冰的书中一篇《椰子姑娘漂流记》开始的，当时关注了稻子老师的微博，看了他的文章。

报名参加第二届最大的顾虑不是来自工作和经济，而是家里才两岁半的小孩，他是我最放心不下的，从出生就一直跟在我们身边，白天送到朋友家托管，几乎每次送去，小孩都哭得很凶，然后我就带着一颗早就碎成渣的心去上班，下班回来又去接他，几乎是除了上班之外对小孩寸步不离。

工作上因为是做的机械设计，每天用脑的地方太多，然后就这样日复一日几乎全年无休地连轴转，身心疲惫，没有喘气的机会。

就在这样一个工作和家庭的高压状态下，我觉得自己都有点儿抑郁了，很有必要去体验一下不同的环境，换换心换换脑，让自己放空一下。

在去之前，我对稻子老师也是非常信任的，这信任一方面来自大冰的书，另一方面来自自己的判断（他的文章）。当时确定了最终的名单之后，我有和几个朋友讲，他们就质疑靠不靠谱，危险性大不大，有没有狼出没之类的各种担忧。包括现在我身边一些想参加的同事和朋友也会有如此的疑问，然后我也不会刻意地去劝说他们，让他们信任我之类的，因为一旦抱有太多怀疑和不信任，即便最后去了，这中间也会用掉几乎一半的时间来慢慢消除疑问，如果这之前又夸大了什么事件的话可能会更糟糕。

在参加的过程中印象深刻的有几件事儿：

参加活动的第一阶段是放下，我很清楚地记得活动进行到第二天我还是心事重重、漫无目的地徒步。

想着第一天跟娃视频，他当时是感冒又咳嗽又没妈妈陪在身边，来之前跟娃沟通了好几天妈妈要出远门，可能会有一段时间不在身边。他哭得很凶，爸爸也不会哄，我视频一会儿就关了手机。

我是个很慢热的人，又不太主动去找人诉说。稻子老师很细心，似乎看出了我的不安，就主动找我谈了话，说既然来了，就在当下感知，不然还不如回去，到这里来又有什么意义。

真的是，自己劝说自己千万遍，不如老师的三言两语来的有用。

现在想想，那时是自己太放不开了，每天把自己搞得像去拯救地球一样，什么事儿都大包大揽，事无巨细，结果肯定是疲惫的。

第二件让我非常感动的事是更改分享时间。

心情是放松下来了，也慢慢进入感知体验的状态，但很要命的一点是分享通常是在晚上九点左右开始。作为一个有娃后基本都在九点之前睡觉、早上又在五六点醒来的人来说，真的像倒时差一样难受，加上我又是一个天生的瞌睡虫。所以每当别人分享，我都瞌睡连连、精神恍惚，分享的效果自然差很多。当小伙伴们在深夜微信群里喊着霖姐霖姐的时候，我早已经和枕头融为一体。

稻子老师又细心地察觉了这一点，把分享时间改在中午和晚饭前。

本来个人是要服从于集体的，最后因为这个瞌睡虫，团队为个人做了更改和调整。真的很感动，虽然到现在为止大家都没说，但我的心里在那个寒冷冬天一直暖融融的。

还有每次分享的时候，不论我们每个人分享了什么内容，即便是说得很凌乱，自己都不知道表达了什么的时候，稻子老师都能以极快的速度抓住中心意思，帮我们一一分析清楚，但又不会直接给出答案，而是用抛砖引玉的方式让我们再去发现和探索。

我想他的睿智不是一两天练就的，其中肯定是博览群书加上行走中国时的身体力行去验证，继而又深刻地思考。但稻子老师又很低调，一点儿架子也没有，跟他相处，有时候他会像老师一样提醒你必要的注意事项，有时候又会像兄长一样包容一群顽皮的弟弟妹妹，拍照的时候会像个顽童一样各种搞怪。

他好像集多重性格于一身，但又一点儿不冲突不矛盾，起承转合得很好。

还有一些细节，比如稻子老师抽烟多年，但在私塾旅行集体分享的过程中未曾看过他当着我们的面抽过烟；他会很珍惜地把没吃完的包子、馒头打包作为第二天的早餐；无私地、及时地、主动地去和每个成员交流，化解我们内心的矛盾纠结，让我们对着大山喊出来释放出来。

他总是说：相互成全。

更多的时候，他安静地做一个牧羊人，然后满心欢喜地看着我们这群小羊，跑得慢了他会赶一赶，跑偏了他会拉一拉。

他总是说：你的世界远比你想象的多。是的，我们大多数人都困在自己狭小的空间里，靠着一点儿拿来主义组建了一个自以为是的个人世界，离真实的自己越来越远还浑然不知。

虽然作为中年人，但稻子老师一点儿不油腻，很自律。人如其文，文章看似偏冷，其实是高度自律后的严肃输出，有很深刻的东西在里面。

十几天的私塾旅行，没去之前觉得漫长，快结束时又觉得时间匆匆，刚熟络起来又要面临分别，回来后多了一些面对问题、解决问题的勇气。工作在第二年做了调整，这之间也和稻子老师有很多的沟通，他总是能切中问题的要害，若是我的问题，他会诚恳地指出。有他的指导，我没有走太多弯路，在面对自己时也更加真实。

在可行的方案问他时，他总是说：去做，在做的过程中慢慢调整（因为只停留在预设没有意义，想法有时候会让我们飞得更远，有时候也会剪断我们飞行的翅膀，只有去做来得踏实）。

前几日，老友来访，周六便带着五岁的儿子一同去了竹海爬山。去之前是有担忧的，怕他叫苦叫累，不过这些又都是我的预设而已，儿子劲头十足地爬到了山顶，跟在后面张牙舞爪生怕他跌倒的我累得够呛。回来后几日，他又问我什么时候再去爬山，我胆怯到现在还没回复他。

幼儿园一年两次的旅游活动，班级参加成员逐年递减，虽然是那么枯燥的景区，但我们依然坚持去参加。孩子也喜欢，他看到的世界肯定和我们是不同的，每个人的感知体验是不一样的，稻子老师说了：一个人一个世界。类似的感知体验我也在尝试着去传递给孩子。我也只是跟在孩子后面做一个牧羊人。

感知体验心要静，不能太功利，一次私塾旅行是个引子，是一次练习，它不是一剂强心针，试图通过一次旅行解决所有问题，这种想法本身就挺幼稚的、急功近利的（其实想说的是有功利想法的人最好不要去参加，就算是参加了也要服从集体顾全大局遵守纪律）。就像课堂上只听老师讲，课下不用功那肯定是不行的。芸芸众生，大都凡人一个，还是踏实些好吧。就像在南山竹海看见竹子，它是一节节长高的；就像跑步，它是一步又一步累积公里数的；就像练字，它是一笔一画反复练出来的，多些耐心急不得。呀，我好像又在说教了，打住打住。

私塾旅行到现在已经举办了四届，一直在持续关注，每当旅行中的小伙伴用文字呈现他们的发现时，我只做个默默的吃瓜群众，只认真地向他们学习，不敢言语太多，因为我知道身处实地的他们和隔着屏幕看文字的我理解是不同的，身临其境最真实。稻子老师每年也会举办大大小小的征文活动，给足了我们发挥的时间和空间，还会很认真地评审。我知道这些事很耗团队和他个人的时间，可他从没抱怨过，还自掏腰包印刷小册子。

说来惭愧，我没有反复地读这些文字，最近拿出来读一读，发现比两年前的感受和理解又深刻了一些，他的文字很厚实，真的如一坛老酒，百尝不厌，回味无穷。

我们这些小伙伴能遇到稻子老师是一种幸运，既能出俗又能入乡随俗，纯粹，低调，不做作，正派……只叹自己文字太过单薄，不能完美又完整地去表达清楚。感知体验永远在路上，没有尽头，向前走就是了。希望有机会还去参加旅行私塾。

上述这样的成员回顾，还有几十篇。

教育的目的是让一个人学会自我教育，所谓授之以渔，我想，关于稻子先生的旅行私塾，意义或成效，我无须再赘述。

过去古人把老师喊作先生，我想，稻子先生应该配得上这声先生。

寡语讷言、言之有物的稻子先生。

菁华内藏、知行合一的稻子先生。

椰子姑娘的稻子先生。

（五）

按照我惯常的写作手法，应从此处起刻画一下稻子先生在操持旅行私塾中的艰辛险阻。

应该强调一下椰子姑娘为此做出的全心扶持和无私贴补。

应该描述许多的细节，总结许多的意义，强调一下过去几年他们没靠这个活动挣一分钱，加强塑造这两个理应塑造的人物，让读者对他们越发认可或折服。

其实已经写了，写了很多，思量许久，咔咔删去！

若是保留了，感情色彩是有了，故事性是能补缺了，却怕太多的杂项信息扰了读者，乃至对旅行私塾的认知过高，对稻子先生的解读过誉。

不要仰望或追捧，一定不要。

平视他就好，唯有平视，方能读懂这个学人的士子气。

实在抱歉，这或许是我写过的最乏味的故事，如果可以，请着眼于那些貌似乏味的思索和感悟吧，有稻子的、有旅行私塾历届成员的，或许，也可以有你的。

愿你能因此而萌生一点儿契机，去梳理或发掘属于你自己的故事。

稻子先生的微博是 @ 稻子 X 视角，公众号也是，欢迎关注。

若你也想参与到旅行私塾中，欢迎，他不赚你钱，不纳束脩。

我不确定稻子先生的旅行私塾还能维持多久，只知当下尚在继续，这篇文章算是帮他打个广告吧，但尽微薄之力。

他当然不需要什么广告，但说不定，这种广告会给一些具备了他那样的能力的人带来一点点小小的感触呢，继而各行其道，以各自的所知所学，或点灯或传灯，荧荧于各自不同的领域。

有时候想想，或许这个时代还没有烂到底。

尚有一些先生驻世，或小隐，或籍籍，以己微光，以映众生心。

都说文如其人，附录稻子先生的文章一篇，方便诸君对其立体了解。

我一直盼望他的文章能有尽量多的人去看。

适当的时机，我很希望能帮他出书。

私之说

在杭州西湖边回想苏州所见明清园林，才知私园了得，才知"私"字竟如此了得。

是私园全落于"私"的本质特征成就了"园"的辉煌。因其为私则不用在意于他人的评头论足，不需谋划讨得他人欢颜；因其为私则可尽显个人精神上的诉求而得个人的天下；因其为"园"则不需要恪守"宅"的礼制条规。也即是这样的自由让那些年代，那群多具备些财力和修为的文人乐此不疲。他们已经不满足于只依靠琴棋书画来表达自我需求。他们试图通过自造山水，通过亭台楼榭与水石花木的融合，通过拥有切身体验上的空间实有来表达自我需求。出于这样的目的，建造上的空间实有第一次纯粹地在诠释一种精神需求。也因于此，最终，建造上空间实有的自由和活泛被推进到历代以来最高的顶点上。

本末倒置的休闲之用

的确，历代以来不少的名人雅士都曾把私园界定为闲居之乐的场所。往往我们也就因于此而把私园的产生归结于改善居住环境和生活质量的目的，我们也以"休闲之用"概括所有私园的建造起因和历史演变。然而，对于一个本就把思想内涵完全隐逸于现世生活表象中且不存在明确界定的过往观念来讲，对于本质上带有鱼目混珠实情的社会来讲，"休闲之用"可以涵盖历史上多样的需求形态，却怎么可能明确地体现出私园的精神高度和精华所在呢?

休闲只是私园的用途而不是私园的本质。对大多数人来说,表象上休闲场景的供给只可能带来内心的暂时舒缓,而这不会是身心安顿的终点。一个人身心安顿的终点必是首先能让内在的精神需求得以某种程度上的实有实现和表达才对。精神需求是"体",休闲是"用",它们应同属于私园的两面。往往我们假借"体用不二"的幌子而实际又偏重于"用"的实情已经让我们几乎忘记了"体"的存在。私园的价值首先在于造园之前私的精神与建造的关联以及其后建造本身的实现,至于再其后的私园之用那是后话。仅就这种把不强调实际功用的私的精神需求借助于建造实有呈现的方式所产生的意义就远远大于其后之用。

并且,可以说,这种完全的精神诉求塑造出的是自我心中神圣的庙宇殿堂。尽管这种殿堂并不高大和华丽而是低矮和朴实,尽管这种殿堂常常是用来被洞穿而不是供奉,尽管园主们可能还存在着并不彻底的私心。而落于生活日常,落于简单意义上"用"的解释却容易导致向恶俗踏实地无限接近后审美上和建造上的洛可可和似是而非。当我们对私园的称赞更多的是集中于造园后对审美情趣的把玩和仅把私园当作人们娱乐活动中雅致背景提供时,附庸风雅和模仿复制的方式很容易让私园沦落成一个只作于众欢颜,夜夜笙歌的场所。

造园是一种实现

造园是一种真实的私的实现。造园是自我在求之于外的实现无望后转而求之于内的实现。

私园多为文人所造,而文人是一群兼具对理想执着向往和对现世生活敏感批判的群体,是一群永不知满足的在现世中苛求更完美世界的群体,所以,在多数情况下,现世社会的复杂和纷争给予文人们更多的是一种心理上的矛盾。

这是一种所学所知之理与现实间的落差，一种求之于外的焦虑、艰难和无望，一种对私的清净独享生活的渴望。处于这种状态下的文人由社会向自然的回归，由求之于外向求之于内的回归成为必然。

无论这些文人处于怎样的社会阶层，无论是否官宦，无论官宦们是否在朝、罢官、致仕还是归隐，无论维持这种状态的时间是长是短，处于文人内心深处的这种精神需求却是纯真和炙热的。这些需求要么全然处于焦灼之中，要么已经具有超脱的特征。而无论他们处于怎样的状态下，此时的他们都渴望一种自我理想的实有实现。当求之于外的"大我"受挫转为求之于内的"小我"时，如果能够靠一己之力就完成自我的精神需求无疑也应是一种极大的满足。另外，无论文人们是闭门谢客般沉醉于诗书间和生活日常间，还是出游远足而流连于山水间，其实他们也都在谋求另一件事，那便是迫切需要寻找到一种合适空间让自我在某种程度上实现舒缓。这种空间场所能够让文人们有心境对所经历的世间百态和自我所秉持的信念和理想进行反思，让自我生命的价值开悟和解脱，让自我精神的苦楚进行自我医治。建造私园囊括了这两方面的私的需求。

在客观条件上，造园的空间实有性让私园较之书画更具有一种时空上的立体体验。私园所营造的是山水和人造物间的融合，这点也和以往人们慕于山水的思想相符。造园不会受制于社会礼制的约束，因为在以往的观念中"园"应该是自由的形制才对，毕竟这是"园"而不是"宅"。对于造园来说，一切只需跨过财力的门槛后即为个人的尽情发挥。即便这财力的门槛也是因人而异的，因为造园是种精神的表达而不是财力的彰显，所以在表达的判断标准上，私园不是依赖于具象上的规模大小和豪华程度，而是抽象上的境界和表达能力的高低。最后，在主观意识上，文人们心中那一点点不可言说的私心（造园既不需要经历独处于山林的艰辛，又可以兼顾对官场时事的不时观望）也均给予了满足。于是乎造园成了这一切需求的结合点。造园不但能以一己之力让自我感知真实地在土地之上得以实有呈现，而且建成后的私园也提供出实有的空间让自我的种种需求在这自造山水间得以实有安顿和舒缓。

人造的私的世界

纵观私园发展，私园由写实向写意演变的过程暗示着的是文人们的表达已经由赏物的真自然向表物的真自然再向表心的虚自然的不断迈进。写实的私园说到底应该算作是庄园才对，那只是一段圈起来略加粉饰的部分自然。单纯把一段自然风光围起来，养些奇禽驯兽当作私园的方式是赏物的真自然。其后采土筑山，具象地模拟喜欢的自然之态，那是表物的真自然。再其后郊园数量的减少，园与宅之间空间上的逐渐走近并最终形成宅园一体而存于市井时，私园造的却是心的自然。这种演变的意义在于，此时的私园已经是心的自造自然与亭榭等本是人造构筑物交融所构成的空间实有。这是麻雀虽小五脏六腑俱有的，完全的人造世界。此时山石已经不再只是山石，花木已经不再只是花木，一切都在以个人的意志，以个人对世界的认识和理解来搭建和组合。此时私园中的一切不仅成为思想表达的工具，而且这些工具本身还具备着各自应有的气质。这预示着以往那种只重视创造社会集体文明的方式在逐渐被脱离，以往那种人处在外物重压之下被忽略以至于微不足道的状况在逐渐改变。

当人对外物由具象的探求和表达演变成抽象的探求和表达，当人对外物本身的关注转向于对自身价值的关注时，成就的是人对自我存在的一种肯定。再其后，当人把这种自我价值又通过建造得以实有展现时，这种让世界回归于自我之中并纯粹再造实有世界的举动无疑又是把人推向了另一个高度，一种私的完全。

>> 不论出世入世，行事处事，只要心是定的，
每种选择都是命中注定的好因果。

椰子姑娘和稻子先生的婚礼

世上没有什么命中注定。

所谓命中注定，都基于你过去和当下有意无意的选择。

选择种善因，自得善果，果上又生因，因上又生果。

万法皆空，唯因果不空，因果最大，但因果也是种选择。

其实不论出世入世，行事处事，只要心是定的，每种选择都是命中注定的好因果。

>>

道之不行，已知之矣。
或桴浮于海，从我者朗月孤星。
或跹跶默摈，待我者成住坏空。
或意气任侠，伴我者碧血满膺。
或笔耕砚田，度我者有情众生。

>>　　我不反主流，我烦的是单项选择。
　　　　我不捧亚文化，我烹的是多元平衡。
　　　　我不屑路径依赖，我写的是知行合一的人生。

　　　　平行世界，多元生活，既可以朝九晚五，又能够浪迹天涯。

>> 世间一切情，段段皆短暂，
   于是乎最重要的课题横在眼前——该当如何惜缘。

>> 一直以来，
人们习惯于将自我世界和现实世界对立看待，
并或多或少地把前者赋予一点儿原罪，
仿佛你若太自我，必是偏执和极端的。

意的他知

写意的表达方式明确了造园的基本格局和走向。"意到"的洒脱和不拘一格让私园在整体氛围上因于园地实情作灵活的辗转腾挪，"意"点到为止的方式让私的全部以逐次罗列的方式呈现出来。而一种物化的表达无论是假借于诗词、绘画还是造园等其他方式，尤其当以写意为体去诉说自我之时，其在实际表达上的率性很难让他人对其本意完全理解（事实上，即便足够的细密和严谨也未必能为他人完全理解），往往表达的本意最终更容易被表象审美上的价值所掩盖。而表达所呈现的实有特征往往只会被当作一种可以被演绎和界定的价值符号或者审美符号而屡屡被传承下去。

对于私园来说，楹联、匾额、题名充当的是一种对外交流的补充物。而当具有装饰意味的窗户、铺地、小品等物件被赋予普通生活所具有的象征意味时，这种回归于实际生活的审美情趣让造园的本意已经是隔了一层。更严重的是，当私园经过多次的易主和屡屡翻新改建后，最初造园的本意也就由此被完全地遮蔽下去而只剩下浮于表象的直观。难怪有人把私园诉说为一种文人的畸形心理，而这些人所犯的错误是忽略了私的前提，忽略了时代的背景，忽略了这种精神需求和表达主题间的转变过程。缺乏对这一切的查知，他们自是对造园缺乏一种心境上的共鸣。

不可否认的是，建造上对财力的要求让造园在以往并不是一件很容易实现的事。的确，私园也多为官宦文人所有，但因此拿所谓一流的文人大多并未造园的事实来贬低私园的精神高度却是陷入"最"字辈的极端推断和妄想中去了。无论何种建造都需要财力的支持，否定了私园的精神高度无疑即否定了建造本身的精神高度。至于拿处于金字塔顶端的皇家园林来对比私园建造的精美，则仅是偏重于审美技艺本身而忽略了大多数人的存在。另外，因为私园所表达的是私的精神需求，所以私园在表达上难免宽松、琐碎有余，而紧凑、明确不足。他人于此也多不愿对私的本身做过多关注，更不会关注于私与表达之间如何地关联，他人也只会在乎私园实际直观的呈现，而这最终让他人对于私园的认知完全成为个人意义上审美情趣的抒情感怀而已。

虽然这种结果的出现实属必然的规律，但，就像观赏书画作品一样，游园更需要的是一种感知的心境。通常，这种心境很容易因游者好奇于寻找视觉吸引而散失，因私园本身的形象普通和宽松的可穿越性而散失。在整体布局上，私园没有皇家园林中绝对明确和唯一的视觉约束物和控制物，也不存在气势的宏大和装饰的精美。私园中有的只是小巧中的曲幽变化，并且这种变化往往存在于方寸之间。此时，若游者的心境不到，那么一切也自是在一步两步间被忽略过去……

不过，那种全然落在于外审美思维主线上的认知也未必会有太大的意义，那只是在为美而美。

私园在建造上的难度

通常意义上，建造的空间实有对精神需求的表达往往并不会完全展现，或者说因掺杂着、受制于更多使用上的功能需求和礼俗限制而显得紧张和局限。现在，如果把这纯粹的个人精神需求交于建造的实有表达时呢？无疑，这却是一件颇具难度的事。当用一种空间的实有去表达一种虚无的时候，当表达之物成为一种宽泛和空灵的时候，看似轻松自由却又是老虎吃天无处下爪的尴尬。如果说借鉴诗意画理是一种方式的话，那么这实在是太丰厚了。如何能懂诗意画理呢？如何在其中摘取呢？如何又能规避掉一些通用的套路而显示出园主的小小个性和与众不同呢？又要如何去把诗意画理的意境表达成一种实有呢？

造园不是要制造微缩山水而是要造山水之意。造园不是在把玩一个物件，不是挥毫落笔于纸上作画。在实际的建造中，造园者既要懂一花一木、一山一水一亭之性，还要构筑和落实到虽由人作，宛自天开的状态。而建造之物不仅要具备长期耐看的价值，又要能在经历四季更替、映风映雨的过程中展现其特有的内涵。在建造的时间上，私园也不会是三五天的热情，没有三年五载却难建成。不过，即便如此，这一切的呈现并不是终点，私园最终必是要表达一种整体意义上对个体和外界的认知，而不仅是拘泥于对具体某物的认知。要求太高了，七分主人，三分匠师，主人且是能主之人。这些能主之人不仅要具备深厚的文化修养和十足的耐心，也需要一直如一感知的心境和建造的心境，更需要其下匠师们实际上的建造能力和经验的配合。辛苦得很呢，一不小心又要滑落到为精神而精神，为建造而建造，强作愁式的套路中去。

私园在诠释怎样的一种空间实有呢？

当精神需求在借助私园得以展现的时候，私园也借助精神需求阐述出其本该应有的空间道德上的特质，这种空间是不强加于人的。它不具有对外扩张和控制的欲望，也就不会对外界产生压力。私园在与邻里的边界上只是构筑了一面普通的围墙，在私园内部也没有树立任何高度的标识来统括整个区域。这种空间对内也是低调的自尊，充满的是如一的平和与亲切。很难在私园中看到绝对和唯一。私园中存在主次、秩序，却不存在完全围绕某个景致去展开私园的建造，不需要完全明确的空间界定和秩序维护。一切只存在于似断未断、似隔未隔、似到未到的暧昧中，只存在于曲径通幽和连绵不绝中展现变化。私园里的空间也没有去刻意限定人的体验路径和体验过程。即便存在选择，往往也多是提供出几种多样的选择。私园似乎还有点拖泥带水，就像一封家书在不断靠废词冗句来让人感觉到亲切和温馨……仔细回味，原来，这样的表达方式才是长久以来最具有普遍意义的民间空间的道德特质，这才是真正意义上的人的民主，才是历代以来文人们所推崇的至高层面上的道德。原来，建造不是紧张地要让个体的独特气质高度集中起来给予明确显露，而是要通过建造物、花木和人之间的互动体验来实现。

原来，私园是在放松的状态下做出来的精致。这种放松让建造多是近人尺度上的实际体验而不是超人尺度，是在诠释万物的共生共存状态而不是侵占。这种精致不显山不露水，它不是花力气在装饰的细节上而是放在对实际体验感知的琢磨上（即便是体验本身也常常是宽松有余而紧张不足）。这种建造的特质在表达上不是先去精确定义组成的每个要素并进而建立起明确结构的关系，而是着力对各个要素之间的关系进行关注。建造是通过平衡各个要素间的关系来确立基本的形态。至于各个要素的定义，因为并不被看作是最重要的事，所以总是显得宽泛和模糊许多。

从私园到公园

今天，我们的私去了哪里？

一个 90 后的小姑娘告诉我："苏州的园林都差不多，没有什么意思。"问其原因，她感觉都是些亭台楼阁和花草山石的相互组合。在视觉上，园子太小又不开敞，也几乎没有多人一起参与嬉戏的地方。

私园转变成公园的过程从精神层面讲是一个由个人独享向于众欢颜的转变过程。从私园到公园只是休闲之用的延续，除此之外别无其他。私园私的精神在现代社会已经被漠视，私园仅被当作一个古老的、只需有财力即可实现的故事。公园也因要满足公的需求，所以必以直观上的规模、使用上的共用特征为主。一个个公园都想成为一个个皇家园林，而能主之人也多貌似具备了帝王之相。表面上看，公园有效地整合了土地，通过有效的集中赋予大众共同分享自然的权利。实际上，公园要么因为私的遗失成为一个只具备共用意识、通用审美的场所，要么完成的仅是公对私不正常的侵占。

求之于外的无私年代

当人们看到竖立围墙后私空间所引发出人的自闭和保守以及其后阳奉阴违的缺陷时，当人们看到推倒围墙后公共交流和沟通中光明正大的优势时，对外向交流的过度依赖，对内向交流的过度贬低让人们忘记了任何一种思维模式的形成都需要时间的积淀，都存在优缺点，都各有一套自我修复的完整机制。而现在，这种忽视围墙功用的武断选择只会让我们的内心在很长的一段时间中，一段境遇下因自我缺乏依持和修复的厚度而让吞食新物的难以消化带出感受上的迷茫和空虚。

在如今知识经济的年代中，客观上，知识和信息更新的频率之快已经不容人们做过多的思虑；主观上，以往那种经过个人的深思熟虑而完成对知识的自我实有也已经演变成只单方面接受外界知识的状态。

人们习惯于把全盘通吃的知识和信息当作日后依持的工具，也习惯于把这种知识和信息原封不动地储存起来等需要之时再当作商品拿去出售和交换。当人成为知识和信息的中转站的时候，因库存的内容和自我之间并不存在实有关系，所以人逐渐成为一个脆弱的空壳。在当下，如果一个人是把精神求之于内，那么他会被看作是一种压抑、畸形的病态，一种与时代的不和谐。在缺少社会标准约束的状况下，在求之于外的洪流中，带着脆弱空壳的人们只能把一切寄托于直觉和本能，也只能把本能的欲望不经思辨就功利地诉之于获得具体物的实有上。

人们对外物倾注了太多的关注以至于把人的价值体现也完全地依托于物的实有上。人们总以为物质需求的提高和满足既是个人精神需求的实现，也是个人自由的实现。人们开始忙碌于娱乐年代的集体欢腾，忙碌于审美泛化所带来的对外物纷繁的感官满足。而这些原本只不过是商业社会促进消费的娱乐游戏却被人们当作慰藉各自心灵的工具。商业社会双面的供求结构决定了必是存在专门的人群在提供各式各样的关于精神需求的解决之道，受众也习惯接受被触动而不是以往的主动探求。

人们对外叫嚣着他们的需求，等待着内心的空洞能被标示为各式各样用途的塞子填满。对于稍有些勤快的人来说，要做的就是定期更换塞子，这至少可以确保不被塞子本身与肉体的不兼容所引发的腐烂和变质所影响。对于懒惰的人来说，即便塞子已经充满恶臭也常常对其熟视无睹。知道吗？在以往针对内心空洞的类似于中医的治疗策略，那是要借助于自我身心各部分的整体调节下的抚慰，其目的是让空洞逐渐地缩小直到康复而不是现在如此简单的拿来主义。

如今，人的心理承受能力已经变得脆弱，人们更愿意接受快乐而拒绝承担苦痛。例如在孩子的教育上，似乎只有保证他们不受一点点苦、一点点累才是在保留人的天性。名目繁多的学习机、点读机要让孩子在快乐中就明知世界的一切。而这只不过是造就了另一台知识的机器！

信息时代来了，带来了速度，也带来了互动，而残剩的那最后一点私的可能又在跨越时空的网络交流中得到了宣泄。私的世界从此已完全交付于世界范围内的共享平台上去了。这的确是一个强调对外交流和沟通的共享年代。曾几何时，我们也曾苦恼于对外诉说的艰难，而现在，这种完全意义上的沟通又导致私的直觉欲望在尚未回归于内之前就在求之于外地快速解决和快速满足。的确，这是一个求之于外的无私年代。

空间实有的消隐

在当下，不要说私园，即便是庭院也已经被纳入到一种科学思想指导下的，关于城市资源整合的名头中去了。礼制的接力棒转到了工业化的手上。多数私宅成为以公众意愿为出发点通过工业化的生产标准所建造的集合体。似乎在空间的实有上，虽然各家户型相差不多，但至少还有私密的室内空间能让私的自由得以展现。而媒体年代和网络年代的进入完全改变了以往空间实有上的价值和意义。私宅里泛滥着的是外界信息通过电视、电话、电脑、手机无孔不入的侵入、引诱和居住者深陷其中无法自拔的场景。原有室内空间所特有的私的内省之态逐渐被剥离而逐渐呈现出公的特征。私宅已经逐渐沦落到作为庇护所最初的实用功能上去了。此时,空间的实有和私的精神间已经在断绝联系而只成为一种简单意义上的"家"的标示。如今,拿一台电脑就具备了一个世界,至于其他还重要吗?

在以往相对缓慢的社会变化中,建造是表达物质和精神的主要依托。如今,这种对实物的依赖已经不再那么强烈。人们逐渐趋向于接受一种多样的、善变的抽象方式。拿媒体年代中动辄投资上亿的电影来说,一个通过片段的实有场景或者完全虚拟制造所形成的、一个没有空间厚度的胶片却能让那么多人追捧不已。而对于时下日新月异的潮流,对于时下人们对永恒感的漠视,显而易见,建造本身的缺陷实在是难以赶上眼下人们的时尚脚步。过了三到五年的房子已经成为尘封的历史。无论预言家们如何描述未来空间实有上前仰后合的视觉冲击、建造上如何炫目的技术特征也无法改变社会对空间实有与精神表达关联上的逐渐疏远。

过去已经消亡,一切尘埃落定。在当下的建造中,在有机会建造完全属于自己的私宅中,私宅完全没有了礼制的限制而可以做到相当灵活和自由地变化。因以往"园"和"宅"间的紧张已被化解,所以建造园的冲动也就在这宅的灵活中散失无几。园林设计已经被时髦地定义为景观设计,并在城市和房子间的公共空间中玩弄着视觉的填空游戏。即便当下也在营建一些复古的私园,但这在本质上总是那样不合时宜。虽有心造却无心能得私园所造之妙,虽有财力却缺乏具备所造之术的工匠。

由此,私园进入博物馆并在现代思维的无关紧要中绝尘而去。

我的师弟不是人

◎ 我第一次见它的时候，它正在做皈依仪式。师父披着袈裟立着念皈依文，它夹着尾巴趴卧在跪垫上。檀香的烟气飘过它的大鼻头，它龇龇地打喷嚏，听起来好像在一问一答一样。

我拿个棍儿戳戳它，问它：喂，傻狗，你有什么特别之处吗？

师父在花架下喝茶，隔着半个院子喊：别"傻狗傻狗"地喊，如果别人喊你"傻冰"你愿意吗？这是你师弟，以后喊师弟，昌宝师弟！

世人都推崇仁爱和善良，可生命价值若不平等，再善良、再仁爱，也是有差别的爱，也是不停权衡中的善良。

物质世界愈发达，分别心愈盛，人心愈七窍玲珑，"平视"二字愈难。

平视越稀缺，真正的人文关怀也就越匮乏。

这是个缺乏平视的时代，人们嘴上说人人平等，现实生活中，却总禁不住屡生分别心：按照名望高低、财富多寡、资源配置权的优劣、社会属性之强弱……对自己的同类远近亲疏，仰视或俯视。

事儿不太对哈，那么多的权衡和度量。

理就不多说了，给你讲个故事吧，请自由选择视角去解读：俯视、仰视、斜视、漠视、无视……

或者平视。

（一）

据说全世界有七点九亿佛教徒。

我是其中之一。

我皈依的是禅宗临济，在家修行，算是个居士，但旧习难改修得不好，热爱冰啤酒和软妹子，又屡造口业，杀、盗、淫、妄、酒五戒只勉强持了两戒。

我皈依得早，底下一堆师弟，他们习惯喊我"大师兄"，喊猴儿似的。大家金刚兄弟一场，几世种来的福田，故而也乐得和他们开玩笑。

有时候，在街上遇见了，他们冲我打哈哈：大师兄干吗去啊？

我回一句：妖怪被师父抓走了，我捞人去。

他们喊：带金箍棒了没？

我说：带你妹！

说完了一回头，师父站在屋檐下背着手冲我乐。

师父说：管管你那嘴吧，唉……你师弟比你强多了。

大和尚宝相庄严，颇有威仪，我蛮怕他的，但用余光扫一眼那帮逗逼师弟，对他这话着实不服气，我梗着脖子打问讯：您指的是我哪个师弟？

师父瞪我一眼，说：昌宝。

我说：好吧，师父，你赢了，你非要拿昌宝来举例子吗？还能不能一起愉快地玩耍了……

昌宝是我师弟，是条哈士奇。

墨分浓淡五色，人分上下九流，猫猫狗狗却只有两种分法，不是家猫就是野猫，不是宠物狗就是流浪狗。

昌宝例外，它既不是宠物狗也不是流浪狗，是条正儿八经的佛门居士狗。

昌宝半岁的时候来的丽江，我不清楚它的出身，是被捡来的还是被人当礼物送来的，或者是从忠义市场狗肉摊位前被刀下救命的，总而言之，它的身世是个谜。知情的只有大和尚，他懒得说，我们也就不太好问。

我第一次见它的时候，它正在做皈依仪式。师父披着袈裟立着念皈依文，它夹着尾巴趴卧在跪垫上，小佛堂里烛火摇曳，隔着袅袅烟气，准提菩萨笑意慈悲。

师父一本正经地念着：往昔所造诸恶业，皆由无始贪嗔痴，从身语意之所生，今对佛前求忏悔……

我这叫一个纳闷儿，心说，您老人家折腾这么半天，它也未必听得懂啊……

昌宝那时候小，檀香的烟气飘过它的大鼻头，它龇龇地打喷嚏，听起来好像在一问一答一样。

我蛮纳闷儿，找师父释惑答疑。我说：它是狗耶……

大和尚笑笑地看着我说：它不是狗它是什么？是张桌子吗？

我说：它是狗，它怎么能皈依？

大和尚反问我：它是条小生命不？

我说：嗯呢。

他继续问我：那你是条小生命不？

我说：……我、我、我不明白您是几个意思？

他哈哈大笑着说：对喽，你也是条小生命，我也是条小生命，它也是条小生命，OK，回答完毕，自己悟去吧。

大和尚老让我自己悟，我悟来悟去悟不出个六，于是跑去问昌宝。

知道问它也白搭，但事情搞不明白的话我别扭，我拿个棍儿戳戳它，问它：喂，傻狗，你有什么特别之处吗？

它以为我在跟他玩儿，立马肚皮朝天仰躺着，露着大花生一样的小鸡鸡。它还摇尾巴，还伸嘴啃棍子头儿，啃得口水滴滴答答。

我说：你可真是条傻狗，不过你长得挺好玩儿的。

师父在花架下喝茶，隔着半个院子喊：别"傻狗傻狗"地喊，如果别人喊你"傻冰"你愿意吗？这是你师弟，以后喊师弟，昌宝师弟！

不得不承认昌宝师弟的皮相还是不错的，一表狗才，比古城其他哈士奇漂亮多了。

它眉毛浓得很，舌头长得很，耳朵支棱得很，毛色黑加白，又厚又亮，像整块的开司米一样。

像一大坨会跑的奥利奥一样。

（二）

我和昌宝师弟一起过大年，在大和尚师父的院子里。

那年除夕，师父喊我去包饺子，我蛮积极地刮了胡子、剪了指甲，还穿了一件颇似僧服的老棉袄。师父一看见我就乐了，他逗我说：真有心现僧相，就剃头出家得了。

我告饶：师父，我疲赖，红尘里驴打滚，业障太深，杀、盗、淫、妄、酒五戒都持不稳当，怎么有资格出家呢？

大和尚笑笑，边包饺子边讲了个三车和尚的故事：

玄奘法师（唐僧）西天取经归来后，欲度一位官二代世家子入沙门，此君打死不从，比孙悟空难搞多了。于是玄奘从皇帝处讨得一纸诏书当紧箍咒，敕命其出家。他如二师兄上身，各种要赖皮，非要带一车酒、一车肉、一车美女招摇过市进庙门，众人哗然，玄奘欣许。

未承想，行至山门前，蓦然一声钟鸣，唤起累世劫的阿赖耶识，前尘往事如云烟汇聚到他的眼前，机缘既到，人一下子就醒了，他遣退随从、敛起傲娇，把出家当回家，自此躬身潜心，一心向佛。

此君是唐代名将尉迟恭的亲侄子，名尉迟洪道，法号窥基，人称慈恩法师，又名三车和尚，后来成为大乘佛教唯识宗的开山祖师。

师父说：众生皆有佛性，佛法嘛，一条寻求智慧的道路而已，没有门槛，机缘到了就好。

我说：懂了师父，我作个偈子吧。

遂口占一绝：

此身本是岭上松，自来峭壁崖畔生，

八风催起一身刺，惯餐霜雪立寒冬，

成住坏空懒得管，有漏无漏我不争，

偶有朝露三两枚，任它遁化皮相中，

风吹树动根不动，福慧资粮穿堂风，

罡风焚风不周风，吹过又是一场空，

我今默摈娑婆境，不悲不喜不出声，

坐等大锯拦腰斩，因缘具足下孤峰。

师父说：不错不错，境界不错，但真懂了吗？别光嘴上说说，真能做到了才OK哦。

我说：OK，OK，阿弥陀佛么么哒。

大家说说笑笑，不一会儿就包了三大屉饺子，奇形怪状的，长成什么样的都有。

饺子下了锅，热汤里三起三落，白汽腾腾间滚来滚去，一个个白白胖胖的，长得很好吃的样子。我负责盛饺子，师父一碗，我一碗，众人一碗又一碗。

师父是比丘，不沾荤，我避开他剥蒜，正剥得欢，师父隔着桌子喊我：昌宝的饺子呢？

我乐，狗也吃饺子？白菜馅儿的饺子？

大过年的不想挨骂，我盛了一碗去喂昌宝。

大年三十晚上没月亮，小院里黑漆漆的，我喊：昌宝哟，过年吃饺子喽！

昌宝撒着欢儿跑过来，一脑袋撞在我"祠堂"（鸟巢）上……

它摇头晃脑地吃饺子，呼噜呼噜的，香得很。

我捂着裆，蹲在一旁说：师弟你有点儿出息，吃饭别吧唧嘴。

我喂它吃蒜，它嘎巴嘎巴地嚼，嚼了两下愣住了，先是拿眼睛瞪我，然后干咳，大蒜沫沫儿溅了我一脚面。

我乐：傻师弟，过年好。

昌宝比一般的狗傻。

师父有饭后散步的习惯，每次都带上它。它白长了个大个子，路旁的小奶狗一凶它，立马拽脱狗绳撒丫子跑。

古城人多，它一跑，接二连三地撞着人的小腿，吓得游客哇哇叫。

游客一叫，它更害怕了，慌不择路地从人的两腿中间往前钻，女游客的花裙子长，它蒙着头拽出去半米远，几乎让人家走光。

昌宝一跑，师父就跟在后面追。

师父长得像弥勒佛，两百多斤的大胖和尚，跑起来地动山摇，他一边跑一边喊：昌宝……宝……

师父在古城人缘极好，大家都乐意出手相助，沿途不停有人扔下店面生意，加入追狗的队伍……大家普遍比师父跑得快，但普遍没有昌宝跑得快。

大家一边呐喊着一边追，什么调门的嗓音都有，高矮胖瘦、男女老少，来势汹汹、声势浩大，从五一街追到小石桥又追到四方街，吓得游人纷纷闪身路旁噤若寒蝉。

不知道的人还以为是打群架，只是蛮奇怪，怎么里面还夹着个大胖和尚？

我帮忙追过一次，跑在最前面，一边跑一边喊：昌宝昌宝，stop（停）！

它完全不理睬我，各种跑"之"字。

我喊：昌宝昌宝！饺子……饺子！

它一个急刹车，瞬间甩尾漂移，一脸期待地面朝着我。

我没刹住车，咣的一声，再次撞到了"祠堂"。

后面的人追上来，说：阿弥陀佛，大师兄，还是你有办法。

我蹲在地上心碎加蛋痛，昌宝傻呵呵地凑过鼻子来拱我的手……找饺子。

（三）

古城其实有蛮多颇具灵气的狗。

当年五一街王家庄巷有把木长椅，上面常年拴着一条大狗，是只漂亮的大金毛寻回猎犬，旁边摆着小黑板，上面写着"我长大了，要自己挣钱买狗粮了"，旁边还放着一个小钱筐，里面花花绿绿一堆零钱。

那大金毛一天到晚笑呵呵地吐着舌头，谁搂着它脖子合影它都不烦。

游客前赴后继，咔嚓咔嚓的闪光灯，早晨闪到黄昏，年头闪到年尾，生生把它闪成了个旅游景点，闪成了那条巷子里的大明星。

我这小半辈子见识过N多个明星，搞电影的、搞电视的、搞艺术的、搞体育的、搞男人的、搞女人的、搞政治的、搞人命的……搞什么的都有。

在我见过的明星里，有的把黑板文案做得特别牛×，有的把钱筐尺码搞得特别大，但没有一个人的耐性比这条狗强。

没办法，人没办法和狗比，你开心，它就乐呵呵的。

有一天，我喝多了汾酒发神经，去找它聊天，坐在它旁边逼逼叨叨了大半天，它乐呵呵地晃尾巴，还歪着头瞟我。

天慢慢地黑透了，狗主人来解绳子，领狗回家。它颠颠儿走了，又颠颠儿地回来了，它劲儿大，拽得狗主人踉踉跄跄地跑不迭。

它把狗绳绷直，使劲把头努到我膝盖上，拿长嘴轻轻舔舔我的手……又颠颠儿地走了。

我酒一下子就醒了。好温馨。

金毛是狗，哈士奇也是狗。

我下一回喝醉了酒后，回到师父的院子找昌宝，坐到它的身旁逼逼逼……等着它来舔舔我的手。

借着酒劲儿，掏心掏肺地说了半天，一低头……

我去年买了个登山包！丫睡着了！肚皮一起一伏的。

悲愤！我摇醒它，骂它不仗义，大家金刚兄弟一场，怎么这么冷血？

它歪着头看了我一会儿，打了个哈欠，埋头继续睡。

转天我和师兄弟们聊天，说起昌宝傻的话题，有个师兄说：一切烦恼皆来自妄想执着……傻很好哦，总好过七窍玲珑心吧。

另一位说：分别心不可有，什么傻不傻、聪明不聪明的，也还都属于皮相，二元对立要不得，其实仔细想想，众生的自性又有什么不同的呢？

又有一位摁着"分别心"三个字起话头，曰：

分别心是众生轮回中最大的助缘，亦是解脱的障碍。很多的修行法门不就是为了让分别心停止下来吗？少了分别心，心即宁，心宁则见性，自在解脱就在眼前了。

我说：是的，是的，我记得尼采说，每句话都是偏见，只要不纠结于偏见就好……

那位仁兄挠着头问我：大师兄，咱们说的是一回事儿吗？

我说：咱俩说的不是一回事儿吗？那个，你说的是什么？

他说：分、别、心、啊……

我跑去请教大和尚分别心的话题，请他开示。

他是典型的禅宗和尚，你不问，我不说，问了也不好好说，只是叫我施粥去。

我说：师父啊，我驽钝，你机锋打浅一点儿好不好？只是请教一个问题罢了，干吗搞得那么麻烦非要施粥？施粥和分别心有关系吗？

他笑，不解释，只一味让我去施粥，顺别写个偈子交作业。

《魏书·孝文帝本纪》记载，北魏太和七年，冀州饥荒，地方贤达"为粥于路以食之"，一举救活了数十万人，善哉善哉，大善举哦么么哒。

我没那么大的能力和愿力去救殍于道，只煮了一锅八宝粥端到大冰的小屋门前，师父买来花生豇豆帮我煮的。

锅盖敞开，一次性杯子摆在一旁，搞了个小黑板，上书二字：施粥。

八宝粥香喷喷的，七宝美调和，五味香掺入，我自己先吸溜吸溜地喝了一杯，又蹲在一旁守株待兔。施粥是种功德，可添福报，若供养的是过路菩萨，功德更大，考虑了一会儿后，我捏起粉笔，书偈曰：

娑婆多靡疚，苦海自有舟，
白衣论浮沉，菩萨来喝粥。

从中午到半夜，没几个人来喝粥，时乃盛夏时节，大半锅粥生生馊在锅里。

我郁闷极了，跑去问大和尚怎么没人来喝粥。

他说：……一定是你把粥煮烂了，卖相不好。

我说：师父别闹，粥又不是我一个人煮的，咱好好说话。

他笑嘻嘻地说：你偈子写得也太功利了，怎么着，这锅粥专供八地菩萨啊？口气这么大，六道众生怎敢来受施？

我说：擦，这算分别心吧，怎么不知不觉就起了分别心了？

我痛定思痛，第二天重新煮了一锅粥，因思想压力太大，煮烂了。

我端着煮烂了的粥来到小屋门口，思量了半天，重写偈子曰：

淘米洗豆水三升，生火烧水大锅盛，
一念清净掀锅盖，掀开锅盖空不空。

你说奇怪不奇怪，明明是煳了的粥，不到半天工夫，锅空了。

最后一个跑来刮锅底的是江湖酒吧的小松，我说：小松你又喝高了吧，煳粥锅底你刮什么刮？

他醉醺醺地回答：管它煳不煳，反正又不要钱，干吗不来一碗……

好嘛！他倒是不起分别心。

于是再接再厉，转天写的偈子是：

婆婆参苦乐，苦海自有舟，
过路皆菩萨，吃我一碗粥。

接连施粥了好几天，偈子写了又擦，擦了又写，八宝粥煮了一锅又一锅，来喝的人有游客，有常住民，还有丽江的狗们，昌宝师弟也跑来喝粥，它牛 ×，喝了半锅。

最后一天施粥时，我跟大和尚说我隐约懂了，大和尚问我懂了什么了。

我闭着眼睛念：过去心不可得，现在心不可得，未来心不可得……分别心不可得。没有分别心并不是看一切都没有分别了，而是清楚地看到一切分别，但不会对自己造成影响。

大和尚叹口气：真懂了吗？真懂了的话，你就不会说出口了。

我说：好吧好吧好吧……师父，今天粥还剩小半锅，咱俩分着喝了吧。

我冲院子深处喊：宝啊，快点儿来喝粥了啊哈。

（四）

师父领进门，修行在个人。

我不着急，有心修，慢慢来就是，反正还年轻，不怕摸索，这辈子不行，那就下辈子继续。

我感觉昌宝师弟也是如此心态。

有段时间，我一直怀疑昌宝开始尝试游方。

它长到三四岁时开始阶段性地离家出走。

昌宝离家出走的那段时间，大和尚正忙着在小院子里种地，他掀走近一百个平方米的青石板，又亲身背来一筐一筐的土，最后种了满院子的向日葵和土豆，葵花当茶点，土豆当主食。

大和尚恪守百丈清规，览经入田，自耕自食自给自足，农作和禅悟并行不悖。

此举乃释门自古至今的传承：云门担米、玄沙砍柴、云严作鞋、临济栽松锄地、仰山牧牛开荒、黄檗开田择菜、沩山摘茶合酱……

禅宗沩仰的祖师仰山和尚曰：滔滔不持戒，兀兀不坐禅。酽茶两三碗，意在镢头边。

我的大和尚师父也意在锄头边，不在狗身上，故而那段时间院子门关得不严，昌宝经常刺溜一下就没狗影了，然后过个三五天才回来。

长的时候是一两个星期。

回来后一看，肚子没瘪，毛色没发污，只是爪子脏得厉害，看来是游方有志，踔厉忘疲。

我去找它聊天：宝，跑哪儿去了？没犯色戒吧？

它傻呵呵地摇尾巴，一副痴呆的表情。

我说：你别装傻，老实交代，说不清楚的话把你拴起来，不让你出门了。

大和尚在一旁挂着铁锹说：你有那个闲工夫逗昌宝，不如腾出工夫去抬点儿农家宝来。

农家宝又叫米田共，这个基本常识我还是有的，故而借口上厕所尿遁。

我后来和师父说：昌宝这么乱跑的话，万一被人给抓住吃了怎么办？还是拴起来吧。

大和尚泡着茶，慢悠悠地和我说：众生各有其宿世因果——你操那些心干吗？

大和尚说昌宝五戒持得好，自有天龙护持，他才不担心它被人给吃了呢。我说：奇怪咧，您前两年散步的时候不是还满大街追昌宝嘛，怎么现在反倒不怕它乱跑了？

大和尚指着昌宝说：光你长岁数啊，它也长岁数的好不好。咱们昌宝现在长大了，自己知道好歹。

好吧好吧，算我瞎操心，各自的因果，各自坦然受之好了。

傻人有傻福，傻狗也有，希望它遇见的都是好人吧。

我最后一次见昌宝是在大冰的小屋门口。

我喊了它一声，它扭头看我，打了个饱嗝。

我正端着一份素三鲜饺子在吃，喂了它两个，它边吃边打嗝。

我喂它水喝，骂它太嘴馋。它边喝水，边眼巴巴地往饺子碗里瞅。

还想吃？不给！

好奇怪，它是只习惯了吃素的狗狗，满世界游方的时候靠什么果腹的呢？

昌宝后来失踪的时间越来越长，有人说在束河见过它，它站在溪水边的石头上一动不动，目视流水，入定一般。也有人说在金塔寺见到过它，香火缭绕的大殿旁，它晒着太阳呼呼地睡大觉，从日出睡到日落。

还有人说在文海见到过它，它不急不慢地溜达着，在荒无人烟的花海里闲庭信步。

…………

师弟们告诉我，昌宝有时候会回来小院儿转转，蜷曲在大和尚的脚旁呆呆地躺上一会儿，然后起身溜溜达达地离开。大和尚不怎么操心它，该种地种地，该喝茶喝茶，只是在它离开时客气地寒暄一句：走了哈……

走了。

走了走了，昌宝后来走得很远，离开丽江了。

我很久没见过昌宝了。

听说它后来在大理。

有种说法是狗贩子把它拐卖到了那边，卖了三万块。

还有一种说法是，它自己溜达过去的……真惊悚，200公里的路，它怎么溜达过去的？举爪拦车吗？

总之，昌宝师弟是在大理了。

很多人在人民路见过它，还有人在才村的海边见过它，都说它胖了。

我和大和尚提及这些传言，他说：挺好的，它有它的因缘福报，这不活得挺好的嘛。

是啊，操那么多心干吗？有缘则殊途同归，无缘则来世再聚吧。

院子里的向日葵开了又谢，葵花子已经吃了好几茬儿。

傻狗，走了这么久，也不知道回来看看……

我写这篇文章写到这里，有点儿想念昌宝师弟了，不多，一点点。

也有点儿想念师父了，他后来游方去了，以及化缘，然后在河北唐山滦南县修建了一个专门安置孤寡老人的安养院，那里亦负责临终关怀。

每次想他了的时候，我就在微信上给他的安养院捐些钱，他的回复总是一句：阿弥陀佛，感恩菩萨布施。我就马上打字说：阿弥陀佛，感恩师父帮我种福田。

我后来也告别了丽江，搬去了大理，住在山水之间，窗前开满冬樱花。

我在大理住了好几年一直没有遇见过昌宝，想来应是无缘，OK，那就无缘。

如果你有缘遇见我师弟昌宝，麻烦你替我和它握握爪，它很好认，看上去比一般哈士奇更傻更憨。

如果它乐意，你可以喂喂它。

我师弟喜欢吃饺子。

这篇文字与文学无关，不必过度解读。

这篇文字与佛法也无关，开口即是错。

若干年来嘻嘻哈哈地写市井写凡人，写无常写悲悯，写世间那些不同而又相同的苦……懂的人自会明白——全是善巧方便，只为方便表法。

……所有写过的故事都注定湮灭，我知道的。

可我多么希望我所阐述的只是一种无须多言的常识、一种理所应当的自然现象，就像头顶的星云永恒旋转。

好了，故事讲完了，该干吗就干吗去吧。

临行临别写句偈子呗：

无量天尊哈利路亚阿弥陀佛么么哒。

大冰的小屋

各分舵地址

小屋树洞城堡（24小时免费小书房）
大理白族自治州大理古城洪武路203号城中城四季街市内

小屋大理分舵
大理白族自治州大理古城人民路235号

小屋成都分舵
成都市青羊区奎星楼街16号附7号

小屋济南分舵
济南市历下区宽厚里二期5号楼116（黑虎泉公交站旁巷内20米）

小屋西安分舵
西安市碑林区南门里顺城南路西段（沿城墙向西50米）

小屋厦门分舵
厦门市思明区曾厝垵文青路473-3号（文青路与天泉街交会处）

小屋丽江分舵
丽江市古城区丽江古城五一街文治巷80号

小屋江南分舵
嘉兴市嘉善县西塘古镇塘东街建新路13号

小屋重庆分舵
重庆市南岸区南滨路铜元道内六号楼街舞台旁

小屋阳朔分舵筹建中……
小屋武汉分舵筹建中……

小屋拉萨分舵（书店）
拉萨市城关区八廓南街27号

后记 2014

《乖，摸摸头》是我写的第二本书。

开笔写第一本书前，我曾列过一个写作计划，按人名顺序一个接一个去罗列——都是些浪荡江湖，曾和我的人生轨迹交叉重叠的老友。

当时坐在一列咣当咣当的绿皮火车里，天色微亮，周遭是不同省份人的呼噜声。我找了个本子，塞着耳机一边听歌一边写……活着的、死了的，不知不觉写满了七八页纸。我吓了一跳，怎么这么多的素材？不过十几年，故事却多得堆积如山，这哪里是一本书能够写得完的？

头有点儿大，不知该如何取舍，于是索性信手圈人名。随手圈下的名单顺序，是为出版时篇章构成之由来。

圈完后一抬头，车窗外没有起伏，亦没有乔木，已是一马平川的华北平原。

绿皮火车上的那个本子我还留着呢，两百多人的名单，现在两本书总共写了不到十分之一。

那次圈下了二十二个人的名单，第一本书《你坏》（曾用名《他们最幸福》）只用了十个，剩下的十二个人物故事，我在此后的一年间陆续写完。

是为我的第二本书《乖，摸摸头》。

我自江湖来，虽走马名利场，跨界媒体圈，略得虚名薄利，然习气难改，行文粗拙，且粗口常有，若因此惹君皱眉，念在所记所叙皆是真实的故事，还请方家海涵。

我不懂文学，也没什么文化，亦诚惶诚恐于作家这个称呼。

有人说文化可以用四句话表达：植根于内心的修养，无须提醒的自觉，以约束为前提的自由，为他人着想的善良。

我想，文学应该也一样吧。

窃以为，所谓文学，终归是与人性相关：发现人性、发掘人性、阐述人性、解释人性、解构人性……乃至升华人性。千人千面，人性复杂且不可论证，以我当下的年纪、阅历、修为次第，实无资格摁着"人性"二字开题，去登坛讲法。

那就席地而坐，现个自在相，简简单单地给你们讲讲故事好了。

《三慧经》曰："善意如电，来即明，去便复冥。"

在我粗浅的认知中，善意是人性中永恒的向阳面。

这本书我讲了十二个故事，皆或多或少地与"善意"二字相关，我祈望它们如星光如烛火，去短暂照亮你当下或晦涩或迷茫的人生。

我写不出什么"警世通言""喻世恒言"，唯愿这点儿烛火能助你直面个体人性中所伏藏的那些善意，并以此点燃那些属于你自己的幸福故事。

如果你说你当下已经过得很幸福，那我祝你更幸福。

如果你未必是晴朗的，头顶和眼前是灰蒙蒙的……

请你相信，这个世界上真的有人在过着你想要的生活，来，我把他们的故事话与你知。

我能做的事有限，文字是隔空伸出的一只手——乖，摸摸头。

2014 年，这本书的初版上市前，按照惯例，我背起行囊从北到南，用一个月的时间挨个儿去探望书中的老友们。

老兵在忙着烧烤，我背后戳了戳他，喊了一声"老不死的"。

阿明摸着飞鸿的脑袋，腼腆地说：大冰哥，我又写了一首新歌。

大鹏在拍电影——《煎饼侠》。

我去了包头，没见到二宝。

我去了大理，没遇到昌宝师弟。

我去了西安，坐在那个小舞台上，拨弄吉他，唱了一首写给兜兜的歌。

椰子姑娘恶狠狠地说：大 B，如果你敢把我老公扔进太平洋，我就生吃了你！

成子转山去了，豆儿赠我一只小小的银茶碗，亮得像一面小小的镜子。

午夜的北京，雷子说：大哥，很久不见了，你过得还好吗？我说：我过得还行，你呢？他说：也还行，吃得饱了……马上发新专辑了，叫《吉姆餐厅》。

妮可不知道我去广州看过她，我坐在她公司楼下的咖啡座，看着她匆匆地走过，蓝色的职业套装，粉色的坤包，上面坠着一个护身符，藏式的。

…………

他们依旧各自修行在自己的江湖里，从容地生长着。

愿他们安好。

他们都是真实存在的人，只不过当下并不在你的生活圈中。

或许他们的故事也可以是你的故事。

又或许，他们的故事，永远不应翻刻成你的故事。

知道吗，有时候你需要亲自去撞南墙，别人的经验与你的人生无关。同理，我笔下的故事，与你脚下的人生也无关。

自己去尝试，自己去选择吧，先尝试，再选择。

不要怕，大胆迈出第一步就好，没必要按着别人的脚印走，也没必要跑给别人看，走给自己看就好。

会摔吗？会的，而且不止摔一次。

会走错吗？当然会，一定会，而且不止走错一次。

那为什么还要走呢？

因为生命应该用来体验和发现，到死之前，我们都是需要发育的孩子。

因为"尝试"和"选择"这四个字，是年轻的你理所应当的权利。

因为疼痛总比苍白好，总比遗憾好，总比无病呻吟的平淡真的要好得多得多。

因为对年轻人而言，没有比认认真真地去"犯错"更酷更有意义的事情了。

别怕痛和错，不去经历这一切，你如何能获得那份内心丰盈而强大的力量？

喂，若你还算年轻，若身旁这个世界不是你想要的，你敢不敢沸腾一下血液，可不可以绑紧鞋带重新上路，敢不敢勇敢一点儿面对自己，去寻觅那些能让自己内心强大的力量？

这个问题留给你自己吧。

愿你知行合一。

最后，谢谢你买我的书，并有耐心读它。

谢谢你们允许我陪着你们长大，也谢谢你们乐意陪着我变老。

我的新浪微博是＠大冰，拍上一张照片，附上几句留言，来告诉我你是在哪里读的这本书吧——失眠的午夜还是慵懒的午后，火车上还是地铁上，斜倚的床头、洒满阳光的书桌前、异乡的街头还是熙攘的机场延误大厅里？

不论你年方几何，我都希望这本书于你而言是一次寻找自我的孤独旅程，亦是一场发现同类的奇妙过程。

那些曾温暖过我的，希望亦能温暖你。

希望读完这本书的你，能善意地面对这个世界，乃至善意地直面自己。

愿你我可以带着最微薄的行李和最丰盛的自己在世间流浪——有梦为马，随处可栖。

人常说百年修得同船渡，你我书聚一场，仿如共舟，今朝靠岸，就此别过，临行稽首，于此百拜。

有缘他日江湖再见。

阿弥陀佛么么哒。

大冰

2014 年

后记 2019

有时想想，这半生见证的故事、攒下的故事，或许这一生也无法写完。

我笔下的每一个故事，都是正在进行时，与你我的时空并轨进行。我从不认为我是那些故事的总结者，我想我只是也只应该是个记叙人，继而是个说书人——在不同的节点记叙那些正在进行的故事，再把那些普通人的步履，话与你知，示于你看。
让你知悉这条逆旅单行道上的苦集灭道，那些和你不同而又相同的有情众生，那些落幕又重演的故事桥段。

那些正在进行的故事，大都不停地生长，生长出情理之中却又意料之外的后来。岁月赋予你我的一切，也在赋予着他们。那些鲜活的人和事，并非完结于昔年某一篇文章的结尾句点处，他们自自然然地生长着，抽出新的枝丫，结出崭新的悲欢。
让这个说书人，青眼白眼，自在我知。
让这个说书人，顺流逆流，蜉蝣掘阅。

（一）

都说我书名起得太随意，怪。
都问我为什么起了这么个莫名其妙的名字。
原因很简单：文字是隔空伸出的一只手——乖，摸摸头。

我的书都是我的女儿，这个女儿行二，我把她喊作小乖。
写过的故事不停地生长，小乖问世多年来却只有一个版本，从未出过修订版、精装版或什么一百万、二百万、三百万、四百万册纪念版。
此番再版升级为《乖，摸摸头 2.0》，增写若干、续写若干，为若干正在进行的故事补阙上了一些后来。

随文配上了若干首歌曲，方便大家立体阅读。

随文附上了书中各个主人公的声音，可以听一听。

《乖，摸摸头 2.0》的增补修续，和我的第六本书《小孩》是同一个时期。

都完成于那场难以言说的漫长掘阅。

我自 2018 年初秋时闭关，出关时已是 2019 年夏天。

永生难忘的 9 个月，离群索居，孤独难言。

不眠不休地打字，写完了一整个秋天，一整个冬天，一整个春天。一个又一个凌晨和午夜。

累极了的时候，不知不觉地睡去在电脑边。

有过一场梦。

梦里所有认识的人都在，所有的，站满了一整个操场，一张张微笑的脸。

…………

所有的理想都达成了，所有的遗憾都解决了。

所有错误都被谅解了，所有的爱全都实现了。

所有的。

于是所有的光芒向我涌来。

世间所有的苦全都消失了，所有的悲悯也全都消失了。

所有的常识都恢复成了它本来就该是的那个样子，无垢无净，自自然然。

于是简单得像个小孩，于是恸哭得像个小孩。

心里喊不要醒不要醒啊，然后就醒了。

醒来的时候键盘湿漉漉的，窗外依旧是浓得化不开的暗夜，只有电脑屏幕是亮着的、滚烫的、炙热的，寂静沉默，光芒耀眼。
…………

大半年的时间，电脑屏幕一直亮着。
首先出问题的是手，腱鞘炎复发；其次是心肺功能，紧接着是脱发和耳鸣的出现。视力的下降是不知不觉间的，有一天我从屏幕上抬起眼，发现已无法看清一米之外。

我知我没有机会再来一次了，最好的心力和体力，都献祭给了这 9 个月。
让我离群索居孤独难言，让我在孤独中煎熬、思索和沉淀，让我永生难忘的 9 个月。

幸未猝死的 9 个月，卖文为生的第 7 年。
我写了新书，几十万字的新书稿写写删删，个中选取的部分，是为《小孩》。
我增补修订了三本老书，其中包括此刻你手中的这本——《乖，摸摸头 2.0》。

乖，摸摸头，在这方烂透了的人间道。
乖，摸摸头，在这个戾气弥漫的时代。
乖，摸摸头，来，不要走散，抱团取暖。

（二）

我自 32 岁时开笔，如今 39。
幸蒙诸君不弃，肯读我，赠我温饱体面，伴我笔耕砚田，陪我一起疯了这么多年。

这么多年来亲生读者皆知，我不过是个走江湖的说书人罢了，野生作家而已。

只想讲故事只会讲故事只是讲故事，文学或文艺，精英或红毯，皆与我无关。

我的本分是写故事。

我所理解的写故事——说人话、析人性、述人间。

于无常处知有情，于有情处知众生。

我书中所有的故事，这 14 个字便可总结完。

二十年来我游走在江湖和市井，浪迹在天涯和乡野，切换着不同的身份，平行在不同的世界。

浮生恰似冰底水，日夜东流人不知，人们只道我爱写无常中的有情，可真正读懂那些无常和有情的人，会明白我是多么筋疲力尽的一个悲观主义者。

见得越多越悲观，一天比一天悲观。

因为悲观，故求诸野。

因为身处戾霾，因为行走暗夜，所以越发希祈烛火、荧光、流星和闪电。

于是我不停地写，用普通人听得懂的语言，不写道理只写故事，燃起篝火小小的一堆，不停不停地往里续柴。

我的篝火我的柴，我用我的方式记录这个时代。

记录那些普普通通的人在普普通通的一生中发出那些普普通通的微光。

记录那些曾经路过我生命的，五光十色的小孩。

若你读过我所有的 6 本书，你会发现，我笔下的每一个人，都是小孩。

若你懂我，你会明白这个颠三倒四的说书人，是个多么可笑可怜可恨的坏小孩。

……这半生，这个小孩曾路过许多人。

许多人曾善待过他，在那些落寞的日子，在那些孤勇的岁月，在那些周而复始的雪天雨天。

于是他学着那些人的样子，对你说了这一声：乖，摸摸头。

还需要说些什么呢，都在这四个字里面。

（三）

说四个排序。

若按生辰顺序，小蓝书七龙珠依次排序为：

1.《你坏》

2.《乖，摸摸头》

3.《阿弥陀佛么么哒》

4.《好吗好的》

5.《我不》

6.《小孩》

7. 书名待定

（其中《你坏》是《他们最幸福》的完整版，是同一本书）

（其中书名待定的第 7 本书已完稿，再说吧，过些年再出版。）

若按自我中意程度，现有的 6 本书降序排列为：

1.《我不》

2.《小孩》

3.《好吗好的》

4.《阿弥陀佛么么哒》

5.《乖，摸摸头》

6.《你坏》

但若按阅读顺序，我的推荐是：

1.《我不》

2.《乖，摸摸头》

3.《好吗好的》

4.《阿弥陀佛么么哒》

5.《你坏》

6.《小孩》

说也好玩，不论咋排，小乖都是第二。

看来真是得了她亲爹的真传，比较二。

那就二到底吧，《乖，摸摸头 2.0》之后，是《阿弥陀佛么么哒 2.0》，接下来几年陆续会有其他老书的 2.0 升级版。

干脆就给小蓝书七龙珠的 2.0 升级版们另外加个比较二的名头吧——

【一看书名就不想读系列】

如果你一看书名就不想读，感谢。

如果你看了这书名还肯读，感谢。

如果你看了这书名还肯读，读了以后还懂了这些书名，那么，十分感谢。

谢谢你。

（四）

于你而言，这本《乖，摸摸头 2.0》或是一次重逢。

重逢曾经的她，重识长大了的她，并从中重遇那个真正的你。

接下来的故事属于你和她了，难过的时候去看看她，落寞的时候去翻翻她，

愿她能多给你带来一点慰藉，给予你些许陪伴。

于我而言，这却是一个交代，一次告别。

告别曾经的她，告别当下的她，画下一个句号，不再用笔触去追问未来。

是的，这是她第一次全书升级再版，应也是最后一次。

往后余生，只此一版，以此为准。

再见，小乖。

再见了，我的女儿。

我这辈子值得骄傲的事不多，你是其中之一。

大理苍山

2019 年春

图书在版编目（CIP）数据

乖，摸摸头/大冰著.—北京：北京联合出版公司，2019.10
（2024.11重印）
ISBN 978-7-5596-3740-6

Ⅰ.①乖… Ⅱ.①大… Ⅲ.①短篇小说—小说集—中
国—当代 Ⅳ.①I247.7

中国版本图书馆CIP数据核字（2019）第203126号

乖，摸摸头

作　　者：大　冰
出 品 人：赵红仕
责任编辑：龚　将　夏应鹏

北京联合出版公司出版
（北京市西城区德外大街83号楼9层　100088）
河北鹏润印刷有限公司印刷　　新华书店经销
字数453千字　880毫米×1230毫米　1/32　印张16.5
2019年10月第1版　2024年11月第6次印刷
ISBN 978-7-5596-3740-6
定价：39.60元